Margit Steinborn
Der Schatten eines Sommers

TINTE & FEDER

Das Buch

Berlin, 1914. Isa und Henning träumen von einer gemeinsamen Zukunft, doch die Wirklichkeit schiebt sich unbarmherzig zwischen sie. Die gesellschaftlichen Schranken der Kaiserzeit prägen das Leben in der Hauptstadt und der Krieg fordert erste Opfer. Aus Pflichtgefühl verlobt die Arbeitertochter Isa sich mit ihrem Freund Viktor.

Unterdessen übernimmt der Industriellensohn Henning die Rolle seines älteren Bruders Roman, nachdem der als Offizier in den Krieg gezogen ist. Zerrissen zwischen Liebe und Verantwortung gehen Isa und Henning getrennte Wege, doch sie können den Sommer, in dem sie glücklich waren, nicht vergessen …

Die Autorin

Margit Steinborn wurde 1964 geboren und ist in einem kleinen Ort in Bayern aufgewachsen. Seit dem Abschluss ihres Fremdsprachenstudiums arbeitet sie als Übersetzerin und lebt mit ihrer Familie in der Nähe von Frankfurt am Main. In ihrer Freizeit begeistert sich die Autorin für Musik, Geschichte, Malerei und Literatur. Mit ihren historischen Reihen »Eine neue Hoffnung« und »Gut Benhaim« hat sie Tausende von Leserinnen und Lesern begeistert. Nach »Einen Herbst und einen Winter lang« ist »Der Schatten eines Sommers« die Fortsetzung zu ihrer neuen, bewegenden Familiensaga »Stadtlichter«.

MARGIT STEINBORN

Der Schatten eines Sommers

ROMAN

TINTE & FEDER

Deutsche Erstveröffentlichung bei
Tinte & Feder, Amazon Media EU S.à r.l.
38, avenue John F. Kennedy, L-1855 Luxembourg
Oktober 2023

Umschlaggestaltung: zero-media.net, München
Umschlagmotiv: © pashabo / Shutterstock; © vvvita / Shutterstock;
© Joanna Czogala / ArcAngel; © Philipp Dase, EyeEm / Shutterstock
1. Lektorat: Ute Köhler
2. Lektorat und Korrektorat: VLG Verlag & Agentur, Haar bei München,
www.vlg.de
Gedruckt durch:
Amazon Distribution GmbH, Amazonstraße 1, 04347 Leipzig /
Canon Deutschland Business Services GmbH, Ferdinand-Jühlke-Straße 7,
99095 Erfurt /
CPI books GmbH, Birkstraße 10, 25917 Leck

ISBN 978-2-49671-430-2
e-ISBN 978-2-49671-431-9

www.tinte-feder.de

1914

Prolog

Isa suchte fieberhaft nach Worten, als sie zu Henning blickte, der neben ihr am Fenster ihres Dienstbotenzimmers in der Villa seines Vaters stand und noch immer auf eine Antwort wartete. Warum war er überhaupt schon zu Hause? Hatte er etwa seine Vorlesungen ausfallen lassen? Sie hatte gehofft, noch etwas Zeit zu haben, bevor sie sich ins Unvermeidliche fügen und ihm das Herz brechen musste. Sein besorgter Blick verriet ihr, dass er etwas ahnte. Natürlich tat er das, schließlich war Viktor am Wochenende zu Besuch im Scheunenviertel gewesen, und Henning war sicher davon ausgegangen, dass ihr Freund aus Kindertagen bei dieser Gelegenheit versucht hatte, ihr die Beziehung zu ihm, dem Sohn des Industriellen Max Wittmann, auszureden.

»Henning, ich muss dir etwas sagen«, brachte sie zögerlich hervor. »Es geht um Viktor.«

Er hob fragend die Augenbrauen. »Gut. Also, was hat Viktor über mich vom Stapel gelassen? Dass ich ein Schuft bin? Dich nur ins Unglück stürzen will?«

Wenn es nur das gewesen wäre! Mit den Feindseligkeiten zwischen den beiden Männern hätte sie umgehen können. Doch was sie Henning heute beibringen musste, war viel schlimmer. »Nein. Er hat gar nichts über dich gesagt.«

Sein Stirnrunzeln verriet ihr, dass er mit einer anderen Antwort gerechnet hatte. »Hat er etwa *dich* beleidigt?«, fragte er alarmiert. »Oder dir … *etwas angetan*?«

Isa schüttelte vehement den Kopf. Herrje, wie kam er denn auf so etwas? Viktor war seit Jahren ihr Freund und Beschützer, er wäre für sie durchs Feuer gegangen und hätte niemals etwas getan, was sie verletzte. Sie war mit ihm durch dick und dünn gegangen, und es hatte Zeiten gegeben, in denen er ihr näher gestanden hatte als ihre Eltern.

»Aber nein, Viktor doch nicht. Es ist nur so …« Sie konnte nicht weitersprechen, konnte ihm nicht sagen, mit welchem Blick Viktor sie gestern beim Abschied angesehen hatte, welche Gedanken er ihr anvertraut und was sie ihm versprochen hatte. Wie sollte sie Henning, dem ihr Herz gehörte, der zu ihr stand, obwohl sie beide aus unterschiedlichen Welten kamen, erklären, dass sie seit gestern den Ring eines anderen trug?

Als sie ihre Hand auf das Fensterbrett legte, brach ein Stöhnen aus ihm heraus. Natürlich war ihm sofort klar geworden, was der schmale Silberreif an ihrem Finger bedeutete.

»Nein!« Seine Hand zitterte, als er nach der ihren griff. »Sag mir, dass das nicht wahr ist. Sag mir, dass das kein Verlobungsring ist. Sag es mir, Isa!«

Sie konnte den verzweifelten Ausdruck in seinen Augen, die noch dunkler waren als sonst, nicht mehr ertragen und wandte den Blick ab. Schon oft im Leben hatte sie das Gefühl gehabt, den Boden unter den Füßen zu verlieren: an dem Tag, als ihr Vater in der Maschinenfabrik Wittmann verunglückt war und seine Hand verloren hatte; in der Nacht, als ihre kleine Schwester Annelie vor Fieber geglüht hatte und ihr Husten irgendwann verklungen war, bis sie seltsam still in Mutters Armen gelegen hatte; an dem Morgen, als ihr klar geworden war, dass Vater die Familie für immer verlassen hatte, und ihr nichts anderes übrig geblieben war, als mit ihrem kleinen Bruder Moritz betteln zu gehen. Und genauso fühlte sie sich jetzt, da sie im Begriff stand, das Kostbarste zu verlieren, was sie besaß: ihre Beziehung zu Henning. Und nie war ihr eine Antwort so schwer gefallen wie die wenigen Worte, die sie jetzt mühsam über die Lippen brachte:

»Doch, es ist einer.«

Viktor hatte ihn gestern, als er im Hinterhof neben ihr auf dem Mäuerchen gesessen hatte, plötzlich in der Hand gehalten und über ihren Finger geschoben. Er war in diesem Moment so anders gewesen als sonst, verlegen und verletzlich, und sie hatte deutlich seine Angst vor dem Fronteinsatz gespürt, der ihm bevorstand. Es hatte ihr in der Seele wehgetan, ihren besten Freund so verzweifelt zu erleben, und sie hatte ihm seine Bitte einfach nicht abschlagen können.

Henning wandte sich ihr zu. »Das ist alles Unsinn«, brach es aus ihm heraus, und sie spürte, wie sehr er sich darum bemühte, seine Stimme unter Kontrolle zu bringen. »Eine Verlobung wird mit dem Herzen geschlossen, nicht durch einen Ring. Und dein Herz gehört nicht ihm, das hast du längst mir geschenkt.«

Sie sah ihn an, und der flehende Blick in seinen Augen schnitt ihr ins Herz. »Henning, bitte, versteh doch. Es geht hier um Viktor, der immer für mich da war, egal, wie schlimm es im Leben auch gekommen ist. Wie könnte ich ihn denn jetzt, wo er an die Front muss und nicht weiß, ob er lebend zurückkommt, so enttäuschen?«

»Tausende Soldaten ziehen in diesen Tagen in den Krieg und binden nicht im letzten Moment eine Frau mit einem Versprechen an sich. Das ist das falsche Motiv, aus diesem Grund verlobt man sich nicht.« Er fuhr sich mit einer hilflosen Geste durch die Haare. »Wir wollten die Welt ausschließen, erinnerst du dich? Ich habe die meine aus unserer Freundschaft herausgehalten, und du lässt dich an deine binden? Mit einem Ring?«

»Henning! Mach es mir doch nicht so schwer.«

Er schüttelte den Kopf und strich ihr sanft eine Strähne aus der Stirn. »Ich will es dir nicht schwer machen. Aber ich kann doch nicht einfach schweigend zusehen, wie du unsere Freundschaft aufgibst.« Sie glaubte, es nicht mehr ertragen zu können, doch dann sprach er mit leiser Stimme die Worte, die ihr Herz endgültig in Stücke rissen: »Wir haben nie über Liebe gesprochen, weil du Zeit wolltest. Doch das zwischen uns, das ist Liebe, oder?«

»Das zwischen uns …« Sie musste schlucken. Liebe! Das Wort war nie zwischen ihnen gefallen, und nun, da Henning zum ersten Mal davon sprach, sollte sie ihn verlieren? Natürlich war das Liebe zwischen ihnen, und Tränen brannten in ihren Augen, als er ihr über die Wange strich und sie in seine Arme zog.

»Es war Schicksal, dass wir uns begegnet sind«, murmelte er, und seine Lippen berührten zart die ihren. »Damals, am Tag von Lottas Unfall. Seitdem bist du in meinem Herzen. Ich liebe dich. Und ich werde dich nicht aufgeben, Isa. Niemals.«

Kapitel 1

Henning löste die Arme von ihr, wandte sich ab und verließ ohne ein weiteres Wort das Zimmer. Als sich die Tür hinter ihm schloss, schlug Isa die Hände vors Gesicht. Er hatte ihr angesehen, dass ihre Verlobung mit Viktor nicht auf Liebe gegründet war, hatte erkannt, dass sie ihm etwas vormachte. Doch sie hatte Viktor ihr Wort gegeben. Und sie durfte es nicht brechen.

Gott, was sollte sie jetzt tun? Am liebsten wäre sie gegangen, so wie damals, in der Nacht der Verlobungsfeier seines Bruders Roman, als dieser sie wegen der Arbeit ihrer Mutter in einem Nachtclub bloßgestellt hatte. Henning hatte ihr zur Seite gestanden und noch in derselben Nacht diese Angelegenheit geklärt, wofür sie ihm unendlich dankbar war. Doch Viktor – ihm war sie noch viel mehr verpflichtet!

Sie fuhr sich erschöpft über die Augen. Nein, heute konnte sie nicht weglaufen. Sie war als Kindermädchen für Hennings elfjährige Schwester Lotta eingestellt worden, und das kleine Mädchen brauchte sie genauso dringend, wie sie selbst auf ihre Arbeit im Hause des Maschinenfabrikanten Max Wittmann angewiesen war. Diese Anstellung durfte sie auf keinen Fall gefährden, denn auch ihre Mutter und ihr kleiner Bruder Moritz lebten von dem Einkommen, das sie nach Hause brachte.

Gott, in welche Situation hatte sie sich nur gebracht? Sie hätte schon vor Wochen vernünftig sein sollen, hätte nie zulassen dürfen, dass das zwischen ihr und Henning mehr als nur Freundschaft wurde. Sie hatte ihn zum Sommerfest in Mariendorf begleitet, und an jenem Tag, an dem er ihr von seiner traurigen Kindheit erzählt hatte, die von Demütigungen durch seinen aufbrausenden Vater und der Sehnsucht nach seiner in London lebenden Mutter geprägt gewesen war, hatte sie ihr Herz an ihn verloren. Nein, das stimmte nicht ganz. Sie hatte es ihm bereits am Tag von Lottas Unfall geschenkt, als sie sich das erste Mal begegnet waren.

Sie trat ans Fenster und blickte hinunter in den Garten hinter der Villa der Wittmanns.

Liebe. Wie konnte Henning nach den wenigen Wochen bereits von Liebe sprechen? Natürlich musste er sie mit seinen dunklen Augen, die so gar nicht zu seinem hellen Haar passten, nur ansehen, damit ihr Herz höherschlug, musste sie nur einmal anlächeln, sodass sie jeden vernünftigen Gedanken vergaß, doch reichte das? War für ihn, den Unternehmersohn, alles einfacher als für sie, das Mädchen aus dem Scheunenviertel?

Es klopfte, und Lotta, die seit ihrem Unfall das linke Bein leicht nachzog, trat ins Zimmer. »Isa? Was hast du?«

Isa straffte sich. Sie konnte sich jetzt nicht hängen lassen, schließlich war sie nicht fürs Grübeln und Trübsalblasen angestellt worden, sondern als Kindermädchen für Lotta. Sie strich dem Mädchen über die dunklen Haare und versuchte zu lächeln. »Nichts, es geht mir schon wieder besser.«

»Dann ist es ja gut. Wir wollten doch heute in den Zoo gehen. Henning kommt auch mit. Er hat extra seine Vorlesungen ausfallen lassen.«

Lottas Worte versetzten ihr einen Stich, denn sie war sich sicher, dass Henning sie nicht begleiten würde. Doch sie wollte dem Mädchen die Freude nicht verderben. »Stimmt. Dann lass uns deinen Vater fragen, ob er einverstanden ist.«

Sie gingen durch das stattliche Haus mit den prächtig ausgestatteten Zimmern, die auf Isa, die mit ihrer Mutter und Moritz im Scheunenviertel in einer winzigen Wohnung lebte, jeden Tag aufs Neue wie eine Märchenwelt wirkten. Am Tisch im Speisesaal trafen sie Max Wittmann an. Der große, dunkelhaarige Mann mit dem imposanten Schnauzer war in die Lektüre seiner Zeitung vertieft, als Lotta ihren Wunsch vortrug.

Max sah auf. »Ein Zoobesuch? Was für eine famose Idee!« Er wandte sich an den Hausdiener, der gerade den Tisch abräumte. »Hans, überlassen Sie das den Küchenmädchen und begleiten Sie die beiden jungen Damen in den Zoo. Wo steckt eigentlich Silvia?«

»Sie ist im Garten und malt«, antwortete Hans. Herr Wittmann verdrehte belustigt die Augen, weil er wohl schon wusste, dass er auch dieses Gemälde seiner Frau in den Keller tragen würde, wo schon so viele andere vor sich hin staubten. Auch wenn Max Wittmann seine zweite Frau sicherlich sehr liebte, so teilte er doch nicht ihren ausgefallenen Kunstgeschmack.

»Sie könnte ja mitkommen«, schlug Max vor.

Isa fing den skeptischen Blick des Hausdieners auf, der mit der Antwort zögerte, und auch Lotta schaute nicht begeistert drein.

Der Hausherr schien zu verstehen. Keiner wollte Silvia, die zu exzentrischem Verhalten neigte, dabeihaben.

»Nun gut. Dann fahren Sie allein«, entschied er. »Hans, Sie besorgen drüben am Volkspark eine Droschke, und Sie, Isa, machen sich und Ihren Schützling bereit für den Ausflug.«

»Und ich suche Henning!«, rief Lotta aufgeregt. »Der kommt bestimmt mit.«

»Oh, das glaube ich nicht«, entgegnete Hans. »Der hat vorhin ziemlich eilig das Haus verlassen. Er musste wohl doch noch einmal zur Universität.«

Isa wurde schwer ums Herz. Natürlich war er gegangen. Und er würde sie auch in Zukunft nicht mehr begleiten, dessen war sie sich sicher. Nicht nach den Worten, die zwischen ihnen noch gefallen waren.

»Ach wie schade«, kam es enttäuscht von Lotta, als sie in ihren Herbstmantel schlüpfte. Und nur Isa kannte den wahren Grund, warum Henning so überstürzt das Haus verlassen hatte.

Die Fahrt durch die Stadt unter den in herbstlichen Farben leuchtenden Bäumen der Alleen entlang brachte Isa auf andere Gedanken. Lotta saß neben ihr und erzählte alles Mögliche, wobei sie vor lauter Aufregung von einem Thema zum anderen sprang. Isa erkannte einmal mehr, dass sie mit ihrer Arbeit bei den Wittmanns das große Los gezogen hatte. Als Lottas Gesellschafterin konnte sie mit ihr zusammen Ausflüge in die Stadt und die Umgebung unternehmen, für die sie allein weder die Zeit noch das Geld gehabt hätte. So hatte sie mit Lotta nicht nur viele Stunden in dem direkt hinter der Villa gelegenen Volkspark Friedrichshain verbracht, sondern auch Kirchen und Museen besichtigt und ein Puppentheater besucht. Ohne Hennings Vermittlung hätte sie damals, als sie so dringend neben ihrer dreitägigen Arbeit in einem Kiosk auf dem Pariser Platz noch eine zweite Anstellung gesucht hatte, nur in eine Fabrik gehen können, und bei diesem Gedanken fühlte sie sich wieder elend. Sie hatte ihm so viel zu verdanken, und nun hatte sie ihn unglaublich enttäuscht. Sie presste die Lippen zusammen, als sie an die Abschiedsszene zurückdachte. An seine hängenden Schultern, den bitteren Zug um seinen Mund, den verletzten Blick, als er Viktors Verlobungsring an ihrem Finger entdeckt hatte. Würde Henning jemals verstehen, was Viktor ihr bedeutete? Dass er aus ihrem Leben nicht mehr wegzudenken war?

Sie seufzte und schalt sich selbst, weil sie dem Geplapper des Mädchens neben sich heute nur mit halbem Ohr zuhörte.

»Ja, ich freu mich auch riesig auf den Zoo«, beantwortete sie Lottas Frage.

»Dann sollten wir als Erstes das Aquarium besichtigen«, erklärte Lotta. »Das kennst du ja noch gar nicht, oder?«

Und schon krampfte sich Isas Herz wieder zusammen, denn das Aquarium hatte Henning mit ihr besuchen wollen. Am nächsten Sonntag. Um ihr den Saurier aus Stein zu zeigen, über den sie immer Scherze machten.

»Nein, das Aquarium habe ich noch nicht besucht«, antwortete sie. »Wurde es nicht erst letztes Jahr fertiggestellt?«

»Ja, und am Eröffnungstag gab es Musik und Luftballons und Eiscreme!«, erzählte Lotta. »Ich war mit Henning dort! Es war so ein wundervoller Tag!«

Natürlich war es das, dachte sich Isa. Henning sorgte sich rührend um seine kleine Schwester, und sie spürte den Kloß im Hals, als sie daran dachte, dass er heute sicher mitgekommen wäre. Wenn sie nicht alles zwischen ihnen kaputtgemacht hätte.

Isa blickte staunend an dem fünf Meter hohen Saurier hinauf, der majestätisch auf einem Felsenpodest vor dem Ausstellungsgebäude thronte. Die riesige Echse, die mit ihrem Schuppenkleid und den Klauenhänden an einen Drachen erinnerte, war Furcht einflößend. Ein Gespräch, das sie vor Kurzem mit Henning geführt hatte, kam ihr in den Sinn: »Und so ein Saurier soll einmal unser Haustier werden?«, hatte sie gefragt.

»Oh ja. Mit so einem Saurier traut sich niemand mehr, uns auf die Pelle zu rücken, und wir haben unsere Ruhe vor der Welt da draußen«, hatte er lachend geantwortet.

Lotta beugte sich über die Steintafel am Fuße der Statue. »Nachbildung eines Iguanodons«, las sie vor. »Ein vor etwa neunzig Millionen Jahren ausgestorbenes Riesenreptil. Das ist unglaublich lang, oder?«

Noch beeindruckter war Isa von den lebenden Nachfahren dieser Saurier, den Krokodilen und Alligatoren, die sie nach der Besichtigung unzähliger Aquarien mit Süß- und Salzwasserfischen in einer großen Halle bewundern konnten. Eine Hängebrücke verlief durch das Gehege, und sie war froh, dass Hans dabei war, als sie das wackelige Konstrukt betraten, das über eine Landschaft aus Büschen und Wasserläufen führte, in denen die Urzeitreptilien mit ihren scharfen Zähnen und starren Blicken lauerten.

»Henning haben sie gefallen«, erzählte Lotta weiter. Im Laufe des Nachmittags erwähnte sie ihren Bruder in jedem zweiten Satz, und Isa tat es jedes Mal weh, seinen Namen zu hören.

Als sie sich am Abend wieder auf den Heimweg machten, lehnte sich Lotta müde ins Polster der Kutsche. »Das müssen wir unbedingt bald wiederholen! Henning wird sich ärgern, dass er heute nicht dabei war. Vielleicht kommt er nächstes Mal mit.«

Isa biss sich auf die Unterlippe und schloss für einen Moment die Augen. Sie wusste, dass er das nicht tun würde. Wieder vernahm sie seine eindringlichen Worte: »Ich werde dich nicht aufgeben, Isa. Niemals.«

»Das wirst du aber müssen, Henning. Ich habe Viktor ein Versprechen gegeben, das ich nicht brechen kann.«

Damit hatte sie ihm das Herz gebrochen.

Als sie sich im Dienstbotenzimmer umgekleidet hatte und das Haus über die Hintertreppe verließ, fiel es ihr so schwer wie nie zuvor, den Heimweg ins Scheunenviertel anzutreten. Mehr denn je spürte sie heute, dass sie dabei von einer Welt in die andere wechselte, denn einen Sommer lang war es Henning mit seinem Lächeln, seinen Umarmungen und seinen Worten, die er ihr bei ihren Spaziergängen zugeraunt hatte, gelungen, die Unterschiede zwischen ihnen aufzuheben. Sie hatte zu seinem Leben gehört und er zu ihrem. Sie hatte abends die engen Gassen, durch die sie gekommen war, den Unrat und die verwahrlosten Kinder nicht mehr bemerkt, weil in ihrem Inneren alles weit und strahlend gewesen war. Das alles war nun wie ein Kartenhaus in sich zusammengestürzt, und sie war wieder in der Realität angekommen. Im Scheunenviertel, in dem sie aufgewachsen war.

Sie erreichte das graue Mietshaus und betrat den dunklen Flur, an dessen Ende eine schwere Holztür auf den Hinterhof hinausführte. Die letzte Wohnung davor war ihre, und als sie eintrat, traf sie ihren Bruder Moritz an, der am Tisch saß und etwas auf seine Schiefertafel schrieb.

»Du machst noch Hausaufgaben?«, fragte sie den Zwölfjährigen. »Wie kommst du zurecht?«

Moritz hatte in den Jahren, in denen sie so oft zum Betteln losgezogen waren, nicht regelmäßig die Schule besucht und musste viel Unterrichtsstoff nachlernen.

»Geht so.«

»Nach dem Essen kann ich dir helfen.«

Isa prüfte die Vorräte im Küchenschrank und begann, Mehl, Milch und Eier in einer Schüssel zu verrühren. Ein Blick zur Wanduhr sagte ihr, dass Mutter bald kommen würde.

Sie wandte sich an Moritz. »Warum bist du mit deinen Aufgaben noch nicht fertig?«

»Bin gerade erst heimgekommen.«

»Jetzt erst? Wo warst du denn den ganzen Nachmittag?«

Er zuckte mit den Schultern. »Draußen.«

Isa gab ein missmutiges Stöhnen von sich. Es gefiel ihr nicht, dass Moritz in letzter Zeit so wortkarg war und sich so viel allein draußen herumtrieb. Doch was sollte sie tun? Sie konnte nicht den ganzen Tag arbeiten und gleichzeitig auf ihn aufpassen.

Sie nahm eine gusseiserne Pfanne vom Haken und stellte sie auf den Herd. »Dass du mir bloß artig bist, hörst du?«

An der Art, wie er den Blick zur Tafel senkte, erkannte sie, dass er genau wusste, wovon sie sprach. Stehlen. Sie hatten beide in dieser Disziplin jahrelang in Viktor einen guten Lehrer gehabt, doch damit musste Schluss sein.

»Jaja.«

Mutter kam nach Hause, drückte Isa, die gerade mit einer Kelle ihren Teig in die heiße Pfanne gab, einen Kuss auf die Wange und fuhr Moritz übers Haar. Auch wenn Mutter, eine zierliche Frau, in deren blondes Haar sich die ersten grauen Strähnen schlichen, von den langen Stunden in der Krankenhauswäscherei erschöpft war, so war ihr doch die Erleichterung anzumerken, dass sie an den Wochenenden nicht mehr im Nachtclub Metropol arbeiten musste. Und wären da nicht die beiden Menschen gewesen, die in ihrer Familie fehlten, wäre Isa das Leben fast wieder wie früher vorgekommen. Doch ihre kleine Schwester würde nie wiederkommen, und auch Vaters Stuhl blieb nach wie vor leer. Er hatte zwar an Viktors Geburtstagsfeier versprochen, nun wieder öfter zu kommen, doch das lag nun schon ein paar Wochen zurück, und sie hatten seither nichts mehr von ihm gehört. Umso mehr war es Isas Bestreben geworden, den Rest der Familie zusammenzuhalten.

Der Teig brutzelte in der Pfanne, als Mutter plötzlich nach Isas Hand griff und den Ring musterte. Ihre Augen strahlten. »Isa, ist es das, was ich denke?«

Sie nickte.

»Von Viktor?«

Isa seufzte ungehalten. »Von wem denn sonst?«

»Das muss am Wochenende gewesen sein, als er da war, stimmt's? Und das sagst du mir erst jetzt?« Mutter lächelte sie glücklich an. »Ach, der Viktor! Ich wusste schon immer, dass das mit euch beiden mal was wird. Da könntest du aber schon ein bisschen fröhlicher dreinschauen, wenn er sich mit dir verlobt hat.«

Isa wendete wortlos den Eierkuchen in der Pfanne.

»Heißt das, dass du Viktor heiraten wirst?«, fragte Moritz begeistert.

Sie blieb ihm eine Antwort schuldig, schob die Pfanne auf dem Herd zur Seite und holte Teller aus dem Schrank.

Doch Moritz ließ nicht locker. »Wo werdet ihr wohnen? Hier im Scheunenviertel?«

Isa verlor die Geduld. »Moritz!«, herrschte sie ihn an und stellte die Teller scheppernd auf den Tisch. Der Junge sah sie mit offenem Mund an. Sie hatte ihn noch nie grundlos angefahren, und schon bereute sie ihren Wutausbruch. Was konnte Moritz denn zu der ganzen Sache?

»Es tut mir leid«, murmelte sie und half ihm, seine Schulsachen wegzuräumen. »Natürlich werden wir hier in der Nähe wohnen, wo sollten wir denn sonst hin? Kommt, lasst uns essen.«

Sie verteilte den Eierkuchen auf die Teller und wünschte allen einen guten Appetit. Es war deutlich zu spüren, dass Mutter und Moritz während des Essens das Thema Viktor vermieden, was nicht leicht war, denn er gehörte seit Jahren zu ihrem Leben. Als Vater gegangen war, war der damals dreizehnjährige Junge zu ihrer Stütze geworden. Hätten sie ohne Viktor heute zu dritt hier gesessen? In diesen vier Wänden? Er war nicht nur zum besten Freund geworden, den man sich nur vorstellen konnte, sondern auch ihr Beschützer, der sich in allen brenzligen Situationen vor sie gestellt hatte. Wie hätte sie da den Antrag ablehnen können, wo doch niemand wusste, ob er aus dem unsäglichen Krieg überhaupt zurückkehren würde?

Isa gab sich für den Rest des Abends große Mühe, nicht noch einmal die Beherrschung zu verlieren, und als Mutter und Moritz zu Bett gegangen waren, setzte sie sich mit einer Lampe an den Tisch und holte die Bücher, die Henning ihr vor Kurzem geschenkt hatte, hervor. Lehrbücher über Geschichte, Geografie und Mathematik. Und ein Lexikon, das sie besonders liebte, denn es enthielt Erklärungen zu unendlich vielen Begriffen. Wehmütig dachte sie an die vielen Abende, an denen sie mithilfe dieses Buches jenen Brief für Henning verfasst hatte, den er sich während ihres Ausflugs nach Mariendorf von ihr gewünscht hatte. Er hatte seither nicht mehr nachgefragt; sicher, weil er dachte, es sei zu schwer für sie, da sie erst vor Kurzem Lesen und Schreiben gelernt hatte, doch sie hatte es geschafft. Sie hatte Lotta vor einigen Tagen ein dickes Kuvert für Henning dagelassen. Ach herrje, hoffentlich würde Lotta das vergessen! Henning sollte den Brief besser gar nicht mehr bekommen, nun, da alles aus war. Um sich abzulenken, griff sie nach dem Geografiebuch und blätterte darin, besah sich die Karten unbekannter Länder und begann, von fernen Gegenden zu träumen. Sie wünschte, sie wäre weit, weit weg.

* * *

Die Luft im Athletikclub in der Prenzlauer Allee war warm und stickig, lautes Reden, Rufen und Lachen war zu hören. Um Henning herum stemmten Männer schwere Hanteln und Gewichte, trainierten an Boxsäcken oder fochten im Ring einen Kampf aus, und die Geräuschkulisse war ihm nur allzu vertraut. Die Boxhalle, in die Hans ihn vor Jahren zum ersten Mal mitgenommen hatte, war sein zweites Zuhause geworden, der Club seine Ersatzfamilie.

Wie besessen schlug er auf den Ledersack ein, der vor ihm von der Decke hing. Schweiß lief ihm über die Stirn und den

Rücken, seine Muskeln brannten. Doch genau das brauchte er heute. Der Schmerz in seinen Fäusten und Gliedern ließ ihn den Jammer vergessen, der sich in seinem Herzen breitgemacht hatte, und die Schweißperlen verdeckten die Tränen, die ihm über das Gesicht liefen.

»Ich habe Viktor ein Versprechen gegeben, das ich nicht brechen kann.«

Sein Herz war in tausend Stücke zerbrochen, als Isa diese Worte zu ihm gesagt hatte, und allein dieser Satz genügte, um sein Blut zum Kochen zu bringen und ihn erneut zuschlagen zu lassen. Wieder und wieder und immer wieder. Es war vorbei. Isa hatte sich für einen anderen entschieden, und er kannte sie gut genug, um zu wissen, wie konsequent sie in ihrem Handeln war. Sie würde zu ihrem Wort stehen und nicht zu ihm zurückkommen. Und dieser Schmerz riss eine alte Wunde wieder auf, die auch mit dem Verlassenwerden zu tun hatte, und schwemmte die Gefühle eines kleinen Jungen an die Oberfläche, dessen Welt von einem Moment auf den anderen kalt und leer geworden war. Als Mutter nach der Scheidung von Vater die Villa verlassen hatte und nach England zurückgekehrt war; als Vater ihm seinen Hund Koki weggenommen hatte; als Isa, Moritz und Viktor, die er so oft am Alexanderplatz aufgesucht hatte, von einem Tag auf den anderen verschwunden gewesen waren. Und seit heute waren diese Erinnerungen um ein Ereignis reicher geworden – den Moment, als er den Verlobungsring an Isas Hand entdeckt hatte.

»Welche Laus ist dir denn über die Leber gelaufen?«, fragte Eddi, der Besitzer des Clubs.

»Keine.«

»Sieht man.«

Henning achtete nicht auf ihn, sondern malträtierte weiter den Boxsack. Er spürte, dass ihm langsam schwindlig wurde und sein Blick flackerte, doch er konnte nicht aufhören.

Irgendwann packte ihn jemand am Arm und zog ihn zur Seite. Es war Hans. »Henning, es reicht! Was ist denn mit dir los? Du kippst ja bald um!«

Henning wehrte sich gegen Hans' festen Griff, dann schüttelte er den Kopf, um wieder einen klaren Blick zu bekommen. »Nichts.« Er wollte sich Hans' Griff entziehen, doch der hielt ihn eisern fest, löste wortlos die Schnüre von seinen Boxhandschuhen und schob ihn energisch Richtung Waschraum. »Los, hol deine Klamotten aus dem Spind und zieh dich um, dann reden wir.«

Henning folgte widerspruchslos Hans' Anweisungen, der vor Jahren sein Boxlehrer geworden war, und als er sich im Waschraum eine Ladung eiskaltes Wasser ins Gesicht kippte, kam er wieder zu sich. Er betrachtete seine wunden Fingerknöchel. Verdammt, er hatte es wirklich übertrieben! Sein Blick streifte sein Spiegelbild, und er erschrak, denn er erkannte den düster blickenden Mann, dem die hellen Haare verschwitzt ins Gesicht hingen, kaum wieder. Hans hatte recht. Er musste mit jemandem reden, wenn er nicht komplett in seinem dunklen Loch des Selbstmitleids versinken wollte.

Er begrüßte die herbstliche Frische, als sie im Schein der Straßenlampen den Weg zum Prenzlauer Eck einschlugen, einer gemütlichen Kiezkneipe, in der man Bier vom Fass ausschenkte und Bratkartoffeln mit Spiegelei servierte. Der Gastraum war bereits gut gefüllt, als sie eintraten. Arbeiter saßen an einer langen Theke, tranken ihr Feierabendbier und unterhielten sich. An einem Ecktisch fanden sie noch Platz und bestellten bei der Bedienung das Tagesmenü und Bier. Hier fühlte Henning sich wohler als in noblen Restaurants, denn hier kannte man ihn nicht, und aufgrund des Lärmpegels im Raum konnte man sich unterhalten, ohne noch am Nachbartisch verstanden zu werden.

Die Bedienung brachte das Bier, und Hans wandte sich Henning zu. »So, und nun möchte ich wissen, was dich in einen Berserker verwandelt hat.«

Henning zuckte nur mit den Schultern.

»Aha. Sehr aufschlussreich. Dann sag mir wenigstens, was mit Isa los ist.«

»Warum?«

»Sie war heute den ganzen Tag den Tränen nahe, als sie mit Lotta und mir durch den Zoo gelaufen ist. Und dass sie fast geweint hätte, lag sicher nicht an den Krokodilen, denn die hat sie kaum beachtet.«

Henning wurde das Herz schwer. Es war sein Plan gewesen, am nächsten Sonntag mit Isa ins Aquarium zu gehen, so wie er sich noch weitere Überraschungen überlegt hatte. Ägyptische Kunstwerke im Schloss Monbijou hatte er ihr zeigen wollen, Fossilien von Urzeittieren im Naturkundemuseum und die Werke großer Meister in der Nationalgalerie. Doch das war nun Geschichte. Sie hatte heute das Iguanodon angesehen. Ohne ihn!

»Sie war traurig?«, fragte er, obwohl er wusste, dass er das nicht tun sollte. Es schürte Hoffnung, die er begraben musste.

»War sie. Sehr sogar. Also, nun sag mir, was los ist.«

»Isa und Viktor haben sich verlobt.«

Hans verschluckte sich so sehr an seinem Bier, dass Henning fürchtete, er müsse Erste Hilfe leisten.

»Das glaub ich jetzt nicht«, keuchte Hans, als er endlich wieder Luft bekam. »Das kann überhaupt nicht sein. Isa liebt diesen Viktor nicht.«

»Hast du nicht den Ring an ihrem Finger gesehen?«

Hans schüttelte den Kopf. »Im Zoo habe ich nur darauf geachtet, dass mir keine von den beiden Damen zu den Krokodilen ins Gehege fiel, und gottlob konnte ich Max davon abhalten, mir auch noch deine verrückte Stiefmutter aufzuhalsen.

Bei unserem letzten Zoobesuch hatte ich Schwierigkeiten, sie zum Gehen zu bewegen, als am Abend die Tore geschlossen wurden, weil sie noch vor einem Tiergehege meditierte. Sie war noch in einem mentalen Austausch mit einem Elefanten.«

Zum ersten Mal an diesem Abend grinste Henning. »Hättest du sie nicht unauffällig zurücklassen können? Dann wären wir sie wenigstens los.«

Hans lachte. »Tja, wenn man es so betrachtet, hast du wohl recht. Aber was Isas Ring angeht, den habe ich nicht gesehen. Und wieso sollte sich Isa mit Viktor, den sie gar nicht liebt, überhaupt verloben?«

»Er muss an die Front, und sie hat ihm versprochen, auf ihn zu warten.« Schweigend machte Henning sich über seine Bratkartoffeln mit Spiegelei her, die die Bedienung an den Tisch gebracht hatte. Er hatte bislang nur in seinem Essen herumgestochert und fühlte sich wie ausgehungert.

Nach einigen Bissen sah er Hans fragend an. »Und, Herr Lehrer, was empfehlen Sie mir jetzt zu tun?«

Hans hob abwehrend die Hände. »Ich habe dir nur das Boxen beigebracht. In Sachen Liebe bin ich kein Experte. Wie du weißt, gibt es für mich nur eine Frau, und die lebt nicht einmal in unserem Land.«

Ein Lächeln umspielte Hennings Lippen. Hans sprach von seiner Mutter Alice, die sie beide im Sommer in London besucht hatten. Dort hatte er erfahren, dass Alice und Hans einander liebten.

»Du kannst dir doch sicher denken, wie diese Verlobung zustande gekommen ist«, fuhr Hans fort. »In ganz Berlin wird momentan wie am Fließband geheiratet. Alle, die ins Feld ziehen, wollen noch schnell ihre Liebste ehelichen, da wird Viktor das arme Ding einfach überrumpelt haben. Vielleicht nur, um sie von dir fernzuhalten. Denn so, wie du mir Viktor geschildert hast, hat er diese zarten Bande zwischen dir und Isa nicht gern gesehen.«

Henning legte sein Besteck beiseite, denn plötzlich war ihm der Appetit wieder vergangen. »Dass sie sich darauf eingelassen hat! Das will mir einfach nicht in den Kopf! Dabei war doch alles perfekt zwischen uns!«

»Das war es nicht. Du vergisst einen wesentlichen Punkt: Beziehungen wie die eure stehen unter keinem guten Stern. Du bist der Sohn eines Industriellen, sie stammt aus einer verarmten Arbeiterfamilie und ist als Kind betteln gegangen.« Er lehnte sich vor. »Da hätte selbst ich Bedenken, wenn Isa meine Tochter wäre.«

Henning verdrehte genervt die Augen. »Immer dieses Klischee! Dabei wollte ich ihr doch beweisen, dass ich es ernst meine und sie mir vertrauen kann. Ich habe sie nie bedrängt, und ihm gibt sie einfach so ein Versprechen! Sie muss doch mehr für ihn empfinden, als ich dachte.«

»Nun lass sie erst mal mit sich selbst ins Reine kommen. Glaub mir, das Letzte, was sie jetzt braucht, sind Vorwürfe oder Versuche deinerseits, sie zurückzugewinnen. Das würde genau das Gegenteil bewirken.«

Henning schmunzelte. »Hans, der Frauenversteher.« Er hob sein Glas. Als er sah, dass es leer war, bedeutete er der Bedienung, ihm noch eins zu bringen.

Zwei Stunden später torkelte er in angetrunkenem Zustand neben Hans nach Hause. Er stieß die schwere Haustür auf, schwankte in die Eingangshalle und klopfte Hans auf die Schulter. »Jetzt geht's mir besser. Gut, dass du mich von dem Boxsack weggezerrt hast.«

»Glaub ich auch. Sonst würdest du wahrscheinlich jetzt noch auf ihn eindreschen. Oder entkräftet darunterliegen.«

Bei dieser Vorstellung musste Henning kichern. Er verabschiedete sich umständlich von Hans, und während dieser hinunter ins Untergeschoss ging, stieg Henning hinauf zu den Schlafräumen. Dabei wunderte er sich, dass die Treppe auf einmal so viele Stufen hatte. Die waren doch gestern noch nicht da gewesen!

Kaum hatte er in seinem Schlafzimmer das Licht angedreht und sich in einen Sessel fallen lassen, da klopfte es und Lotta streckte den Kopf herein.

»Bist du da, Henning?«

»Hm.«

In ihrem langen Nachthemd und mit einem Buch in der Hand kam sie auf ihn zu. »Gott sei Dank! Ich warte schon den ganzen Abend auf dich.« Sie setzte sich auf die Lehne seines Sessels.

Henning seufzte und fuhr sich mit der Hand übers Gesicht. »Wo brennts denn? Wenn ich dir heute noch bei einem Deutschaufsatz helfen soll, muss ich passen. Ich kann wahrscheinlich nicht mal mehr meinen Namen schreiben.«

»Bist du betrunken?«

Er registrierte Lottas geschockten Gesichtsausdruck und schüttelte den Kopf. »Nein. Betrunken? Ich doch nicht.« Doch schon wieder musste er lachen. »Also, was ist los? Warum schläfst du nicht?«

Sie öffnete das Buch und holte ein Kuvert heraus, das sie ihm unter die Nase hielt. »Isa hat mir vor ein paar Tagen diesen Brief für dich dagelassen. Aber ich habe ihn vergessen, und erst heute Abend ist er mir wieder in die Finger gekommen.«

Henning war mit einem Schlag hellwach. Ein Brief von Isa? Natürlich. Der wunderschöne Nachmittag im Mariendorfer Seebad, an dem er sie zum ersten Mal geküsst hatte, stand wieder vor seinen Augen. Er hatte sie um einen Brief gebeten, doch dann war ihm klar geworden, wie vermessen seine Bitte gewesen war, denn sie hatte doch keinerlei Übung im Schreiben. Und nun hielt er ein Kuvert in der Hand, auf dem mit steifen

Buchstaben sein Name geschrieben stand. Er spürte einen Kloß im Hals, als er sich vorstellte, wie sie abends beim Schein der Petroleumlampe mühsam diese Zeilen verfasst haben musste. Verflixt! Der Brief war noch vor dem verhängnisvollen Wochenende entstanden, und er fragte sich, ob er ihn überhaupt lesen sollte.

»Danke, Lotta«, brachte er heraus. »Du musst jetzt aber schleunigst ins Bett gehen.«

Als sie das Zimmer verlassen hatte, öffnete er vorsichtig den Umschlag. Er enthielt drei eng mit Bleistift beschriebene Seiten Papier, und er erkannte, dass der Brief in viele kleine Absätze gegliedert war, über denen jeweils ein Datum stand. Der erste Eintrag datierte sechs Jahre zurück.

Mai 1908
Wieder ein Tag, an dem Moritz und ich am Alexanderplatz betteln. Wir haben noch nicht viel in unserem Körbchen, als ein Junge in einem hellen Anzug vorbeikommt und uns eine Mark schenkt. So viel Geld! Kurz darauf läuft ein kleines Mädchen – wahrscheinlich seine Schwester – vor eine Kutsche. Es gelingt mir, sie wegzuzerren, doch sie wird schwer verletzt. Der Junge wirkt verzweifelt, als er sie hochhebt und zur Kutsche trägt, um mit ihr ins Krankenhaus zu fahren. Wer ist er? Werde ich ihn wiedersehen?

Am nächsten Nachmittag kommt Viktor und bringt mir eine Puppe – ein Geschenk von dem Jungen! Er heißt Henning. Hat er gestern tatsächlich mitbekommen, wie sehr sie mir gefallen hat? Ich freue mich so darüber, denn sie erinnert mich an Annelie. Es beginnt zu regnen, aber der Hinterhof ist gar nicht mehr grau.

Henning ließ das Blatt sinken. Isa hatte ihrer beider Geschichte aufgeschrieben, und noch dazu fehlerfrei – sicher hatte sie Lottas Hauslehrer Doktor Schreiber bei schwierigen Wörtern zurate gezogen – und in akkuraten Druckbuchstaben. Wie viel Mühe und Liebe steckten in diesem Brief! Aber so war Isa. Er konnte nicht weiterlesen, denn jede dieser Zeilen sagte ihm, wie viel er ihr bedeutete. Und das gab ihm heute den Rest.

Kapitel 2

Die Herbstsonne stand bereits tief, als Henning mit einigen Kommilitonen das Universitätsgebäude verließ.

»Kommst du noch mit ins Kaffeehaus Victoria?«, fragte einer der Studenten. Er hatte ihn schon öfter angesprochen, doch Henning hatte immer abgelehnt und war zum nahe gelegenen Kiosk am Brandenburger Tor gelaufen, in dem Isa arbeitete. Doch da würde er heute nicht hingehen. Was blieb ihm dann? Schon wieder der Athletikclub? Oder ein Kartenspiel mit Lotta?

Er nickte. »Klar komm ich mit.«

Sie waren ein ganzer Tisch junger Männer, die sich im Kaffeehaus zusammensetzten, und das vorherrschende Thema war die deutsche Niederlage an der Westfront. Sie debattierten darüber, ob der Schlieffen-Plan, der einen schnellen Sieg über Frankreich vorgesehen hatte, nun, da die Franzosen den deutschen Vorstoß an der Marne gestoppt hatten, gescheitert war. Nur die Siege im Osten an den Masurischen Seen, wo es dem deutschen Heer gelungen war, die russischen Einheiten aus Ostpreußen zurückzudrängen, stimmten ein bisschen hoffnungsvoll.

»Hieß es nicht immer, bis zum Herbst sei alles vorbei? Ich befürchte, sie werden mich auch noch einziehen. Was sagst du dazu, Henning?«, fragte der Student, der ihn angesprochen hatte und nun neben ihm saß.

Henning sah ihn an. Er hatte sich in den letzten Wochen eindeutig zu wenig mit seinen Kommilitonen beschäftigt, sonst wäre er jetzt nicht in der Verlegenheit gewesen, dass er keinen blassen Schimmer hatte, wie der Student hieß. Verstohlen musterte er den zierlichen jungen Mann mit den dunklen, lockigen Haaren. Sie hatten einige Vorlesungen gemeinsam und er hatte sich auch schon mit ihm unterhalten. Und der Name … hatte er nicht irgendetwas mit einem Engel zu tun? Gabriel? Emanuel?

»Sie nehmen ja nicht alle«, antwortete Henning. »Und ich muss leider gestehen, dass mir dein Name entfallen ist. Kannst du mir bitte auf die Sprünge helfen?«

»Ich bin Raffael.«

»Genau! Wusste ich es doch, dass es etwas aus der Bibel war.«

Der Mann wehrte schmunzelnd ab. »Nein, das ist nicht der Grund. Mein Vater verehrt den italienischen Maler Raffael, und ich wurde wohl in der Hoffnung, ähnlich talentiert zu sein, nach ihm benannt.«

»Und, kannst du malen?«

»Kein bisschen.«

Henning lachte. »Also, was den Militärdienst angeht, solltest du dir keine allzu großen Sorgen machen. In Deutschland wurden bisher nie alle Männer eines Jahrgangs eingezogen.«

Raffael trank von seinem Tee. »Dann hoffe ich, dass sie mich weiterhin vergessen. Ich bin eine Niete im Sport und würde mich beim Exerzieren nur zum Gespött machen.«

»Und warum tust du nichts dagegen?«

Raffael warf ihm einen skeptischen Blick zu. »Du redest von einem Sportverein?«

»Genau. Ich trainiere selbst in einem Club. Komm mal vorbei und schau es dir an.« Er holte einen Zettel aus der Tasche und schrieb die Adresse des Athletikclubs darauf. »Montagabends bin ich meistens dort.« Dann überlegte er kurz. Er würde nun nicht mehr Isa nach Hause begleiten oder sie nach Feierabend am Kiosk besuchen. Also hatte er mehr freie Abende, als ihm lieb war. »Nein, ich werde in Zukunft öfter dort anzutreffen sein.«

Mit wenig Begeisterung nahm Raffael den Zettel entgegen und steckte ihn ein. »Ich denk darüber nach. Aber eigentlich habe ich dafür gar keine Zeit.«

»Warum? Bist du so ein eifriger Student?«

»Nein, das nicht. Aber ich trage Zeitungen aus und arbeite oft ehrenamtlich im Parteibüro der Sozialdemokraten hier im Bezirk.«

Nun wurde Henning hellhörig. »Du bist in der SPD? Und, was machst du da?«

»Jede Menge. Ich halte Treffen für den Sozialistischen Arbeiterjugendverein ab, schreibe Flugblätter, Artikel und Leserbriefe und organisiere Protestaktionen.«

»Tatsächlich? Kannst du mich mal zu einer deiner Versammlungen mitnehmen?«

Raffael lachte. »Soll das ein Scherz sein? Du bist der Sohn von Max Wittmann – was willst du bei der Arbeiterjugend?«

Fast fühlte Henning sich gekränkt, doch er sagte sich, dass die Reaktion seines Mitstudenten verständlich war. Raffael konnte ja nicht ahnen, dass Henning die politischen Ansichten seines Vaters, der die kaisertreuen Nationalliberalen und ihre expansive Rüstungs- und Flottenpolitik unterstützte, nicht teilte. »Was ich bei der Arbeiterjugend will? Mir anhören, was die Leute dort zu sagen haben. Schließlich arbeiten solche Leute ja in unserer Fabrik. Also, ich schlage dir einen Handel vor.

Du nimmst mich mit zur SPD, und ich bring dich sportlich in Form. Was sagst du?«

Raffael grinste. »Du gibst wohl nie auf?«

»Nein.«

Isas Brief zu lesen, fiel Henning unglaublich schwer. Gebannt verschlang er die Zeilen über Isas Kindheit, ihre Freude, wenn er zum Alexanderplatz gekommen war und ein Geldstück in ihr Bettelkörbchen geworfen hatte, und stieß dabei immer wieder auf die Frage: Wer war Henning? Warum kam dieser reiche Junge zu ihr und Moritz? Nichts in ihrem Brief war geschönt. Er las über die Verzweiflung der Familie im ersten Winter ohne den Vater und über die Wut auf die Wittmanns, in deren Fabrik der Vater bei einem Arbeitsunfall die linke Hand verloren hatte. Er spürte Isas Angst, auch noch die Mutter und Moritz zu verlieren, als die beiden krank und die Kohlevorräte aufgebraucht gewesen waren. Es war Viktor gewesen, der ihr in dieser Situation geholfen hatte.

Henning schaffte es immer nur, zwei oder drei Eintragungen am Stück zu lesen, so sehr nahm ihn der Brief mit. Er fühlte sich Isa mit jedem Wort mehr verbunden, denn nun schlossen sich die Wissenslücken in Bezug auf die Jahre, in denen sie sich nicht gesehen hatten. Dabei waren sie einander gedanklich so nah gewesen, denn auch er hatte sie nie vergessen, hatte sogar mehrfach versucht, seinen Vater dazu zu bewegen, eine soziale Einrichtung ins Leben zu rufen, in der er sie vielleicht eines Tages getroffen hätte. Es musste Schicksal gewesen sein, dass er ihr wiederbegegnet war, damals im Garten der Fairbanks, doch wozu, wenn er sie nun doch wieder verloren hatte? Und jedes Mal, wenn er den Brief wieder sorgfältig zusammenfaltete und wegsteckte, fragte er sich, ob er überhaupt weiterlesen sollte. Wenn sich Isa für Viktor entschieden hatte, war es dann gut für ihn, noch so viel über sie zu erfahren?

* * *

»Der ist doch nie und nimmer von diesem jungen Wittmann? Der würde dich doch nicht so überfahren?«

Herr Magnusson stand am Tresen seines Kiosks und deutete stirnrunzelnd auf den Ring an Isas Hand.

Sie schüttelte den Kopf. »Nein. Er ist von Viktor.«

Der alte Mann ließ ein mürrisches Brummen hören. »Aber den liebst du doch gar nicht.«

»Doch.«

»Tust du nicht.« Herr Magnusson raufte sich die grauen Haare, bis sie ihm seitwärts vom Kopf abstanden. »Ich glaube, meine Mathilde wird auch nicht entzückt sein, wenn ich ihr das erzähle.«

Wortlos drehte Isa sich um und begann, die Zeitungsständer aufzufüllen. Dass alle um sie herum so genau wussten, was sie zu fühlen hatte und was nicht! Nun auch noch Herrn Magnussons Frau! Und überhaupt – was ging es die Leute an, für wen sie sich entschieden hatte? In ihrer Situation war es einfach vernünftig, sich mit Viktor zu verloben. Alles andere waren Luftschlösser. Hirngespinste. Ein Traum.

Und dennoch brodelte es in ihr. Henning kam nicht mehr zum Kiosk. Natürlich nicht. Was hatte sie auch erwartet? Sie kannte seinen Vorlesungsplan und wusste, wann er Freistunden hatte. Und ja, sie vermisste es, dass er nicht wie früher vor der Luke erschien und sie lächelnd um einen Tee bat. Herr Magnusson hatte extra seinen heiß geliebten Earl-Grey-Tee in sein Angebot aufgenommen, doch nun war nur noch sie diejenige, die ihn trank.

Wenn wenig Betrieb herrschte, holte sie eines der Bücher hervor, die Henning ihr gekauft hatte, und setzte sich damit an einen der Tische vor dem Verkaufsstand.

Heute wählte sie das Rechenbuch, denn die Aufgaben lenkten sie von dem Durcheinander in ihrem Kopf ab. Und dieses neue Kapitel – Prozentrechnen nannte es sich – bereitete ihr einiges an Kopfzerbrechen. Es gab wenige Erklärungen im Buch, und immer wieder strich sie ihre Rechnungen durch, denn sie kam einfach nicht auf die Lösung.

»Das ist falsch«, vernahm sie eine Stimme hinter sich.

Isa sah erschrocken auf. Hatte sie einen Kunden nicht bemerkt? Den jungen Mann mit den dunklen Augen und den fast schwarzen lockigen Haaren, der einen Anzug trug, hatte sie noch nie gesehen. Er blickte angestrengt auf ihr Papier.

»Ihr Rechenweg ist falsch. Darf ich?« Er setzte sich zu ihr, und fasziniert hörte Isa zu, als er ihr die Aufgabe erklärte.

»Warum lernen Sie das?«, erkundigte er sich, als sie die Aufgabe verstanden hatte. »Machen Sie die Buchhaltung für den Kiosk?«

Isa wurde bei seiner Frage schlagartig bewusst, dass sie eigentlich zum Arbeiten da war. Sie nahm ihr Buch und sprang auf. »Herr im Himmel, nein, ich bin hier nur für den Verkauf angestellt und sollte mich schleunigst wieder hinter den Tresen stellen. Vielen Dank für Ihre Hilfe.«

Doch Herr Magnusson hatte wie stets ein nachsichtiges Lächeln für sie übrig, als sie den Kiosk betrat, sich entschuldigte und begann, Wasser für frischen Kaffee aufzusetzen.

»Ist schon gut, Isa. Du kannst zwar wunderbar addieren und subtrahieren, aber Rechnen ist noch so viel mehr, und es zu lernen ist wichtig«, meinte er. »Wenn du mich mal vertreten musst, solltest du es können.«

Der junge Mann reichte ihr das Blatt über den Tresen, das sie auf dem Tisch hatte liegen lassen, suchte sich noch eine Zeitung aus und bezahlte.

»Nun weiß ich allerdings immer noch nicht, warum Sie Prozentrechnen lernen«, sagte er, als Isa ihm das Wechselgeld gab.

Isa überlegte. »Weil ich es können möchte. Ich würde am liebsten alles lernen. Wie man richtig schreibt und rechnet, wann Karl der Große gelebt hat und wo Madagaskar liegt. Violine spielen zu können, fände ich auch großartig, und ich wüsste gern, warum das Licht in einer Lampe brennt, wenn man den Schalter dreht.«

Er nickte, als wäre es das Selbstverständlichste auf der Welt, sich diese Fragen zu stellen. »Dann müssen Sie ja eine Musterschülerin gewesen sein, wenn Sie so wissbegierig sind.«

Isa schüttelte den Kopf. »Eben nicht. Ich hatte keine Zeit, um regelmäßig zur Schule zu gehen.«

»Das macht nichts. Das kann man alles nachholen. Es gibt Abendschulen und Wochenendkurse.«

Isa stöhnte. »Aber die kosten Zeit und Geld. Und beides habe ich nicht.«

»Verstehe. Gut, dass Sie es dann selbst lernen. Da ich in Zukunft öfter hier vorbeikomme, kann ich Ihnen vielleicht das ein oder andere erklären.«

Isa sah ihn überrascht an. »Sind Sie Lehrer?«

»Nein, ich bin Student. Ich studiere hier an der Uni Volkswirtschaft.«

Wie Henning, ging es Isa durch den Kopf, doch sie schob den Gedanken zur Seite. »Dann vielen Dank für Ihre Hilfe, Herr …«

»Kallenberg. Aber sagen Sie doch einfach Raffael zu mir.«

* * *

Das Büro der Sozialdemokraten ihres Bezirks entpuppte sich als eine Wohnung im fünften Stock eines großen Mietshauses. Henning waren bei seinem Eintreten sofort die vielen Bücher und Akten aufgefallen, die sich im Vorzimmer in den Regalen und auf dem Boden stapelten, der große Schreibtisch und die abgewetzten Ledersessel. In einem angrenzenden Raum standen eine Anzahl Stühle, ein ausrangiertes Sofa und ein paar alte Sessel, auf denen sich ein bunt zusammengewürfeltes Publikum niedergelassen hatte. Arbeiter, Angestellte und Studenten diskutierten über die Tagespolitik, und Henning hatte unter ihnen auch drei Frauen ausgemacht.

Raffael musste sein fragender Blick aufgefallen sein, denn er hatte ihn sogleich ins Bild gesetzt. »Vor einigen Jahren gab es eine Gesetzesänderung, die Frauen die Vereinstätigkeit erlaubt. Dafür hat sich die SPD starkgemacht. Wir sind die Partei mit dem größten Frauenanteil.«

Henning war beeindruckt, und über Raffael musste er sich wundern. Der schmächtige junge Mann, der gestern Abend im Athletikclub aufgetaucht war und ihm dort den letzten Nerv geraubt hatte, weil ihm alles zu schwer und zu anstrengend gewesen war, blühte hier förmlich auf. Er hatte bald die Leitung der Diskussion übernommen, und nun stand er mitten im Raum, und aller Augen waren auf ihn gerichtet, als er über die Frage der Kriegskredite referierte.

Raffael blickte in die Runde. »Es bleibt mir ein Rätsel, wie unsere Partei, die immer für Frieden eingestanden ist, sich der allgemeinen Kriegseuphorie anschließen konnte. Jahrelang haben sich unsere Reichstagsabgeordneten gegen jegliche Form des Militarismus ausgesprochen, doch in den ersten Augusttagen haben sie mit den kaisertreuen Parteien einen Burgfrieden geschlossen und den Kriegsanleihen zugestimmt. Damit haben sie diesen Krieg erst möglich gemacht.«

Empörtes Gemurmel war zu hören. Henning blickte fasziniert auf Raffael, der unbeirrt fortfuhr. »Wenige Tage zuvor hatte der Parteivorstand noch zu Protestaktionen gegen die Entscheidung der Regierung aufgerufen. Hier ist eine Extraausgabe des Parteiorgans ›Vorwärts‹ aus dem Juli.« Raffael nahm eine Zeitung zur Hand und las daraus vor. »›Wir wollen keinen Krieg! Nieder mit dem Kriege! Hoch die internationale Völkerverbrüderung!‹«

Raffael legte die Zeitung nieder. Im Saal war es mucksmäuschenstill, als er weitersprach. »Wir haben diesen Worten geglaubt, sind durch Berlin marschiert und haben diese Parolen skandiert, und auch in vielen anderen deutschen Städten kam es zu den größten Massendemonstrationen in der Geschichte der Arbeiterschaft. Und wenige Tage später fielen uns unsere Abgeordneten in den Rücken und stimmten zugunsten der Kriegskredite ab.«

Aufgeregtes Gemurmel war zu hören.

»Es ist eine Schande!«, rief Raffael aus. »Die SPD ist immerhin die stärkste Fraktion im Reichstag, und geschlossen hätten wir etwas erreichen, vielleicht sogar den Krieg verhindern können!«

Einige im Raum klatschten zustimmend.

»Und dennoch, auch wenn ich mich heute schäme, Sozialdemokrat zu sein, glaube ich doch daran, dass diese Partei wieder auf den richtigen Weg zurückfindet.«

Raffael setzte sich, und Applaus brandete auf. Auch Henning klatschte begeistert. Es schloss sich noch eine Diskussionsrunde an, in der man sich darauf einigte, ein Protestschreiben an den Parteivorstand zu verfassen, dann löste sich die Versammlung langsam auf.

Raffael blieb noch, um die übrig gebliebenen Pamphlete einzusammeln, und Henning lehnte in der Tür und sah ihm dabei zu.

»Ich kann das nicht verstehen«, sagte er.

Raffael schaute auf. »Was? Das Thema Kriegskredite?«

»Nein. Dass du und der junge Mann, mit dem ich gestern trainieren wollte, ein und dieselbe Person sein sollt. Am Boxsack hast du geschaut wie ein aufgeschrecktes Kaninchen, und hier entpuppst du dich als ein Mann, der mit wenigen Worten einen ganzen Saal unter Kontrolle bringt.«

Raffael schien sich über das Lob zu freuen. »Politik ist bei uns zu Hause schon immer an der Tagesordnung gewesen. Mein Vater ist Vorarbeiter in einem Stahlwerk und Mitglied der Gewerkschaft.«

»Er ist Stahlarbeiter?«

Raffael lachte. »Ich weiß, was für ein Bild du jetzt im Kopf hast – der große, breitschultrige Arbeiter am Hochofen, der in seiner Freizeit italienische Renaissancemalerei liebt. Und genau das trifft auf meinen Vater zu. Und nebenbei versucht er seit Jahren, durch sein gewerkschaftliches Engagement bessere Arbeitsbedingungen durchzusetzen. Das hat wohl auf mich abgefärbt.«

Henning stieß sich vom Türrahmen ab und setzte sich auf eine Ecke des Schreibtischs. »Ich wünschte, ich könnte so etwas auch von meinem Vater sagen. Für Max Wittmann könnte alles so bleiben, wie es ist. Er wehrt sich gegen jede Veränderung.«

»Natürlich, weil er Angst hat, dann etwas zu verlieren. Meine Familie dagegen muss kämpfen, um zu überleben. Ich komme aus ganz einfachen Verhältnissen, und nur ein Stipendium wegen guter Noten hat mich an die Uni gebracht. Meine vier älteren Brüder arbeiten im gleichen Unternehmen wie mein Vater, nur ich war immer der, der die Nase in irgendein Buch gesteckt hat. Meine Familie ist arm, und für den Anzug, den ich in den Vorlesungen trage, musste ich monatelang Zeitungen austragen. Wahrscheinlich hast du bei mir Extrablätter erworben; die habe ich lange Zeit am Alexanderplatz verkauft. Du siehst – uns trennen Welten.«

Henning sah ihn betroffen an. Wie oft hatte er diesen Satz von Isa gehört? Doch er selbst wollte diese Kluft doch gar nicht.

»Wenn dein Vater in einem Stahlwerk arbeitet, dann hoffentlich nicht in den Wittmann-Werken. Mein Vater lehnt nämlich jegliche gewerkschaftliche Organisation rigoros ab.«

»Nein, Vater arbeitet für eure Konkurrenz, die Schwarzmann AG; dort ist die Haltung der Geschäftsleitung nicht ganz so rückständig. Ich hoffe, du nimmst mir diese Bemerkung nicht krumm, aber wie Max Wittmann zu diesem Thema steht, ist allgemein bekannt. Wenn sich die Kumpels meines Vaters bei uns zu Hause treffen, fällt auch immer wieder sein Name.«

Henning erhob sich und ging im Raum auf und ab. »Wenn ich nur wüsste, wie ich Vater in dieser Frage beeinflussen könnte! Ich bin gerade dabei, mich in die Geschäfte unserer Firma einzuarbeiten. Und wenn ich die Zusammenhänge verstehe, will ich ihn davon überzeugen, dass wir unsere Firmenpolitik ändern müssen.«

»Dann beschaff dir die Fakten, Henning! Ändere etwas in eurer Firma!«

»Ich versuche es.« Henning blieb stehen. »Aber nun zu dir. Wie wäre es, wenn du morgen wieder in den Athletikclub kommst und dir zur Abwechslung ein bisschen Mühe gibst?«

Raffael schnaubte. »Ein bisschen Mühe? Was glaubst du, was ich gestern getan habe? Mir tut jetzt noch jeder Knochen weh.«

»Ha! Wovon denn? Die Gewichte, die du gestemmt hast, packt ja meine kleine Schwester schon. Und die ist erst elf.«

Raffael gab sich beleidigt und boxte Henning in die Seite. »Schönen Dank auch!«, brummte er.

Sie erhoben sich, löschten das Licht und verließen die Wohnung, die Raffael abschloss.

»Dann kommst du also morgen Abend?«, fragte Henning, als sie in die herbstliche Kälte hinaustraten und Richtung Straßenbahnhaltestelle liefen.

»Gut. Morgen komme ich, aber für den Rest der Woche habe ich keine Zeit mehr, da helfe ich nach den Vorlesungen einer jungen Frau mit ihren Mathematikaufgaben.«

»Ach, du gibst Unterricht? Und das geht nur an diesen Tagen?«

»Ja. Sie arbeitet donnerstags bis samstags in der Nähe der Uni. An den anderen Tagen hütet sie das Kind von irgendwelchen reichen Leuten.«

Henning schluckte. Es gab nur eine Person, auf die diese Beschreibung passte. »Wo arbeitet sie denn?«

»In dem Kiosk eines alten Mannes auf dem Pariser Platz.«

Isa! Raffael kannte sie und half ihr bei den Rechenaufgaben? Er spürte, wie Eifersucht in ihm hochstieg. Er wäre gern derjenige gewesen, der ihr geholfen hätte. Doch sie redeten nicht mehr miteinander, schlimmer noch, sie sahen sich gar nicht mehr. Er verließ frühmorgens das Haus, bevor sie zu Lotta kam, und kehrte abends erst zurück, wenn sie bereits gegangen war. »Hat sie dich darum gebeten?«

Raffael schüttelte den Kopf. »Nein. Ich habe es ihr angeboten. Sie tat mir leid, weil sie sich so viel Mühe gab und einfach nicht auf die Lösung kam. Wie auch, ohne Unterricht. Sie hat so traurig gewirkt.«

Nun fühlte Henning sich noch mieser. Wie konnte er Isa das bisschen Unterstützung nicht gönnen? »Finde ich toll, dass du ihr hilfst«, presste er durch die Zähne hervor und wechselte schnell das Thema. »Bring mir doch morgen ein Anmeldeformular mit, ich möchte Mitglied der SPD werden.«

Der Blick, den Raffael ihm zuwarf, sagte alles. Er, Henning Wittmann, wollte den Sozialdemokraten beitreten? War er denn verrückt? Sein Vater würde ihn enterben, wenn er davon erfuhr.

Doch Raffael nickte nur, bevor sie sich an der nächsten Kreuzung trennten. »Mach ich.«

Auf dem Heimweg grübelte Henning vor sich hin. Immer wieder gingen ihm Raffaels Worte durch den Sinn: »Sie hat so traurig gewirkt.« Gott, er wäre doch da für sie! Die Erinnerungen an die wenigen Stunden, die sie zusammen verbracht hatten, drängten mit Macht in sein Bewusstsein. Sie waren doch so glücklich gewesen! Und dann war Viktor gekommen und hatte ihm Isa weggenommen. Und er musste lernen, mit dieser Leere in seinem Herzen zu leben.

* * *

An diesem Morgen war Isa spät dran. Als sie über den Kiesweg auf die Villa der Wittmanns zueilte, trat gerade Henning aus der Tür. Was machte der denn noch hier? Um diese Zeit war er doch bereits auf dem Weg zur Uni? Sie blieben beide stehen. Isas Herz pochte wie wild. Sie wollte so viel sagen, so viel fragen, doch alles, was sie herausbrachte, war ein nichtssagendes »Wie geht es dir?«.

In seinem Gesicht spiegelten sich widersprüchliche Gefühle. »Gut.«

Doch so sah er nicht aus. Im Gegenteil. Er wirkte übermüdet, traurig und wütend zugleich.

»Und dir?«

»Auch gut.« Was für eine Lüge!

»Sagst du mir, wenn ich dir irgendwie helfen kann?«, fragte er noch.

Sie nickte. »Danke, Henning.«

Sie suchte fieberhaft nach weiteren Worten, doch ihr Kopf war leer. Wie lange war es her, dass sie stundenlang spazieren gegangen waren und sich aus ihrem Leben erzählt hatten? Er hatte gar nicht genug darüber hören können, wie sie und Moritz sich früher mit Viktors Hilfe durchgeschlagen hatten, und sie hatte sich genauso sehr dafür interessiert, wie es für ihn gewesen war, als Sohn von Max Wittmann aufzuwachsen. Doch nun war da plötzlich nichts mehr, worüber sie hätten reden können. Tränen brannten in ihren Augen, doch sie blinzelte sie weg.

»Ihr wart im Zoo. Im Aquarium«, sagte er unvermittelt, als wollte auch er verhindern, dass dieses erste Gespräch seit zwei Wochen nur aus wenigen leeren Floskeln bestand.

»Ja. Hat Lotta dir davon erzählt? Wir waren beim Iguanodon.«

Er lächelte, und es tat gut, endlich wieder ein Funkeln in seinen Augen zu sehen. »Und, wie hat es dir gefallen?«

»Oh, es ist ein riesiges Tier, aber ehrlich gesagt bin ich ganz froh, dass es bereits ausgestorben ist.«

»Ja, als Haustier wäre es wohl doch etwas unhandlich gewesen«, spielte Henning auf den Scherz an, den sie immer über diesen Saurier gemacht hatten. »Wenn er in unserer Villa unten in der Eingangshalle säße, könnte er oben im zweiten Stock zum Fenster hinausschauen.«

Nun mussten sie beide lachen, und für Isa fühlte es sich ein bisschen an wie früher. Sie schaute wie verzaubert auf Henning, und ihre Gedanken drehten sich wie ein rückwärtsfahrendes Karussell zu den schönen Stunden, die sie im Mariendorfer Park verbracht hatten, nur sie beide und der kleine Hund Koki. »Wir sperren die Welt aus«, hatte er damals zu ihr gesagt, und einen Sommer lang hatte es tatsächlich funktioniert. Sie hatte geglaubt, sie hätten alle Zeit der Welt, doch es war anders gekommen. Ihnen waren nur wenige Wochen geblieben. Sollte das alles Glück gewesen sein, das das Leben für sie vorgesehen hatte? Hatte sie nur einen kurzen Blick in eine Welt werfen dürfen, die doch auf Dauer für sie verschlossen blieb?

Letzten Endes war es Lotta, die aus der Villa kam und ihr Zusammentreffen beendete.

»Da bist du ja.« Sie kam näher, klammerte sich an Isas Arm und strahlte Henning an. »Kommst du heute mal früher nach Hause? Du hast schon lang nicht mehr Schwarzer Peter mit uns gespielt, und zu dritt macht das mehr Spaß als zu zweit. Stimmt's, Isa?«

Isa warf Henning einen Blick zu, doch sie konnte seinen verschlossenen Gesichtsausdruck nicht deuten. Was sollte sie erwidern? »Henning hat sicher ganz viel für sein Studium zu tun, da sollten wir ihn besser nicht stören.«

Offensichtlich hatte sie damit genau das Falsche gesagt, denn er runzelte die Stirn. »So ist es. Und nun muss ich los.«

Als er ging, sah sie ihm betroffen nach. Sie hatte sich gefreut, wieder mit ihm zu reden, doch die Hoffnung, sie könnten weiterhin Freunde bleiben, war erloschen wie die Flamme einer Kerze im Wind.

Kapitel 3

Seine vorlesungsfreie Zeit verbrachte Henning in der Firmenzentrale, einem dreigeschossigen Geschäftshaus in der Chausseestraße. Mittlerweile hatten sich die Sekretärinnen daran gewöhnt, dass er aufgrund der Abwesenheit seines Bruders Roman dessen Büro bezogen hatte, und wenn er mehrmals am Tag ins Untergeschoss lief und Aktenberge aus dem Archiv heraufschleppte, schauten sie gar nicht mehr von ihren Schreibmaschinen auf. Der Gedanke, dass Investitionen in den Arbeitsschutz sowie eine generelle Arbeitszeitverkürzung der Firma mehr einbringen könnten, als sie Kosten verursachten, ließ Henning nicht mehr los, und so wertete er Unmengen an Firmendaten aus.

Er trug gerade Zahlen in eine Tabelle ein, als sich mit einem Ruck die Tür öffnete und Max hereinstürmte, gefolgt von Frau Wiedekind, der langjährigen Chefsekretärin, die konsterniert ihre schwarz geränderte Brille zurechtrückte.

»Also wirklich, Henning, wie kannst du Frau Wiedekinds wertvolle Zeit in Anspruch nehmen, damit sie dir deinen komischen Tee zubereitet? Gerade eben hätte ich sie zum Diktat gebraucht, und wo finde ich sie? In der Kaffeeküche. Mit einer Packung deines Earl Grey, oder wie dieses Gebräu heißt, in der

Hand. So geht das nicht, Sohn! Solange du nicht produktiv für die Firma arbeitest, kochst du dir deinen Tee gefälligst selbst.«

Henning sah ein triumphierendes Aufleuchten in den Augen der Sekretärin, die zusammen mit Max Anstalten machte, das Büro wieder zu verlassen. Da drehte sich sein Vater noch einmal um und deutete auf die Akten, die sich um Hennings Schreibtisch stapelten. »Was zur Hölle treibst du da? Was glaubst du, wofür wir ein Archiv haben? Das Zeug räumst du auf der Stelle wieder aus Romans Büro weg. Wenn er am Wochenende auf Heimaturlaub kommt, soll er den Raum vorfinden, wie er ihn verlassen hat.«

Er trat neben Henning, der noch immer keine Chance gehabt hatte, sich zu äußern, und beugte sich über dessen Zahlenkolonnen. »Was ist das?«

»Das sind Aufstellungen unserer Beschäftigten, ihrer Arbeitsstunden und Gehälter. Und hier ist eine Auswertung unseres Maschinenparks – die maximalen Auslastungsdaten, die Wartungsintervalle, Ausgaben für …«

Max nahm die Papiere an sich und studierte sie genauestens. Dann sah er Henning verblüfft an. »Eine Analyse unseres Betriebs? Genau das brauche ich! Das Kriegsministerium hat angefragt, welche Kapazitäten wir noch frei haben, und ich hätte jetzt Stunden damit verbracht, diese Aufstellungen anzufertigen.« Er klopfte Henning anerkennend auf die Schulter. »Du bist ein Goldjunge. Stell mir alles zusammen, was du hast, dann bring es mir rüber in mein Büro. Danach nehmen wir uns die Lagerbestände vor. Ich muss genau wissen, welche Mengen an Eisen und Stahl wir bevorraten.«

Max durchmaß mit eiligen Schritten das Büro. Als er Frau Wiedekind in der Tür stehen sah, herrschte er sie an: »Was stehen Sie denn hier noch rum? Kochen Sie gefälligst den Tee für meinen Sohn!«

Henning blickte auf die Tür, die sich gerade schloss, und fragte sich, ob er halluzinierte. Hatte ihn sein Vater, der in ihm immer einen Versager gesehen hatte, tatsächlich gerade gelobt? Er lehnte sich zurück und verschränkte die Arme hinter dem Kopf. Es geschahen also doch noch Zeichen und Wunder!

* * *

In Uniform kam Roman in die Eingangshalle, wo er sogleich sein Gepäck fallen ließ. Max eilte auf seinen Ältesten zu und umarmte ihn, Silvia hieß ihn herzlich willkommen und Lotta fiel ihm um den Hals.

Henning lehnte am Kaminsims. Roman und er standen sich nicht nah genug, als dass sie sich umarmt hätten, und so blieb es bei einem kurzen Schulterklopfen, als Roman an ihm vorbeikam.

»Na, kleiner Bruder, hast du hier die Stellung gehalten?«, fragte Roman.

»Habe ich«, war alles, was Henning antwortete. Und wahrscheinlich würden sie sich während Romans Heimaturlaub auch nicht viel mehr zu sagen haben, dachte Henning, denn Roman sah in ihm keinen ernst zu nehmenden Gesprächspartner. Es war einmal anders gewesen, damals, als ihre Mutter noch hier gewesen war, doch das war schon viele Jahre her.

Max öffnete mit einer theatralischen Geste die Speisezimmertür. »Treten Sie ein, Herr Offizier! Das Abendessen ist bereit.«

Als Roman den gedeckten Tisch begutachtete, auf dem Hans gerade die dampfenden Schüsseln anrichtete, gab er einen Seufzer von sich. »Gott sei Dank, endlich wieder ordentliches Essen!«

»Soll das etwa heißen, Ihr Offiziere an der Front müsst darben?«, fragte Silvia, während sie alle am Tisch Platz nahmen.

»Wir werden zwar besser verköstigt als das Fußvolk«, entgegnete Roman und nickte Hans zu, der ihm zwei Scheiben Braten auf den Teller legte. »Aber Front ist Front. Und eine Gulaschkanone ist eben nicht Wallys Schmorbraten.«

»Am besten, du teilst ihr das nach dem Essen mit«, schlug Silvia vor und tätschelte Romans Arm. »Die Gute hat sich so ins Zeug gelegt, als sie von deiner Ankunft hörte.«

Roman nickte. »Mach ich.«

»Nun seid ihr doch nicht in den Osten verlegt worden, oder?«, wollte Max wissen. »Und habt General von Hindenburg dort allein das Feld überlassen?«

Roman schüttelte den Kopf. »Es gab keine Möglichkeit, unsere Division aus dem Westen abzuziehen. Seit August stehen wir ununterbrochen in Kämpfen im belgisch-französischen Grenzgebiet. Auvelais, St. Quentin, Reims – dort waren wir überall. Im Moment sind wir bis auf Weiteres im Frontabschnitt zwischen Arras und Lille stationiert.«

Max nahm sein Weinglas zur Hand. »Gut, dass du nun endlich mal Urlaub bekommen hast, schließlich bist du schon drei Monate weg. Wie lange bleibst du?«

»Nur ein paar Tage. Länger geht nicht. Generalleutnant von Winckler braucht jeden Mann.«

»Aber wenn alle Kräfte im Westen gebunden sind, wen schickt die Oberste Heeresleitung dann in den Osten?«, erkundigte sich Henning. »Dort müssen die Einheiten doch auch verstärkt werden.«

Roman zuckte die Schultern und griff noch einmal nach der Schüssel mit dem Püree. »Es müssen neue Truppen ausgehoben werden. Ich fürchte, du kommst auch noch dran; spätestens im Frühjahr könnte dir ein Stellungsbefehl ins Haus flattern.«

Henning fragte sich, ob er sich täuschte oder ob da tatsächlich Bedauern in Romans Stimme gelegen hatte.

»Bis dahin ist alles vorbei«, meinte Lotta, die bei Romans Äußerung die Stirn gerunzelt hatte. »Henning darf nicht auch noch in den Krieg ziehen. Wie ist es denn dort? Musst du auch mit deinem Gewehr schießen?«

Romans Mimik veränderte sich, sein Blick schweifte ab. Es dauerte einen Moment, bis er antwortete. »Das ist die Aufgabe eines Soldaten, Lotta, aber beim Essen sollten wir nicht davon sprechen. Erzähl mir lieber, was du so alles gemacht hast, während ich nicht da war.«

Lotta plapperte los, und in jedem zweiten Satz kam der Name Isa vor. Wieder war Henning verblüfft über Roman, der darüber keine einzige bissige Bemerkung fallen ließ, obwohl er Isa nicht gerade zugetan war. Nur einmal hob er kurz die Augenbrauen und warf Henning einen erstaunten Blick zu, als Lotta Isas Verlobung erwähnte.

»Er heißt Viktor«, erklärte sie. »Und Isa ist schon seit Jahren mit ihm befreundet.«

»Ist noch Rotkohl da?«, unterbrach Henning seine Schwester. Er mochte zwar keinen Kohl, aber es war ihm auf die Schnelle nichts anderes eingefallen, um das Thema zu wechseln.

Roman sah ihn mit einem überraschten Blick an und reichte ihm die Schüssel. »Ich dachte immer, du magst ihn nicht.«

»Doch.« Henning nahm sich eine große Portion. »Neuerdings liebe ich ihn«, log er. Dabei sah er Roman an, dass der ihm kein Wort glaubte.

»Was gibt es Neues in der Firma?«, fragte Roman, der noch immer leise in sich hineinlachte.

»Wir bereiten gerade die Umstellung der Produktion auf Rüstungsgüter vor«, antwortete Max. »Sobald wir grünes Licht erhalten, können wir loslegen.«

Roman sah nicht begeistert aus angesichts dieser Information. Seltsam, dachte Henning, denn vor Kriegsbeginn hatte sein Bruder Vaters Pläne durchaus geteilt. Hatte der Krieg Roman verändert?

»Und, was hältst du von Vaters Plänen?«, fragte Henning, als er Roman nach dem Essen in den Garten gefolgt war.

Roman holte eine Schachtel aus der Hosentasche und zündete sich eine Zigarette an. »Nun, es wird uns gar nichts anderes mehr übrig bleiben, als mit den Wölfen zu heulen. Die Heeresleitung hat sich völlig verschätzt, was die Dauer des Krieges angeht, und der Armee geht die Munition aus. Wir müssen Granaten herstellen, sonst macht das Kriegsministerium den Laden dicht.«

»Klingt, als würdest du deine Entscheidung, Offizier zu werden, bereuen.«

»Ich bereue es, diesen Krieg befürwortet zu haben. Er wurde uns von Leuten eingeredet, die nie an einer Front gekämpft haben – wie Vater, der all die Jahre die Kriegsparteien unterstützt hat, ohne zu wissen, was es wirklich heißt, in Kämpfen zu stehen. Diese Leute ahnen gar nicht, was sie da losgetreten haben.«

»Wie ist es an der Front?«

Roman blies den Rauch aus. »Frag nicht. Von den ganzen Erfolgsgeschichten über das unbesiegbare deutsche Heer, die du in den Zeitungen liest, stimmt keine Silbe. Kaum kommen die neuen Rekruten bei uns an, da schaufeln wir auch schon die ersten Gräber für sie. Ich hoffe, sie ziehen dich nicht auch noch ein.«

Henning kannte ähnliche Berichte von Richard Hartmann, dem Mitarbeiter der deutschen Botschaft und Berater des Kriegsministers von Falkenhayn, doch Romans letzter Satz klang noch viel drastischer. Er deutete auf die Zigarettenschachtel. »Kann ich auch eine haben?«

Roman hob überrascht die Augenbrauen und hielt ihm seine Zigarette hin. »Du hast doch noch nie geraucht.«

»Wenn das Leben so kurz sein kann, sollte ich mir schnell noch ein paar Laster zulegen.« Henning griff nach der Zigarette, zog daran und begann zu husten.

Roman grinste. »Hier hat sich ja einiges verändert, seit ich weg war. Mein tugendhafter Bruder ist nicht wiederzuerkennen, unser Kindermädchen verlobt – mir fehlen die Worte. Wer zur Hölle ist eigentlich dieser Viktor, von dem Lotta gesprochen hat, und wie konnte er dieses junge Mädchen an sich binden? Wie alt ist sie, siebzehn?«

Henning zog verbissen weiter an dem Glimmstängel, doch der Rauch trieb ihm Tränen in die Augen. »Ich dachte, du kannst sie nicht leiden. Es müsste dich doch freuen, wenn sie heiratet und weggeht«, entgegnete er.

»Ach, mittlerweile habe ich mich an sie gewöhnt. Mir gefällt ihre schlagfertige Art. Es würde mir glatt etwas fehlen, wenn sie nicht mehr da wäre. Und außerdem dachte ich immer, du und sie … na ja, egal.«

Henning wollte das Thema wechseln. »Musst du nicht los? Zu Therese? Du bist doch nur ein paar Tage hier.«

Roman lachte. »Therese? Das hat keine Eile. Es reicht, wenn sie mir morgen oder übermorgen mit ihren Hochzeitsplänen in den Ohren liegt. Jetzt will sie den ganzen Zirkus auch noch vorverlegen!«

»Klingt ja nach der ganz großen Liebe.«

»Liebe? Daran glaube ich nicht.« Ein spöttischer Ausdruck trat auf Romans Gesicht. »Und nun, da das Traumpaar, in das ich all meine Hoffnungen gesetzt habe, auch noch getrennte Wege geht, sehe ich mich in meiner Haltung bestätigt. Liebe gibt es nicht.«

Als Henning nur genervt die Augen verdrehte, fügte Roman hinzu. »Gib's ruhig zu, ich weiß mehr, als du denkst.« Er blickte sich kurz um, als wollte er sich vergewissern, dass ihm niemand zuhörte. »Und wenn wir schon einmal offen miteinander reden, will ich dir endlich einmal sagen, dass du ein verdammt guter Boxer bist.«

Jetzt verschluckte sich Henning am Zigarettenrauch. »Seit wann weißt du das?«

»Seit du Vater einmal am Kragen gepackt hast und ich mich gefragt habe, woher du den Mut dazu genommen hast. Ich war bei mehreren deiner Kämpfe und schwer beeindruckt. Hans hat dir ganz schön viel beigebracht.«

»Du weißt das von Hans?«

Roman, der sich bereits zum Gehen gewandt hatte, drehte sich um und grinste. »Schon vergessen? Ich bin dein Bruder.«

Er ging, und Henning sah ihm verdutzt nach. Ja, das war tatsächlich etwas, was er zwischenzeitlich vergessen hatte.

* * *

Mit einer Engelsgeduld erklärte Raffael, der neben Isa an einem der Kiosktische saß, die Rechenaufgaben. Sie lernte, Formeln umzustellen, um je nach Aufgabe einen anderen Wert zu berechnen, und hörte fasziniert zu, wenn er ihr Tipps verriet, die das Rechnen erleichterten. Die Stunde verflog, und wäre da nicht das permanente Husten gewesen, das aus dem Kiosk kam, wo Herr Magnusson mit einem dicken Schal um den Hals neben dem Ofen saß, hätte sie diesen Tag als sorglos eingestuft, was in letzter Zeit nicht oft vorkam. Die Tage in der Villa der Wittmanns waren anstrengend, denn sie fürchtete sich davor, Henning zu begegnen. Doch wenn sie dann spürte, dass er sie sogar noch mehr mied als sie ihn, war sie enttäuscht.

Da waren die Tage im Kiosk die reinste Erholung, und die Unterrichtsstunden bei Raffael, der neuerdings immer wieder vorbeikam, waren die Höhepunkte der Woche. Heute war er schon am frühen Nachmittag aufgetaucht, als es gerade etwas ruhiger war.

Wieder hustete Herr Magnusson. Isa drehte sich besorgt zum Kiosk um. »Das gefällt mir nicht. Das geht jetzt schon zwei Tage so. Er müsste unbedingt nach Hause gehen.«

Raffael sah vom Mathematikbuch auf. »Wo wohnt er? Soll ich ihn hinbringen?«

»Wäre wohl das Beste. Ich kann den Kiosk allein führen, nur mit der Abrechnung am Abend kenn ich mich nicht aus.«

»Aber ich, ich kann dir dabei helfen.«

Es bedurfte keiner großen Überredungskunst, um Herrn Magnusson davon zu überzeugen, dass er sich auskurieren musste, und Raffael ging mit ihm davon.

»Er wohnt gar nicht weit von hier«, sagte er, als er bald darauf wieder vor dem Kiosk erschien. »In einer hübschen kleinen Wohnung zwei Querstraßen weiter. Ich habe ihm noch einen heißen Tee gemacht, weil seine Frau gerade nicht da war, und ihm geraten, morgen zu Hause zu bleiben.«

»Danke. Musst du nicht zu deiner Vorlesung?«

»Ich habe heute keine Uni mehr. Wenn du willst, bleibe ich, bis du schließt.«

Isa sah ihn überrascht an. Sie hatte keine Ahnung, was den freundlichen jungen Mann mit der blassen Gesichtsfarbe und den dunklen, lockigen Haaren bewog, ihr beizustehen, doch sie sah auch keinen Grund, seine Hilfe abzulehnen.

»Darüber wäre ich sehr froh.«

Am Abend erklärte ihr Raffael, wie sie die Kasse abrechnen und die Einnahmen und Ausgaben in das Kassenbuch eintragen musste.

»Das Geld musst du jetzt mit nach Hause nehmen und morgen früh zur Bank bringen«, sagte er, als er die Tageseinnahmen in einen Lederbeutel packte, den Isa in ihre Tasche steckte. »Das ist erst mal alles.«

Sie verriegelten das Verkaufshäuschen, dann machten sie sich auf den Heimweg.

»Morgen habe ich den ganzen Tag Vorlesungen, aber abends komme ich und helfe dir wieder«, meinte Raffael, als sie sich am Alexanderplatz trennten.

»Wenn es dir nichts ausmacht«, sagte Isa, doch Raffael schüttelte den Kopf. Und sie war froh darüber. Sie hatte sich schon richtig an seine Gesellschaft gewöhnt.

Kapitel 4

Es war viel Betrieb im Warenhaus Tietz, als Henning durch die Räumlichkeiten dieses luxuriösen Verkaufstempels schlenderte, in dem es alles zu geben schien, was das Herz begehrte. Er durchquerte das Atrium, über dem sich ein Glasdach spannte, und begab sich zu den Aufzügen, die ihn in den ersten Stock brachten, denn hier befand sich die Spielwarenabteilung. Er war auf der Suche nach einem Geschenk für Lotta, die er in letzter Zeit sträflich vernachlässigt hatte. Was würde einem elfjährigen Mädchen gefallen? Lotta liebte Gesellschaftsspiele, doch wenn er ein neues Kartenspiel kaufte, würde sie ihn bitten, es zusammen mit ihr und Isa zu spielen. Das wollte er nicht. Er blieb vor einem Holzbrett mit geschnitzten Spielfiguren stehen. Natürlich! Ein Schachspiel! Das war die Lösung, denn Schachpartien spielte man zu zweit, und er konnte sich an den Wochenenden Zeit für sie nehmen.

Beim Gedanken an seine Sonntage seufzte er. Ihm fehlten die Ausflüge mit Isa nach Mariendorf, zu Edna, die dort einen Bauernhof bewirtschaftete, und zu seinem kleinen Hund Koki, der bei ihrer Familie lebte. Doch in Mariendorf hatte er die schönsten Stunden mit Isa verbracht, und alles dort hätte ihn an sie erinnert. Die abgelegene Bank im Park, das Café im Strandbad, die einsamen Wege am See entlang …

Er wurde aus seinen Gedanken gerissen, als nur wenige Meter weiter ein Tumult losbrach.

»Stopp, Bürschchen, leg das sofort wieder hin!«, vernahm er eine dröhnende Stimme, die ihn an seinen Vater erinnerte, der ihn früher ähnlich barsch angefahren hatte. Er fuhr herum und sah einen Mann im Anzug, der einen Jungen in Lottas Alter festhielt. Ein schmächtiger Kerl mit dunkelblondem Haar, das ihm in die Augen fiel. Als der Junge aufsah, zog Henning überrascht die Luft ein. Das war doch Moritz, Isas Bruder, den er seit Lottas Unfall kannte und erst vor Kurzem bei Isa am Kiosk hatte stehen sehen. Ja, er musste es sein.

»Ich habe genau beobachtet, dass du etwas gesteckt hast!«, rief der Mann. »Los, her damit!« Er zerrte an Moritz' Hand, bis der Junge das preisgab, was er in der Hosentasche verbarg: eine kleine Glaskugel, in die irgendetwas eingraviert war.

Fieberhaft überlegte Henning, was er tun konnte. Er konnte sich jede Menge Ärger einhandeln, wenn herauskam, dass er, Henning Wittmann, einen Kaufhausdieb deckte. Doch der Gedanke an Isas Verzweiflung, wenn sie von dem Vorfall erfuhr, ließ ihn alle Vorsicht vergessen.

Mit wenigen Schritten stand er neben dem Herrn mit dem puterroten Gesicht, von dem er annahm, dass es sich um einen Kaufhausdetektiv handelte.

»Herrgott, Junge, was hast du denn jetzt wieder Dummes gemacht?«, wandte er sich mit gespielter Entrüstung an Moritz, der ihn verständnislos ansah. Der Junge kannte ihn sicher nicht mehr, und Henning konnte jetzt nur hoffen, dass Moritz sein Theater durchschaute und mitspielte. »Ich habe dir doch gesagt, dass wir das Geschenk noch bezahlen müssen, wie kannst du es denn da schon in die Tasche stecken?« Mit einem gewinnenden Lächeln wandte er sich an den Mann, der Moritz noch immer festhielt. »Ich muss mich für meinen Neffen entschuldigen. Er ist ein solcher Luftikus und hat nie seine Gedanken beisammen!«

Moritz schien Hennings Taktik zu verstehen und senkte reumütig den Blick.

»Das ist Ihr Neffe?« Der Mann musterte Hennings guten Anzug und war nicht mehr ganz so abweisend.

»Ja, ich bin sein Onkel. Und ich versichere Ihnen, dass er das nicht mit Absicht getan hat, er ist ein guter Junge. Können wir den Vorfall auf sich beruhen lassen?«

Der Mann schüttelte den Kopf. »So einfach geht das nicht, ich muss das zur Anzeige bringen.«

Eine Anzeige? Das musste Henning verhindern. »Hören Sie, wir waren doch alle einmal Kinder und haben etwas Unüberlegtes getan. Denken Sie nicht, Sie könnten ein Auge zudrücken?« Er griff in seine Anzugtasche und zog ein Billett heraus. Eigentlich hatte er es Raffael schenken wollen, aber nun kam es eben anders. »Besuchen Sie gern Boxkämpfe? Darf ich Sie vielleicht zu einer Veranstaltung im Weißen Hirsch in Charlottenburg einladen? Offiziell gibt es schon seit Wochen keine Karten mehr zu kaufen.«

Der Mann warf einen interessierten Blick auf die Eintrittskarte, die Henning ihm hinhielt. Er schien sehr wohl zu wissen, dass der Weiße Hirsch die erste Adresse Berlins war, wenn es um solche Wettkämpfe ging.

»Bestechen lasse ich mich ja nie«, brummte er. »Aber so eine nette Einladung schlage ich natürlich nicht aus.« Er griff nach der Karte und wandte sich an Moritz. »Aber dich will ich hier nie mehr sehen, hörst du? Du hast hier Hausverbot! Und von der Anzeige werde ich absehen.«

Moritz nickte und flüsterte ein reumütiges »Danke«.

Henning bedankte sich ebenfalls, dann klopfte er dem Jungen auf die Schulter. »Und wir beide zahlen jetzt diese Glaskugel.«

Der Detektiv sah ihnen nach, bis sie an der Kasse waren. Nun erkannte Henning auch, um was es sich bei dem sündhaft teuren Diebesgut handelte: Es war eine kleine Weltkugel. Wie kam Moritz auf die Idee, so etwas zu stehlen? Mit allem hätte er gerechnet – einem Auto, einer Modelleisenbahn oder einem anderen Spielzeug, das Jungen in seinem Alter mochten, aber doch nicht mit einem Globus! Er zahlte und ließ den Jungen nicht los, während sie das Kaufhaus verließen.

»Danke«, sagte Moritz, als sie wieder auf dem Alexanderplatz standen, und wollte sich losreißen, doch Henning hielt ihn fest. »Moment mal! So schnell kommst du mir nicht davon. Wir beide müssen uns mal irgendwo ungestört unterhalten.«

Bloß wo? Es musste ein Ort sein, an dem ihm Moritz nicht so leicht entwischen konnte. Die Villa schied aus, denn da wären sie Isa begegnet, und bis zum Firmengebäude in der Chausseestraße war es zu weit. Da fiel ihm etwas ein.

»Komm mit, du wohnst doch nicht weit von hier.«

»Woher wissen Sie das?«

Richtig! Moritz wusste ja noch immer nicht, wer er war. »Ich kenne Isa, sie arbeitet für uns. Sie ist das Kindermädchen meiner Schwester.«

»Lotta? Die den Unfall hatte?« Moritz schien einen Moment zu überlegen. »Dann bist du der Junge in dem hellen Anzug, der immer zum Alexanderplatz gekommen ist und uns Geld geschenkt hast.«

»Genau.«

Das schien Moritz zu überzeugen, denn er folgte Henning ohne Widerrede ins Scheunenviertel.

Die winzige Wohnung, die Henning kurz darauf betrat, kannte er bereits, und so wunderte er sich nicht, dass in dem Raum, der Küche und Wohnraum zugleich war, an einer Wand auch noch das Stockbett stand, in dem Isa und Moritz schliefen; eine weitere Tür führte in eine kleine Kammer, in der sich die Schlafstatt der Eltern befand. Er war schon einmal hier gewesen, in der Nacht von Romans Verlobungsball, doch heute, bei Tageslicht, kam der armselige Zustand der Behausung überdeutlich zum Vorschein. Im Schein der Petroleumlampe hatte er damals nicht die schwarzen Rußflecken an der Decke über dem Ofen gesehen, den Riss, der sich quer über die Wand neben dem Fenster zog, die abgenutzten Möbelstücke. Das alles nahm er wahr, als er sich einen Stuhl schnappte und sich damit vor die Tür setzte, um Moritz keine Chance zum Ausbüchsen zu geben. Der saß mit verschränkten Armen auf der Küchenbank, und sein Blick wanderte immer wieder Richtung Fenster, als würde er abschätzen, ob er auf diesem Weg türmen konnte.

Henning holte die Glaskugel aus seiner Jackentasche. »Ich bin der Letzte, der jemanden verurteilt, der aus einer Notlage heraus stiehlt. Aber warum um alles in der Welt musste es ein Globus sein?«

Moritz gab ihm keine Antwort.

»Ich warte auf eine Erklärung!«

Noch immer Schweigen.

Henning wurde ungeduldig. »Herrgott, Junge, nun rede doch mal! Wie soll ich dir denn helfen, wenn ich nicht verstehe, warum du das machst?« Er lehnte sich auf dem Stuhl zurück und massierte seinen Nasenrücken. »War es als Geschenk gedacht? Für Isa? Oder deine Mutter?«

Der Junge schüttelte den Kopf. Seine Stimme war kaum mehr als ein Flüstern, als er antwortete: »Für Viktor.«

Und da begriff Henning, was in Moritz vor sich ging. Er vermisste Viktor. Wahrscheinlich hatte es in den vergangenen Jahren kaum einen Tag gegeben, an dem Moritz nicht mit seinem großen Vorbild unterwegs gewesen war, doch Viktor war an der Front und Moritz den ganzen Tag allein. Seine Mutter und Isa arbeiteten, und nach der Schule wartete niemand auf ihn. Und in seiner Einsamkeit machte der Junge das, was ihm sein älterer Freund beigebracht hatte: Er ging auf Diebestour.

»Warum eine Weltkugel?«, fragte Henning, und nun klang seine Stimme ganz sanft.

»Auf dem Dach des Warenhauses Tietz gibt es einen Globus, und der gefällt Viktor so gut.«

Die Worte des Jungen rührten Henning, und er überlegte, was er tun sollte. Schimpfen hätte Moritz nur noch mehr verstockt, und Isa wollte er auf keinen Fall mit der Sache behelligen. Gab es nicht irgendeine Möglichkeit, den Jungen nachmittags zu beschäftigen? Er dachte zurück, wie er selbst sich in diesem Alter gefühlt hatte. Einsam und wütend. Wenn er damals nicht in Hans einen Freund gefunden hätte, der ihm das Boxen beigebracht hatte, wo wäre er jetzt gewesen?

»Hör zu, ich mach dir einen Vorschlag«, sagte er. »Ich überlege mir, wie du deine Nachmittage sinnvoll verbringen könntest. Was meinst du?«

Moritz musterte ihn. »Warum willst du mir helfen?«

Henning stand auf und trat ans Fenster. Er schaute auf den Hinterhof hinaus. Zwischen verrosteten Eisenstangen waren Wäscheleinen gespannt, und die grauen Häuserfassaden ringsum ließen kaum Sonnenlicht herein.

»Weil ich das schon seit dem Tag von Lottas Unfall tun will. Aber ich habe euch aus den Augen verloren.«

Er drehte sich vom Fenster weg und ließ seinen Blick durch das Zimmer schweifen. Er spürte einen Kloß im Hals, als er die Puppe mit dem weißen Kleid, die er Isa einmal geschenkt hatte, und seinen Roman »Oliver Twist« neben ihrem Bett liegen sah. Es war ihm alles so vertraut, und doch durfte es ihn nichts mehr angehen.

Er wandte sich wieder an Moritz. »Also, ich werde mir etwas ausdenken. Komm am besten nächste Woche mal in die Firma und frag nach mir, dann kann ich dir vielleicht schon einen Vorschlag machen. Hast du Stift und Papier, damit ich dir die Adresse aufschreiben kann?«

Moritz holte Schreibzeug aus seinem Tornister, als sich die Tür öffnete und Isa mit einem schweren Einkaufskorb hereinkam.

Mist, einen Moment zu früh, dachte Henning, der durch Isas plötzliches Auftauchen völlig aus dem Konzept kam. Sie hätte das Ganze doch gar nicht mitbekommen sollen!

»Henning?«

Zu hören, wie sie seinen Namen aussprach, ließ sein Herz höherschlagen. Verdammt! Er sah, wie ihr verwunderter Blick zwischen ihm und Moritz hin und her wanderte.

Er fuhr sich nervös durch die Haare. »Du fragst dich sicher, was ich hier suche.«

»Allerdings.« Sie klang besorgt. »Hat Moritz etwas ausgefressen?«

Wenn er Moritz' Vertrauen nicht verspielen wollte, durfte er ihn jetzt nicht verraten. »Es ist alles in Ordnung.«

»Ja, sicher!«, entgegnete Isa mit zynischem Unterton, holte ein Päckchen aus dem Korb, das sie Moritz in die Hand drückte, und gab ihm den Auftrag, es zu Viktors Mutter ins Nachbarhaus zu bringen. Glücklich darüber, der Situation zu entkommen, sprang Moritz auf und verließ eiligst das Zimmer.

Isa drehte sich zu Henning um. »So, und nun möchte ich wissen, was vorgefallen ist.«

Da war sie wieder, die kämpferische Isa, der man nichts vormachen konnte und die ihn immer beeindruckt hatte. Es fiel ihm auf, wie blass sie war. Dunkle Ringe lagen wie Schatten unter ihren Augen, und aus ihrem blonden Zopf hatten sich Strähnen gelöst, die sie nur hinter die Ohren gesteckt hatte. Natürlich, Herr Magnusson war ja krank, wie er von Raffael erfahren hatte, der Isa neuerdings auch noch im Kiosk unterstützte.

»Wenn ich Moritz helfen soll, muss er mir vertrauen. Deshalb musst du mir versprechen, nicht mit ihm zu schimpfen, wenn ich dir erzähle, was vorgefallen ist.«

Er las in ihren Augen, dass sie ohnehin schon ahnte, worum es ging.

»Ich denke, ich kann mir alles zusammenreimen«, entgegnete sie resigniert. »Du hast ihn beim Stehlen erwischt und zur Rede gestellt. Stimmts?«

»So in etwa.«

»Wo?«

»Im Warenhaus Tietz. Aber es ist alles geregelt.«

Isa lief aufgeregt im Zimmer auf und ab. »Gott im Himmel! Wie oft habe ich ihm gepredigt, dass er das nicht darf. Wir brauchen das nicht mehr, es geht uns gut. Er muss damit aufhören, sonst bringt er sich in Teufels Küche!«

»Weißt du denn nicht, warum er das tut?«

Sie verengte die Augen. »Wie meinst du das?«

»Er tut es wegen Viktor.«

»Was?«

Sie sah so hilflos und überfordert aus, dass er sie am liebsten am Arm gepackt und an sich gezogen hätte. Doch das durfte er ja nicht mehr.

»Das liegt doch auf der Hand«, erklärte er. »Moritz vermisst Viktor, der ihm das Stehlen beigebracht hat. Doch Viktor ist nicht mehr da, und deshalb zieht Moritz allein los.«

Isa blieb vor ihm stehen. »Willst du jetzt Viktor dafür verurteilen, dass er mit Diebstählen seine Familie über Wasser gehalten hat, und meine dazu? Viktor ist der Böse, ja?«

Henning schüttelte entrüstet den Kopf. »Nein, natürlich nicht. So etwas habe ich doch überhaupt nicht gesagt. Aber ich glaube, du willst mich gerade falsch verstehen. Ich versuche nur, dir zu erklären, warum Moritz das tut. Er ist allein, Isa, stundenlang allein! Und ich würde ihm gern helfen. Vielleicht könnte ich …«

»Nein, auf keinen Fall!«, brauste sie auf. »Das geht nicht, du hast schon genug für uns getan. Mir eine Anstellung gegeben, Mutter aus dem Metropol geholt – das kann ich nicht auch noch von dir annehmen.«

Ihre Worte trafen ihn wie ein Schlag ins Gesicht. Er sah sie fassungslos an. Vor wenigen Wochen hatten sie sich noch so nah gestanden, Stunden zusammen im Park verbracht, er hatte sie im Arm gehalten. Und nun sagte sie so etwas zu ihm?

»Wirklich, Isa? Ist das die Art, wie wir jetzt miteinander umgehen? Von mir willst du keine Hilfe mehr annehmen, von einem Fremden aber schon?«

Sie runzelte die Stirn. »Von welchem Fremden sprichst du?«

»Von Raffael, oder kanntest du ihn etwa, als er plötzlich bei dir aufgekreuzt ist und dir Hilfe angeboten hat?«

»Du kennst Raffael?«

»Oh ja. Er sitzt in fast allen Vorlesungen neben mir und erzählt mir den halben Tag lang etwas von einer netten jungen Dame namens Isa und ihren Mathematikaufgaben und ihren Tagesabrechnungen im Kiosk.«

»Ach, verdammt!« Isa sah zur Seite. »Er war eines Tages da. Und dann kam er immer wieder. Ich weiß auch nicht, warum.«

»Nein, natürlich nicht«, gab Henning aufbrausend zurück. Und mit einem Mal brachen alle Verletzungen der letzten Wochen aus ihm heraus. »Du weißt ja auch nicht, wie du plötzlich zu einem Verlobungsring gekommen bist. Und du weißt auch nicht, wie es mir mit deiner Entscheidung geht. Weil dich das gar nicht interessiert. Warum auch? Henning ist ja ein reicher, verwöhnter Unternehmersohn, der kommt schon darüber hinweg, wenn man auf seinen Gefühlen herumtrampelt! Aber ich kann dich beruhigen, es geht mir gut. Sehr gut sogar. Du hast mich vor einem großen Fehler bewahrt, denn ich war drauf und dran, mich an jemanden zu binden. Ha! Ausgerechnet ich! Aber dann kamst du mit diesem Ring am Finger und hast mir die Augen geöffnet. Jetzt genieße ich meine Freiheit. Und mache Pläne, die nichts, aber auch gar nichts mehr mit Berlin zu tun haben. Ja, wenn dieser unselige Krieg vorbei ist, bin ich weg. Für immer.«

Er wusste nicht, wo all diese Worte auf einmal hergekommen waren, und schwieg erst, als er den fassungslosen Ausdruck in ihren Augen sah, in denen Tränen schimmerten.

»Dann geh, Henning!«, brach es aus ihr heraus. »Wenn ich ein Fehler war, dann geh einfach!«

Er wandte sich zur Tür. Wenn Isa jetzt auch noch angefangen hätte zu weinen, wäre es um ihn geschehen gewesen. Dann hätte er ihr gestanden, dass das alles nicht stimmte, dass er das nur behauptet hatte, um sich an ihr wegen ihrer Schnapsidee, sich mit Viktor zu verloben, zu rächen. Weil er zutiefst verletzt war. Weil er sie vermisste. Weil er sie immer noch so verdammt gernhatte. Ja, es hatte eine Zeit gegeben, als er seine Freiheit und Ungebundenheit über alles gestellt hatte, um zu verhindern, dass Menschen ihm zu nahe kamen und ihn verletzten. Doch dieser Schutzschild taugte nichts mehr. Isa hatte ihn schon viel zu weit aufgebrochen, hatte den Henning wieder zum Vorschein gebracht, der sich nach einem anderen Menschen sehnte. Und die einzige Art, jetzt wieder einen Wall um sich herum zu errichten, war seine Wut, die er sie hatte spüren lassen.

Er hielt schon die Klinke in der Hand, als ihm klar wurde, dass er etwas vergessen hatte. Er kehrte zurück zum Tisch, nahm einen Zettel und schrieb die Adresse der Firmenzentrale in der Chausseestraße darauf sowie eine Notiz für die Dame am Empfang, damit sie Moritz zu ihm durchließ. Dann wandte er sich noch einmal zu Isa um, wobei er versuchte, seine Stimme ruhig klingen zu lassen.

»Falls du denkst, ich kümmere mich nur deshalb um Moritz, damit du mir dankbar sein musst, dann irrst du dich. Ich helfe ihm, weil ich das schon immer wollte. Das ist eine Sache zwischen ihm und mir. Richte Moritz bitte aus, er kann nächste Woche vorbeikommen und nach mir fragen.«

Er wandte sich um und war durch die Tür, bevor sie noch etwas erwidern konnte, und dieses Mal kehrte er nicht wieder um.

Nun liefen Isa die Tränen, die sie so krampfhaft zurückgehalten hatte, übers Gesicht. Die Sache mit Moritz war schlimm genug, und sie war Henning dankbar, dass er ihn da rausgehauen hatte, aber wie hatte er ihr solch gemeine Sätze an den Kopf werfen können? Als einen Fehler sah er ihre Freundschaft an, die er offensichtlich bereute? Dann hatte Viktor wohl doch recht gehabt, als er sie vor einer Beziehung mit Henning gewarnt hatte. Es wäre wohl nie gut gegangen.

Sie wischte sich über das Gesicht und erhob sich, denn sie hatte keine Zeit zum Weinen, sondern musste das Abendessen zubereiten. Mutter, die in der Krankenhauswäscherei viel härter arbeitete als sie, sollte sich nicht auch noch darum kümmern müssen. Sie wirkte oft so betrübt, und Isa ahnte, warum. Sie wartete auf Vater. Warum kam er nicht? Sie hatte sich schon so oft vorgenommen, ihn noch einmal in seinem Männerwohnheim aufzusuchen – einen Versuch hatte sie schon unternommen, war jedoch von einem Mann auf so derbe Art angesprochen worden, dass sie schon am Eingang wieder umgekehrt war –, doch sie fand bei all ihrer Arbeit einfach nicht die Zeit dazu. Aber es half nichts, sie musste herausfinden, was mit Vater los war. Schämte er sich für seine schlecht bezahlte Arbeit im Lunapark? Er war dort Verkäufer in einer Losbude, dabei hatte er es in den Wittmann-Werken einmal fast zum Vorarbeiter gebracht.

Und da war er wieder, der Name Wittmann, vor dem es in Isas Leben kein Entrinnen zu geben schien. Er war Vater voller Stolz über die Lippen gekommen, wenn er abends von seiner Arbeit berichtet hatte; er war zum Fluch geworden, als nach Vaters Arbeitsunfall nur eine kleine Abfindung und eine Kündigung von den Wittmanns gekommen waren, und für sie selbst stand er ab heute für den tiefsten Schmerz, den sie je empfunden hatte. Henning war froh, wieder frei zu sein. Frei von ihr. Etwas Schlimmeres hätte er nicht sagen können.

Kapitel 5

Lotta sprach von nichts anderem mehr als von dem anstehenden Ball, den sie am Samstagabend besuchen würde.

»Ich darf mitgehen, hat Papa gesagt, und er wird wieder mit mir tanzen. Und ich bekomme ein neues Kleid. Und du auch, weil du mich begleiten sollst.«

»Ich dachte, jetzt zu Kriegszeiten sind solche Feierlichkeiten abgesagt worden?«, entgegnete Isa, der die Vorstellung, mit den Wittmanns einen Ball besuchen zu müssen, Bauchschmerzen bereitete.

»Sind sie auch«, hörte sie hinter sich die Stimme des Hausherrn, der aus seinem Arbeitszimmer kam. »Es handelt sich um eine Wohltätigkeitsveranstaltung, die auch jetzt noch erlaubt ist. Bitte halten Sie sich das nächste Wochenende frei. Ich wäre Ihnen sehr verbunden, wenn Sie mitkämen, um nach Lotta zu schauen. Sie haben das an Romans Verlobungsfeier so hervorragend gemacht.«

»Aber natürlich, Herr Wittmann«, antwortete Isa, bemüht, sich nicht anmerken zu lassen, welche Erinnerungen die Erwähnung jenes schicksalsträchtigen Abends in ihr hervorrief. »Ich kümmere mich an dem Abend gern um Lotta.«

»Das ist schön. Und machen Sie sich keine Gedanken wegen der Kleiderfrage, Silvia wird heute mit Ihnen und Lotta einkaufen gehen.«

»Aber ich habe doch noch das Kleid vom letzten Ball!«

Max wehrte ab. »Das ist ein Sommerkleid. Nein, wenn man Silvia eine Sache überlassen kann, dann, dass sie Sie neu einkleidet.«

Isa nickte und rang sich ein Lächeln ab. Es war ihr völlig egal, was sie an diesem Ball tragen würde, sie wollte den Abend nur hinter sich bringen. Denn Lotta schwärmte nicht nur von dem Fest, nein, zu allem Überfluss fiel auch noch in jedem zweiten Satz der Name Henning. Henning, der ihr versprochen hatte, mit ihr zu tanzen. Henning, der ihr Fruchtbowle besorgen würde. Henning, der sich vom Orchester ein Lieblingslied für sie wünschen wollte.

Seit er vor zwei Tagen wütend aus ihrer Wohnung gestürmt war, hatte Isa Angst, ihm wieder zu begegnen. Zu viele verletzende Worte waren zwischen ihnen gefallen.

Sie spürte, wie Lotta an ihrem Arm zog. Gott, wo war sie nur mit ihren Gedanken?

»Kommst du endlich, Isa? Silvia wartet schon auf uns. Wir kaufen Ballkleider!«

Nur mit Mühe brachte sie ein Lächeln zustande, als sie zu Lotta und Silvia in die Kutsche stieg. Ein Ball, an dem auch Henning teilnehmen würde; das konnte ja nur schiefgehen. Sie hätte sich am liebsten wie eine Maus in einem Loch verkrochen, und darin abgewartet, bis der nächste Samstag vorbei war. Doch ein Davonlaufen hatte es in ihrem Leben nie gegeben.

* * *

Die Trainingshalle des Athletikclubs war gut besucht. Henning hatte bereits eine Weile auf Boxsäcke eingedroschen, doch innerlich war er noch immer aufgewühlt und stand genervt neben Raffael, der sich mit Gewichten abmühte. Kopfschüttelnd beobachtete er seinen Mitstudenten und dachte insgeheim, dass er besser nicht gekommen wäre. Heute konnte es ihm niemand recht machen.

»Nun gib dir doch ein bisschen Mühe, Raffael, so wird das nichts. Zwanzig Wiederholungen müsstest du schon packen«, fuhr er den jungen Mann an, der resigniert die Hanteln sinken ließ. Ein verletzter Blick aus dunklen Augen traf ihn und brachte ihn wieder zur Vernunft. Hatte er wirklich den ganzen Abend schon seine schlechte Laune an seinem Kommilitonen ausgelassen, der doch nichts dafürkonnte, dass er keine Sportskanone war?

Wortlos wandte Raffael sich ab, griff nach seinem Handtuch und ging Richtung Waschraum davon.

»Verdammt!«, presste Henning zwischen den Zähnen hervor und eilte ihm nach. Er packte ihn am Arm und zog ihn zu sich herum. »Warte! Es tut mir leid, ich war heute ungenießbar.«

»Was habe ich dir eigentlich getan? Schon seit zwei Tagen sprichst du kaum mit mir, sondern herrschst mich nur an, und heute behandelst du mich wie den letzten Versager. Wenn du nicht mit mir trainieren willst, warum hast du es mir dann angeboten?«

Henning stöhnte. »Entschuldige bitte. Ich bin nur …« Er brach ab, deutete auf die Sitzbank vor den Spinden, und sie setzten sich.

»Es hat nichts mit dir zu tun. Bei mir läuft momentan einiges schief, und das habe ich dich heute ausbaden lassen. Es tut mir leid.«

»Wirklich? Es ist nicht persönlich gegen mich?«

Henning wischte sich mit den Händen übers Gesicht. »Nein, natürlich nicht. Du bist ein prima Kumpel, der beste, den ich je hatte.« Und der einzige in meinem Alter, fügte Henning im Geiste noch hinzu. Er hatte außer Hans noch nie Freunde gehabt.

Raffael sah ihn skeptisch an. »Fällt mir schwer, das nach den letzten Tagen zu glauben, aber nun gut. Willst du darüber reden?«

»Hm, da gibt es nicht viel zu reden. Es geht um eine Herzenssache. Jemand hat mich sehr verletzt.«

Raffael lachte auf. »Und das soll ich glauben? Jemand hat Henning Wittmann, einen der begehrtesten Junggesellen Berlins, zurückgewiesen?«

»Ja, genau so ist es. Und ich weiß nicht, ob du das nachempfinden kannst, aber es tut verdammt weh. Deshalb bin ich momentan so unausstehlich.«

Raffael warf ihm einen Seitenblick zu. »Und wie ich dieses Gefühl kenne!«

Henning horchte auf. Raffael war auch unglücklich verliebt? Etwa in Isa? Doch er fragte nicht nach. Wahrscheinlich war es besser, wenn er das nicht wusste. »Und was kann man dagegen tun?«, fragte er stattdessen.

Raffael zuckte die Schultern. »Ich stürze mich in die Arbeit. Für die Uni und die Partei. Ich bin gerade dabei, einen Artikel für die Zeitschrift ›Vorwärts‹ zu schreiben, allerdings komme ich mit der Schreibmaschine, die wir neuerdings im Büro benutzen, nicht zurecht. Wie die ganzen Hebel und Schalter funktionieren, habe ich mittlerweile herausgefunden, aber irgendetwas stimmt nicht mit dem Farbband.«

Henning stand auf. »Was hältst du von folgendem Vorschlag: Wir machen für heute hier Schluss, und ich schau mir die Schreibmaschine an. Ich kenne mich damit aus.«

»Wirklich?«

»Jawohl.« Henning grinste, holte sein Kleiderbündel aus dem Spind und ging in den Waschraum.

Im Bezirksbüro der SPD beugte Henning sich über die schwarz glänzende Maschine auf dem Schreibtisch und fuhr mit dem Finger über den goldfarbenen Schriftzug und das

Firmenemblem. »Eine Adler Modell 11, die erste mit doppeltem Zeichensatz.«

Henning setzte sich und schaute sich die Maschine genauer an. »Herrje, was hat dir denn das Farbband getan?« Er deutete anklagend auf das schwarze Band, das sich in Wellen vor der Walze kräuselte. »Kein Wunder, dass sie nicht mehr funktioniert.«

Raffael hob abwehrend die Hände. »Ich wollte es nur wechseln.«

Henning lachte, schraubte die Abdeckung auf und erklärte Raffael geduldig, wie man das Band richtig einlegte. Dann spannte er ein weißes Blatt ein, legte die Finger auf die Tasten und schaute Raffael auffordernd an. »Schieß los.«

»Du willst das jetzt mitschreiben?«

»Stehe zu Diensten, Genosse!«

Raffael grinste. »Ich hätte ja mit vielem im Leben gerechnet, aber nicht damit, dass Henning Wittmann einmal mein Sekretär werden würde. Also, hör zu. Die Überschrift lautet: ›Keine Kriegsspiele für unsere Jugend!‹«

Und während Henning in die Tasten haute, lief Raffael durch den Raum und formulierte Satz um Satz. Gelegentlich blieb er stehen, um sich nachdenklich über das Kinn zu streichen, dann sprach er weiter, nur unterbrochen durch den leisen Klingelton, wenn das Zeilenende erreicht war, und das schnarrende Geräusch, wenn Henning dann blitzschnell einen Schalthebel betätigte und den Schlitten wieder nach links schob. Die Tasten hämmerten die Buchstaben auf das blütenweiße Papier, das sich Zeile um Zeile füllte. Raffael lief zu Höchstform auf und Henning hatte Mühe, ihm zu folgen. Nur einmal rief er »Stopp!«, zog das beschriebene Papier heraus, spannte ein neues ein und tippte weiter. Erst als sie am Ende der zweiten Seite angekommen waren, diktierte Raffael den letzten Satz. Henning zog das Blatt aus der Maschine und starrte auf den Text.

»Verstehe ich das richtig, dass jetzt überall im Land dazu aufgerufen wird, Kinder und Jugendliche in vormilitärischen Organisationen zu kleinen Soldaten zu machen?«

»Genau. So will es unser Kriegsminister. Durch Wettkämpfe, Schanzarbeiten und ähnliche Aufgaben aus dem Militärdienst soll die deutsche Jugend gedrillt und die Zeit der Grundausbildung verkürzt werden. Dann kann man die neuen Rekruten noch schneller vom Kasernenhof direkt ins Feld schicken.«

Henning schüttelte den Kopf. »Das heißt, dass nun auf jedem Schulhof und auf jeder Gemeindewiese Krieg gespielt wird?«

»Ja. Und das unterstützt die Bezirksleitung unserer Partei natürlich nicht, schließlich hat sich die SPD schon immer gegen den Militarismus eingesetzt.«

»Hoffen wir, dass dein Artikel etwas bewirkt.« Henning legte die Blätter auf den Tisch und lehnte sich mit verschränkten Armen in seinem Stuhl zurück. »Du solltest Politiker werden. Leute wie dich bräuchten wir im Reichstag.«

Raffael blickte amüsiert drein. »Ja klar! Der Sohn eines Stahlarbeiters! Das wäre wohl eher etwas für dich; deine Familie könnte deinen Wahlkampf wenigstens finanzieren.«

Henning zuckte die Schultern. »Das sehe ich nicht so. Mit den richtigen Leuten im Rücken kann jeder für ein Mandat kandidieren. Aber wie sieht es eigentlich mit meiner Parteimitgliedschaft aus?«

Raffael öffnete eine Schublade und reichte Henning feierlich ein Büchlein. »Dein Parteibuch. Willkommen in der SPD, Genosse Wittmann!«

Henning schaute lächelnd auf das Dokument. »Wenn das mein Vater entdeckt, ist es mein Fahrschein ins Exil.« Er steckte das Büchlein ein.

»Kommst du morgen wieder in den Athletikclub?«, fragte er Raffael, als sie sich auf den Heimweg machten.

Doch der schüttelte nur den Kopf. »Ich kann mir die Mitgliedschaft auf Dauer nicht leisten. Durch das Studium habe ich keine Zeit mehr, Extrablätter zu verkaufen.«

Henning nickte betroffen. »Klar, verstehe.« Ein kalter Wind blies durch die Straßen, und er schlug den Mantelkragen hoch. Dabei fiel ihm auf, dass Raffaels Jacke abgetragen und viel dünner war als seine. Wahrscheinlich hatte sie vor Raffael schon dessen vier älteren Brüdern gehört. Er hätte ihm so gern geholfen, doch er durfte ihn auch nicht beschämen. Das war eine Lektion, die Isa ihn gelehrt hatte.

»Dann bis morgen in der Uni«, verabschiedete er sich, als sie beide an der Haltestelle in unterschiedliche Straßenbahnen einstiegen.

Henning setzte sich am nächsten Tag im Vorlesungssaal auf den Platz neben Raffael, holte einen Zettel aus der Jackentasche und schob ihn zu ihm hinüber.

»Was ist das?«, fragte Raffael.

»Eine Jahreskarte für den Athletikclub.«

Als Raffael protestieren wollte, fügte er schnell hinzu: »Als Wiedergutmachung, weil ich so ein Ekel war. Und ein Nein akzeptiere ich nicht.«

Raffael schüttelte lächelnd den Kopf. »Du gibst wirklich nie auf.«

* * *

Max riss die Bürotür auf und stürmte ins Zimmer. »Henning, wie weit bist du mit der Aufstellung unserer Lagerbestände? Ich brauche die genaue Menge der Vorräte an Metallen, Roheisen, Stab- und Gusseisen.«

Henning sah von seinen Unterlagen auf. »So gut wie fertig. Warum die Eile? Wo brennt es denn?« Er reichte seinem Vater die Papiere, der sie eingehend studierte.

»Wo es brennt? Im Kriegsministerium. Dort steht man dieser Tage kopf. Die Engländer haben die Nordsee zum Kriegsgebiet erklärt, eine Seeblockade errichtet und uns von den wichtigsten Handelswegen abgeschnitten. Der deutsche Im- und Export ist lahmgelegt.«

»Das habe ich in der Zeitung gelesen. Eine Katastrophe für die Wirtschaft. Aber was hat das mit unseren Lagerbeständen zu tun?«

Max lehnte sich an Hennings Schreibtisch. »Diese Blockade betrifft in hohem Maße die Rüstungsindustrie. Es fehlen wichtige Rohstoffe, die nicht mehr eingeführt werden können.«

»Und nun?«

»Nun müssen wir dem Kriegsministerium eine Aufstellung unseres Lagerbestands vorlegen und die Produktion auf Rüstungsgüter umstellen.«

Henning verzog das Gesicht. »Dann ist es also jetzt so weit? Wir produzieren demnächst Artilleriegranaten?«

»Wir sind im Krieg, Henning. Und das Heer verfügt nicht mehr über genügend Material, um noch lange durchzuhalten. Wir müssen produzieren. Oder willst du etwa, dass Roman im Schützengraben draufgeht, weil ihm die Munition ausgegangen ist? Und außerdem haben wir überhaupt keine Wahl mehr, wir werden dazu gezwungen.«

»Botschafter Lichnowsky und Richard waren gegen diesen Krieg. Der englische Außenminister Grey ebenfalls. Kein vernünftig denkender Mensch kann diese Entwicklung gutheißen.«

Max lächelte nachsichtig. »Ach, Henning, du warst schon immer ein Träumer, ich denke, das hast du von deiner Mutter.«

Henning schnaubte wütend. »Gut, dass du Mutter erwähnst. In der Familie Wilson hat sicherlich niemand die

Sektkorken knallen lassen, als England Deutschland den Krieg erklärt hat.«

Max riss die Hände in die Höhe. »Natürlich! Die Wilsons kommen bei dir ja gleich nach der Heiligen Familie und Großvater Andrew direkt nach dem lieben Gott. Sie wären die ideale Vorlage für Rembrandts berühmtes Gemälde gewesen. Aber was denkst du wohl, mein Sohn, was die altehrwürdige Textilfabrik Wilson & Son heute herstellt? Sicher keine Tweedmäntel und Gabardinehosen, sondern Soldatenuniformen.«

»Nur wenn sie von staatlicher Seite aus dazu gezwungen wird«, konterte Henning. »Großvater Andrew würde niemals freiwillig fürs Militär produzieren.«

»Henning, für solche Diskussionen haben wir jetzt keine Zeit. Ein Ministerialbeauftragter ist auf dem Weg zu uns, und ich hoffe, du nimmst an dem Gespräch teil.« Er deutete auf die Blätter in seiner Hand. »Schließlich hast du die Aufstellung erstellt und kannst ihm Rede und Antwort stehen. Aber ich bitte dich, halte dich mit deiner privaten Meinung zurück, ja?« Max wandte sich zum Gehen. »In zehn Minuten in meinem Büro?«

Henning nickte. »Ja, ich werde kommen.«

Er suchte seine Unterlagen zusammen, als es an der Tür klopfte.

Frau Wiedekind trat ein. »Herr Wittmann, Besuch für Sie.«

Henning fuhr herum, denn aus irgendeinem irrationalen Grund hoffte er, es könne Isa sein. Isa, die seine Hilfe brauchte, die mit ihm reden wollte, die ihm sagen würde, dass das alles ein großes Missverständnis war und sie niemals Viktor heiraten würde. Isa, die einfach nur gekommen war, um ihn zu sehen.

»Besuch? Ich lasse bitten.«

Frau Wiedekind trat zur Seite, und ein Junge mit dunkelblonden Haaren trat scheu ins Zimmer. Moritz. Verflixt! Mit dem hatte er erst in ein paar Tagen gerechnet. Doch nun war er da, und an dem verschüchterten Gesichtsausdruck des Jungen konnte er erkennen, wie viel Überwindung es ihn gekostet haben musste, dieses Gebäude zu betreten. Wenn er ihn jetzt wegschickte, würde er nicht wiederkommen.

Er stand auf und ging mit einem Lächeln auf ihn zu. »Moritz! Das ist aber schön, dass du da bist.«

Verflixt, wohin nur mit dem Jungen? In ein paar Minuten musste er in Vaters Büro an der Besprechung teilnehmen, da konnte er ja wohl kaum mit einem zwölfjährigen, leicht verwahrlosten Kind auftauchen. Und einen Lösungsvorschlag für dessen Nachmittage hatte er auch noch nicht.

»Komm, setz dich«, sagte er und schob Moritz in Richtung einer gepolsterten Sitzgruppe in einer Ecke des Raums. »Hast du schon etwas gegessen?« Er suchte in seinen Schubladen nach einer Packung Kekse, holte eine Wasserkaraffe und ein Glas herbei und zog einen Katalog über die neuesten Modelle der Wittmann-Lokomotiven aus dem Regal, den er Moritz in die Hand drückte.

»Hör zu. Ich muss in eine Besprechung, die hoffentlich nicht lange dauert. Eine halbe Stunde, vielleicht eine ganze. Versprichst du mir, so lange hier sitzen zu bleiben und keinen Unfug zu machen?«

Moritz nickte. »Und dann?«, fragte er mit zaghafter Stimme.

Tja, und dann, fragte sich Henning ratlos. Doch er setzte ein Lächeln auf. »Und dann machen wir etwas ganz Tolles. Du wirst staunen.« Er packte seine Unterlagen, verließ das Zimmer und fragte sich, was er mit Moritz anfangen sollte.

Das Gespräch mit dem blassen, grauhaarigen Herrn Meltzer aus dem Kriegsministerium verlief zäh. Es wurde nur über Güter gesprochen, die nun, da Deutschland vom Seehandel abgeschnitten war, nicht mehr eingeführt werden konnten.

»Uns fehlen wichtige Rohstoffe«, sagte Herr Meltzer. »Wolfram, Chrom, Aluminium. Salpeter wird unser größtes Problem. Es ist unerlässlich für die Herstellung von Munition, doch wir können ihn nicht mehr einführen.«

»War das nicht eine komplette Fehlplanung der Obersten Heeresleitung?«, warf Max ungehalten ein. »Hätte man von diesen Gütern nicht viel größere Vorräte bereithalten müssen? Wenn ich jemals so kalkuliert hätte, wäre ich heute nicht da, wo ich bin. Unsere Lager sind voll, wie Sie aus den Unterlagen ersehen können, bei mir laufen die Maschinen.«

Herr Meltzer hob bedauernd die Hände. »Hinterher ist man immer schlauer. Nun stehen wir vor diesem Problem und müssen alle Eisen- und Stahlreserven für die Kriegsproduktion beschlagnahmen.«

Max fuhr zurück. »Beschlagnahmen? Meine Lagerbestände?«

Herr Meltzer hob beschwichtigend die Hände. »Verstehen Sie mich nicht falsch, Herr Wittmann. Ihre Vorräte verbleiben selbstverständlich in Ihrem Eigentum. Nur der Verwendungszweck unterliegt behördlichen Auflagen, das heißt, Sie dürfen nur noch kriegsrelevante Produkte damit herstellen.«

Max nickte und reichte dem Herrn mehrere Papiere. »Damit bin ich einverstanden. Wir haben Ihnen hier die Zahlen zusammengestellt.«

Und während Henning die Fragen des Herrn beantwortete und ihm die Zahlenreihen erklärte, ging ihm eine Frage nicht aus dem Kopf. Was sollte er später mit Moritz anfangen? Wo gab es eine Lösung für die Probleme des Jungen? Nachdenklich schweifte sein Blick durch den Raum und blieb an einer Fotografie hängen, die ihn, Roman und Lotta im Garten hinter der Villa zeigte. Neben ihm im Gras saß der kleine weiße Terrier Koki. Und mit einem Mal lächelte er, denn er wusste, was zu tun war.

Es war noch früh am Nachmittag, als Herr Meltzer sich verabschiedete.

Henning wandte sich an seinen Vater. »Ich muss dringend etwas erledigen und mache heute früher Schluss.«

Max nickte nur geistesabwesend und vertiefte sich bereits wieder in seine Unterlagen. »Jaja, geh nur«, murmelte er. »Du hast sehr gute Arbeit geleistet.«

Moritz saß noch immer in seinem Sessel und betrachtete den Katalog, als Henning ins Büro zurückkehrte.

»Diese Lokomotiven habt ihr gebaut?«, fragte er.

Henning trat neben ihn, blätterte ein paar Seiten zurück und deutete auf eine Dampflok. »An der hier hat dein Vater mitgearbeitet.«

»Wirklich?«

Henning holte seinen Mantel aus dem Schrank. »Ja, und nun zieh deine Jacke an, wir beide machen jetzt eine kurze Zugfahrt.«

»Wo fahren wir hin?«, fragte Moritz, der Henning durch das Gebäude folgte und dabei den Blick staunend über das dunkle Holz, die Marmorböden und Kronleuchter wandern ließ.

»Wir besuchen einen Freund von mir.«

»Einen Freund?«

»Ja, er ist klein, weiß, hat vier Beine und wedelt mit dem Schwanz, wenn er uns sieht.«

»Wir besuchen einen Hund?«

»Ja, und dafür müssen wir mit der Bahn fahren.«

Die Augen des Jungen leuchteten. »Ich bin noch nie Bahn gefahren«, murmelte er.

Während der Zug sie aus der Innenstadt in die ländliche Umgebung brachte, klebte Moritz förmlich an der Fensterscheibe und betrachtete die Landschaft, die an ihnen vorbeizog. Er war wohl noch nie so weit aus der Stadt hinausgekommen, ging es Henning durch den Kopf. Der Bauernhof, den sie in Mariendorf aufsuchten, lag nur wenige Gehminuten vom Bahnhof entfernt, doch je näher sie dem Gehöft kamen, desto langsamer wurden Moritz' Schritte. Als sie das Hoftor erreichten, blieb Henning stehen und blickte auf den Stadtjungen, der hier fremd und verloren wirkte. Er erinnerte sich daran, wie schüchtern er selbst in diesem Alter gewesen war, und beugte sich zu ihm hinunter. »Moritz, hier wohnt Edna, die ich gut kenne, mit ihrer Familie. Es sind sehr nette Leute. Auf diesem Hof gibt es viel Arbeit, und Edna könnte an den Nachmittagen sicher noch ein bisschen Hilfe gebrauchen. Schau es dir an, und wenn es dir hier nicht gefällt, überlegen wir uns etwas anderes.«

Moritz sah ihn mit scheuen Augen an und nickte. »Wo ist der Hund?«, fragte er mit leiser Stimme.

Henning lächelte, richtete sich auf und rief nach Koki. Mit lautem Gekläff kam der kleine Terrier aus einer Scheune gerannt und raste direkt auf Henning zu. Hinter ihm kam ein Mädchen angelaufen, das etwas jünger als Moritz war und ihn neugierig betrachtete.

»Siehst du, das sind Koki und Suse, das jüngste von Ednas Kindern«, erklärte Henning, und es dauerte nicht lange, bis Moritz dem Mädchen und dem Hund über den Hof folgte.

Die Bäuerin Edna, die ein Kopftuch, ihre Kittelschürze und Arbeitsstiefel trug, kam aus dem Stall.

»Henning! Schön, dich zu sehen. Was führt dich denn an einem Wochentag hierher?« Sie musterte seinen Anzug. »Du siehst nicht so aus, als wolltest du mir beim Ausmisten helfen.«

»Grüß dich, Edna. Ja, das kam ein bisschen überraschend. Ich habe dir jemanden mitgebracht.« Er nickte zu dem Jungen, der Suse dabei half, eine voll beladene Schubkarre Richtung Scheune zu schieben. »Das ist Moritz, der Bruder von Isa, die ein paarmal mit mir hier gewesen ist. Denkst du, du hättest ein bisschen Arbeit für ihn? Er ist jeden Nachmittag allein und kommt dabei auf dumme Gedanken.«

»Was hat er denn ausgefressen?«

Henning sagte sich, dass er Edna gegenüber mit offenen Karten spielen musste. »Er stiehlt. Du kennst ja ein bisschen Isas Geschichte, und Moritz hat noch nicht verstanden, dass die Zeit, in der er betteln und stehlen musste, vorbei ist. Vor Kurzem wurde er in einem Kaufhaus dabei erwischt, als er etwas eingesteckt hat, und ich kam dazu. Er ist kein schlechter Junge, er hatte nur schlechte Lebensbedingungen.«

Edna nickte. »Verstehe. Er kann ruhig kommen, Arbeit haben wir hier genug.«

Henning warf ihr ein dankbares Lächeln zu. »Edna, du bist jemand, auf den man einfach zählen kann. Ich wusste, dass du nicht Nein sagen würdest. Ich besorge Moritz die Zugfahrkarten und zahle dafür, dass er bei dir mitessen darf. Wenn er etwas einsteckt, komme ich dafür auf.«

Edna lachte schallend auf. »Ach, Henning, damit er uns bestehlen könnte, müssten wir erst mal etwas haben. Geld liegt bei uns keines herum, und wenn er abends mit einer Mistgabel in der Hand vom Hof läuft, wird das wohl auffallen, oder? Und ein Huhn oder ein Ferkel wird er sich auch nicht in die Hosentasche stecken.«

Henning war erleichtert, dass die Bäuerin die Angelegenheit so unbekümmert aufnahm.

»Danke. Du tust mir damit einen großen Gefallen. Schau dir den kleinen Kerl an. Er ist zwölf, und von Gesetzes wegen wäre er alt genug, um zehn Stunden lang in einer Fabrik zu arbeiten.«

»Ja, das kann man nicht verstehen. Da soll er lieber zu uns kommen. Und wie ich sehe, weist Suse ihn schon in seine neue Arbeit ein.«

Henning beobachtete Moritz, der dem Mädchen von einem Stall zum anderen folgte und dabei keinen Blick mehr zu ihm herüberwarf. Moritz schien angekommen zu sein, so wie er selbst vor Jahren hier heimisch geworden war, als er zum ersten Mal Koki besucht hatte.

Henning ließ den Blick über das Anwesen schweifen.

»Edna, was ist eigentlich mit dem Stück Brachland hinter eurem Feld? Dort drüben, wo die Holzfällerhütte steht?«

»Hinten am Waldrand? Was soll damit sein? Es ist unbebaut und wird es auch bleiben, weil die Äcker, die wir bestellen, groß genug sind. Mehr schaffen wir gar nicht.«

»Würdest du es mir in zwei Jahren, wenn ich einundzwanzig bin, verkaufen?«

Edna lachte. »Dir? Was willst du denn damit? Sattelst du jetzt um und wirst Landwirt?«

»Nein. Ich werde mir dort ein Haus bauen.«

»Henning, du bist verrückt. Du hast eine Villa in der Stadt, was willst du hier auf dem Land?«

Er schüttelte den Kopf. »Mein Vater hat eine Villa in der Stadt. Und in zwei Jahren werde ich nicht mehr dort sein.«

Edna war anzusehen, dass sie nicht wusste, ob er scherzte oder es ernst meinte.

»Du willst mich wohl nicht zum Nachbarn haben, oder?«, fragte er.

Sie boxte ihn lachend auf den Arm. »So ein Unsinn!«

»Gut. Dann gilt der Handel. Ich kaufe dir das Land ab. Und nun zu Moritz. Lass ihn nur fest mit anpacken, das braucht der Junge. Wenn er hier eine Aufgabe hat, fällt er abends müde ins Bett und dreht am nächsten Tag kein krummes Ding. So, und nun stör ich dich nicht weiter bei der Arbeit, sondern mache mit Koki einen ausgedehnten Spaziergang, dann hole ich Moritz wieder ab.«

»Warum bringst du eigentlich dieses nette Mädchen nicht mehr mit, Isa?«, fragte Edna, als Henning sich zum Gehen wandte.

»Weil sich dieses nette Mädchen verlobt hat«, gab Henning kurz angebunden zur Antwort. Bevor Edna, die skeptisch die Augenbrauen hob, zu einem Kommentar ansetzen konnte, rief er nach Koki und machte sich mit ihm auf den Weg zum Park am Mariendorfer Seebad.

Etwas abseits der Wiesen und Felder setzte er sich auf eine Bank und holte den Brief seiner Mutter hervor, den er am Morgen bei Luise und Richard, Freunden der Familie, abgeholt hatte. Dem Botschaftsangestellten war es gottlob noch möglich, Briefe an seine Mutter Alice ins Feindesland England weiterzuleiten, sonst wäre der schriftliche Kontakt zu ihr längst abgebrochen.

Mein lieber Henning, schrieb Mutter.

Er sah sie vor sich, die zierliche Frau mit dem offenen Blick und dem fröhlichen Lächeln, die sich in der feinen Gesellschaft genauso sicher bewegen konnte wie in den ärmlichen Gassen des Londoner East Ends. Sie war Vorsitzende einer Wohlfahrtsorganisation, und er hatte sie bei seinem Besuch im Sommer in die Armenviertel begleitet, hatte sie beim Umgang mit den Menschen dort beobachtet und sich vieles gemerkt, was er einmal hier in seiner Heimat umsetzen wollte. Wenn er alt genug dazu war. Die Tage mit Mutter waren traumhaft schön gewesen, und sie war es auch gewesen, die ihm zugeredet hatte, an eine Verbindung mit Isa zu glauben. Denn sie selbst liebte seit der Scheidung von Max einen Mann, der einem anderen Stand angehörte. Hans.

Ich bin traurig zu hören, dass Roman bei den Ersten ist, die an die Front mussten, und bete jeden Tag dafür, dass er heil zurückkommt. Du ahnst nicht, wie glücklich wir alle waren, als du im Sommer so unerwartet vor der Tür standest; und so, wie sich die Dinge entwickelt haben, wäre es zu einem späteren Zeitpunkt gar nicht mehr möglich gewesen. Wer hätte damals gedacht, dass es zu einem Krieg kommen würde, in den nach wenigen Wochen ganz Europa verwickelt sein würde!

Deine Großeltern und Jack reden oft von dir, und sie wünschen sich, nach dem Krieg auch Roman und Lotta zu sehen. Irgendwie muss es doch möglich sein, eine Verständigung unserer beiden Familien zu erreichen.

Er dachte an Großvater Andrew, einen großen, stattlichen Mann mit grauen Haaren, der ihm bei seinem Besuch auf dessen Landsitz in Hatfield das Reiten beigebracht hatte, seine quirlige weißhaarige Großmutter Vivian, die immerzu ihre Lesebrille verlegte, seinen Onkel Jack mit seinem roten Vollbart und dem Schmunzeln um die Lippen, dessen Frau Amy und die beiden reizenden kleinen Mädchen, May und Daisy. Ja, es wäre ein Traum, wenn die Wilsons und die Wittmanns wieder zusammenfinden würden. Doch genauso gut konnte er sich wohl auch wünschen, dass Wasser den Berg hinauffloss oder dass noch in dieser Stunde der Krieg endete.

Deinen Großeltern geht es gut, und wir hoffen alle, dass Jack wegen der Leitung der Firma nicht zum Kriegsdienst eingezogen wird. Nicht auszudenken, wenn Roman und sein Onkel sich eines Tages auf feindlichen Seiten gegenüberstehen würden.

Was für ein furchtbarer Gedanke, schoss es Henning durch den Kopf, bevor er weiterlas.

Dass du dich so gut mit Isa verstehst, macht mich glücklich.

Henning schluckte. In Bezug auf diesen Punkt war Mutter nicht auf dem neuesten Stand, und mit einem Mal wünschte er sich, sie wäre bei ihm und er könnte mit ihr reden.

Er schaute über die abgeernteten Felder, die in den letzten Strahlen der Novembersonne in einem satten Braun schimmerten, bis hinüber zu dem Brachland mit der Hütte am Waldrand. Und im Geiste sah er nicht nur das Haus, das er dort bauen wollte, sondern auch einen Anbau, in dem Kinder zur Erholung wohnen würden. Und seine Mutter, die sich um sie kümmerte. Würde er es schaffen, Mutter zu sich zu holen? Oder würde er, wie er Isa angedroht hatte, nach dem Krieg nach England gehen? Er griff wieder zu Mutters Brief, die von ihren beiden Nichten May und Daisy berichtete, und dachte sehnsüchtig an den Tag, an dem er sie alle wiedersehen würde.

Auf der Zugfahrt zurück in die Stadt plapperte Moritz ununterbrochen. Von Hühnern, die er in einen Pferch gescheucht hatte, von einer Kuh namens Alberta, die bald kalben würde, und von Suse, die ihm gezeigt hatte, wie Ziegen gemolken wurden. Ja, er wollte wiederkommen und auf dem Hof mithelfen.

Henning sah ihn nachdenklich an. Er hätte zu gern Isas Reaktion erlebt, wenn Moritz heute nach Hause kam und von Mariendorf erzählte. Sie hatte ihn so oft dorthin begleitet. War das wirklich erst wenige Wochen her?

Doch er würde nicht erfahren, was sie von seiner Idee hielt, denn seit dem Streit in ihrer Wohnung redeten sie nicht mehr miteinander. »Das kann ich nicht auch noch von dir annehmen«, hatte sie ihm an den Kopf geworfen, als er ihr seine Hilfe angeboten hatte. Das hatte wehgetan. Er war abgemeldet, sollte nicht mehr Teil ihres Lebens sein. Gut. Er würde sich daran halten, doch das würde ihn nicht davon abhalten, dem Jungen zu helfen, der ihm gegenübersaß und ihn ein bisschen an sich selbst in diesem Alter erinnerte. Und wieder dachte er an das Brachland hinter Ednas Feldern und an seinen Plan.

»Dir habe ich eine Vision zu verdanken«, sagte er zu Moritz, der ihn erstaunt ansah.

»Was ist eine Vision?«, fragte der Junge.

»Ein Traum.«

Kapitel 6

»Lotta sollte heute Abend nicht zu lange auf dem Ball bleiben«, sagte Silvia. Sie trug ein Kleid aus silbern glänzender Seide und sah einfach umwerfend aus. Doch Isa konnte sich nicht beschweren, denn die Hausherrin hatte auch bei ihr nicht gespart und beim Bummel durch die verschiedenen Modeateliers Berlins darauf bestanden, ihr ein Kleid aus dunkelblauem, mit Spitze durchwirktem Chiffon zu kaufen – weil es laut Silvia ihre Aura betonte. Es hätte Isa sicher gefallen, wenn sie auch nur die geringste Lust auf diese Veranstaltung gehabt hätte, die ausgerechnet bei den Pringelheims stattfand. Sie konnte sich lebhaft vorstellen, wie Felizitas, die Tochter des Hauses, Henning in Beschlag nahm, und genau das wollte sie nicht miterleben. Wally hatte sie vor zwei Stunden förmlich aus der Küche schieben müssen, weil sie bis zuletzt gehofft hatte, ein unvorhergesehenes Ereignis könnte ihre Teilnahme an der Festlichkeit im letzten Moment noch vereiteln.

»Nun geh schon, Kindchen«, hatte die Köchin zu ihr gesagt. »Und berichte mir am Montag, wie es war.«

Also hatte Isa sich umgekleidet und hörte nun Silvia zu, die Lottas lockiges dunkles Haar mit Schleifen und Klammern bändigte.

»Bringen Sie Lotta bitte gegen zehn nach Hause. Die Pringelheims haben einen Fahrdienst organisiert, es warten also Wagen vor der Villa. Und Sie müssen heute Nacht nicht mehr durch die halbe Stadt nach Hause laufen, wenn Sie Lotta heimgebracht haben. Sie können oben im Dienstbotenzimmer übernachten. Schließlich wollen wir ja nicht, dass Ihnen noch etwas zustößt.«

»Sehr wohl, Frau Wittmann.«

Silvia rümpfte die Nase, als sie einen Blick auf Isas lieblos frisiertes Haar warf. »Nein, so geht das nicht. Kommen Sie mal her.«

Sie griff zur Bürste, flocht Isas langes, hellblondes Haar in mehrere Zöpfe und steckte diese so geschickt hoch, dass Isa zum ersten Mal lächelte, als sie ihr Spiegelbild betrachtete. So sah es eindeutig besser aus.

»Ihre Aura ist so düster heute Abend«, stellte Silvia fest. »Ich glaube, ich sollte Ihnen einmal die Karten legen, um zu sehen, was das Schicksal für Sie bereithält.«

»Oh, bitte nicht!«, rutschte es Isa heraus. Nein. Ihre Zukunft war vorbestimmt, wahrscheinlich von dem Moment an, als sie im Scheunenviertel das Licht der Welt erblickt hatte. Dafür brauchte sie keine Tarotkarten.

»Dann gehen wir jetzt.« Silvia legte ein Pelzjäckchen um Lottas Schultern. »Max wartet sicher schon auf uns.«

Isa schlüpfte in ihren neuen Mantel, auf den Silvia bestanden hatte und den sie wirklich sehr schätzte, denn er war mollig warm und würde ihr in diesem Winter gute Dienste tun.

Als sie zu Hans in den Wagen stiegen, neben dem Max bereits Platz genommen hatte, fragte Lotta: »Wo ist Henning?«

»Er ist schon mit einem Taxi vorausgefahren«, antwortete ihr Vater.

Lautes Stimmengewirr und Gelächter erklangen in der Halle der Pringelheims, als ein Diener ihre Mäntel entgegennahm. Max und Silvia wurden von den Gastgebern herzlich begrüßt, auch Lotta streichelte man übers Haar, und Isa, die als deren Gesellschafterin vorgestellt wurde, erntete immerhin ein knappes Kopfnicken. Mit mulmigem Gefühl folgte sie Max, Silvia und Lotta in den Ballsaal, in dem sich bereits zahlreiche Vertreter der Berliner Oberschicht befanden. Und doch war es nur einer, den sie sofort erblickte. Henning. Er trug einen dunklen Anzug, der ihm mit seinem hellen Haar ausgesprochen gut stand, und reichte gerade einer bildschönen jungen Frau ein Sektglas. Dabei lehnte er sich vor und flüsterte ihr etwas ins Ohr, was sie zu einem lauten Lachen veranlasste. Isa hätte am liebsten sofort kehrtgemacht, und doch musste sie stehen bleiben und konnte ihren Blick nicht von ihm lösen.

»Das ist Felizitas Pringelheim«, flüsterte Lotta ihr zu, und Isa nickte. Sie kannte die Tochter des Hauses, die ihr bereits in der Villa der Wittmanns begegnet war und die Henning im Garten der Fairbanks umarmt hatte – angeblich gegen seinen Willen. Doch heute Abend machte das einen ganz anderen Eindruck – Henning schien sehr angetan von der jungen Frau. Als er Lotta entdeckte, winkte er seiner Schwester zu, doch Isa übersah er. In diesem Moment wusste sie, dass der Abend noch schlimmer werden würde als gedacht. Sie fühlte sich völlig fehl am Platz und wünschte sich nichts sehnlicher, als sofort wieder zu gehen. Doch sie war hier, um sich um Lotta zu kümmern, und das wollte sie auch tun.

»Komm, lass uns das Büfett plündern«, raunte sie dem Mädchen zu, suchte mit Lotta Pasteten und Lachshäppchen aus, holte Fruchtsaft und plauderte mit ihr. Immer wieder flog ihr Blick dabei durch den Saal, und jedes Mal entdeckte sie Henning, der umringt war von hübschen Frauen. Er tanzte, lachte und versorgte die Damen mit Erfrischungen. Und nie wanderte sein Blick in ihre Richtung. Dann stimmten also seine Worte, die er ihr vor Kurzem an den Kopf geworfen hatte: »Du hast mich vor einem großen Fehler bewahrt. Jetzt genieße ich meine Freiheit!«

Max kam durch den Ballsaal auf sie zu, nahm Lotta an der Hand und drehte sie einmal im Kreis. »Ich habe uns beim Orchester einen langsamen Walzer bestellt, mein Liebling. Komm, dieses Lied ist für dich.«

Isa sah Lotta nach und stellte zufrieden fest, dass es eine gute Idee gewesen war, ihrem Schützling das Tanzen beizubringen.

»Guten Abend«, sagte eine tiefe Stimme neben ihr, und ein fremder Herr, der ihr schon mehrfach in der letzten Stunde aufgefallen war, weil er sie ganz unverhohlen von Kopf bis Fuß in Augenschein genommen hatte, reichte ihr ein Glas Sekt. »Wie ich höre, betreuen Sie die Tochter der Wittmanns.« Wieder wanderten seine Augen mit einem Aufleuchten an ihrem Ballkleid entlang.

Isa zögerte einen Augenblick, doch der Abend konnte sowieso nicht noch schlimmer werden, daher nahm sie das Glas an.

»Danke. Ja, ich bin Lottas Gesellschafterin.«

»Sieh an, sieh an!«, erwiderte der Mann mit einem süffisanten Lächeln. »Nun ja, Max hatte ja schon immer einen guten Geschmack.«

Was soll das denn heißen, fragte sich Isa, als sie von dem prickelnden Getränk nippte. Sie musterte den Mann verstohlen. Er war schlank, vielleicht Anfang vierzig, hatte volles, dunkles Haar und einen modischen Schnauzer. In seinen Augen lag ein schelmisches Lachen.

»Würde das gnädige Fräulein wohl mit mir tanzen?«, fragte er mit einer galanten Verbeugung.

»Das gnädige Fräulein ist im Dienst und muss nach diesem Lied wieder nach Lotta schauen«, antwortete Isa.

»Das glaube ich nicht. Das Lied ist soeben zu Ende und der Bruder des Mädchens steht schon als ihr nächster Tanzpartner bereit.«

Na gut, sagte sich Isa, dann würde sie eben tanzen. Sie nickte, trank den Rest ihres Sekts und stellte das Glas zur Seite.

»Ich heiße übrigens Werner. Werner Hofheim«, stellte sich der Mann vor, während er ihre Hand ergriff und ihre Taille umfasste.

»Haben Sie etwas mit der Brauerei Hofheim zu tun?«, erkundigte sich Isa. Sie musste zugeben, dass er ein ausgezeichneter Tänzer war, als sie in den Rhythmus des Liedes gefunden hatte und sich mit ihm über das Parkett bewegte.

Werner lachte. »Das will ich meinen. Sie gehört mir. Und wenn es Ihnen bei den Wittmanns nicht mehr gefällt, würde ich Sie vom Fleck weg engagieren.«

»Aha. Haben Sie denn auch eine Tochter?«

»Nein, zumindest weiß ich von keiner. Aber eine Gesellschafterin fehlt mir noch.«

Isa rollte genervt die Augen, und Werner lachte noch mehr. »Schauen Sie nicht so böse, ich bin eigentlich ein ganz netter Kerl. Schlechter als bei den Wittmanns würde es Ihnen bei mir auch nicht gehen.«

»Danke, aber ich bin zufrieden mit meiner Stelle.«

»Ja, das glaube ich Ihnen sogar. Max ist ja als Charmeur bekannt.«

Isa war empört. Konnte dieser Mann nicht endlich mit seinen Anzüglichkeiten aufhören? »Herr Wittmann ist ein sehr korrekter Arbeitgeber!«

»Ach was! Ist er das? Dann wird er wohl langsam alt, der Max. Früher hat er nichts anbrennen lassen.«

Der Tanz endete, und Isa hoffte, Werner Hofheim nun endlich loszuwerden, doch dem war nicht so. Er holte ihr ein neues Glas Sekt und für Lotta eine Limonade und schien den Rest des Abends neben ihr und dem Mädchen ausharren zu wollen. Und Isa wusste nicht, ob es an dem Sekt lag oder daran, dass ihr überhaupt jemand Aufmerksamkeit schenkte, doch irgendwann musste sie immer öfter über die Scherze des Mannes lachen. Seine Witze halfen ihr auch, darüber hinwegzukommen, dass Henning nun schon zum dritten Mal mit Felizitas tanzte und auch die Bankierstochter Valerie Fairbanks schon mehrfach aufgefordert hatte, und als sie noch ein weiteres Glas leer in ihren Händen hielt, fand sie alles nur noch lustig. Sie stimmte sogar einem weiteren Tanz mit Werner zu, als Max noch einmal Lotta aufforderte.

Sie fühlte sich seltsam leicht nach dem Tanz und griff zu, als Werner ihr noch eine Erfrischung reichte. Sie zögerte einen Moment, weil ihr ein bisschen schwindelig war, doch das schob sie auf die stickige Luft im Raum.

»Ich hätte nie gedacht, dass dieser Abend doch noch schön werden würde«, stellte sie fest.

Werner lachte sie an und trat einen Schritt näher. »Sehen Sie? Ohne mich hätten Sie nicht so viel Spaß gehabt. Sie sollten mein Angebot annehmen.«

»Ja, da ist was dran. Sie waren heute Abend meine Rettung!« Isa lachte und fragte sich, wo diese Worte gerade hergekommen waren. Es war doch sonst nicht ihre Art, so ungezwungen mit fremden Männern zu scherzen. »Aber jetzt müssen Sie mir sagen, wie spät es ist. Lotta muss um zehn Uhr nach Hause.«

Werner zuckte mit den Schultern. »Ach, es ist höchstens acht. Vielleicht halb neun.« Er nahm ihr das leere Glas ab. »Wir sollten vielleicht einmal frische Luft schnappen gehen, was meinen Sie? Die Pringelheims haben einen wunderschönen Garten, der auch im Herbst sehr ansehnlich ist.« Einladend bot er ihr seinen Arm an.

Isa stutzte. Wie konnte es denn erst acht Uhr sein, wenn sie gegen sieben hier angekommen waren? Eine innere Stimme sagte ihr, dass gerade etwas verkehrt lief, doch sie wusste nicht, was. Sie wollte Werner loswerden, der sie verschmitzt anlächelte. »Ich begleite Sie gleich hinaus«, log sie. »Aber vorher muss ich etwas nachsehen. Ich bin gleich zurück.«

Sie nahm Lotta an der Hand und ging mit ihr in die Eingangshalle, denn sie erinnerte sich daran, dass auf dem Sims über dem offenen Kamin eine Uhr gestanden hatte, als sie gekommen waren. Da musste sie hin, um herauszufinden, wie spät es war.

Sie hatte die Halle fast durchquert, als sich plötzlich eine Hand auf ihren Rücken legte, die sie Richtung Garderobe schob.

»Wir gehen jetzt«, sagte eine raue Stimme hinter ihr, die sie sofort erkannte. Es war Henning, der wie aus dem Nichts hinter ihr aufgetaucht war, und als sie den Kopf drehte, blickte sie in sein verschlossenes Gesicht. »Ich bringe euch beide nach Hause, Vater weiß Bescheid.«

»Ich wollte gerade nach der Uhrzeit schauen«, entgegnete Isa ungehalten. Sie verstand nicht, warum Henning so ärgerlich wirkte, und warf einen Blick zum Kamin. Herrje, die Uhr zeigte kurz vor zehn. Werner hatte sie angelogen.

Henning hatte sich schon die Mäntel geben lassen, und obwohl er versuchte, zumindest Lotta gegenüber freundlich zu sein, spürte Isa, wie wütend er war. Was hatte sie denn falsch gemacht?

»Du musst nicht mitkommen, Henning«, versuchte sie, ihn zu beschwichtigen, und half Lotta in ihr Pelzjäckchen. »Wir wollten sowieso gerade gehen.«

»Das habe ich gesehen!« Hennings Stimme triefte vor Sarkasmus. »Doch anscheinend nicht allein, denn Werner Hofheim hat dir ja sehr galant sein Geleit angeboten.«

»Was meinst du damit?«, fragte Lotta verstört. »Was hat der Mann Isa angeboten?«

Er beugte sich zu ihr hinunter. »Nichts, Schatz. Es ist mir nur lieber, wenn ich euch beide jetzt nach Hause bringe.« Mit einem bitterbösen Blick auf Isa setzte er hinzu: »Denn andere Herren machen gern mal einen Umweg durch den Garten!«

Henning konnte gar nicht schnell genug die Villa verlassen. Auf dem Vorplatz blieb er stehen und winkte eines der bereitstehenden Taxis heran. Isa und Lotta setzten sich auf die Rückbank, während Henning neben dem Fahrer Platz nahm. Die kalte Nachtluft tat Isa gut, und sie spürte, wie ihr Kopf wieder klarer wurde. Hatte sie zu viel getrunken? Aber es waren doch nur … Wie viele Gläser waren es gewesen?

Als Henning vor der Villa den Fahrer bezahlte und zusammen mit ihnen ausstieg, sah Isa ihn verdutzt an. »Warum lässt du das Taxi wegfahren? Gehst du nicht zurück zum Ball?«

»Nein.«

Sie betraten die Eingangshalle, wo er Lotta eine Gute Nacht wünschte und Richtung Salon verschwand, während Isa sich mit dem Mädchen nach oben begab. Sie half Lotta beim Auskleiden und brachte sie zu Bett, und es dauerte nicht lange, da war ihr Schützling auch schon eingeschlafen.

Leise ging Isa aus dem Zimmer und schloss die Tür. Während sie noch überlegte, ob sie Silvias Angebot annehmen und hier übernachten sollte, hörte sie Schritte auf der Treppe. Henning kam den spärlich beleuchteten Flur entlang. Selbst bei diesem Licht sah sie, wie finster er blickte.

»Ich möchte nur sicherstellen, dass du nicht wieder auf die Idee kommst, mitten in der Nacht durch die Stadt zu laufen, wie damals bei Romans Verlobungsball.«

»Hatte ich gar nicht vor.« Sie ging den Flur entlang, und er folgte ihr. »Und bei Romans Ball hat er selbst mich aus dem Haus vertrieben, falls du das vergessen hast. Außerdem verstehe ich nicht, warum du heute Abend so wütend bist.«

Sie hatten die Treppe, die zu den Dienstbotenzimmern führte, erreicht, und Isa stieg hinauf.

Henning kam ihr nach. »Das verstehst du nicht?«

»Nein. Und ich weiß auch nicht, warum du so früh gegangen bist, das Fest hat dir doch so gut gefallen.« Sie senkte die Stimme. »Und wir sollten nicht so herumbrüllen, sonst wachen Wally und die Küchenmädchen noch auf.«

»Das Fest hat mir gefallen?« Auch er dämpfte seine Stimme. »Spricht jetzt wieder die Expertin? Das hatten wir doch schon mal, oder? Isa, die alles weiß, aber nicht einmal erkennt, wenn sie gerade dabei ist, dem größten Schürzenjäger Berlins auf den Leim zu gehen?«

»Was?«

Isa hatte ihr Zimmer erreicht und hätte Henning am liebsten die Tür vor der Nase zugeschlagen, doch was er gerade gesagt hatte, konnte sie nicht auf sich sitzen lassen. Um nicht auf dem Flur zu streiten und das ganze Haus aufzuwecken, hielt sie ihn nicht ab, als er hinter ihr ins Zimmer stürmte und sie anfuhr: »Du hast schon richtig gehört.«

»Ich bin überhaupt niemandem auf den Leim gegangen. Ich wollte gerade gehen. Für wie dumm hältst du mich eigentlich?«

Sie standen sich gegenüber, und nur das Feuer im Kamin erhellte den dunklen Raum.

Henning seufzte und fuhr sich durch die Haare. Seine Stimme klang ruhiger, als er weitersprach. »Ich halte dich überhaupt nicht für dumm, aber du bist unerfahren. Werner ist ein stadtbekannter Draufgänger, der jede Frau zu verführen versucht, die in seine Nähe kommt. Was denkst du, warum er dir so viel Sekt angeboten hat?«

»Zwei Gläser!«

»Vier. Ich habe mitgezählt.«

»Ach, wie denn? Du hast mich den ganzen Abend keines Blickes gewürdigt!«

Henning schüttelte den Kopf. »Da liegst du wieder falsch. Ich habe dich nicht aus den Augen gelassen. Du hast vier Gläser Sekt getrunken und zwei Mal mit ihm getanzt. Als er vom ›Spaziergang im Garten‹ redete, stand ich sogar neben euch. Woher wüsste ich es denn sonst?«

Isa schluckte. Henning hatte doch nach ihr geschaut? Sie musste zugeben, dass alles, was er über Werner sagte, stimmte. Vor den vier Gläsern Sekt hatte eine innere Stimme sie noch vor dem aufdringlichen Herrn gewarnt, doch der Alkohol hatte sie leichtsinnig gemacht.

Für einen Moment war nur das Knistern des Feuers zu hören. Hennings dunkle Augen glänzten in dem flackernden Lichtschein.

»Ich habe mich so unwohl gefühlt in diesem Ballsaal«, gab Isa zaghaft zu. »Da waren nur fremde Leute, keiner hat mit mir geredet, und du und diese Felizitas – du sagtest einmal, sie würde dir nichts bedeuten, aber heute sah es ganz anders aus.«

Er winkte ab. »Das war alles nur Theater, so gibt man sich nach außen auf solchen Veranstaltungen. Ich wollte überhaupt nicht zu dem Ball. Und als ich dich dann sah! Die bei weitem schönste Frau im Saal!« Sein Blick glitt über ihr Gesicht und ihr Ballkleid. »Als dann Werner neben dir aufkreuzte, der dir den ganzen Abend nicht von der Seite gewichen ist, da bin ich fast geplatzt. Und du wolltest auch noch mit ihm nach draußen gehen! Ich habe deine Antwort gehört! Was denkst du wohl, was er dort vorhatte?«

»Ich wäre nicht mit ihm gegangen. Das habe ich nur behauptet, um ihn loszuwerden. So bin ich nicht.«

Henning seufzte und trat einen Schritt näher. Er zog sie in seine Arme und legte seine Stirn an ihre. »Isa, das weiß ich doch. Aber ich konnte nicht anders, ich musste dich da rausschaffen. Ich kann es nicht ertragen, wenn dir so ein Mistkerl zu nahe kommt.«

Sie schloss die Augen und ließ sich ganz in seine Umarmung sinken. Mit dieser Wendung des Abends hatte sie nicht gerechnet. Henning war wieder da, hier bei ihr, und sie hatte ihn so vermisst. Sie spürte die Wärme, die von ihm ausging, seinen aufgeregten Herzschlag, seine Finger, die mit einer Strähne ihres Haares spielten. Für einen kurzen Moment war es wieder Sommer, sie waren wieder Isa und Henning, die sich versprochen hatten, die Welt auszuschließen, und denen es gelungen war, für ein paar Wochen glücklich zu sein. Doch der Sommer war vorbei. Isa sah zu Henning auf, und ohne dass sie etwas sagen musste, schien er ihre Gedanken zu erraten.

»Ich weiß, dass du Viktor nicht enttäuschen willst.« Seine Stimme war ganz sanft. »Aber ich habe deinen Brief gelesen, bis zu der Stelle, an der du die Brieftasche zurückgebracht hast, denn den Rest hätte ich nicht ertragen. Und in all den Einträgen ist es nicht Viktor, an den du so oft gedacht hast, sondern ein anderer.«

»Du hast ihn gelesen?«

Er lächelte und streichelte mit dem Daumen über ihre Wange. »Ja. Wieder und wieder und immer wieder. Er ist wunderschön. Es ist ein Brief, wie nur du ihn schreiben kannst. Du machst dir etwas vor mit deiner Verlobung mit Viktor. Du musst mit ihm reden. Dann werde ich für dich da sein. Das weißt du doch, oder?«

Sie sah ihn flehend an und biss sich auf die Unterlippe, denn die Antwort, auf die er wartete, konnte sie ihm nicht geben. »Bitte, Henning, mach es mir nicht so schwer.«

Vor dem Haus klappte eine Wagentür zu, und Isa erschrak, als Silvias Stimme deutlich zu vernehmen war.

»Ich sollte jetzt gehen«, murmelte Henning und löste seine Arme von ihr. »Sonst bringe ich dich noch in Schwierigkeiten.« Wie damals in der Nacht im Scheunenviertel beugte er sich vor und gab ihr einen Kuss auf die Wange.

»Bitte überdenk deine Entscheidung noch einmal«, flüsterte er, dann verließ er das Zimmer.

Hennings Herz war noch voll von diesem magischen Moment, in dem er Isa wieder so nah gewesen war, voll von ihrem Lächeln und dem Blick aus ihren meerblauen Augen, als er die Dienstbotenstiege hinunterrannte, den Flur im ersten Stock entlanghetzte und dann mit gemessenen Schritten die geschwungene Holztreppe hinabging. Genau im rechten Augenblick traf er in der Eingangshalle mit Max und Silvia zusammen, die in heiterer Stimmung ins Haus kamen.

»Henning, was machst du schon hier? Bist zu nicht noch einmal zum Ball zurückgekehrt?« Max legte seinen weißen Schal und seinen Zylinder ab und half Silvia aus ihrem Mantel.

»Heißt es nicht immer, man soll gehen, wenn es am schönsten ist?«, antwortete Henning ausweichend.

Max schmunzelte. »Da hast du allerdings recht. Und schön scheint es ja gewesen zu sein, du hast dich prächtig mit der kleinen Pringelheim amüsiert. Gute Wahl, mein Sohn.« Er rieb sich die kalten Hände. »Kommt, wir genehmigen uns noch ein Gläschen.«

Henning hätte gern abgelehnt, doch er folgte seinem Vater und Silvia in den Salon. Im Kamin glomm noch ein Rest Glut, in die Henning ein paar Holzscheite legte, und Max füllte die Gläser. Als er Henning eines reichte, fragte er: »Nun, gibt es in dieser Sache etwas Neues?«

Henning schwenkte die bernsteinfarbene Flüssigkeit in seinem Glas, trank aber nicht. »Du meinst wegen Felizitas? Gut Ding will Weile haben.«

»Aber lass sie nicht zu lange warten, sie hat viele Verehrer.«

Henning winkte ab. »Sagte nicht schon Schiller: ›Drum prüfe, wer sich ewig bindet …‹«

Max prustete los. »Hast du heute nur Kalendersprüche auf Lager? Und damit hast du Fräulein Pringelheim beeindruckt?«

Nun war es Henning, der lachte. »Da hätte weit weniger gereicht.« Er führte das Glas zum Mund.

»Ist denn Isa zum Übernachten geblieben?«, fragte Max, und Henning verschluckte sich fast an seinem Scotch.

»Ich denke schon. Sie hat Lotta zu Bett gebracht.«

»Ich fand es reichlich unangebracht, dass sie zwei Mal mit Werner Hofheim getanzt hat. Sie ist schließlich nur eine Gesellschafterin. Ich sollte morgen mal ein ernstes Wort mit ihr reden«, stellte Silvia missmutig fest.

»Sie wollte sicher nur höflich sein«, versuchte Henning, sie zu beschwichtigen. »Und sie hat Lotta keine Sekunde aus den Augen gelassen. Wenn du nicht möchtest, dass sie zum Tanz aufgefordert wird, darfst du sie nicht mit zum Ball nehmen.«

»Da hat Henning recht«, kam unerwartet Hilfe von seinem Vater. »Isa ist die zuverlässigste Person, die man sich nur wünschen kann, und ich möchte nicht, dass du sie morgen ausschimpfst. Gönn ihr doch das bisschen Abwechslung.«

Henning sah auf die Uhr. Er wollte jetzt endlich in sein Zimmer, um Isas Brief weiterzulesen. Er leerte sein Glas und stellte es auf die Kommode. »Es ist spät geworden. Machen wir Schluss, ich muss ins Bett.«

Henning fischte nach dem Buch auf dem obersten Regalbrett, in dem er Isas Brief versteckt hatte, und setzte sich damit in seinen Sessel unter der Leselampe.

Sommertag, 1914
Warten Sie, hat der junge Mann im Garten der Fairbanks gerufen. Der Blick aus seinen dunklen Augen hat mich gebannt, denn er erinnerte mich an Henning. Ich wünsche mir so sehr, er wäre es.

Dann sehe ich eine Frau näher kommen, die ihn anscheinend sucht, und renne weg. Und als ich noch einmal zurückschaue, sehe ich sie in seinen Armen und wünsche mir, dass es doch nicht Lottas Bruder ist.

Henning lächelte. Schon damals war Isa eifersüchtig auf Felizitas gewesen? Das erklärte die vier Gläser Sekt heute Abend. Aber es erklärte nicht den Ring an ihrem Finger. Wie hatte sie dieser Verlobung zustimmen können? Würde Isa ihm ein Leben lang ein Rätsel bleiben?

Kapitel 7

Das nasskalte Wetter hatte Herrn Magnusson so zugesetzt, dass er seit zwei Tagen erneut das Bett hüten musste und Isa den Kiosk allein führte. Den ganzen Tag glühte der Kanonenofen vor sich hin, doch durch die Luke, die jetzt, im November, nur halb geöffnet war, entwich die Wärme nur allzu schnell.

Sie hatte gerade neuen Kaffee aufgebrüht, als sie eine wohlbekannte Stimme hörte. Vor der Luke stand Raffael und sah halb erfroren aus.

»Komm herein und wärm dich auf.« Isa öffnete die Tür, und er trat ein und rieb seine kalten Hände über dem Ofen. Sie reichte ihm eine Tasse Tee, denn mittlerweile wusste sie, dass Raffael genau wie Henning Teetrinker war, und er griff dankbar danach.

Sie reichte ihm noch die Zuckerdose. »Herr Magnusson ist schon wieder krank.«

Raffael rührte in seiner Tasse. »Bei diesem Wetter ist das kein Wunder. Und dabei ist es erst November. Wie hältst du es den ganzen Tag hier im Kiosk aus?«

»Wieso? Mir ist nicht kalt. Wir haben doch einen Ofen hier drinnen.«

Raffael sah sie erstaunt an. »Du bist vom Leben nicht gerade verwöhnt worden, oder?«

Isa schüttelte den Kopf. »Mein Bruder und ich haben jahrelang auf der Straße gebettelt. Damals haben wir im Winter wirklich gefroren.«

Raffael sah sie schweigend an und blies auf seinen heißen Tee. Als ein Strom Kunden kam, um Zeitungen zu kaufen, stellte er die Tasse zur Seite und half Isa beim Verkauf. Die neuesten Nachrichten wurden heftig diskutiert – die Schlacht in Flandern, die schon seit Oktober das Geschehen an der Westfront dominierte, und die Kämpfe in den Karpaten und Ostpreußen. Namen wie Ludendorff, Moltke und Hindenburg machten die Runde, doch bald hatte man sich auf einen Schuldigen geeinigt, der es zu verantworten hatte, dass es an beiden Fronten nicht vorwärtsging: Kriegsminister von Falkenhayn. Zu zögerlich für die einen, zu waghalsig für die anderen – so oder so, er war schuld am Kriegsdesaster. Erst eine kalte Windböe, die durch die Straße fegte, ließ die Menschen vor der Luke ihre Zeitungen zusammenfalten und wieder ihrer Wege gehen.

Isa begann, neuen Kaffee aufzubrühen. »Danke, dass du mir geholfen hast.«

Raffael griff zu seiner Tasse und trank den mittlerweile abgekühlten Tee. »Den Kiosk allein zu führen ist viel Arbeit. Wärst du da nicht lieber die ganze Woche bei der Familie, deren Tochter du betreust?«

Sie schüttelte den Kopf. Nein, die ganze Woche bei den Wittmanns zu sein hätte sie nicht ertragen. Seit dem Ball bei den Pringelheims ging sie Henning noch mehr aus dem Weg, weil sie sich für ihr Verhalten an jenem Abend schämte. Was musste er von ihr denken, dass sie sich so von Herrn Hofheim hatte umgarnen lassen! Und dann noch die Umarmung im Dienstbotenzimmer, wo sie doch Viktor treu sein wollte! Sie war völlig verwirrt und wandte den Kopf zur Seite, um sich verstohlen eine Träne aus den Augen zu wischen, doch Raffael hatte ihre Handbewegung wahrgenommen.

»Ich hätte wohl lieber nicht fragen sollen.« Seine Stimme klang besorgt. »Behandeln sie dich etwa nicht gut?«

»Nein, so ist das nicht. Die Arbeit macht mir riesigen Spaß. Lotta ist ein entzückendes kleines Mädchen, um das ich mich gern kümmere. Ich bin selbst schuld, dass ich mich mit einer Person aus dem Haus nicht mehr verstehe. Übrigens kennst du jemanden aus der Familie. Es ist dein Studienkollege Henning.«

Raffael riss die Augen auf. »Du arbeitest für die Wittmanns? Das hat Henning mir gar nicht gesagt. Dabei habe ich ihm schon so oft von einer Isa und ihrem Kiosk erzählt, da müsste er doch wissen, dass du das bist.« Er runzelte nachdenklich die Stirn. »Aber wenn es dir bei ihnen gefällt, warum bist du dann so traurig?«

Isa blickte zu Boden. Über die Sache mit Henning konnte sie nicht mit ihm sprechen. »Ach, eine dumme Herzenssache«, antwortete sie mit einer wegwerfenden Handbewegung und versuchte ein tapferes Lächeln. »Das wird schon wieder. Aber da sind noch Mutter und Moritz, die zu Hause Pläne für das Weihnachtsfest schmieden und fest mit Vaters Besuch rechnen. Aber er wird nicht kommen.«

Raffael sah sie fragend an. Und während der kalte Novemberwind unerbittlich an der offenen Luke rüttelte und Raffael seine Hände über dem Ofen wärmte, erzählte sie ihm die Geschichte ihres Vaters. Von seinem Unfall, dem Verlassen der Familie, dem Wiedersehen im Lunapark.

»Doch seit Viktors Fest im Sommer haben wir nichts mehr von ihm gehört«, endete sie.

Raffael hatte schweigend zugehört. »Das wundert mich nicht«, stellte er fest.

»Wie meinst du das?«

»Aber Isa, das musst du doch mitbekommen haben – der Lunapark wurde geschlossen. Schon kurz nach Kriegsbeginn, als auch alle Stadtfeste abgesagt wurden. Eine Nation, die im Krieg ist, vergnügt sich nicht in einem Freizeitpark. Dein Vater hat sicherlich seine Arbeit verloren und will nicht mit leeren Händen zu euch kommen.«

Isa starrte Raffael ungläubig an. Der Park geschlossen? Vater ohne Arbeit? War das die Antwort darauf, warum sie nichts mehr von ihm gehört hatten? »Das ist ja eine Katastrophe! Oh Gott, das wusste ich nicht! Ich muss zu ihm.«

»Wo wohnt er?«

Isa seufzte. »In einem Männerwohnheim! Ich wollte ihn einmal besuchen, aber schon im Flur hat mich ein Mann auf so abstoßende Weise angesprochen, dass ich davongelaufen bin.«

»Ich komme mit«, entschied Raffael. »Gleich heute, wenn der Kiosk geschlossen ist.«

* * *

Sie gingen durch die Straßen des Scheunenviertels, bis sie das heruntergekommene Haus in der Nähe des Jüdischen Friedhofs erreicht hatten.

»Das ist es«, sagte Isa. »Hoffentlich wohnt Vater überhaupt noch hier.«

»Das sehen wir gleich«, antwortete Raffael und wandte sich mit ihrem Anliegen an einen Mann, der gerade aus dem Haus kam.

»Der Berlinger? Zweiter Stock, dritte Tür links.«

Raffael konnte gerade noch die Tür auffangen, bevor sie ins Schloss fiel, dann betraten sie das düstere Gebäude. Isa fühlte Beklemmung, als sie in dem engen Treppenhaus die steile Holztreppe hinaufstiegen und vor der besagten Tür stehen blieben. War Vater überhaupt da? Wie würde er reagieren?

»Du solltest allein mit ihm sprechen«, meinte Raffael. »Ich warte hier draußen im Flur.«

Sie nickte und klopfte zaghaft an. Als eine Stimme sie hineinbat, trat sie ein.

Vater stand am Fenster und drehte sich zu ihr um. Er sah müde aus und blass, seine Haare waren zu lang, sein Gesicht von einem ungepflegten Bart bedeckt. Doch das alles war nicht wichtig, einzig und allein der Blick zählte, mit dem er sie ansah. Es waren die Augen des Mannes, der sie immer Prinzessin genannt hatte. Des Mannes, der zehn Jahre lang immer für Schutz und Wärme gesorgt hatte. Des Mannes, den sie unendlich vermisste.

»Isa.«

Das Wort genügte, dass sich Tränen in ihren Augen sammelten und sie einfach loslief und ihm in die Arme fiel. »Vater, du hast mir so gefehlt!«

»Du mir auch.« Er streichelte ihr übers Haar. »Und Leni und Moritz.«

Sie sah zu ihm hoch. »Wirklich? Aber warum kommst du dann nicht mehr? Wir warten so auf dich!«

Er schob sie ein Stück von sich. »Schau dich doch mal um. Ich habe keine Arbeit mehr. Denkst du, so will ich Leni unter die Augen treten?« Isas Blick schweifte durch den engen Raum. An den Wänden reihten sich mehrere Stockbetten aneinander, und mit seinen Zimmergenossen teilte der Vater sich den vollgestellten Tisch, die wackeligen Stühle und die Waschschüssel, die auf einer Kommode stand.

Isa schüttelte den Kopf. »Hier kannst du nicht bleiben, Vater. Komm zurück! Unsere Wohnung mag klein sein, aber du wärst wieder bei uns, bei deiner Familie.«

Karl Berlinger schwieg. Sein Blick wanderte zum Fenster, vor dem die kahlen Äste eines Baumes in den schiefergrauen Winterhimmel zeigten.

»Ich wollte kommen. Wollte wieder bei euch wohnen. Gott, ich werde nie den Tag im Sommer vergessen, als du mit Leni an meinen Stand im Lunapark gekommen bist! Wir haben uns auf Anhieb wieder verstanden, und es sah so aus, als könnte es für uns vier einen Neuanfang geben.« Ein trauriges Lächeln legte sich um seine Lippen. »Doch kurz danach brach der Krieg aus, und der Park wurde geschlossen. Ich halte mich jetzt mit Gelegenheitsarbeiten über Wasser. Schau dich um, sogar mein Einzelzimmer musste ich räumen. Einige meiner Mitbewohner trinken; frag nicht, wie oft sie nachts randalieren. Ich habe nichts mehr, was ich Leni bieten könnte.«

»Das spielt doch keine Rolle, Vater. Wir wollen dich zurück, mit oder ohne Arbeit! Mit oder ohne Geld! Bitte, komm an Weihnachten zu uns!«

Er hob die Hand und strich ihr übers Haar. »Isa, mein Engel, schau mich an. Denkst du wirklich, Leni möchte so einen abgerissenen Landstreicher wie mich an Weihnachten an ihrem Tisch sitzen haben? Ich werde erst kommen, wenn ich wieder richtige Arbeit habe.«

Isa schluckte. Sie wollte noch so viel sagen, doch sie spürte, wie weh ihm dieses Gespräch tat und dass es besser war, wenn sie nun ging.

»Wir warten auf dich«, sagte sie leise, als sie ihn noch einmal an sich drückte und dann widerwillig Richtung Tür ging. »Du bist uns immer willkommen!«

Sie trat auf den Flur hinaus, wo Raffael noch immer stand und auf sie wartete.

»Und, wird er kommen?«

»Nein«, flüsterte sie, und Tränen stahlen sich aus ihren Augen. »Er schämt sich für seine Situation.«

Schweigend machten sie sich auf den Heimweg, und sie war froh, dass Raffael nicht weiter in sie drang. Sie spürte kaum den eiskalten Wind und den feinen Nieselregen, den er vor sich hertrieb, denn sie musste immerzu an den Heiligen Abend denken, der dieses Jahr ein trauriges Fest werden würde. Wieder einmal.

Kapitel 8

Der nasse, dunkle November war in einen klirrend kalten Dezember übergegangen. Schnee lag auf den Straßen und wurde von den Automobilen auf die Gehsteige gewirbelt, als Henning die Auffahrt zur Villa entlangging. Er kam von Luise Hartmann, die ihm Briefe seiner Mutter mitgegeben hatte – es waren gleich mehrere, wie er lächelnd festgestellt hatte. Er klopfte sich den Schnee von den Schuhen und öffnete das Portal der Villa.

In der Eingangshalle stand Hans auf der Leiter und befestigte eine Girlande aus Tannenzweigen und roten Bändern, die sich die Wände entlangzog.

»Soll ich dir helfen?«, fragte Henning. Hans fuhr zusammen und die Leiter schwankte bedrohlich.

»Herrgott, hast du mich erschreckt«, rief er. »Und nein, du kannst mir nicht helfen, du hast für so etwas zwei linke Hände.«

Henning setzte ein unschuldiges Lächeln auf. »Ich bin nur zur Tür hereingekommen. Und du wirst sogleich aufhören zu schimpfen, wenn du siehst, was ich hier habe.« Er zog ein Kuvert aus der Tasche und machte ein vielsagendes Gesicht. »Kommt direkt aus Hatfield.«

Nun hatte er sofort Hans' volle Aufmerksamkeit. Der Hausdiener ließ die Girlande los und stieg mit erwartungsvollem Blick von der Leiter. »Alice hat geschrieben?«

Henning nickte. »Ja, ich habe bei Luise die Weihnachtspost geholt. Für dich und mich, und sogar für Roman und Lotta.«

Hans griff nach seinem Brief und steckte ihn weg. »Danke. Ich werde ihn morgen an Heiligabend lesen und ein Glas Wein dazu trinken.«

»Soll ich dir dabei Gesellschaft leisten?«

»Gern. Aber du wirst keine Zeit haben, oder?«

»Ich bin froh, wenn ich dem ganzen Trubel hier entgehen kann.« Er sah sich um. Nicht nur an den Wänden prangten weihnachtliche Girlanden, auch um den Lauf des Treppengeländers waren Zierbänder geschlungen und eine große, geschmückte Tanne erhob sich in der Mitte der Halle. »Findest du nicht, dass Vater dieses Jahr übertreibt?«

»Er macht das alles, weil Roman heute noch kommt.«

Henning grinste. »Dann wollen wir hoffen, dass den armen Roman nicht sofort der Schlag trifft, wenn er einen Fuß ins Haus setzt. Nicht auszudenken, wenn er die Westfront überlebt hätte, nur um hier vom Weihnachtswahnsinn niedergestreckt zu werden.«

Doch sofort bereute er seine sarkastische Bemerkung, als eine helle Mädchenstimme zu hören war. »Oh wie schön! Isa, komm, das musst du sehen! Schau nur, wie herrlich Hans die Halle geschmückt hat!«

Lotta erschien auf der Treppe, gefolgt von Isa, die sich dem Begeisterungssturm des Mädchens anschloss: »Hans, wie haben Sie das gemacht? So einen schönen Weihnachtsbaum habe ich immer nur in der Kirche gesehen!«

Hans stieß Henning in die Seite. »Tja, Herr Wittmann, da ist wohl jemand anderer Meinung als Sie, was?«

Henning konnte die Augen nicht von Isa wenden. Seit dem Ball hatte er sie kaum gesehen. Er hatte sie gebeten, sich die Sache mit der Verlobung noch einmal zu überlegen, doch im Grunde kannte er die Antwort bereits. Sie hätte ihr Versprechen niemals gebrochen und war ihm ausgewichen. Doch er konnte es ihr nicht übel nehmen, und ihre Freude über den Baum steckte ihn an. Mit einem Mal kam ihm der ganze Glitzerschmuck gar nicht mehr so übertrieben vor. »Mir gefällt es auch sehr gut.«

»Ach ja? Auf einmal?«, raunte Hans ihm zu, und nun war er es, der einen Boxhieb abbekam.

»Wir gehen runter in die Küche!«, verkündete Lotta aufgeregt. »Isa und ich dürfen Wally beim Plätzchenbacken helfen. Der Unterricht fällt heute aus! Kommst du auch mit, Henning?«

Sein Blick folgte Isa, die sich zu ihm umdrehte. Ein Lächeln flog zu ihm herüber. Morgen war Weihnachten, und er hatte noch kein Geschenk für sie. Seit Raffael ihm von Isas Enttäuschung nach dem Besuch bei ihrem Vater erzählt hatte, zermarterte er sich den Kopf, womit er ihr eine Freude machen konnte; doch welches Geschenk konnte schon neben einem Verlobungsring bestehen? Sie hatte ihm einmal von Weihnachten erzählt, wie es früher bei ihnen gefeiert worden war: vom Besuch in der Kirche, von Vater an ihrer Seite, vom gemütlichen Beisammensein … Und plötzlich wusste er, wie er sie überraschen konnte.

»Ich würde liebend gern mit euch Plätzchen ausstechen, aber ich habe noch etwas Wichtiges zu tun«, erklärte er und zog seine Taschenuhr hervor.

»Schade, dann komm wenigstens später, um eines zu probieren!«, rief Lotta ihm zu und verschwand mit Isa im Treppenhaus.

Henning blickte stirnrunzelnd auf die Uhr. Verflixt! Wieso war ihm diese Idee erst heute gekommen? Für das, was er vorhatte, blieb ihm nicht mehr viel Zeit.

* * *

In der Marienkapelle stimmte der Organist die ersten Töne des Schlusslieds an, und die ganze Gemeinde in dem von Kerzenlicht erleuchteten Gotteshaus sang das Weihnachtslied »Stille Nacht«. Doch Isa konnte nicht einstimmen. Wie so oft in den letzten Jahren wollte sich keine Weihnachtsstimmung bei ihr einstellen, und weder die Lieder noch der geschmückte Christbaum konnten daran etwas ändern. Sie war enttäuscht von Henning, den sie gestern nicht mehr gesehen hatte, obwohl sie so sehr gehofft hatte, er würde ihr ein frohes Fest wünschen. Und von Vater, der wieder nicht kommen würde. Sie schaute auf das Gotteskind in der Krippe vorn am Altar und spürte nur Wut in sich aufsteigen. Warum musste es dieses »Fest der Freude« überhaupt geben, wenn so vielen Menschen an diesem Tag vor Augen geführt wurde, wie allein und einsam sie doch waren? Wozu dieses »Fest der Familie«, wenn nicht einmal ihre eigene heute Abend komplett war? Sie sah jetzt schon Mutters enttäuschten Blick vor sich, wenn sie später das Gedeck, das sie für Vater aufgelegt hatte, wortlos in den Schrank räumen würde. Sie erinnerte sich an die vielen Male, als Mutter drauf und dran gewesen war, Vater in seinem Wohnheim aufzusuchen, es im letzten Moment jedoch hatte sein lassen, um ihn nicht zu beschämen. Sie wussten beide, wie sehr Vater darunter litt, dass er die Familie nicht mehr ernähren konnte.

Ein Mann setzte sich zu ihr in die Bank. Wer kam denn beim letzten Lied in einen Gottesdienst? Sie wandte sich ungehalten zu ihm um – und hielt den Atem an. Es war Vater, und in seinem guten Mantel mit den tadellos geschnittenen Haaren und dem gestutzten Bart hätte sie ihn fast nicht erkannt.

»Großer Gott!«, entfuhr es ihr, als er ihr zuzwinkerte. »Wo kommst du denn her?«

Er schmunzelte, beugte sich zu ihr und raunte ihr über den Gesang hinweg ins Ohr: »Ich musste zwar hoch und heilig versprechen, dass ich dir nichts verrate, aber ich hatte Besuch. Von einem sehr energischen jungen Mann, der nicht lockergelassen hat, bis ich seinen Vorschlag akzeptiert habe. Er hat mich durch so ziemlich alle Geschäfte Berlins und zu einem Friseur geschleppt, und nun bin ich hier. Und eine Arbeit habe ich auch. Botengänge für die Wittmann-Werke.«

Isa schlug die Hände vor den Mund. Oh Gott! Das konnte nur Henning gewesen sein. Hatte sie sich gerade noch eine kleine Aufmerksamkeit von ihm gewünscht? Nun hatte sie sie, doch es war mehr, als sie sich jemals erträumt hätte. Vater war da. Und vielleicht würde er sogar bleiben. Henning hatte ihr ein Weihnachtsfest geschenkt.

Nach dem Gottesdienst lagen sie sich alle vier in den Armen, und als sie später um den Tisch versammelt waren und sich Lenis Braten und den Wein, den Herr Wittmann Isa geschenkt hatte, schmecken ließen, hatten sie einander viel zu erzählen. Isa holte gerade die Dose mit den Plätzchen herbei, die Wally ihr eingepackt hatte, als es an der Tür klopfte.

»Wer ist das denn?«, fragte sie und öffnete.

Ein Soldat in feldgrauer Uniform mit dunklen Haaren und einem breiten Grinsen im Gesicht stand vor der Tür.

»Viktor!«

Sie freute sich so, ihren besten Freund nach so vielen Wochen endlich wohlbehalten wiederzusehen, dass sie ihm um den Hals fiel. »Mein Gott, endlich bist du da!«

»Da hat mich aber jemand vermisst!«, raunte er ihr ins Ohr und schlang seine Arme um sie. Dann ließ er sich von ihr ins Zimmer ziehen.

Mutter war aufgesprungen und umarmte Viktor ebenfalls, und Moritz und Vater klopften ihm auf die Schulter.

»Möchtest du etwas essen?«, fragte Leni. »Es ist noch reichlich da.«

»Danke, Frau Berlinger, Mutter hat mich schon gemästet, aber bei den Plätzchen sag ich nicht Nein.«

Isa reichte ihm ein Glas Wein und setzte sich zu ihm, und er schaute lächelnd in die Runde. »Ich habe euch viel zu erzählen. Vor euch sitzt nicht etwa ein einfacher Infanteriesoldat, sondern der Gefreite Viktor Jansen, ausgezeichnet wegen besonderer Tapferkeit vor dem Feind.« Stolz deutete er auf eine golden glänzende Medaille, die an seiner Uniformjacke baumelte.

»Ist das wahr? Was hast du gemacht?«, erkundigte sich Moritz aufgeregt.

Viktor begann zu erzählen. Von einer Aufklärungsmission, bei der sie vom Gegner überrascht worden waren und er einen verletzten Leutnant unter Einsatz seines Lebens aus der Schusslinie geholt hatte.

»Viktor!«, rief Isa erschrocken. »Du hättest selbst dabei sterben können!«

Er nickte stolz. »Klar. Bin ich aber nicht. Aber so ein Einsatz wird beim Militär honoriert. Ich wurde prompt befördert, und als Gefreiter habe ich nun eine Gruppe Männer unter mir.«

Isa runzelte die Stirn. »Aber die musst du doch anführen. Ist es nicht gefährlich, immer an der Spitze zu stehen?«

»Ach was! So schnell legen die Franzmänner den Gefreiten Jansen nicht um.«

Er gab noch weitere Geschichten zum Besten, und Isa hörte mit wachsendem Erstaunen zu. Sie erinnerte sich an den jungen Mann, der vor wenigen Monaten mit Verbitterung auf seinen Einberufungsbefehl geschaut und über den Kaiser und die Regierung geflucht hatte. Und nun schien Viktor auf einmal in seinem Soldatenleben aufzublühen. Er berichtete nicht nur von Heldentaten auf dem Feld, sondern auch von Kameradschaftsabenden, Schafkopfrunden und Essgelagen, wenn Päckchen aus der Heimat eintrafen, und es hörte sich fast so an, als wäre sein Regiment seine zweite Familie geworden. Ob es daran lag, dass Viktor zum ersten Mal im Leben nicht allein auf sich gestellt war? Dass er Anerkennung fand, die nicht an Herkunft und Bildung gekoppelt war? Dass es nicht darauf ankam, was jemand besaß, sondern wie tapfer er war?

»Der Krieg macht alle gleich«, sagte er. »Ob der Soldat im Schützengraben neben dir ein Fabrikarbeiter oder ein Adeliger ist, spielt keine Rolle. Er trägt die gleiche Uniform, rennt mit dir ins Sperrfeuer und schickt genau wie du ein Stoßgebet zum Himmel, um zu überleben.«

Viktor hatte sich verändert, dachte Isa. Seine Augen blitzten, wenn er sprach, er lächelte viel, und seine Hand griff immer wieder nach ihrer. Er war ihr Verlobter, und doch war er ihr so fremd. Ob sich das in den paar Tagen, die er auf Heimaturlaub hier war, wieder ändern würde?

Gegen Mitternacht brach Viktor auf.

»Ich habe zwei Tage frei, sehen wir uns morgen?«, fragte Isa, als sie sich vor der Tür von ihm verabschiedete.

»Klar. Ich muss doch hier im Viertel bei allen Freunden und Bekannten vorbeischauen, da kommst du natürlich mit. Übermorgen werde ich dann mit meinen Kumpels um die Häuser ziehen.«

Sie nickte, obwohl sie enttäuscht war. Übermorgen? Wenn sie frei hatte? Da war er einmal da und hatte doch kaum Zeit für sie?

Er zog sie an sich und gab ihr einen Kuss auf die Wange, dann verabschiedete er sich.

Im Salon der Wittmanns, in den sich die Familie und die Gäste nach dem Abendessen zurückgezogen hatten, erklang leise Musik aus dem Grammofon, als Henning, der mit Lotta, Roman und Therese am Tisch saß und das neue Gesellschaftsspiel

Mensch-ärgere-dich-nicht spielte, den Würfel zum dritten Mal über den Tisch rollen ließ. In den Sesseln vor dem Kamin saßen Max, Silvia und Thereses Eltern und ließen sich Mokka und Wein servieren.

»Eine Fünf!«, jubelte Lotta. »Pech gehabt, Henning!«

Er schmunzelte über den Eifer, mit dem sie ihre Figur über das Spielfeld zog, und noch mehr amüsierten ihn Thereses Versuche, seinen Bruder zu einem Hochzeitstermin zu drängen.

»Roman, du kannst doch nicht zu jedem meiner Vorschläge Nein sagen«, beschwerte sie sich. »Was du vorbringst, sind doch nur Ausflüchte.«

Roman griff nach dem Würfel. »Du stellst dir das so einfach vor, meine Liebe. Ich bin Offizier, und wir haben da draußen einen Krieg zu führen. Der lässt sich nicht mal eben unterbrechen, damit ich in aller Ruhe nach Hause fahren und heiraten kann. Du weißt doch selbst, wie selten ich Urlaub habe. Ich werde bald wieder für Wochen unterwegs sein.« Er bewegte seine Figur einige Felder vor. »Und jetzt habe ich dich rausgeworfen.«

Sie bedachte ihn mit einem empörten Blick. »Das ist ja allerhand. Nun habe ich gar keine Figur mehr im Spiel. Was muss ich jetzt tun?«

»Du darfst dreimal würfeln«, erklärte Lotta aufgeregt. »Wenn keine Sechs dabei ist, musst du aussetzen.«

Therese tat wie geheißen, doch das Glück war ihr nicht hold. »Was für ein unsinniges Spiel!«, murmelte sie schmollend und reichte Henning den Würfel. Dann wandte sie sich wieder Roman zu. »Denkst du etwa, ich möchte mit der Hochzeit noch ein Jahr warten? Oder besser gleich zwei?«

Roman schmunzelte. »Nun, wenn du es so eilig hast, wäre es am besten, du kommst mich an der Front besuchen und wir heiraten im Schützengraben. Für Feuerwerk wäre da auf alle Fälle gesorgt.«

Henning biss sich auf die Lippe, um nicht laut loszulachen, und Roman musste sich einige Schmeicheleien einfallen lassen, bis Therese wieder lächelte. Als Lotta das Spiel gewann und Roman gleich darauf in seiner Hosentasche nach Zigaretten fischte und sich erhob, um in den Garten zu gehen, folgte Henning ihm nach draußen.

Roman hielt ihm eine Zigarette hin, doch er schüttelte den Kopf.

»Ich dachte, du wolltest dir ein paar Laster zulegen?«, meinte Roman und holte sein Feuerzeug aus der Tasche.

Henning zuckte die Schultern. »Habe noch nicht das Passende gefunden. Zu viel Alkohol ist nichts für mich, und das Rauchen offensichtlich auch nicht.«

Roman zog an seiner Zigarette. »Bleiben nur noch die Frauen.«

Henning winkte ab. »Ich will aber nicht irgendeine.«

»Ich weiß. Und deinem Gesicht nach zu urteilen ist Isa immer noch mit diesem Viktor verlobt.«

Ja, das war sie, dachte Henning. Und wahrscheinlich war Viktor auch auf Heimaturlaub nach Berlin zurückgekehrt und feierte jetzt mit ihr. Doch daran wollte er in diesem Moment nicht denken, und um das Thema zu wechseln, griff er in sein Jackett und holte einen Umschlag heraus.

»Für dich. Von Mutter.«

Roman sah ihn erstaunt an. »Sie hat mir geschrieben? Und ich habe dir nicht einmal einen Gruß an sie mitgegeben, als du im Sommer nach London gefahren bist, dabei wusste ich doch, dass du sie besuchen würdest. Aber irgendwie bin ich in der Nacht vor deiner Reise in einer Kneipe versackt.«

»Ich weiß. Du bist mitten in der Nacht stockbetrunken nach Hause gekommen und hast in der Eingangshalle lautstark irgendwelche Soldatenlieder gesungen.«

Roman blies lachend den Rauch aus. »Oh! Tatsächlich?«

»Ja. Und Hans hat mir geholfen, dich in dein Zimmer zu verfrachten, bevor du das ganze Haus aufgeweckt hättest.«

»Klingt, als hätte ich ein Glas zu viel gehabt.«

Roman griff nach dem Brief und drehte ihn unschlüssig in der Hand. »Geht es Mutter gut?«

»Sie vermisst uns und möchte uns alle drei wiedersehen.«

»Du meinst, wir sollten sie nach dem Krieg besuchen? Du, Lotta und ich?«

»Nein.« Henning schmunzelte. »Wir holen sie her. Es gibt hier jemanden, der auf sie wartet.«

Nun riss Roman die Augen auf. »Ach was! Wer denn?«

Henning schüttelte lachend den Kopf. »Das soll sie dir selbst mitteilen. Du kannst ihr schreiben, denn Richard hat noch immer genügend Kontakte, um Post an sie weiterzuleiten.«

Roman schnippte seinen Zigarettenstummel in ein verschneites Gebüsch. »Du hast recht. Es ist höchste Zeit, dass ich mich bei ihr melde.«

* * *

Sie standen zu viert um Annelies Grab, legten einen geschmückten Tannenzweig auf den verschneiten Erdhügel und sprachen ein Gebet. Es tat gut, wieder als Familie hier zu sein, dachte Isa, als Vater einen Arm um sie legte, und sie dankte im Stillen Henning, der das ermöglicht hatte. Wie hatte sie das all die Jahre vermisst! Sie ahnte, dass sie alle gerade das Bild des kleinen, fröhlichen Mädchens vor Augen hatten, das nicht einmal zwei Jahre alt geworden war und das ihnen allen so fehlte. Lange standen sie zusammen, dann machten sich Mutter und Moritz mit Vater auf den Weg, um seine wenigen Habseligkeiten aus dem Männerwohnheim zu holen, denn er würde jetzt endlich wieder bei ihnen einziehen. Isa jedoch blieb zurück. Sie brauchte noch einen Moment allein bei ihrer Schwester.

Zu vieles ging ihr heute durch den Kopf. Da war diese grenzenlose Enttäuschung über Viktor, der ihr zwar gestern den ganzen Tag nicht von der Seite gewichen war, aber auch keine wirkliche Nähe zugelassen hatte. Sie hatten Freunde und Bekannte besucht, Viktor hatte immer wieder seinen Arm um sie gelegt, doch es war Isa vorgekommen, als hätte er jegliches Alleinsein mit ihr vermieden. Er hatte von Ehre, Pflichterfüllung und Verantwortung gesprochen und davon, wie wichtig es ihm sei, dass sie auf ihn wartete, doch fehlte da nicht noch etwas? Was war mit Liebe?

Henning hatte an dem Tag, an dem er von der Verlobung erfahren hatte, von Liebe gesprochen, und seither geisterte dieses Wort durch ihren Kopf. Was war Liebe? Würde sie sie mit Viktor finden?

»Wo ist er heute?«, fragte sie Annelie. »Warum hat er mich nicht mitgenommen? Ich habe ihn sogar direkt darauf angesprochen, doch er hat Ausflüchte gefunden. Störe ich ihn etwa, wenn er mit seinen Freunden feiert?«

Eine Träne rollte über ihre Wange, und sie wischte sie ungeduldig weg. Sie durfte sich nicht so von Viktor abhängig machen, sagte sie sich. Sie musste ihr Leben wieder selbst in die Hand nehmen, musste herausfinden, was ihr wichtig war und welche Ziele sie verfolgen wollte. Der Gedanke tat ihr gut, und sie stellte wieder einmal fest, dass sie hier, an Annelies Grab, wie immer Trost gefunden hatte. Lange stand sie noch so da und blickte auf das verwitterte Kreuz mit dem Namen ihrer kleinen Schwester, und erst, als ihr irgendwann kalt wurde, wandte sie sich mit einem Seufzer vom Grab ab und ging über den Friedhof zum Haupteingang. Die beiden weißen Marmorengel, die sie dort passierte, kamen ihr bereits vor wie zwei alte Bekannte.

»Dafür, dass du heute angeblich eine Magenverstimmung hast, geht es dir ja blendend«, stellte Hans fest, als der Barmann in ihrer Lieblingskneipe, dem Prenzlauer Eck, das Bier über den Tresen schob. Auch heute, am zweiten Weihnachtsfeiertag, war der Schankraum gut besucht.

Henning prostete Hans zu. »Du weißt doch, wie sehr ich diese Einladungen bei Silvias Eltern in Potsdam hasse. Und nicht nur ich. Roman hatte es heute auch sehr eilig, das Haus zu verlassen.«

»Da ist eine Kneipentour mit mir auf alle Fälle die bessere Wahl. Nun verrat mir endlich, was es mit deinem Geschenk für Isa auf sich hatte.«

Henning schmunzelte. »Ich habe ihren Vater aufgesucht und nach langem Hin und Her überzeugen können, dass er seine Familie an Weihnachten besuchen musste. Ich hätte zu gern Isas Gesicht gesehen, als er so unerwartet in die Kirche gekommen ist.«

Hans hob anerkennend die Augenbrauen. »Gute Idee. Hätte glatt von mir sein können.«

Henning lachte. »War ja klar, dass du das sagen würdest, aber ab und zu habe ich auch einen Geistesblitz. Ich frage mich nur, ob Viktor in der Stadt ist.«

Die Tür öffnete sich, und mit einem Schwall kalter Winterluft kam eine Gruppe junger Leute herein, die schon leicht angeheitert wirkten.

»Ja, ist er«, gab Hans mit einem Stöhnen von sich, und Henning folgte seinem Blick. Hans hatte recht. Der Mann in der Mitte der Neuankömmlinge, die sich laut lachend nach einem freien Tisch umsahen, war Viktor. Er war also da, und sicher hatte er mit Isa den Weihnachtsabend verbracht!

»Du kennst ihn?«, fragte Henning.

»Er war doch schon oft bei Boxkämpfen im Athletikclub. Einmal sogar mit Isa.«

»Stimmt.«

»Aber wer ist dieses Mädchen, um das er den Arm gelegt hat?«

»Zum Glück nicht Isa. Aber ich glaube, ich kenne sie. Sie sieht Lina, dem Küchenmädchen der Fairbanks, ähnlich.«

»Na bitte. Von wegen Isas Verlobter.«

In diesem Moment drehte sich Viktor in ihre Richtung, stutzte und nickte zu Henning herüber, wobei er gleichzeitig den Arm von den Schultern des Mädchens nahm. Er kam näher und lehnte sich neben Henning an den Tresen.

»Frohe Weihnachten, Herr Wittmann.«

»Ihnen auch ein frohes Fest, Herr Jansen.« Henning zwang sich zu einem Lächeln. »Ich hätte Sie heute gar nicht hier erwartet. Nach Monaten an der Front verbringt man seine Zeit doch lieber mit der Familie und seinen Liebsten, oder?«

Viktor verzog das Gesicht ebenfalls zu einem Lächeln. »Der Tag ist noch jung, Herr Wittmann, und die Nacht noch lang!«

Henning hätte ihn für diese Anspielung am liebsten verprügelt. Doch er fing Hans' warnenden Blick auf und antwortete lässig: »Die werden Sie auch brauchen, um Ihren Rausch auszuschlafen.«

»Vielleicht fällt mir auch noch etwas Besseres ein.« Viktor nickte Henning noch einmal zu und setzte sich zu seinen Freunden an den Tisch. Auffällig weit weg vom Küchenmädchen der Fairbanks.

»Du wirst ihm diese Vorstellung doch nicht abnehmen, oder?«, fragte Hans. »Isa ist ein anständiges Mädchen. Da ist nichts zwischen den beiden.«

»Ich könnte ihn schlagen«, presste Henning zwischen den Zähnen hervor.

Hans nickte. »Das Gefühl kenne ich. Ich hätte deinen Vater auch verprügeln können, als er Alice hintergangen hat. Alle haben es gewusst, und Alice litt so sehr darunter.«

»Und wie hast du deine Eifersucht beherrscht?«

Hans trank von seinem Bier. »Indem ich nicht deinen Vater, sondern einen Boxsack vermöbelt habe. Aber wenn ich die Blicke sehe, mit denen du Viktor fixierst, ist es wohl besser, wenn wir in eine andere Kneipe gehen.« Hans winkte die Bedienung herbei. »Bevor das hier noch eskaliert. Es käme nicht gut an, wenn du ihn zusammenschlägst und sich herausstellt, dass du Boxer bist. Und der Sohn von Max Wittmann. Auf diese Schlagzeile können wir gut und gern verzichten.«

Sie zahlten, und auf dem Weg zur Tür kamen sie an Viktors Tisch vorbei.

Viktor stand auf. »Sie brechen schon auf, Herr Wittmann? Ich muss auch los. Auf mich wartet noch jemand.«

Henning schäumte vor Wut. Er beugte sich zu Viktor und raunte ihm zu: »Was soll das? Du hast verdammtes Glück, dass ich mich in meiner Position nicht mit dir anlegen kann.«

»Und du hast verdammtes Glück, dass du nicht in meiner Einheit bist, Wittmann! Denn ich bin mittlerweile Gefreiter und hätte über dich zu befehlen.«

Henning wollte zu einer weiteren Antwort ansetzen, doch da packte Hans ihn schon und schob ihn Richtung Tür.

»Du lässt dich jetzt nicht von ihm provozieren, verstanden?«, fuhr er ihn an, als sie auf der Straße standen.

Henning hob entschuldigend die Hände. »Ich weiß, ich weiß. Aber der Kerl bringt mich einfach zur Weißglut.«

Was war da zwischen Isa und Viktor? War da doch mehr, als sie zugab?

* * *

Das Militärfahrzeug, mit dem sein Adjutant, Korporal Meyer, Roman vom Bahnhof in Lille abgeholt hatte, rumpelte über die mit Schlaglöchern übersäte Landstraße. Roman war zurück von seinem Heimaturlaub und wäre am liebsten gleich wieder umgekehrt, nachdem ihm Meyer auf der Autofahrt nur niederschmetternde Neuigkeiten berichtet hatte. Seine Truppe hatte in den zwei Wochen seiner Abwesenheit einiges an Boden verloren, was sie sich zuvor mühsam erkämpft hatte. Sie waren hier nur wenige Kilometer hinter der Front zwischen Arras und Lille, und schon morgen würde er wieder seine Stellung in einem der Schützengräben beziehen. Allein schon der Gedanke daran weckte in ihm die Erinnerung an das hohe Pfeifen der Granaten und die kurz darauf folgenden Detonationen, die die Welt in einen Wirbel aus Feuer, Dreck und Steinen, Schreien, Blut und Tod verwandelten. Ein endloser Albtraum, der seit Monaten andauerte und ihn bis in den Schlaf verfolgte. Und morgen von Neuem beginnen würde.

Vor dem ehemaligen Rathaus der französischen Gemeinde Monchy-au-Bois, die Romans Einheit vor Wochen beim Kampf um Lille besetzt hatte, hielt Meyer das Fahrzeug an. Roman stieg aus und ging auf das noch halbwegs intakte Gebäude zu, in dem die Kommandantur untergebracht war. Er grüßte den diensthabenden Unteroffizier Wedel hinter seinem Schreibtisch.

»Lausige Kälte«, sagte er, während er seine klammen Finger über dem gusseisernen Ofen wärmte. Anschließend legte er seinen Mantel ab und wandte sich den Unterlagen auf dem Schreibtisch zu. »Was haben Sie hier für mich, Wedel?«

»In einer Stunde ist Besprechung bei Major Franke, Herr Leutnant. Möchten Sie sich vorher einen Überblick über die Lage verschaffen?«

Roman nickte. »Was ist der Stand?«

Während er Wedels Bericht zuhörte, verfolgte er den aktuellen Frontverlauf auf einer Karte. Von Lothringen bis zum Ärmelkanal zog sich eine dicke rote Linie mit einer Länge von mehreren Hundert Kilometern durch deutsches, französisches und belgisches Gebiet, und laut der neuesten Anordnung der

Obersten Heeresleitung galt es, diese Stellungen zu halten. Um jeden Preis.

Roman runzelte die Stirn über das, was er hörte. Wedel, ein Kriegsbefürworter, bagatellisierte die Verluste auf beiden Seiten und sprach in glühenden Worten von einer geplanten Offensive, die die Wende bringen werde. Doch Roman hatte Zweifel. Seiner Meinung nach hätten die Generäle auf Kriegsminister von Falkenhayn hören sollen, der vor Kurzem einen Separatfrieden mit Russland vorgeschlagen hatte, da nach seiner Ansicht ein totaler Sieg nicht mehr zu erreichen war. Dann hätte der Krieg vielleicht wirklich noch vor Jahresfrist beendet werden können, wenn auch nur mit einem Teilsieg. Doch die Heeresleitung hatte auf eine Umkehrung des Schlieffen-Plans gedrungen, was ein Überrennen des Ostens mit anschließendem Sieg im Westen vorsah. Als ob dieses vermessene Vorhaben noch möglich gewesen wäre! Natürlich konnte er diese Meinung nicht laut aussprechen, schon gar nicht vor Wedel, der ihn sofort beim Major angeschwärzt hätte.

Er nickte nur zu den Ausführungen des Unteroffiziers und war froh, als sich die Tür öffnete und Meyer ins Zimmer kam.

»Leutnant Wittmann, die neuen Rekruten treffen gerade ein, und hier sind die Kondolenzbriefe für die Angehörigen der Gefallenen, Sie müssen nur noch unterschreiben.«

»Danke, Korporal. Wedel, kümmern Sie sich um die Neuankömmlinge, ich übernehme die Anschreiben.«

Als Wedel mit dem Korporal den Raum verließ, wandte Roman sich den Briefen zu. Sie begannen alle mit dem Satz »Es ist meine traurige Pflicht, Ihnen mitzuteilen, dass …« und sprachen von Ehre, Treue und dem Heldentod für das Vaterland. Roman schraubte seinen Federhalter auf und begann, die ersten Briefe zu unterzeichnen. Er las die Namen der Gefallenen. Er kannte sie alle, hatte sie vor zwei Wochen noch befehligt. Als er zum nächsten Schreiben kam und sah, dass es einen Rekruten betraf, der noch keine vier Wochen hier gewesen war, warf er seinen Füller so wütend von sich, dass sich ein Tintenfleck auf dem Tisch bildete. Er sprang von seinem Stuhl auf und lief durch den Raum. Herrgott, ein junger Mann, gerade mal so alt wie sein Bruder! Und diese Todesmeldungen sollte er unterschreiben wie Rechnungen und Aufträge für sein Unternehmen? Das ging doch nicht!

Meyer trat in die Stube. »Herr Leutnant. Das Treffen beim Major!«

Roman bemühte sich um Fassung. Er schob die Schriftstücke zusammen, um die er sich später kümmern wollte. »Sie haben recht, wir müssen los.«

Er folgte dem Adjutanten zum Wagen. Auf der Fahrt in die nächstgrößere Ortschaft, wo die Lagebesprechung stattfinden sollte, holte er einige Aufstellungen aus der Tasche, um sich noch schnell einen Überblick über die Waffen- und Munitionsvorräte zu verschaffen. Dabei zog er versehentlich den weißen Umschlag mit der zierlichen Handschrift heraus, und zum ersten Mal an diesem Tag huschte ein kleines Lächeln über sein Gesicht. Mutters Brief, den Henning ihm gegeben hatte! Und während er auf der holprigen Straße durch die Ruinen einer von Artillerie zerschossenen Ortschaft fuhr, überflog er noch einmal die Zeilen, die sein schönstes Weihnachtsgeschenk gewesen waren.

> *Mein geliebter Roman.*
> *Die Sehnsucht nach meinen drei Kindern treibt mich dazu, dir einen Brief zu schreiben, nachdem unser Kontakt vor vielen Jahren so jäh abgerissen ist. Du kannst dir vielleicht meine Freude vorstellen, als eines Tages ein Brief von Henning eintraf und er im letzten Sommer sogar zu Besuch kam. Er hat mich ermutigt, auch mit*

dir und Lotta wieder in Verbindung zu treten, was ich jetzt, zu Weihnachten, tun möchte.

Roman, ich bete unablässig, dass du wohlbehalten von der Front zurückkehrst und ich dich eines Tages wieder in die Arme schließen kann. Ich weiß, wie sehr du unter den Spannungen in unserer Familie gelitten hast, doch wenn es dir möglich ist, das Vergangene hinter dir zu lassen, dann schick mir ein kleines Lebenszeichen. Ich würde mich unendlich darüber freuen.

In Liebe, deine Mutter Alice.

Er steckte den Brief in die Brusttasche seiner Uniform, um ihn immer bei sich zu haben. Vor seiner Abreise aus Berlin hatte er Richard einen Antwortbrief für Mutter anvertraut. Ja, er war bereit, das Vergangene hinter sich zu lassen. Auch er wollte sie wiedersehen.

1915

Kapitel 9

In seinem Büro im Verwaltungsgebäude trat Henning ans Fenster und schaute hinunter auf die Chausseestraße, durch die sich der Verkehr schlängelte. Die ersten Wochen des neuen Jahres waren anstrengend gewesen; halbe Nächte hatte er nach seinen Vorlesungen hier mit Vater, den Ingenieuren und Vorarbeitern gesessen und an der Umstellung der Produktion auf Rüstungsgüter gearbeitet, und selbst den Jahreswechsel hatte er nur dadurch mitbekommen, dass Frau Wiedekind um Mitternacht mit einem Tablett voller Sektgläser ins Besprechungszimmer gekommen war und allen ein frohes neues Jahr gewünscht hatte. Die Umstrukturierung erforderte viele Maßnahmen, und sie standen vor schwierigen Aufgaben. Die Werkshallen mussten für die neuen Arbeitsabläufe eingerichtet werden, es fehlte an Arbeitern und Rohstoffen. Doch die Termine drängten, das Heer brauchte Material, da nun, Ende Februar, an beiden Fronten Frühjahrsoffensiven tobten.

Diese Arbeit war auf Dauer nichts für ihn. Er würde sie so lange machen, bis Roman zurück war und seinen Posten als Juniorchef wieder einnehmen konnte, dann wollte er sich wieder ganz seinem Studium widmen. Es sei denn, man schickte auch ihn an die Front. Ihn und Raffael. Diese Bedrohung rückte immer näher, nachdem sie beide vor Kurzem am gleichen Tag gemustert worden waren. Er hatte Raffaels Aufstöhnen neben sich vernommen, als der Stempel des Amtsarztes das Wort »tauglich« auf die Formulare gedrückt hatte, und seither schwebte dieses Damoklesschwert über ihnen.

Er wandte sich vom Fenster ab und beschloss, für heute Schluss zu machen. Wann war er zuletzt früher nach Hause gegangen? Früh genug, um Isa noch anzutreffen.

Isa, dachte er, und das Herz tat ihm weh. Er wusste einfach nicht, woran er mit ihr war. Am Tag nach Weihnachten hatte sie in der Villa auf seine Rückkehr gewartet, um ihm überschwänglich für das zu danken, was er für ihren Vater getan hatte, und er hatte noch immer ihre Worte im Ohr: »Du hast mir ein Weihnachtsfest mit meiner Familie geschenkt. Ich weiß gar nicht, wie ich dir danken soll.«

Sie redeten wieder miteinander, doch noch immer wusste er nicht, was er ihr bedeutete. Die Ungewissheit machte ihn fertig, und er musste sie entweder irgendwann zur Rede stellen oder sie sich tatsächlich aus dem Kopf schlagen.

Er schob seine Unterlagen auf dem Schreibtisch zusammen, nahm seinen Mantel vom Kleiderhaken und verließ das Bürogebäude.

»Falkenhayn verstärkt das Heer im Osten! Durchbruch in der Winterschlacht in Masuren!«, rief ein Zeitungsjunge, der mit einem Extrablatt winkte.

Henning kaufte die Zeitung, stieg in eine Straßenbahn und überflog stirnrunzelnd die Nachrichten. Standen nun tatsächlich in Ostpreußen die Entscheidungsschlachten an?

Die düsteren Gedanken an den Krieg verflogen, als er die Eingangshalle der Villa betrat und Lottas Stimme vernahm.

Wenn seine Schwester so fröhlich klang, war Isa nicht weit. Er legte seinen Mantel ab und betrat den Salon.

»Henning!«, rief Lotta. »Du kommst gerade recht. Schau mal, wie sehr mich Isa beim Schach in die Enge getrieben hat!«

Henning trat hinter Lottas Stuhl, warf einen kurzen Blick auf Isa, die lächelnd zu ihm aufsah, dann auf das Spielfeld.

»Oh, es sieht wirklich schlecht für dich aus«, stimmte er Lotta zu.

»Und jetzt? Habe ich gar keine Chance mehr?«

Er ging in Gedanken die Spielzüge durch, die ihr noch blieben, und warf Isa einen fragenden Blick zu. Sie nickte unmerklich. Dieses stille Übereinkommen, Lotta gewinnen zu lassen, freute ihn. Sollte er vielleicht heute mit ihr sprechen?

»Doch, eine Möglichkeit hast du noch. Schau dir noch mal genau dein Pferd an.«

»Das Pferd?« In Lottas Augen blitzte es auf, als sie Hennings Rat befolgte und Isas Läufer schlug. Isa gab sich entrüstet. Ihr blieb nun nichts anderes übrig, als ihren Turm in Sicherheit zu bringen, und bald hatte sich das Blatt gewendet und sie sah sich in der Defensive.

»Schönen Dank auch, Herr Wittmann!«, schimpfte sie in gespielt strengem Ton, und Henning musste grinsen, als er ihr dabei zusah, wie sie seiner Schwester zum Sieg verhalf.

Lotta jubelte, als Hans mit besorgter Miene ins Zimmer trat. Er hielt einen Brief in der Hand. »Für Sie, Herr Wittmann. Er ist heute gekommen.«

Ein Blick darauf genügte, und Hennings gute Laune war mit einem Schlag verflogen. Der offizielle Absender, Oberersatzkommission Berlin, verhieß nichts Gutes, und als er das Kuvert mit fahrigen Fingern öffnete, hielt er seinen Einberufungsbefehl in Händen. Nun war es also so weit. In ein paar Tagen musste er sich in der Kaserne des

Garde-Grenadier-Regiments in der Jüterborger Straße einfinden, und er ahnte, dass Raffael einen ähnlichen Brief erhalten hatte. Ein dumpfes Gefühl der Angst stieg in ihm hoch, und er schloss für einen Moment die Augen. Was kam da auf ihn zu?

»Ist es das, was ich vermute?«, fragte Hans, und Henning schaute von dem Schreiben auf.

»Ja, die Einberufung.«

»Was heißt das?« Lottas Stimme klang alarmiert. »Musst du jetzt auch in den Krieg ziehen? Genau wie Roman?«

Henning versuchte, seine eigene Bestürzung zu verbergen, als er sich zum Tisch umwandte und Lottas besorgten Blick auffing. Doch er kam nicht mehr zum Antworten, denn soeben trat Max ins Zimmer.

»Wer muss hier in den Krieg ziehen?«, fragte er.

»Henning!«, rief Lotta.

Max warf einen Blick auf das Schreiben. »Nein, so geht das nicht. Beide Söhne eines kriegsrelevanten Betriebs können sie nicht einziehen. Ich werde sofort mit Richard sprechen, dass er das klären soll.«

»Nein!«, fiel Henning seinem Vater ins Wort. Es ging nicht an, dass Max diese Entscheidung für ihn traf. »Das wirst du nicht tun. Ich habe diesen Krieg nicht gewollt, aber nun, da wir mittendrin stecken, werde ich mich nicht feige davor drücken, während meine Freunde sich ihrer Verantwortung stellen. Ich melde mich in der Kaserne.« Sein Blick wanderte zu Isa, doch er konnte ihren Gesichtsausdruck nicht deuten. Herrje, wie lange wollte sie ihn noch in dieser Ungewissheit lassen? Wusste sie eigentlich, was sie ihm damit antat? War es da nicht sogar besser, wenn er jetzt zum Militär ging? Vielleicht würde sie ja dann erkennen, dass er ihr doch etwas bedeutete.

»So nimm doch Vernunft an!«, brauste Max auf. »Denk doch mal an die Firma! Was, wenn Roman und dir etwas zustößt, wer soll denn dann das Unternehmen weiterführen? Mein Lebenswerk!«

In Henning rumorte es. Er hätte es wissen müssen! Wie immer ging es Vater auch jetzt nur um das Unternehmen, nicht um ihn. Seine Stimme klang schneidend, als er sich wieder Max zuwandte. »Das, lieber Vater, hättest du dir überlegen sollen, als du jahrelang alle Kriegsparteien unterstützt hast! Schon lange, bevor du dazu gezwungen wurdest, hast du Kanonenboote ausgerüstet. Das war bereits der erste Schritt, um unsere Firma, die *Lokomotiven* hergestellt hat, in eine *Rüstungsfirma* umzuwandeln! Du wolltest ein Stück vom Kuchen, und nun bekommst du es. Und wenn du einen Sohn freistellen lassen willst, dann Roman. Er passt sowieso besser in dein Unternehmen!«

»Henning!«, polterte Max los, doch der hörte gar nicht mehr zu, sondern drehte sich um und verließ mit schnellen Schritten den Raum. Er war noch nicht weit, als er jemanden rufen hörte: »Henning, so warte doch!«

Isa! Er blieb stehen und sah sie an, dann nickte er zur Eingangstür und sie gingen nach draußen.

Händeringend wandte Isa sich an ihn »Willst du nicht noch einmal über den Vorschlag deines Vaters nachdenken? Du könntest an der Front fallen!«

Sie standen sich gegenüber, und hier im Vorgarten, abseits der Familie, gelang es Isa nicht, all ihre Gefühle für ihn zu verbergen. In ihrer Stimme schwang Angst mit, und ihr inniger Blick traf ihn mitten ins Herz. So hatte sie ihn angesehen, als er sie an einem Sommerabend in Mariendorf zum ersten Mal geküsst hatte, und er fühlte sich ihr so nah, dass es ihm schwerfiel, sie nicht in die Arme zu schließen. Doch sie befanden sich direkt vor der Villa, und so griff er lediglich nach ihrer Hand.

»Isa, du kannst mich nicht umstimmen«, sagte er leise. »Aber es gibt etwas, was ich mir wünsche und worum ich dich bereits am Abend des Balls gebeten habe. Sprich mit Viktor.«

Sie schloss für einen Moment die Augen. »Wenn das so einfach wäre! Ich habe es noch nicht geschafft! Er ist mein Freund, er ist an der Front, ihm fliegen Granaten um die Ohren!«

Henning nickte langsam. »Und wo bin ich in einigen Wochen, wenn die Ausbildung auf dem Kasernenhof zu Ende ist?«, fragte er. Und als Isa ihm keine Antwort gab, lachte er bitter auf. »Verstehe. Du hattest nie vor, mit Viktor zu sprechen.«

Er ließ ihre Hand los und wandte sich zur Tür.

»Henning!«, rief sie ihm nach, doch er drehte sich nicht noch einmal um.

* * *

Seit dem Streit zwischen Henning und Max empfand Isa die angespannte Stimmung im Hause Wittmann als bedrückend. Max sah sie nur noch mit gerunzelter Stirn durch die Wohnung tigern, und sie hörte ihn bei jeder Gelegenheit vor sich hin fluchen.

»Das hat man nun davon. Dieser undankbare Sohn! Sein Bruder dagegen, der ist aus einem ganz anderen Holz geschnitzt.«

Doch der Gegenstand der väterlichen Schimpftiraden war zu Hause kaum mehr anzutreffen. Isa fragte sich, wann Henning frühstückte oder zu Mittag aß, und auch Hans schien besorgt, denn er erkundigte sich des Öfteren bei Wally, ob sie den Sohn des Hauses gesehen habe, da er wieder einmal nicht zu einer Mahlzeit erschienen war. Selbst an Lotta ging das Ganze nicht spurlos vorbei, denn immer wieder fragte sie Isa nach Henning.

»Er muss sich doch morgen in der Kaserne melden«, hatte sie am Vormittag gejammert, bevor sie mit ihrem Vater zu einem Verwandtenbesuch aufgebrochen war. »Will er sich denn gar nicht von uns verabschieden?«

Isas Herz krampfte sich zusammen. Morgen schon? Und er ließ sich gar nicht blicken? Doch warum sollte er sich von ihr verabschieden, nachdem sie ihn in ihrem letzten Gespräch so enttäuscht hatte?

Es gab nur eine Person im Haus, die von all dem nichts mitzubekommen schien, weil sie entweder malte oder meditierte. Silvia.

»Wie gut, dass ich Sie treffe!«, vernahm Isa jetzt hinter sich die Stimme der Hausherrin. Sie hatte gerade gehen wollen, weil Lotta erst am Abend zurückkehren würde, doch nun war sie Silvia über den Weg gelaufen und ihr schwante Übles. Sie zwang sich zu einem freundlichen Lächeln. »Ja, Frau Wittmann?«

Silvia winkte mit einer kleinen Holzschatulle. »Kommen Sie, ich habe doch schon lange versprochen, Ihnen die Karten zu legen. Und keine Ausreden heute, ich weiß, dass Sie Zeit haben.«

Genervt rollte Isa mit den Augen, doch es blieb ihr nichts anderes übrig, als der Hausherrin in den Salon zu folgen und sich zu ihr an den Tisch zu setzen. Silvia entnahm dem Holzkästchen einen Stapel kunstvoll verzierter Karten und begann, sie zu mischen.

»Sie müssen dem Schicksal eine Frage stellen«, erklärte sie dabei mit gewichtiger Miene. »Ich lege dann drei Karten verdeckt auf den Tisch. Die erste steht für Ihre Vergangenheit, die zweite für die Gegenwart und die dritte für die Zukunft.«

»Wissen Sie, Frau Wittmann, meine Eltern und der Priester in der Sonntagsschule halten nichts vom Wahrsagen. Es wird also sowieso nicht funktionieren, deshalb können wir es auch lassen.«

Silvia legte die Karten zur Seite und ergriff Isas Hände. »Ach, Kindchen, wie engstirnig hat man Sie denn erzogen? Was kann Ihnen denn eine Sonntagsschule beibringen? Nun schließen Sie die Augen und konzentrieren Sie sich auf die Frage, die in Ihrem Inneren aufsteigt.«

Isa zögerte, dann kam sie Silvias Wunsch nach. Natürlich gab es da etwas, was sie brennend interessierte, aber die Antwort darauf würde sie doch nicht auf diesem Weg erhalten, oder? Keine Karte der Welt konnte ihr sagen, ob es für sie und Henning eine Chance gegeben hätte. Sie öffnete die Augen und wollte zu einer Antwort ansetzen, als von der Tür her Hennings Stimme zu vernehmen war: »Nun lass sie doch.«

Isa wandte sich um. Er lehnte lässig am Türrahmen, seine Krawatte war gelockert und sein glasiger Blick verriet ihr, dass er offensichtlich getrunken hatte. Wie lange stand er schon da?

»Sieh an, der verlorene Sohn ist zurück«, stellte Silvia spöttisch fest.

»Ja, es zog mich wohl nach Hause, *Mutter*! Und wenn Isa nicht an diesen Humbug glaubt, dann nerve sie bitte nicht damit.«

Isa war verwirrt und wollte keinen Streit zwischen Henning und Silvia provozieren.

»Frau Wittmann, ich habe mir eine Frage überlegt, bitte drehen Sie die erste Karte um«, sagte sie daher schnell.

Silvia kam ihrem Wunsch nach. Ein Mann in einem wallenden Gewand war zu sehen, die Hand zum Himmel erhoben, über seinem Haupt zwei Kreise, die sich berührten. Das Symbol für Unendlichkeit.

»Der Magier«, stellte Silvia mit bedeutungsschwerer Stimme fest, und sie blickte Isa so erwartungsvoll an, als müsste ihr diese Auskunft irgendetwas sagen. Doch das tat sie nicht.

»Und was heißt das?«

»Das ist ein kraftvolles Bild. Es sagt, dass in Ihrem Leben vor langer Zeit etwas Schicksalhaftes begonnen hat, das bis heute Bestand hat. Es kann in Erfüllung gehen, wenn Sie jetzt keinen Fehler machen.«

Isa fühlte sich seltsam berührt von diesen Worten. Aus dem Augenwinkel beobachtete sie, wie Henning sich vom Türrahmen abstieß und näher kam. Er schenkte sich am Vertiko einen Drink ein, dann wandte er sich um und studierte die aufgedeckte Karte.

»Etwas, das vor langer Zeit begonnen hat?« Er heftete seinen Blick auf Isa. »Vielleicht vor sechs Jahren? Interessant, finden Sie nicht, Fräulein Berlinger?«

Sie blickte zur Seite. »Und die zweite Karte, Frau Wittmann? Die für die Gegenwart?«

Silvia senkte die Hand auf die Karte, ließ sie einen Moment darüber verweilen und drehte sie schließlich um. Sie zeigte einen forsch ausschreitenden jungen Mann mit zum Himmel gewandtem Blick, der nicht zu merken schien, dass er auf einen Abgrund zulief.

»Der Narr«, erklärte sie. »Diese Karte sagt Ihnen, dass Sie leichtsinnig sind, Isa. Sie achten nicht auf Ihren Weg und drohen abzustürzen.«

Isa schluckte, und fast noch mehr als Silvias Worte traf sie Hennings besserwisserisches Lachen. »Ganz meine Rede. Unsere liebe Isa ist auf Abwegen.«

Sie warf ihm einen bösen Blick zu und schaute auf die dritte Karte, die Silvia soeben aufdeckte. Unter dem Nachthimmel, an dem ein helles Licht leuchtete, kniete eine Frau, die ihren Krug an einem Bach füllte, neben ihr wuchs ein Baum.

»Der Stern. Ihre Zukunft, Isa. Sie werden das Wasser des Lebens schöpfen und Ihren Lebensbaum zum Blühen bringen, wenn Sie den Weg gehen, der schon längst für Sie in den Sternen geschrieben steht.«

»Sag ich doch«, warf Henning schmunzelnd ein und füllte sein Glas erneut. »Und dafür brauch ich keinen Hokuspokus.«

»Henning!« Silvia runzelte erbost die Stirn und begann, ihre Karten zurück in die Schatulle zu legen. »Du vergiftest die Atmosphäre in diesem Raum. Ich muss hier raus, sonst verdunkelst du noch meine Aura.«

»Gott behüte! Du bist ja so schon nicht zu ertragen, wie ist das dann erst mit verdunkelter Aura!«, rief Henning ihr lachend nach, als sie das Zimmer verließ.

Isa war die Situation mehr als peinlich und sie wollte nur noch davonlaufen. »Als ob eine Spielkarte etwas wissen könnte!«

Henning lachte. »Die Karten vielleicht nicht, aber du weißt es. Sag mir, was deine Frage war!«

»Was?«

»Deine Frage an das Schicksal.«

Er stand nun direkt neben ihr. Sein Verhalten ärgerte sie, und sie wollte aufstehen, doch er legte eine Hand auf den Tisch, die andere auf ihre Stuhllehne und beugte sich zu ihr. Er war ihr so nah, dass sie die hellen Einsprenkelungen in seinen dunklen Augen sehen konnte. So nah, wie er ihr früher einmal gewesen war.

»Du musst mir nicht antworten«, raunte er ihr zu. »Ich kenne die Frage auch so.«

»Du bist betrunken.«

»Jawohl. Das ist es doch, was Männer an ihrem letzten Tag in Freiheit tun, oder? Sie feiern und trinken. Es sei denn, sie nutzen die Gunst der Stunde und verloben sich. Dazu hatte ich nur leider keine Gelegenheit.«

Isa war den Tränen nahe, doch das zeigte sie ihm nicht. Warum war er heute so gemein zu ihr? Mit einem Ruck schob sie ihren Stuhl zurück und stand auf.

In diesem Moment trat Hans in den Salon. »Herr Wittmann, Besuch für Sie. Fräulein Felizitas Pringelheim wartet in der Bibliothek.«

Ein Grinsen breitete sich über Hennings Gesicht aus. »Schau an. Je später der Abend, desto schöner die Gäste. Vielleicht gibt es ja heute doch noch eine Verlobung.«

Isa blieb fast das Herz stehen, als er das Zimmer verließ. Sie schaute erschrocken auf Hans, der Henning kopfschüttelnd hinterhersah, dann hielt sie es keine Sekunde länger in dem Haus aus. Sie eilte zur Garderobe in der Halle, holte ihren Mantel und verließ die Villa fluchtartig, als könnte sie auf diese Weise die quälende Frage zurücklassen, ob Henning das wahr machen würde, was er gerade angekündigt hatte. Blind vor Tränen hastete sie durch die belebten Straßen, bis sie auf einmal eine Stimme neben sich hörte.

»Isa?«

Sie blieb stehen und wandte sich um. Als sie Raffael erkannte, der gerade aus einem Geschäft kam und sie überrascht ansah, lief sie los und fiel ihm in die Arme.

Er fing sie auf. »Himmel, was ist denn passiert?«

»Henning!«, schluchzte sie.

»Was ist mit ihm?«

»Er macht gerade Felizitas Pringelheim einen Heiratsantrag.«

Raffael schob sie ein Stück von sich. »Er macht was?«

»Ja, du hast schon richtig gehört. Er war angeheitert, als er vorhin in der Villa aufgekreuzt ist, hat noch weitergetrunken und war ziemlich unausstehlich, als seine Stiefmutter Tarotkarten für mich gelegt hat. Dann kündigte der Hausdiener Fräulein Pringelheims Besuch an und er machte eine Andeutung, als wolle er sich mit ihr verloben.«

»Oh verdammt! Wir waren heute Mittag in einer Kneipe, aber betrunken war er nicht, als er ging. Soll ich nach ihm schauen?«

Isa schüttelte den Kopf. »Nein. Er muss selbst wissen, was er tut. Aber danke, Raffael.« Sie löste sich aus seiner Umarmung. »Alles Gute für morgen. Melde dich, wenn du Urlaub hast, ja? Und schreib mir mal. Ich möchte wissen, wie es dir geht.«

Ein Lächeln huschte über sein Gesicht. »Mach ich.«

Kapitel 10

Über Nacht hatte Tauwetter eingesetzt, und in kleinen Rinnsalen floss das Schmelzwasser an den Bordsteinkanten entlang, als Henning zusammen mit Raffael und einer Gruppe neuer Rekruten den Kasernenhof des Königin-Auguste-Garde-Grenadier-Regiments betrat. Hinter den Mauern, die dieses Gelände umgaben, befand sich eine Welt für sich.

Soldaten marschierten im Gleichschritt über das Pflaster, eine Einheit nahm unter lauten Kommandos Aufstellung, eine Reiterstaffel trainierte auf der Pferdebahn. Befehle erschallten, Stiefel knallten, Trillerpfeifen zerschnitten die Luft. Die riesigen Exerzierplätze waren umgeben von lang gezogenen Mannschaftsgebäuden, Ställen, Reithallen, Scheunen und Lagerhallen, und Durchgänge zwischen den Gebäudereihen führten zu anderen Kasernenbereichen.

Henning drehte den Kopf in alle Richtungen, um einen Eindruck von der gesamten Anlage zu bekommen. Der Himmel war klar, und er kniff die Augen zusammen, denn die helle Märzsonne blendete ihn. Er hatte gestern eindeutig zu viel getrunken, und ein untrügliches Gefühl sagte ihm, dass er das heute noch bereuen würde. Und nicht nur den Alkohol.

»Ist das riesig hier«, stieß Raffael neben ihm hervor. »Das ist ja ein ganzes Dorf. Hier werde ich mich niemals zurechtfinden.«

»Das solltest du aber, denn ich glaube kaum, dass es einen Spieß interessiert, warum du zu spät zum Exerzierplatz kommst.«

»Ich laufe einfach immer dir hinterher.«

»Wenn wir in die gleiche Einheit kommen.«

Raffael riss die Augen auf. »Denkst du etwa, das wird nicht der Fall sein? Dann bin ich aufgeschmissen.«

Doch Raffaels Bedenken erwiesen sich als überflüssig. Nachdem die Formalitäten in der Schreibstube erledigt waren und sie in der Bekleidungskammer ihre Uniformen und Ausstattung erhalten hatten, stellten sie fest, dass sie in der gleichen Stube einquartiert waren. Vier Stockbetten reihten sich an einer Wand, gegenüber befanden sich acht Spinde und genauso viele Holzhocker, in der Mitte des Raumes stand ein langer Tisch.

»Gott sei Dank«, seufzte Raffael und hievte seinen Rucksack auf das Bettgestell über Hennings.

Der schaute sich skeptisch um. »Zu acht im Zimmer. Wenn das nicht gemütlich wird!«

Sie machten sich mit den anderen Neuankömmlingen bekannt, doch kaum hatte Henning die ersten Namen erfahren – der junge Mann mit den rötlichen Haaren war der Bäckergeselle Horst, der Brillenträger war der Pastorensohn Siegmund und der muskulöse Dunkelhaarige war der Schreinerlehrling Heribert – da kam auch schon ein Meldegänger ins Zimmer und knallte die Hacken zusammen.

»Rekruten! In einer halben Stunde antreten auf dem Appellplatz – in voller Montur und mit Marschgepäck!«

»Wo ist das?«, fragte Siegmund.

Er erntete einen verächtlichen Blick. »Wo wird es wohl sein? Vor jedem Mannschaftsgebäude befindet sich ein Appellplatz, Rekrut!«

Siegmund lief rot an.

Der Soldat drehte sich um und verließ den Raum.

»Na dann los«, sagte Henning und faltete seine Uniform auseinander. »Wir sollten den Spieß auf keinen Fall warten lassen.« Und zu Siegmund gewandt fügte er noch an: »Und möglichst wenige Fragen stellen.«

Sie erreichten pünktlich den Appellplatz, und hier begann Raffaels Albtraum. Der Spieß, Feldwebel Becker, erklärte ihnen mit eindringlicher Stimme, was ihnen in den kommenden Wochen bevorstand.

»Sie werden mich verfluchen, meine Herren!«, rief er, während er die Reihen abschritt. »Verfluchen und zum Teufel wünschen. Aber ich garantiere Ihnen, Sie sind noch keine fünf Minuten an der Front, da wünschen Sie sich schon hierher zurück.«

Raffael, der neben Henning stand, entfuhr ein Seufzer. Der Spieß, der bereits an ihnen vorbei war, blieb stehen und kehrte zurück.

»Wie heißen Sie, Rekrut?«

»Raffael Kallenberg.«

»Herr Feldwebel!«, schnauzte Becker ihn an.

»Nein, ich bin kein Feldwebel«, gab Raffael verwirrt zurück.

Henning stöhnte innerlich auf, einzelne Lacher waren zu hören.

Der Spieß hob eine Augenbraue. »Ach, sind Sie nicht? Wollen Sie es denn einmal werden?«

»Nein, Herr Feldwebel.«

Henning hörte an Raffaels Stimme, dass er völlig verunsichert war.

»Das ist vielleicht auch besser so. Was wollen Sie dann werden, Kallenberg?«

»Reichstagsabgeordneter, Herr Feldwebel.«

Nun lachte die ganze Kompanie einschließlich des Spießes. Er musterte Raffael von oben bis unten. »Dann werde ich wohl ein besonderes Auge auf Sie haben, Herr Abgeordneter, und Sie besonders schulen. Schließlich warten noch große Aufgaben auf Sie.« Er trat einen Schritt zurück und wandte sich an die Reihen der neuen Soldaten. »Abmarsch zum Exerzierplatz.«

Sie rannten im Dauerlauf um den Platz. Bei der fünften Runde stellte Henning fest, dass Raffael bereits sehr kurzatmig war, bei der achten keuchte er nur noch. Trotz der winterlichen Kälte lief ihnen der Schweiß über den Rücken, als der Lauf nach der zehnten Runde beendet war. Henning war völlig erledigt, als sie nach weiteren Übungen auf einem Hindernisparcours irgendwann wieder in ihrer Stube waren. Raffael ließ sich auf Hennings Bett fallen. »Können wir tauschen?«, fragte er. »Ich komme heute nicht mehr nach oben.«

Henning nickte. »Und, wer hat sich immer beschwert, wenn wir durch den Volkspark gerannt sind?«

»Du hast heute auch ganz schön geächzt«, stellte Raffael fest, während er vorsichtig einen Stiefel vom Fuß zog und mit schmerzverzerrtem Gesicht seine Blasen betrachtete. »Du warst auch schon mal besser in Form. Und schieb es bloß nicht auf die zwei, drei Bier, die wir im Prenzlauer Eck getrunken haben. Isa sagt, du hast zu Hause noch einiges in dich hineingekippt.«

Henning fuhr zu ihm herum. »Isa? Wann hast du sie denn getroffen?«

»Wir sind uns gestern Abend zufällig begegnet. Sie war ziemlich durcheinander.«

»Was hat sie gesagt?«

»Ich konnte sie kaum verstehen, weil sie geweint hat. Sie sagte etwas von einem Antrag, den du Felizitas machen wolltest.«

Henning schloss die Augen. Isa hatte geweint? Herrje, er tat ihr nur noch weh!

»Das hast du doch nicht getan, oder?«, bohrte Raffael nach. »Du hast doch nie im Leben Felizitas Pringelheim einen Antrag gemacht, oder?«

Henning stöhnte. »Doch, das habe ich.« Nervös fuhr er sich mit beiden Händen durch die Haare. »Gott, ich war so ein Idiot!«

* * *

Isa begann, das Gemüse zu putzen, während Mutter die Kartoffeln schälte. Moritz machte am Tisch seine Hausaufgaben, und als sich die Tür öffnete und Vater von seinen Botengängen für die Wittmann-Werke nach Hause kam, hatte Isa für einen Moment den Eindruck, alles sei wieder wie früher. War es nicht das, wovon sie immer geträumt hatte? Doch sie wusste selbst, dass sie nicht nur wegen der Zwiebeln, die sie gerade schnitt, so heftig blinzeln musste. Nein, nichts war wie früher, denn mochte auch Vater wieder zurück sein, Mutter nicht mehr trinken und Moritz regelmäßig zur Schule gehen, so war doch ihre ganze Welt aus den Fugen geraten. Und seit ihrem Besuch an Annelies Grab wusste sie, dass sie es war, die ihr Leben wieder in die Hand nehmen musste. Sie empfand nur noch Wut, auf Viktor und auf Henning, die sich beide wie Schufte verhalten hatten, und endlich hatte sie das erkannt. Wie hatte Viktor sie so mit einem Ring überrumpeln können? Und wie konnte Henning Felizitas einen Antrag machen, nachdem er ihr doch in der Ballnacht versichert hatte, für sie da zu sein? Sie wollte von beiden nichts mehr wissen. Viktor hätte sie am liebsten bei seinem nächsten Heimaturlaub den Ring mitsamt ihrem Versprechen zurückgegeben, und Henning war Gott sei Dank erst einmal für längere Zeit beim Militär. Sie brauchte Abstand, und wäre er jetzt nicht in der Kaserne gewesen, so hätte sie sogar die Kündigung ihrer Stelle in Erwägung gezogen – auch wenn es ihr wegen Lotta das Herz gebrochen hätte. Sie konnte diese innere Zerrissenheit einfach nicht mehr ertragen.

Bei Tisch bekam Isa gar nicht richtig mit, worüber sich die Eltern mit Moritz unterhielten, als sie plötzlich mit einer Neuigkeit herausplatzte, die die anderen verstummen ließ: »Ich werde mich nach Abendkursen erkundigen.«

Sie wusste selbst nicht, wo dieser Gedanke auf einmal hergekommen war, doch er fühlte sich gut an. Wochenlang war sie nicht mehr sie selbst gewesen, hatte andere über sich bestimmen lassen, doch das war nun vorbei. Sie blickte in die Runde. »Ja, ich wollte schon immer meinen Schulabschluss nachholen, doch bisher hat das Geld dafür nie gereicht. Aber nun, da Vater wieder da ist und mitverdient, habe ich schon einiges gespart, und wenn Herr Wittmann Lotta nächstes Jahr wirklich auf ein Lyzeum schickt, wie er immer sagt, dann muss ich mir eine neue Arbeit suchen. Mit einem Schulzeugnis erhöhen sich meine Chancen auf eine besser bezahlte Stelle, und wir können uns eine größere Wohnung nehmen.«

Eine größere Wohnung, das war der Traum ihrer Familie, und alle gingen sofort auf den Vorschlag ein.

»Eine Küche sollte sie haben, in der nur gekocht und gegessen wird«, schwärmte Mutter.

»Und ein Zimmer für mich allein«, wünschte sich Moritz. »Es muss gar nicht groß sein, eine Kammer würde reichen.«

»Und ein Wohnzimmer«, seufzte Isa. »In dem wir abends sitzen und spielen können.«

»Das können wir auch heute schon«, entgegnete Vater, und als sie den Tisch abgeräumt hatten, holten sie das Spiel hervor, das Isa von ihrem letzten Gehalt gekauft hatte.

Mensch- ärgere-dich-nicht. Sie hatte es im letzten Jahr öfter mit Lotta und Henning gespielt. Und als sie würfelte und ihre Gedanken dabei zu Henning und dem wunderschönen Sommer mit ihm abschweifen wollten, gebot sie ihnen Einhalt. Nein. Sie wollte nicht an ihn denken. Nie mehr.

* * *

»Du kommst mir so bekannt vor. Aber woher bloß?«, vernahm Henning, der gerade in der Kasernenstube mit einer Bürste seine Stiefel bearbeitete, Heriberts Stimme. Er konnte den kräftigen, untersetzten Schreinerlehrling nicht leiden, weil er sich immerzu über Raffael lustig machte, wenn der beim Exerzieren nicht mithalten konnte, und reagierte nicht weiter auf dessen Frage. Er wusste genau, warum der Schreiner sich an ihn erinnerte, denn er hatte ihn schon des Öfteren mit den anderen in der Stube über Boxveranstaltungen reden hören. Doch bis jetzt hatte Henning sich nicht zu erkennen gegeben. Als Heribert jedoch begann, über Raffael Witze zu reißen, der gerade mit einem Verband um den Fuß vom Sanitäter zurückkam, platzte ihm der Kragen. Er sprang auf, und im nächsten Moment hatte er den Schreinerlehrling schon an seiner Uniformjacke gepackt.

»So, Heribert, du fragst dich, woher du mich kennst, und ich will deinem Gedächtnis mal auf die Sprünge helfen. Sagt dir der Name Henning Wagner etwas?«

»Der Boxer aus dem Athletikclub? Das bist du?«

»Genau. Und was ich dir jetzt sage, solltest du dir gut merken: Das war das letzte Mal, dass du meinen Freund beleidigt hast. Ein einziges Wort noch gegen Raffael, und du wirst dir wünschen, du hättest deine Knochen nummeriert, bevor ich dich auseinandergenommen habe.«

Henning ließ von dem verdutzt dreinschauenden Heribert ab, und als er sich umwandte, nahm er zweierlei wahr: Raffael, der ihn mit offenem Mund anstarrte, und Feldwebel Becker, der mit einem amüsierten Lächeln in der Tür stand.

»Haben Sie das gesehen, Herr Feldwebel?«, ereiferte sich Heribert und richtete seine Uniform. »Soldat Wittmann hat mich tätlich angegriffen.«

Der Feldwebel kam ein paar Schritte ins Zimmer. »Ich habe so einiges gesehen und gehört, was mir sehr missfallen hat«, meinte er und nahm Henning und Heribert ins Visier.

Er blieb vor Heribert stehen. »Wie kommen Sie dazu, einen Kameraden zu beleidigen, Rekrut?«

Heribert schien nach Worten zu suchen. »Aber Sie sagen doch auch immer … «

»So, tu ich das?« Beckers Stimme nahm einen schneidenden Ton an, als er im Zimmer auf und ab ging. »Ich nehme Rekrut Kallenberg hart ran, weil er sonst seinen ersten Tag an der Front nicht überleben wird. Ich mag rau sein in meiner Sprache, unerbittlich beim Exerzieren, aber ich kann es auf den Tod nicht ausstehen, wenn Schwächere hier bloßgestellt werden. Und wissen Sie, warum?« Er fuhr zu Heribert herum. »Weil ich Sie alle hier auf den Krieg vorbereite. Weil sich da draußen im Feld einer auf den anderen verlassen können muss. Weil es vielleicht einmal der Soldat Kallenberg sein wird, der Sie zu einem Lazarett schleppt, um Ihr verdammtes Leben zu retten.« Becker sah Heribert scharf an. »Was haben Sie dazu zu sagen, Soldat?«

Heribert nahm Haltung an und blickte starr geradeaus. »Sie haben recht, Herr Feldwebel!«, stieß er dienstbeflissen hervor.

»Und damit Sie das nicht vergessen, melden Sie sich für den Rest der Woche nachmittags zum Stalldienst.«

»Jawohl, Herr Feldwebel.«

Der Spieß blieb vor Henning stehen und sah ihn mit undurchsichtiger Miene an. »Wittmann, Sie kommen mit mir.«

»Ja, Herr Feldwebel.«

Henning folgte Becker bis zu dessen Büro am Ende des Flurs. Sie waren allein im Raum, nur der Lärm vom Exerzierplatz unten im Hof drang zu ihnen herauf. Was hatte Becker mit ihm vor? Erhielt er eine Verwarnung? Musste er strafexerzieren?

Der Feldwebel war vor seinem Schreibtisch stehen geblieben und wandte sich um.

»Sie sind also der Sohn von Max Wittmann?«

»Ja, Herr Feldwebel.«

»Und Boxer?«

Henning zögerte einen Moment. »Ja, Herr Feldwebel.«

»Nun lassen Sie mal den Feldwebel«, entgegnete der Spieß. »Dies hier wird eine private Unterhaltung. Wieso ist mir nicht bekannt, dass ein Spross der Wittmanns boxt?«

»Weil ich meinen Sport immer unter einem anderen Namen ausgeübt habe.«

Becker zog die Stirn kraus. »Warum?«

»Weil es mein Vater nicht gutgeheißen hätte.«

Becker nickte bedächtig. »Aber Sie haben es dennoch getan, und anscheinend mit Erfolg, denn ihr Kamerad hat sich nicht mehr gemuckst, als er erkannte, wer ihn da am Wickel hatte. Ich kann Ihnen hier natürlich keine Boxkämpfe erlauben, Wittmann, aber es ist nicht verkehrt, wenn Sie ein paar Unruhestifter ein bisschen in Schach halten. Ich will Ruhe auf den Stuben. Also haben Sie weiterhin ein Auge auf Kallenberg, er ist der Schwächste in der Kompanie. Dass ich ihn manchmal etwas hart angehen muss, kann ich ihm nicht ersparen, denn die Front wird kein Frühlingsspaziergang. Doch er wird von mir nicht beleidigt. Und von keinem anderen.«

Henning nickte. »Danke, Herr Becker.«

»Dann können Sie nun gehen, Herr Wittmann.«

* * *

Das graue Ziegelsteingebäude, in dem einmal wöchentlich der Abendunterricht stattfand, war vom Kiosk aus gut zu erreichen. Aufgeregt suchte Isa sich einen Platz im Klassenzimmer und musterte die anderen Erwachsenen, in der Mehrzahl Frauen, die mit ihr die Schulbank drückten. Sie alle einte der Wunsch, das nachzuholen, was sie in jungen Jahren versäumt hatten.

Nachdem sie einmal den Entschluss gefasst hatte, ihren Schulabschluss zu machen, hatte Isa nicht mehr länger gezaudert und sich in der Schule angemeldet. Und als sie nun merkte, dass alle um sie herum in einer ähnlichen Lage waren und niemand sie verurteilte, verlor sie ihre letzten Zweifel.

Sie saß in ihrer Bank, mit Schiefertafel, Lesefibel und Rechenbuch, und hörte aufmerksam zu, was Herr Riedel, ein älterer Mann mit viel Humor und noch mehr Geduld, ihnen beibrachte.

»Warum sind Sie heute hier?«, hatte Herr Riedel die Klasse am Anfang der Stunde gefragt, und die Frage ließ Isa nicht mehr los, obwohl sie mittlerweile bereits bei den ersten Rechenaufgaben angekommen waren, die sie eifrig auf ihre Schiefertafel schrieb.

Die meisten hatten geantwortet, dass sie sich eine bessere Arbeitsstelle erhofften, und Isa hatte ihnen zugestimmt. Sie würde nicht für immer Lottas Kindermädchen bleiben können, da ihr Schützling im kommenden Jahr, wenn Doktor Schreiber in den Ruhestand ging, eine höhere Töchterschule besuchen sollte, und musste sich nach einer neuen Arbeit umsehen. Doch war das der einzige Grund, warum sie gekommen war? Nur die Aussicht auf eine besser bezahlte Stelle? Sie ließ den Blick durch das Klassenzimmer schweifen, nahm die Bücher in den Regalen wahr, die bunten Schautafeln mit Buchstaben, Zahlen und Formeln, die die Wände zierten, und sie spürte die Faszination, die von all diesen Dingen ausging. Sie alle bargen etwas in sich, das ihr unendlich kostbar erschien: Wissen. Und sie wollte alles daransetzen, sich einen Teil davon anzueignen. Und mit einem Mal hatte sie die Antwort auf ihre Frage. Sie war gekommen, weil sie die Welt verstehen wollte.

Kapitel 11

Der Frühling kam mit Macht in die Stadt. Isa spürte die warme Sonne an diesem ersten Apriltag, als sie am Morgen die Zeitungsständer vor den Kiosk schob. Die Nachrichten wurden beherrscht von den Stellungskämpfen in der Champagne und dem erstmaligen Einsatz von Giftgas durch das deutsche Heer in der zweiten Flandernschlacht. Isa schüttelte den Kopf, als sie die Berichte las. Konnte es denn noch eine Steigerung all dieses Grauens geben? Viktor war an der Ostfront, doch Henning und Raffael, wohin würde man sie schicken? Dass die beiden noch in der Kaserne ihre Ausbildung absolvierten, wusste sie von Lotta. Henning war zwar in den vier Wochen, die er jetzt beim Militär war, noch nicht in der Villa vorbeigekommen, doch er hatte sich auch noch nicht zu einem Fronteinsatz abgemeldet.

»Guten Morgen, schöne Frau«, hörte sie neben sich eine Stimme.

»Raffael! Gerade habe ich an dich gedacht!«

»Das will ich auch hoffen.«

»Was tust du denn hier?«

Raffael schlug die Hacken zusammen und griff sich an die Mütze. »Melde gehorsamst, Soldat Kallenberg hat dieses Wochenende Ausgang!«

Isa lachte. »Und da hat dich dein erster Weg zu mir geführt?«

»Jawohl, um mir eine Zeitung und ein Lächeln zu holen.«

»Und einen Tee.« Isa griff nach der Kanne, füllte zwei Tassen und setzte sich damit an den Tisch.

Raffael zog sich einen der Stühle heran. »Wie geht es dir?«

»Gut. Stell dir vor, ich besuche eine Abendschule.«

»Tatsächlich? Ich wusste immer, dass du das einmal machen würdest!«

»Ja, ich komme zwar nicht so schnell vorwärts, wie ich gern möchte, weil ich zu wenig Zeit zum Lernen habe, aber es ist immerhin ein Anfang. Aber sag, wie geht es dir in der Kaserne?«

Raffael verzog das Gesicht. »Frag nicht! Mittlerweile liebe ich schon die kilometerlangen Läufe um den Exerzierplatz, weil ich dann nicht auf einem Pferd sitzen oder ein Gewehr bedienen muss. Ich hätte auf Henning hören und vorher mehr trainieren sollen. Ich frage mich jeden Tag, wie ich das alles überstehen würde, wenn er nicht wäre.«

Da war er wieder, der Name, den sie immer sofort aus ihrem Kopf verbannte, wenn er irgendwo fiel, weil er ihr so wehtat. Sie strich über das geblümte Tischtuch, und noch bevor sie die Frage stellte, die ihr auf der Seele brannte, wusste sie, dass es ein Fehler war. »Hat er auch Ausgang?«

Raffael nickte. »Ja, das ist unser zweites freies Wochenende.«

Ihr Herz wurde schwer. Wo war Henning? Wo verbrachte er seine freie Zeit? Doch die Frage kam ihr nicht über die Lippen.

»Er boxt heute Abend im Athletikclub«, sagte Raffael, als hätte er ihre Gedanken erraten. Ihr dummes Herz begann, schneller zu schlagen. Herrje, warum wechselte sie nicht das Thema?

»Gehst du hin?«, fragte sie.

»Ich kann leider nicht. Aber du vielleicht?«

Sie schüttelte den Kopf.

»Es könnte unser letzter Ausgang sein. Der Hektik in der Kaserne nach zu schließen, dauert es nicht mehr lange, bis wir verlegt werden. Wir rechnen in ein bis zwei Wochen damit«, fuhr er fort. »Es soll in den Osten gehen.«

Was wollte er ihr damit sagen? Dass es vielleicht die letzte Gelegenheit war, um sich von Henning zu verabschieden? Aber wollte sie das überhaupt?

»An die Front? Nach so kurzer Zeit schon?«, fragte sie.

»Wir werden leider nicht gefragt, ob uns das passt.«

Raffael trank seine Tasse leer, legte Isa ein Geldstück auf den Tisch und erhob sich. »So, dann geh ich mal.«

Sie stand ebenfalls auf, trat auf ihn zu und konnte gar nicht anders, als ihn in die Arme zu schließen. »Pass auf dich auf, Raffael. Komm gesund zurück.«

Er drückte sie an sich. »Mach ich«, antwortete er und hob die Hand zum Gruß, als er langsam davonging.

Isa sah ihm nach. Seine Worte klangen noch in ihrem Ohr: »Er boxt heute Abend im Athletikclub.«

Nein, sie würde nicht hingehen. Auf gar keinen Fall.

Zögerlich betrat Isa am Abend das Gebäude des Clubs und lief den langen Flur entlang bis zu der Tür, hinter der laute Rufe und Pfiffe zu hören waren. Der Kampf war schon in vollem Gang und die Kasse bereits geschlossen, und so schlüpfte sie ungesehen in die Halle. Mehrere Dutzend Männer umstanden einen Ring und feuerten die beiden Athleten an, die dort gegeneinander boxten. Sie suchte sich einen Platz, von dem aus sie den Kampf verfolgen konnte, ohne Gefahr zu laufen, von Henning gesehen zu werden. Er sollte nicht wissen, dass sie da war; sie konnte sich doch selbst keine Antwort auf die Frage geben, warum sie tatsächlich gekommen war. Wollte sie ihn ein letztes Mal sehen, bevor er an die Front ging? Ihm ein letztes Mal nahe sein?

Henning, in kurzer Sporthose und Trainingshemd, das die Aufschrift des Clubs trug, hatte nur Augen für den Gegner und trieb ihn mit kurzen, schnellen Schlägen vor sich her. Seine Haken kamen gezielt, die Deckung war lückenlos. Er war der Überlegene, und Jubel brandete auf, je weiter sein Kontrahent zurückwich. Doch plötzlich geriet er ins Stolpern und schwankte. Er wurde ausgepfiffen, als er sich unter den Schlägen des Gegners duckte, die auf ihn einprasselten, und für einen Moment sank er auf die Knie. Isa blieb fast das Herz stehen und sie musste sich auf die Faust beißen, um nicht loszuschreien. Es war ihr unerträglich, ihn so bedrängt zu sehen.

»Der fängt sich schon wieder«, sagte ein Mann neben ihr, der auf einem Streichholz kaute und mit zusammengekniffenen Augen den Kampf beobachtete. »Der Junge ist nicht zu schlagen. Die ersten beiden Runden hat er schon gewonnen.«

Er sollte recht behalten, denn im nächsten Moment stand Henning wieder aufrecht, entkam mit einer schnellen Drehung den Fäusten des Gegners, die ins Leere gingen, und umrundete seinen Kontrahenten wie auf der Suche nach dessen schwächstem Punkt. Er warf seinen Oberkörper herum, sein linker Arm schoss mit aller Kraft nach vorn und brachte den Gegner ins Wanken. Jubel brandete auf, als Henning wieder die Führung übernahm. Isa konnte nicht anders, als ihm fasziniert zuzuschauen und sich unbändig zu freuen, ihn endlich wiederzusehen. Mit dem Mann, der dort oben so verbittert kämpfte, hatte sie die schönsten Stunden ihres Lebens verbracht; er hatte mit ihr gescherzt und gelacht, sie im Arm gehalten und zärtlich geküsst. Sie waren glücklich gewesen. Noch immer hatte sie seine Stimme im Ohr. »Doch das zwischen uns, das ist Liebe, oder?«

Der Gong ertönte, der das Ende der Runde anzeigte, und riss Isa aus ihren Gedanken. Dass Henning in dieser letzten Runde noch einmal die Oberhand gewonnen hatte, brachte ihm einen Sieg nach Punkten ein. Als Sieger des Abends lächelte er in die Menge, dann kletterte er unter den Seilen hindurch und verschwand im Waschraum. Für Isa wurde es Zeit, die Halle zu verlassen.

Draußen war es bereits dunkel. Warum sie sich jetzt nicht schleunigst auf den Weg zur Straßenbahn machte, konnte sie sich selbst nicht erklären. Sie trödelte herum, bis der größte Teil der Besucher das Gebäude verlassen hatte und irgendwann Henning mit zwei anderen Männern in der hell erleuchteten Tür erschien. Die drei wechselten ein paar Worte, die Isa auf der anderen Straßenseite nicht verstand, dann verabschiedeten sich die beiden Männer von Henning. Einen Moment lang kämpfte sie mit sich, ob sie die Straße überqueren und ihn ansprechen sollte.

Da hörte sie, wie einer der Männer Henning noch etwas zurief: »Kommst du noch mit ins Prenzlauer Eck?«

»Nein«, erwiderte Henning. »Ich werde schon erwartet.«

Seine Worte versetzten Isa einen Stich. Sie sah ihm mit brennenden Augen nach, als er seinen Tornister schulterte und im Schein der Straßenlampe davonging. Sie schloss die Augen. Alles in ihr drängte danach, zu ihm zu laufen und ihm Lebwohl zu sagen, doch seine letzten Worte hielten sie zurück. Er wurde schon erwartet, und sie konnte sich vorstellen, von wem. Sie hatte es doch gewusst – warum tat es dann so weh? Sie sah ihm nach, bis seine Gestalt mit der Dunkelheit verschmolz. Er war gegangen. Vielleicht für immer.

Kapitel 12

Isa hätte im Nachhinein nicht mehr sagen können, was sie nach einem langen Arbeitstag bei den Wittmanns dazu veranlasst hatte, am Kiosk vorbeizugehen, denn der Umweg über den Pariser Platz war beträchtlich. Doch das ungute Gefühl, das sie den ganzen Tag über schon gespürt und als Hirngespinst abgetan hatte, verstärkte sich noch, als sie von Weitem sah, dass die Luke geschlossen war. War Herr Magnusson wieder krank?

Hinter der Holzbude stapelten sich die Zeitungsbündel, die am Morgen abgeladen und offensichtlich von niemandem eingeräumt worden waren, und fast war sie versucht, dies schnell nachzuholen, um noch einige Zeitungen zu verkaufen, doch dann schüttelte sie den Kopf. Sie musste zu Herrn Magnusson und schauen, was los war, und mit ihm besprechen, ob sie morgen bei den Wittmanns absagen und dafür den Kiosk betreiben sollte. Schnell öffnete sie die Tür des Häuschens, packte die Zeitungsstapel ins Innere und schloss wieder zu.

Als sie kurz darauf in dem Wohnhaus in der Georgenstraße die Treppe hinaufstieg und die Tür zu Herrn Magnussons Wohnung offen vorfand, überkam sie ein beklemmendes Gefühl. Sie klopfte und rief mehrfach seinen Namen, erhielt jedoch keine Antwort.

»Wollen Sie zu Walter?«, vernahm sie stattdessen eine weibliche Stimme hinter sich im Treppenhaus, und als sie sich umwandte, blickte sie in das Gesicht einer älteren Frau.

»Guten Abend, ich bin Isa Berlinger und wollte nach Herrn Magnusson sehen, weil er heute nicht im Kiosk gewesen ist. Sie sind sicher seine Frau, Mathilde, von der er so oft erzählt hat.«

Die Frau sah sie mit einem rätselhaften Blick an. »Kommen Sie doch bitte herein.«

Sie führte Isa in die Küche, und sie nahmen am Tisch Platz. Die Frau beugte sich zu ihr herüber und ergriff ihre Hand. »Sie wissen es offensichtlich noch nicht«, sagte sie. »Walter ist gestern Nacht gestorben.«

Isa saß da wie vom Donner gerührt. Gestorben? Der nette alte Herr, der für sie wie ein Vater gewesen war? Der ihr im letzten Jahr eine Arbeit angeboten hatte, als alle anderen Geschäfte, Gastwirtschaften und Lagerhäuser sie abgewiesen hatten? Als ihr sonst nur noch der Weg in die Fabrik geblieben wäre?

Isa erwiderte den Händedruck. »Das tut mir so leid, Frau Magnusson.«

Die Frau schüttelte den Kopf. »Ich bin nicht Mathilde. Ich bin Hilda, seine Nachbarin.«

»Oh, aber ich dachte … wo ist seine Frau denn dann?«

Hilda schwieg einen Moment. »Seine Frau ist schon lange tot. Sie und ihre Tochter Marlies sind beide vor Jahren an Typhus gestorben.«

Isa konnte nicht glauben, was sie da hörte. Das konnte nicht wahr sein. Hier musste ein Irrtum vorliegen!

»Gestorben?«, brach es aus Isa heraus. »Aber er hat doch jeden Tag von ihr erzählt! Und das klang, als wäre sie noch bei ihm gewesen. Dabei war er allein? Völlig allein?«

Sie spürte Hildas Hand, die ihr beruhigend über den Arm strich.

»Walter wollte nicht, dass sich jemand Sorgen um ihn machte. Und er war nicht allein. Mathilde mag zwar vor Jahren gestorben sein, aber für ihn war sie noch immer da.«

Isa zog die Stirn kraus. »Wie meinen Sie das? Er war doch nicht verwirrt.«

»Aber nein, man muss nicht verwirrt sein, um das Andenken an einen geliebten Menschen zu bewahren. Er wusste natürlich, dass sie gestorben war, und dennoch sprach er viel mit ihr. Vielleicht können Sie das einmal verstehen, wenn Sie die große Liebe gefunden haben. Die besteht auch über den Tod hinaus.«

Isa schluckte. Die große Liebe … nein, die würde sie wohl nicht finden. Doch mit Verstorbenen reden – ja, das konnte sie verstehen. Auch sie würde sich wohl für den Rest ihres Lebens mit all ihren Sorgen an Annelie wenden.

»Hilda, wann wird er beerdigt?«

»Übermorgen früh um zehn auf dem St.-Marien-Friedhof.«

Isa nickte und erhob sich. »Ich werde da sein. Und meine Eltern und mein Bruder auch.« An der Tür wandte sie sich noch einmal um. »Hilda, haben Sie eine Ahnung, wie es mit dem Kiosk weitergeht?«

Die Frau schüttelte den Kopf. »Dazu weiß ich nichts. Das müssen eventuelle Erben entscheiden.«

* * *

Der Pfarrer sprach Worte des Trostes, als der Sarg in die Öffnung des Grabes hinuntergelassen wurde. Isa stiegen die Tränen in die Augen und sie war froh, Vaters Hand auf ihrem Arm zu spüren. Er, Mutter und Moritz waren mitgekommen, und eine kleine Schar dunkel gekleideter Menschen standen noch um sie herum. Einige von ihnen kannte Isa als Herrn Magnussons Nachbarn, doch wer war der gut gekleidete ältere Herr mit

Brille, der seinen Hut in der Hand hielt und mit ernstem Blick hinunter auf das offene Grab blickte? Vielleicht ein jüngerer Bruder des Verstorbenen?

Der Sarg senkte sich immer tiefer in die Erde, und zum wohl tausendsten Mal fragte sich Isa, warum sie nicht gemerkt hatte, wie einsam der alte Mann gewesen war. Sie hätte ihn doch einladen können, ihre Familie zu besuchen – an den Wochenenden oder an den Feiertagen – warum hatte er nie etwas gesagt?

Der Pfarrer sprach Gebete und stimmte ein letztes Lied an, und langsam löste die kleine Gruppe sich auf.

Isa ging mit ihrer Familie den Kiesweg entlang zum Tor, als jemand hinter ihr ihren Namen sprach.

»Fräulein Berlinger?«

Der gut gekleidete Herr kam auf sie zu und zog seinen Hut.

»Gestatten Sie, ich bin Doktor Martens.«

Also kein Bruder von Herrn Magnusson, ging es Isa durch den Kopf, als er ihr die Hand reichte.

»Ich bin ein langjähriger Freund und der Nachlassverwalter des Verstorbenen. Sie sind seine Angestellte?«

Aha, er würde ihr wohl nun eröffnen, dass der Kiosk in fremde Hände übergegangen war und die neuen Besitzer sie nicht weiterbeschäftigen wollten. Nun gut, sie hatte ja schon damit gerechnet. »Ja, ich arbeite im Kiosk.«

Der Herr wandte sich an Isas Vater. »Und Sie sind der gesetzliche Vertreter der jungen Frau, nehme ich an.«

»Jawohl, ich bin Karl Berlinger, ihr Vater.«

»Dann möchte ich Sie beide bitten, mich in den nächsten Tagen in meiner Kanzlei aufzusuchen.« Er holte eine Visitenkarte hervor, auf der seine Adresse stand, und reichte sie Isa. »Normalerweise stelle ich solche Termine mit der Post zu, aber in Walters Fall möchte ich mich persönlich um alles kümmern.«

Isa zog die Stirn kraus. »Aber warum denn dieser Aufwand? Wenn ich nicht mehr weiter im Kiosk arbeiten kann, reicht es, wenn Sie mir das mündlich mitteilen.«

»Kommen Sie doch einfach vorbei, und bringen Sie bitte Ihre Ausweispapiere mit. Der Verstorbene hat ein paar letzte Worte für Sie hinterlassen.«

Ein paar letzte Worte? Wieder kamen ihr die Tränen. Herr Magnusson hatte an sie gedacht und ihr ein paar Zeilen hinterlassen, und sie? Wo war sie mit ihren Gedanken gewesen?

»Wir werden kommen«, antwortete der Vater an ihrer statt. »Passt es Ihnen morgen früh?«

»Natürlich«, antwortete Doktor Martens. »Dann bis morgen.«

Als sie im Büro des Nachlassverwalters auf den Stühlen vor dessen Schreibtisch Platz nahmen, fragte Isa sich noch immer, warum sie hier waren. Doktor Martens, seines Zeichens Notar, hielt ein versiegeltes Kuvert in den Händen und blickte sie freundlich an.

»Fräulein Berlinger, ich kenne den Inhalt dieses Schreibens, das Walter mit mir zusammen erstellt hat. Ich möchte es Ihnen nun vorlesen.«

Er erbrach das Siegel und holte einen gefalteten Briefbogen hervor. »Ich, Walter Magnusson, erkläre hiermit meinen letzten Willen«, begann der Notar vorzulesen, und Isa hörte gespannt der Einleitung des Testaments zu. Sie konnte sich keinen Reim auf das alles machen. Was hatte sie mit diesem Dokument zu tun?

»Da ich keine Erben habe und mir niemanden vorstellen könnte, der sich umsichtiger und liebevoller um meinen Kiosk kümmern würde als meine Angestellte Fräulein Elisabeth Berlinger, vermache ich ihr den Kiosk, meine Wohnung in der Georgenstraße und die Hälfte meines nach Abzug der Erbschaftssteuer verbleibenden Bargeldes, das zu gleichen Teilen an sie und meine Nachbarin, Frau Hilda Kamphaus, geht.«

Doktor Martens ließ den Brief sinken und sah Isa forschend über den Rand seiner Brille hinweg an.

»Sie haben verstanden, was Walter verfügt hat?«, fragte er.

Isa schüttelte den Kopf und sah erst ihren Vater an, der ebenfalls ratlos dreinblickte, dann wieder den Notar. »Nicht so richtig. Er kann doch nicht ... soll das etwa heißen ... das kann doch nicht sein?«

»Doch, Fräulein Berlinger, Sie haben schon richtig gehört. Sie besitzen ab heute einen Kiosk, eine Dreizimmerwohnung und zweitausend Mark.«

Isa saß da wie vom Donner gerührt und tastete nach Vaters Hand. Sie brachte kein Wort heraus.

»Sind Sie sicher?«, fragte Karl und rückte näher an den Schreibtisch, als könnte ihm irgendein Wort entgehen. »Lesen Sie noch einmal genau, was da steht.«

Der Notar lächelte mild und nickte. »Ja, Herr Berlinger, ich bin mir sicher, denn Walter hat es mir so diktiert. Aber ich lese Ihnen den Abschnitt gern noch einmal vor.«

»Aber, was machen wir denn jetzt?«, fragte Karl ratlos, als der Notar geendet hatte.

»Nun«, meinte Doktor Martens, »ich würde vorschlagen, Sie ziehen um. In die Wohnung in der Georgenstraße. Und Walter hat sich vorgestellt, dass Sie und Ihre Frau den Kiosk führen, und Isa, die ihre Arbeit bei den Wittmanns beibehalten soll, Sie dabei unterstützt. Was sagen Sie dazu?«

»Was wir dazu sagen?«, fragte Isa und wischte sich die Tränen aus den Augen. »Dass wir das nicht fassen können. Das kommt so unerwartet. Wie konnte Herr Magnusson in solch großzügiger Weise an uns denken?«

»So war er eben«, erwiderte der Notar. »Ich habe selten jemanden erlebt, der Situationen und Menschen so gut einschätzen und beurteilen konnte wie er.«

»Aber das ist doch unmöglich! Man kommt doch nicht im Scheunenviertel zur Welt und wird eines Tages von einem fast Fremden in dessen Testament bedacht«, brach es aus Isa heraus.

»Sie waren für Walter keine Fremde«, entgegnete Doktor Martens mit mildem Lächeln. »Er hat mir alles erklärt. Sie haben ihn an seine Tochter erinnert, die vor Jahren gestorben ist. All seine Beweggründe finden Sie in diesem persönlichen Anschreiben.« Er reichte ihr ein zweites Kuvert, das ihren Namen trug.

»Und Sie, Herr Berlinger, sind ja der Vormund der jungen Frau, die demnächst erst achtzehn Jahre alt wird. Mit Ihnen müsste ich nun alle Formalitäten durchgehen, denn Sie werden das Erbe verwalten, bis Elisabeth einundzwanzig und volljährig ist.«

Ihr Vater nickte, und während er und der Notar einige Papierbögen ausfüllten, öffnete Isa Herrn Magnussons Brief.

Liebe Isa! Ich weiß, was du jetzt sagst. Wie konnte er nur? Aber ich sage – wie könnte ich denn nicht? Wie könnte ich nicht gerade dir das alles hinterlassen, die du es doch so dringend brauchst. Du kamst zu meinem Kiosk, seit du Frau Moser den Haushalt geführt hast, und ich habe in dir eine aufrichtige junge Frau kennengelernt, die niemals aufgibt, egal, was das Schicksal für sie bereithält. Du kämpfst um deine Familie, um deine Schulbildung, um das Wohlergehen der Menschen um dich herum. Nur nicht um dich selbst. Da hast du den Kampf aufgegeben, was mich traurig macht.

Ich kenne noch jemanden, für den das Leben ein Kampf ist. Er wehrt sich gegen den übermächtigen Vater, gegen die Schatten seiner Kindheit, gegen soziale Ungerechtigkeit. Ist es da ein Zufall, dass er Boxer geworden ist? Ich habe den jungen Mann im Ring erlebt und gesehen, dass er nicht wegen der Trophäen und Preisgelder boxt oder um als Aushängeschild des Clubs zu glänzen, nein, das braucht ein Henning Wittmann nicht. Bei jedem Kampf versucht er, die Geister niederzuringen, die sich in seinem Leben breitgemacht haben.

Und er kämpft um noch jemanden, Isa, und zwar um dich. Deshalb ist meine letzte Bitte als dein väterlicher Freund: Versprich mir, deinen eigenen Kampf nicht aufzugeben. Du hast es verdient, glücklich zu werden. In Liebe, Walter.

Sie schluckte. Nie hatte sie etwas so Schönes gelesen; und zu wissen, wie viele Gedanken der alte Herr sich über sie gemacht hatte, berührte sie zutiefst. Seine Worte über Henning taten ihr fast weh, denn er hatte ihn und seinen Charakter besser erkannt als sie selbst. Doch nun war es zu spät, nun gab es Felizitas in seinem Leben.

»So, Herr Berlinger«, sagte Doktor Martens. »Ich werde Sie dann morgen auf die Bank begleiten, um mit Ihnen zusammen ein Bankkonto auf den Namen Ihrer Tochter zu eröffnen, auf das das Geld des Verstorbenen transferiert wird. Hier sind die Wohnungsschlüssel; Ihre Tochter kennt den Weg. Sie sind ab heute die neuen Eigentümer und können darüber ganz nach Belieben verfügen. Es liegt bei Ihnen, ob Sie die drei Zimmer selbst bewohnen, verkaufen oder vermieten möchten.«

»Herr Doktor Martens«, erwiderte Vater mit belegter Stimme. »Das ist alles etwas schwer zu begreifen. Mit so etwas haben wir nicht gerechnet.«

»Das verstehe ich, Herr Berlinger, und das hat Walter auch kommen sehen. Ich habe ihm hoch und heilig versprechen müssen, Ihnen auch nach dem heutigen Termin zur Seite zu stehen, wenn Sie fachlichen Rat benötigen.«

»Ist das denn zu fassen, Isa?«, fragte Vater, als sie kurze Zeit später wieder auf der Straße standen. »Als wir dieses Haus betreten haben, hatten wir nicht viel mehr als unsere winzige Wohnung im Scheunenviertel, die Kleider, die wir tragen, und die paar Geldscheine in der angeschlagenen Zuckerdose oben im Küchenschrank. Und nun besitzt du eine eigene Wohnung und einen gut gehenden Kiosk.«

»Nicht *ich* besitze den Kiosk, sondern *wir*, Vater«, verbesserte ihn Isa. »Ich will das nicht allein für mich. Weißt du, wo wir jetzt hingehen?«

Er schüttelte den Kopf.

»Wir holen Mutter ab. Das war ihr letzter Tag in der Krankenhauswäscherei.«

»Du meinst, sie soll kündigen?«

Isa lachte und fiel ihm um den Hals. »Ja, sie soll diese Knochenarbeit keine Stunde länger machen; und dieses Mal wirst du es sein, der den Wittmanns ein Kündigungsschreiben vorlegt. Vater, du und Mutter, ihr führt in Zukunft den Kiosk!«

* * *

Als sie zu viert die Wohnung in der Georgenstraße betraten, sahen sie sich um wie in einem Palast. Einem Palast, der ab heute ihnen gehören sollte. Die hohen Zimmer mit den stuckverkleideten Decken, den Dielenböden und Sprossenfenstern waren hell und freundlich; neben der gut ausgestatteten Küche gab es zwei Schlafzimmer, ein Wohnzimmer mit einem Kachelofen und eine kleine Abstellkammer.

Mutter, die sie am Nachmittag in der Wäscherei von einem dampfenden Kessel weggeholt hatten und die mit fassungslosem Blick ihre Schürze abgebunden und der Vorarbeiterin Martha in die Hand gedrückt hatte, sah sich mit großen Augen um.

»Wie schön das alles ist«, brachte sie schließlich hervor.

»Hier schlafe ich!«, rief Moritz begeistert, als er den kleinen Raum neben der Küche in Augenschein nahm. Er war es auch, der die Gemeinschaftstoilette im Treppenhaus entdeckte und sich über den Luxus freute, nicht mehr bei Wind und Wetter über den Hof gehen zu müssen.

»Ihr meint also, wir sollten selbst hier wohnen?«, fragte Isa unschlüssig. Ganz wohl war ihr nicht dabei. Sie hatten immer von einer größeren Wohnung geträumt, doch nun, da sie zum Greifen nah war, hatte sie Bedenken. »Das würde bedeuten, das Scheunenviertel zu verlassen.«

»Ja!«, rief Moritz begeistert. »Schaut euch doch mal um! Es ist alles da, was wir uns immer gewünscht haben. Mutter hätte eine richtige Küche, Vater könnte nach der Arbeit im Wohnzimmer in einem Sessel sitzen und Pfeife rauchen, und jeder hätte ein eigenes Zimmer.«

Isa ging mit zaghaften Schritten durch die Räume. Sie konnte sich mit dem Gedanken, hier zu leben, noch nicht so richtig anfreunden, auch wenn ihr das wunderschöne Zimmer mit den weiß lackierten Möbeln, das wahrscheinlich einmal Herrn Magnussons Tochter bewohnt hatte, unwahrscheinlich gut gefiel. »Wir sollen aus dem Scheunenviertel wegziehen? Und was ist mit Viktor? Und seiner Mutter, seinen Schwestern?«

Ratlose Stille trat ein. Eigentlich hatte Isa damit gerechnet, dass Moritz nun einen Rückzieher machen würde, denn Viktor war für ihn wie ein großer Bruder, doch seine Antwort verblüffte sie. »Die können uns doch alle hier besuchen. Ist doch gar nicht weit!«

Sie beobachtete Mutter, die durch die Zimmer lief und mit der Hand über die Möbel strich, und sah ihr an, dass sie sich bereits ausmalte, hier zu leben. Warum war sie selbst so zögerlich? Warum fiel ihr der Abschied vom Scheunenviertel auf einmal so schwer? Nein, sie wollte jetzt kein Spielverderber sein und den anderen diesen Traum zerstören.

»Dann machen wir es so«, entschied sie. »Wir räumen in den nächsten Tagen die persönlichen Dinge von Herrn Magnusson in den Keller und holen unsere eigenen Sachen. Und nun lasst uns nach dem Kiosk sehen. Ich muss euch in den nächsten Tagen in alles einweisen.«

Am Abend entzündeten sie in der Wohnung im Scheunenviertel die Petroleumlampe, und Vater holte eine Flasche Wein hervor. Isa nahm ein Glas entgegen und prostete den anderen zu, dann sah sie sich in dem Raum um. Wie viel Mühe hatte sie sich gegeben, hier alles mit möglichst wenig Geld so wohnlich wie möglich einzurichten! Wie viele Erinnerungen hingen mit diesen vier Wänden zusammen! Hier hatte sie die unbeschwerten Tage ihrer Kindheit verbracht; hier hatte sie an einem Tag vor sieben Jahren die letzten Haferflocken mit Wasser angerührt und beschlossen, mit Moritz zum Alexanderplatz zum Betteln zu gehen; hier war Henning mitten in der Nacht erschienen und hatte ihr mit einem Kuss auf die Wange zum Geburtstag gratuliert. Diese Wohnung mochte armselig und heruntergekommen sein, doch für sie war sie so viel mehr. Für sie war sie ihr Zuhause.

Kapitel 13

Seit zwei Tagen bestand Ausgangssperre und niemand durfte die Kaserne mehr verlassen. In wenigen Tagen sollte ihre Einheit verlegt werden, offensichtlich nach Galizien, in die Karpaten. Es ging an die Front.

Henning hatte vor zwei Tagen einen Brief an Max geschickt, in dem er der Familie Lebewohl sagte, und Lotta, von der er sich gern persönlich verabschiedet hätte, ein Päckchen gesandt. Er war extra an seinem letzten freien Wochenende in der Buchhandlung Ebenstätter gewesen und hatte dort das illustrierte Kinderbuch »Alice im Wunderland« für sie erstanden, um ihr damit zu verstehen zu geben, wie sehr er sie vermisste.

»Vater und ich sind gerade nicht in allen Punkten einer Meinung«, hatte er ihr geschrieben, »weshalb ich noch nicht wieder nach Hause gekommen bin; doch ich möchte nicht abreisen, ohne dir Lebwohl zu sagen. Die Zeichnungen im Buch haben mich an dich erinnert, denn Alice scheint genauso ein aufgewecktes kleines Mädchen zu sein wie du. Wenn ich auf Heimaturlaub komme, musst du mir erzählen, was sie im Wunderland alles erlebt hat.«

Auch an Mutter hatte er eine Nachricht verfasst, und an Hans und Edna. Doch der Brief, der ihm am meisten am

Herzen lag, war noch immer ungeschrieben. Er hatte in den vergangenen Wochen so viele Versuche gestartet, nur, um die Briefbögen am Ende doch wieder zu zerreißen. Und nun saß er heute in der Mittagspause schon wieder am Tisch in der Stube vor dem leeren Blatt und grübelte.

Ein Meldegänger kam herein.

»Wittmann. Feldwebel Becker schickt nach Ihnen.«

Henning legte den Füller zur Seite und stand auf. »Wo finde ich ihn?«

»In seinem Büro am Ende des Flurs.«

In allen Räumen, an denen er vorbeikam, herrschte Hochbetrieb. Man packte für die Verlegung der Einheit. Was mochte der Spieß von ihm wollen? Als er ins Büro gebeten wurde, war er überrascht, auf dem Stuhl vor dem Schreibtisch des Feldwebels ein Kind sitzen zu sehen. Doch dann stutzte er, denn der Junge war Moritz. Was machte der denn hier? Unruhe erfasste ihn. War etwas mit Isa?

»Onkel!«, rief Moritz und sprang auf.

Onkel? Moritz hatte sich sicher an die kleine Notlüge im Kaufhaus erinnert und gegenüber dem Wachposten behauptet, Hennings Neffe zu sein, um überhaupt Zugang zur Kaserne zu erhalten. Der Junge war schlau! Henning ging sofort auf sein Theater ein und nickte Moritz grüßend zu. Zum Feldwebel gewandt fragte er: »Sie haben mich einbestellt?«

»Jawohl. Ihr Neffe ist da und erzählt etwas von einer Notlage, die Ihre Anwesenheit erfordert; ich werde nicht ganz schlau aus ihm. Vielleicht verstehen Sie, was er will.«

»Eine Notlage? Was ist passiert?«

Es klang in der Tat hanebüchen, was Moritz nun von sich gab. Er berichtete von einem überraschenden Todesfall im Bekanntenkreis, einer Erbschaft und einem heillosen Durcheinander, in dem Isa nicht mehr ein noch aus wüsste und nur noch weinte. Henning konnte zwar nicht glauben, dass diese Geschichte wahr war, doch die Worte »Isa« und »weinen« versetzten ihn in Alarmbereitschaft.

»Verstehen Sie, was der Junge will?«, fragte der Spieß.

»Durchaus«, gab er vor. »Das ist eine ganz vertrackte Geschichte. Isa ist da in einer misslichen Situation und ich denke, ich sollte ihr helfen.«

»Wer ist Isa?«, fragte Becker.

»Seine Verlobte!«, rief Moritz, noch bevor Henning antworten konnte. Er warf dem Jungen einen überraschten Blick zu, doch Becker schien mit der Antwort zufrieden zu sein.

»Dann ist es natürlich eine dringende Familienangelegenheit«, stellte der Feldwebel fest und ging nachdenklich ein paar Schritte auf und ab. »Mit Todesfall. Tja, Wittmann, ich verstehe, dass Sie der jungen Frau in dieser Situation beistehen müssen, aber sehen Sie zu, dass Sie das auf schnellstem Wege klären. Sie wissen, übermorgen geht es los. Ich kann Ihnen ein paar Stunden freigeben. Sagen wir, bis zum Abendappell.«

»Bis zum Morgenappell!«, kam es wie aus der Pistole geschossen von Moritz. Über so viel Dreistigkeit musste sogar Becker lachen.

»Das geht nicht, kleiner Mann, es stehen dringende Aufgaben an. Aber ich will mal großzügig sein. Wittmann, Sie melden sich heute Abend um zweiundzwanzig Uhr bei mir zurück. Wegtreten! Beide.«

»Jawohl, Herr Feldwebel.«

Als sie das Kasernengelände verlassen hatten und auf der Straße standen, wandte Henning sich an Moritz. »So. Und nun erzählst du mir, was wirklich los ist. Und warum Isa weint.«

Alles brach aus Moritz heraus. Herrn Magnussons überraschender Tod, die Beerdigung, Isas Erbschaft, die neue Wohnung, und Isa, die sich nicht vom Scheunenviertel verabschieden konnte. Henning konnte kaum glauben, was er hörte.

»Und das ist alles wahr?«

Moritz hob feierlich die Hand zum Schwur. »Alles. Bei Kokis Leben.«

»Und wann ist das passiert? Wohl erst vor Kurzem?«

»Vor fast zwei Wochen.«

Henning stutzte. »Und Isa weint deswegen noch immer?«

Moritz schüttelte den Kopf. »Nein. Sie ist zwar traurig, weil Herr Magnusson gestorben ist, und bringt oft Blumen zu seinem Grab. Aber sie weint jetzt wegen dir.«

»Wegen mir?«

»Ja. Du hast dich nicht verabschiedet, obwohl du in ein paar Tagen ins Feld ziehen musst. Deiner Familie hast du geschrieben, und Isa hat auch auf einen Brief gehofft, aber es kam keiner.«

Henning wurde siedend heiß. »Wo finde ich sie? Wo ist eure neue Wohnung?«

»In der Georgenstraße, ganz in der Nähe des Kiosks. Aber dort ist sie nicht, nur unsere Eltern und ich wohnen schon dort. Isa packt alles in unserer alten Wohnung und wird erst in ein paar Tagen ganz umziehen. Sie sagt, sie braucht noch Zeit, um sich von dort zu verabschieden.«

Er klopfte Moritz auf die Schulter. »Gut. Dann werde ich mal nach ihr schauen.«

Als sie sich trennten, drehte Moritz sich noch einmal um. »War es richtig, dir Bescheid zu geben?«

Henning nickte. »Goldrichtig.«

Henning betrat das Mietshaus und fuhr sich aufgeregt durch die Haare, als er an die letzte Tür des Flurs klopfte. Als Isa öffnete, brachte er zunächst kein Wort heraus. Er hatte sie lange nicht mehr gesehen, nur einmal kurz an seinem letzten freien

Wochenende, als er an der Fassade des Adlon gestanden und Isa und Raffael am Kiosk beobachtet hatte. Sie hatte Raffael zum Abschied umarmt, und er hätte in diesem Moment ein Königreich dafür gegeben, an dessen Stelle zu sein.

Er schluckte und nahm ihre zierliche Gestalt wahr, die langen blonden Haare, die sie zu einem Zopf gebunden trug, das einfache Kleid, das ihre Figur umspielte. Wie schön sie war! Als er das Aufleuchten in ihren Augen wahrnahm, vergaß er alle Entschuldigungen, die er sich unterwegs zurechtgelegt hatte, machte einen Schritt auf sie zu, und ungeachtet der Tatsache, dass sie sich im Flur befanden, zog er sie an sich.

»Isa.«

Für einen Moment lehnte sie sich an ihn, und sie waren sich wieder ganz nah. Gott, wie sehr er sie vermisst hatte!

»Du bist gekommen?«, fragte sie überrascht und löste sich wieder aus seiner Umarmung.

»Ja. Moritz hat mich geholt.«

Sie hätte nicht erstaunter aussehen können. »Moritz? Er war bei dir in der Kaserne?«

»Ja, er kam und hat meinen Feldwebel überredet, mir ein paar Stunden Ausgang zu gewähren. Er hat mir alles erzählt, was in den letzten Tagen passiert ist. Und dass du geweint hast. Wegen mir.« Es tat so gut, wieder mit ihr zu reden. »Isa, ich habe bestimmt hundert Briefe an dich begonnen und wieder zerrissen, aber ich muss das jetzt alles loswerden.«

»Deine Verlobung?«, fragte sie leise. »Das weiß ich doch schon längst.«

Er schüttelte den Kopf. »Nein, du weißt nicht alles. Lass es mich erklären, ja? Darf ich reinkommen?«

Sie zögerte einen Moment, dann öffnete sie die Tür ein Stück weiter und er betrat zum dritten Mal in seinem Leben die Wohnung. Sie setzten sich an den Tisch, und er begann ihr zu erklären, was an ihrem letzten gemeinsamen Abend alles schiefgegangen war. »Ja, ich wollte dich eifersüchtig machen, weil du mir ausgewichen bist, dabei wollte ich nur endlich wissen, ob ich dir etwas bedeute und ob es vielleicht doch eine kleine Chance gibt, dass du mit Viktor redest. Ich war wütend und hatte schon einiges getrunken, als ich zu Felizitas in die Bibliothek ging, und der Alkohol und ihre Verführungskünste haben ihr Übriges getan. Ich habe sie umarmt und von einer gemeinsamen Zukunft gesprochen, doch der Kuss, den ich ihr gab, fühlte sich so falsch an.« Es tat ihm weh, zu sehen, wie es für einen Moment in Isas Gesicht zuckte, als wollte sie weinen, doch er musste jetzt ehrlich sein. »Und von dem Moment an konnte ich sie gar nicht mehr schnell genug loswerden. Ich habe mich entschuldigt und ihr erklärt, dass es ein Fehler gewesen sei und mein Herz einer anderen gehörte. Sie wurde zornig, und bevor sie ging, hat sie mir gedroht, dass das ein Nachspiel haben werde und sie mich beim Wort nehmen wolle. Ich habe dich im ganzen Haus gesucht, doch Hans, der mir gehörig die Leviten gelesen hat, sagte mir, dass du überstürzt gegangen warst.«

Er schwieg, und nur die Stimmen der Kinder, die vor dem Haus spielten, drangen zu ihnen herein.

»Isa, ich bin nicht verlobt und werde es mit Felizitas nie sein. Mir werden sicher noch ein paar unschöne Szenen bevorstehen, aber ich bringe das wieder in Ordnung. Glaubst du mir?«

Sie biss sich auf die Unterlippe. »Und wer hat dann nach dem Boxkampf auf dich gewartet?«

Er stutzte. »Der Kampf neulich im Club? Du warst da?«

»Ja, und du sagtest zu deinen Freunden, da sei jemand, der auf dich wartet.«

Er runzelte nachdenklich die Stirn, dann lächelte er. »Stimmt. Das habe ich den beiden zugerufen. Aber es ging dabei nicht um Felizitas, sondern um Edna, ihre Familie und Koki. Ich habe meine freien Tage in Mariendorf verbracht.«

Erleichterung spiegelte sich in ihrem Gesicht, und er griff über den Tisch nach ihrer Hand. »Erinnerst du dich an die Holzhütte am Waldrand? Dort habe ich geschlafen. Und abends saß ich auf den Stufen vor der Hütte und habe mich gefragt, was du wohl über mich dachtest.«

Isa zog ihre Hand zurück. »Oh, ich glaube, die Antwort wird dir nicht gefallen. Ich bin auf euch beide wütend, auf Viktor und auf dich.«

Er seufzte. Was hatte er erwartet? Natürlich war sie wütend auf ihn, aber immerhin hatte sie offenbar endlich erkannt, dass auch Viktors Verhalten nicht in Ordnung gewesen war. Er blickte auf ihre Hand. »Aber anscheinend mehr auf mich als auf ihn, denn du trägst noch immer seinen Ring.«

Ihr Blick schweifte ab, als wanderten ihre Gedanken zu einem Ereignis, das weit zurücklag, und sie schwieg einen Moment. »Da war einmal vor Jahren ein Sonntagnachmittag, den Viktor, Moritz und ich am Ufer der Spree verbrachten. Damals hatte ich Angst, dass unsere Familie völlig auseinanderfallen könnte. Annelie und Vater waren nicht mehr da, und Mutter hatte begonnen, sich wegen ihrer Arbeit im Metropol immer mehr in ihr Schneckenhaus zurückzuziehen. Doch da war Viktor, und mir wurde klar, dass er neben Moritz der beständigste Teil meines Lebens geworden war. Er hätte mich nie allein gelassen, egal, was es ihn gekostet hätte.« Sie wandte sich ihm zu. »Das ist der Grund, warum ich noch immer seinen Ring trage. Und das werde ich so lange tun, bis ich selbst weiß, was ich will. Ich habe beschlossen, meine eigenen Entscheidungen zu treffen, und die erste davon ist mein Schulabschluss. Ich besuche eine Abendschule.«

Henning sah sie fasziniert an. Das war die kämpferische Isa, die er so liebte. Wieder griff er nach ihrer Hand. »Das ist großartig, Isa, das war dir schon immer wichtig. Und was uns betrifft, war das kein Nein, oder? Wir reden wieder miteinander, und das ist mehr, als ich mir noch vor Stunden erhofft hätte. Ich werde dir beweisen, dass ich es ernst meine. Moritz sagte, du hättest Fragen wegen der Erbschaft. Kann ich dir helfen?«

»Ja, da ist ein Schreiben von einem Amt gekommen, mit dem ich mich nicht auskenne.«

»Dann zeig es mir.«

Im Schein der Petroleumlampe füllten sie Formulare aus, und Henning schrieb Isa eine Notiz für Herrn Schröder, den Hauptbuchhalter der Wittmann-Werke, den sie aufsuchen sollte.

»Moritz sagt, es fällt dir schwer, von hier wegzugehen«, sagte er, als er den Füller weglegte.

»Ja, aber das versteht keiner.« Sie machte eine Handbewegung, die das Zimmer einschloss. »Alle denken, ich müsste froh sein, das alles hinter mir zu lassen. Doch ich habe Freunde hier im Haus und in der Nachbarschaft – Viktor, seine Mutter und seine Schwestern, Frau Meyerling, Frau Simonis und Kurt, der so gern Mundharmonika spielt – es kommt mir ein bisschen vor, als würde ich sie verraten.«

Henning nickte. »Ich verstehe, was du meinst. Und vielleicht musst du ja nicht ganz gehen. Vielleicht kommst du wieder und gibst dem Viertel etwas zurück. Etwas, was hier fehlt.«

Er sah ihr an, dass sie sich seine Worte durch den Kopf gehen ließ, während sie zwei Gläser, eine halb volle Flasche Wein und einen Korb mit Weißbrot herbeiholte.

»So habe ich das noch gar nicht gesehen«, entgegnete sie und setzte sich zu ihm. »Vielleicht werde ich das tatsächlich eines Tages tun, denn es fehlt hier so vieles.« Sie deutete auf das Essen. »Du bist sicher hungrig, aber mehr habe ich leider nicht da.«

»Das ist perfekt. In meiner Holzfällerhütte am Waldrand hatte ich auch nicht viel mehr. Und trotzdem hat es mir gefallen. Dort will ich einmal wohnen.«

»In einer Hütte?«

Er lachte. »Nein, ich entwerfe im Kopf schon mein Haus. Ach, wenn ich doch einen Tag länger frei hätte. Dann könnten wir morgen Abend dorthin fahren und ich könnte dir die Sternbilder zeigen. Und mit etwas Glück würden wir sogar Sternschnuppen sehen, der April ist die Zeit der Lyridenschauer.« Er sah zum Fenster hinaus. »Da draußen ist euer Hinterhof?«

Isa nickte.

»Gut. Dann lass uns rausgehen.«

»Und das Essen?«

»Das nehmen wir mit.«

Er ergriff den Brotkorb, nahm die Wolldecke von der Sitzbank und folgte Isa, die die Gläser und die Weinflasche trug, durch die schwere Holztür hinaus in den dunklen Hof. Auf dem Mauervorsprung vor dem Nachbarhaus machten sie es sich bequem. Henning legte die Decke über ihrer beider Schultern, lehnte sich an die Hauswand und zog Isa zu sich heran. Er hob die Hand und deutete zum Himmel. »Siehst du dort die vier leuchtenden Punkte und den fünften weiter oben? Das ist der Große Wagen. Er ist das ganze Jahr über zu sehen. Genau wie Kassiopeia, Perseus oder der Kleine Bär.« Isa folgte mit fasziniertem Blick seinen Erklärungen. »Dagegen dieses kleine Sternbild, die Leier, erscheint nur ab dem Frühling und verschwindet im Herbst aus unserem Sichtfeld.«

Er griff nach einem Stück Brot und reichte den Korb auch Isa, und während sie aßen und den Wein tranken, zeigte er ihr noch weitere Himmelsobjekte, die Doktor Schreiber ihm und Roman in unzähligen Nächten erklärt hatte.

Isa schmiegte sich an ihn. »Und egal, wo du ab nächster Woche auch sein wirst, wir werden am Abend die gleichen Sterne sehen.«

Sie war ihm so nah und er hätte sie jetzt unendlich gern an sich gezogen und geküsst. Doch er wollte nichts falsch machen. Er nickte. »Ja, das werden wir.«

Er stellte sein leeres Glas zur Seite und griff nach ihrer Hand. »Weißt du, als ich vor zwei Wochen in Mariendorf allein mit Koki vor der Hütte saß und in den Sternenhimmel geschaut habe, kam ich mir völlig verloren vor«, sagte er mit leiser Stimme. »Verloren und einsam. Mit Vater habe ich mich zerstritten, Mutter lebt in einem anderen Land, zu meinem Bruder habe ich ein schwieriges Verhältnis und dich hatte ich enttäuscht. Aber heute, mit dir, da ist es, als hätte mich jemand gefunden. Mit dir fühle ich mich angekommen in meinem Leben. Dazugehörig. Als müsste ich mir meinen Platz nicht mehr erkämpfen.«

Sie sah ihn an, und für einen Moment lagen in ihrem Blick wieder all die Gefühle wie vor jenem unseligen Tag, an dem er Viktors Ring an ihrem Finger entdeckt hatte.

»Isa, ich bin einfach glücklich, jetzt hier bei dir zu sein.« Er beugte sich vor und gab ihr einen Kuss auf die Wange. »Ich bin Moritz dankbar, dass er mich geholt hat.«

Sie tauschten sich über die Zeit aus, in der sie sich nicht gesehen hatten, und Henning hatte kaum Augen für die Sternschnuppen, die dabei über den Himmel zogen. Er konnte den Blick nicht von Isa wenden, der er schon lange nicht mehr so nah gewesen war. Es fühlte sich wieder so vertraut an, ihr zuzuhören, mit ihr zu lachen, ihr alles zu erzählen, was ihn bewegte, und die Zeit bis zum Aufbruch verging viel zu schnell.

»Wenn ich nicht als Deserteur gelten will, muss ich jetzt gehen«, stellte er mit Blick auf seine Taschenuhr voller Bedauern fest, nahm die Decke von den Schultern und ließ sich vom Mäuerchen gleiten. Als sie ins Haus gingen und er seinen Tornister holte und sich verabschieden wollte, hielt sie ihn zurück.

»Warte, Henning.«

Sie holte etwas unter ihrem Kopfkissen hervor. Es war ein wenige Zentimeter großer, aus Holz geschnitzter Engel, den sie ihm in die Brusttasche seiner Uniformjacke steckte.

»Er soll dich beschützen.«

Henning lächelte und nahm sie in die Arme. »Danke, Isa. Für den Engel und dafür, dass du mich angehört hast. Ich weiß, das zwischen uns ist ein Vielleicht, aber das ist immerhin kein Nein.«

Er gab ihr einen zaghaften Kuss, dann ging er zur Tür.

»Ein Vielleicht kann wieder ein Ja werden«, murmelte er, als er das Mietshaus verließ.

Kapitel 14

Sie hatten mehrere Eisenbahnwaggons mit Kriegsgerät, Pferden und Verpflegung beladen und waren am Vortag vom Berliner Militärbahnhof aus Richtung Osten gestartet. Auf dem Weg durch die Provinz Schlesien im Südosten Preußens passierten sie die Städte Lüben, Breslau und Oppeln, wobei ihr Zug durch die schlesische Tiefebene über lange Strecken dem Lauf der Oder folgte. In der Grenzstadt Saybusch an der Ostgrenze des Deutschen Reiches wurden ihre Waggons von der habsburgischen Transversalbahn übernommen, die sie in das zu Österreich-Ungarn gehörende, seit Kriegsbeginn jedoch zu einem großen Teil von Russland besetzte Galizien brachte. Die österreichischen Einheiten waren vor der russischen Überlegenheit in die Karpaten zurückgewichen, und Erich von Falkenhayn, der ehemalige Kriegsminister und neue Chef des Generalstabs, hatte die elfte Armee zur Unterstützung geschickt. Henning erinnerte sich noch gut an den Tag im Januar, als er in einem Extrablatt davon gelesen hatte, und nun waren er und Raffael Teil dieser neuen Armee.

Kurz vor ihrer Endstation Neu Sandez holte er den kleinen geschnitzten Engel aus seiner Brusttasche und betrachtete ihn.

Er musste Isa viel bedeuten, wenn sie ihn unter dem Kopfkissen aufbewahrt hatte. Isa! Er schloss die Augen und dachte an die wundervollen Stunden, die sie beide mit der Decke über den Schultern auf dem Mäuerchen verbracht hatten, sah wieder ihre leuchtenden Augen und die Sterne, die sich darin gespiegelt hatten. Wie hatte der Abend nur so schnell vergehen können? Hatten sie noch eine Chance? Er würde ihr schreiben, noch heute Abend, wenn sie an ihrem Ziel angekommen waren.

»Wir sind gleich da«, stellte Raffael neben ihm fest, als sie in den Bahnhof einfuhren.

Auf Lastwagen und Fuhrwerken ging es weiter durch das hügelige Gebirgsvorland der Beskiden bis zu einem Dorf in der Nähe der Stadt Grybow. Es war bereits später Nachmittag, als Henning neben Raffael vom Lastwagen stieg und sich umsah. Das war also vorerst ihr Einsatzort – ein kleines verschlafenes Nest irgendwo in den Ausläufern der Westkarpaten, ein Rückzugsraum der habsburgischen Einheiten, die sich während der Winterschlacht hier verschanzt hatten. Der Ort schien nur aus wenigen Straßen, Häusern, Scheunen und Ställen zu bestehen. Es wimmelte von Soldaten in deutschen und österreichischen Uniformen, die begannen, die neu eingetroffenen Wagen und Gespanne zu entladen.

»Die Munitionskisten kommen rüber ins Depot!«, rief ein herbeieilender Korporal, dem ein Gefreiter folgte. »Und das Getreide dort hinten in den Pferdestall.«

Henning hob einen der Hafersäcke von der Ladefläche, als ihn jemand ansprach.

»Sieh an, der Herr Wittmann.«

Er fuhr herum und schaute in Viktors Gesicht. Innerlich stöhnte er auf. Natürlich hatte er damit gerechnet, irgendwann auf Viktor Jansen zu treffen, gehörten sie doch der gleichen

Division an und waren beide an die Ostfront beordert worden, doch warum gleich bei seinem ersten Einsatz?

»Ich wusste ja, dass heute Nachschub aus Berlin eintreffen würde«, fuhr Viktor in spöttischem Ton fort. »Aber dass es um das Deutsche Reich so schlecht bestellt ist, dass sie uns sogar den Wittmann schicken, hab ich nicht gedacht. Jetzt müssen wir die Ostfront wohl doch aufgeben.«

Henning musterte den breitschultrigen, dunkelhaarigen Mann mit dem Oberlippenbart und dem frechen Grinsen im Gesicht. Viktors Worte während ihres letzten Zusammentreffens im Prenzlauer Eck kamen ihm in den Sinn: »Du hast verdammtes Glück, dass du nicht in meiner Einheit bist, Wittmann! Denn ich bin mittlerweile Gefreiter und hätte über dich zu befehlen.«

Henning verkniff sich eine bissige Antwort. »Was für ein herzlicher Empfang. Ich freue mich auch, Sie zu sehen, Gefreiter Jansen.«

»Obergefreiter Jansen heißt das!«

»Auch recht. Darf ich nun mit dem Entladen weitermachen, Herr Obergefreiter?«

»Tun Sie das. Und suchen Sie sich dann ein Lager in der Scheune, die Plätze in den Häusern sind begrenzt.«

Henning versuchte, sich seinen Ärger nicht anmerken zu lassen, und ging mit dem Getreidesack Richtung Pferdestall.

»Wer war denn der Kerl?«, fragte Raffael, der ihm mit einer Kiste nachkam.

»Viktor.« Henning wuchtete den Getreidesack in einer Ecke des Stalls auf den Boden.

»Etwa Isas Verlobter?«

»Genau der.«

»Der scheint dich ja ganz besonders zu mögen.«

»Oh ja! Ich glaube, hier steht mir einiges bevor.«

Für den Rest des Nachmittags wurden die Neuankömmlinge – allen voran Henning – von Viktor herumkommandiert. Raffael wich ihm nicht von der Seite und half, die Vorräte und Gerätschaften in Kellern und Schuppen zu verstauen.

»Wie steht es eigentlich zwischen dir und Isa?«, fragte Raffael, als sie am Abend todmüde ihre Decken auf dem Stroh in der Scheune ausbreiteten. »Du hast sie doch neulich besucht, als ihr Bruder dich geholt hat.«

Henning holte Papier und Stift aus dem Tornister und setzte sich auf seine Decke. »Das kann ich dir auch nicht genau sagen«, erwiderte er, während er seinen Brief an sie begann. »Ich wünschte, Viktor hätte ihr die Möglichkeit gegeben, sich frei zu entscheiden.«

* * *

Es war ungewohnt, ein eigenes Zimmer zu bewohnen, und Isa hatte neuerdings Mühe, morgens rechtzeitig aus dem Bett zu kommen. Sie schlüpfte in ihre Hausschuhe und huschte hinaus ins Treppenhaus zur Toilette, dann suchte sie im Kleiderschrank etwas zum Anziehen. Mittlerweile konnte sie tatsächlich aus einer kleinen Anzahl an Kleidern wählen, denn sie war mit Mutter losgezogen, um die Garderobe der Familie aufzubessern. Sie hatte nun einen eigenen Waschtisch, ein Bücherregal und ein Nachtschränkchen, auf dem Hennings Puppe saß. Der geschnitzte Engel, den sie so geliebt hatte, war nicht mehr da, den hatte sie Henning zum Abschied in die Uniformjacke gesteckt. Wo mochte er jetzt sein? Ging es ihm gut? Seinen Brief, den er ihr gleich nach seiner Ankunft in Galizien geschrieben und in dem er nur von dem wundervollen Abend mit ihr geschwärmt hatte, kannte sie bereits auswendig. Dass nun ausgerechnet

Viktor sein Vorgesetzter war, bereitete ihr große Sorgen, denn sie konnte sich nicht vorstellen, dass die beiden gut miteinander auskamen.

Sie verließ das Zimmer, das einmal Marlies, die Tochter der Magnussons, bewohnt hatte, und ging in die Küche. Neuerdings stand sie als Letzte auf, denn die Eltern öffneten den Kiosk bereits um sechs und Moritz war schon auf dem Weg zur Schule.

Der Tee in der Kanne war noch warm; sie goss sich davon ein und bestrich ein Stück Brot mit Marmelade. Dabei dachte sie wie jeden Morgen an Herrn Magnusson, dem sie das alles zu verdanken hatte. Das Leben hatte ihr Chancen geboten, und sie wollte anderen etwas davon abgeben. Immer wieder gingen ihr Hennings Worte durch den Kopf. »Vielleicht kommst du wieder und gibst dem Viertel etwas zurück. Etwas, was hier fehlt.«

Im Scheunenviertel fehlte so viel. Wo sollte sie anfangen? Doch sie kam nicht weit bei ihren Überlegungen, denn das Läuten der Standuhr aus dem Wohnzimmer riss sie aus den Gedanken. Es war sieben. Eilig begann sie, den Tisch abzuräumen, dann machte sie sich fertig und verließ die Wohnung. Sie musste zu den Wittmanns.

Im Haus der Wittmanns herrschte große Aufregung. Roman sollte auf Heimaturlaub nach Hause kommen, und Wally steckte mitten in den Vorbereitungen für das Mittagessen, als Isa durch den Dienstboteneingang die Küche betrat.

»Heute fällt der Unterricht aus«, erklärte ihr Hans, der die Gläser polierte. »Damit Lotta ihr Bild für Roman fertigmalen kann.«

Isa nickte und stieg die Treppe hinauf zu den Gesellschaftsräumen. Im Salon begrüßte sie Silvia, die am Tisch ihre Karten mischte, dann setzte sie sich zu Lotta und bewunderte den Willkommensgruß, den ihr Schützling malte.

Max kam heftig schimpfend ins Zimmer, und Lotta zuckte bei der lauten Stimme ihres Vaters regelrecht zusammen. »Wenn Henning doch endlich einmal schreiben würde!«, ereiferte sich der Hausherr. »Ist das eine Art, seine Eltern so im Ungewissen zu lassen? Wenn ich nicht bei Richard nachgefragt hätte, wüsste ich nicht einmal, wo er steckt. Man bereitet eine Offensive in Galizien vor, bei der er dabei sein wird! Kann er sich nicht denken, dass wir uns Sorgen machen?«

»Nun beruhige dich doch, Max«, war Silvia zu vernehmen. »Die Karten sagen, dass es ihm gut geht. Sieh doch nur. Der Herrscher symbolisiert die Überlegenheit, und das Rad des Schicksals zeigt, dass seine Einheit in Bewegung ist. Also ziehen sie weiter, von Sieg zu Sieg.«

Max war näher an den Tisch herangetreten. »Dass sie in Bewegung sind?«, herrschte er Silvia an. »Was sollen sie denn sonst sein? Denkst du, die sind an der Front, um ein Mittagsschläfchen zu halten?« Doch er schaute wie gebannt zu, als Silvia die dritte Karte umdrehte. Isa erkannte ein Skelett in einer dunklen Rüstung auf einem weißen Pferd, und in der knochigen Hand des Reiters steckte eine schwarze Fahne.

Max riss die Augen auf. »Und was soll das sein?«

Silvia zögerte. »Das muss nichts bedeuten.«

»Wie heißt diese Karte?«

»Der Tod.«

Herr Wittmann wollte aufbrausen, doch Silvia packte ihn am Ärmel. »Max! So hör doch. Die Karte steht für so vieles – für Abschied, Vergänglichkeit und Wandel, etwas geht zu Ende, vielleicht sogar der Krieg.«

»Der Tod? Vergänglichkeit? Etwas geht zu Ende?« Max lief rot an. »Pack diese Karten weg. Ich will sie in meinem Haus nicht mehr sehen.« Laut schimpfend stapfte er durch das Zimmer. »Humbug! Hans hat recht, wenn er es so nennt.

Dieser Unsinn raubt mir noch den Verstand! Mein Sohn wird nicht sterben. Er wird wieder zurückkommen und zusammen mit Roman die Firma leiten!«

Isa wollte gerade Lotta, die verstört von Max zu Silvia schaute, einen Spaziergang vorschlagen, als die Tür aufging und ein junger Mann in Uniform ins Zimmer trat.

»Roman!« Lotta sprang von ihrem Stuhl auf und lief ihrem Bruder, so schnell sie konnte, entgegen. »Du bist zu früh! Mein Bild ist noch nicht fertig!«

Sie umarmte ihn, und er streichelte ihr lächelnd übers Haar. »Zu früh? Soll ich noch mal zurück nach Frankreich fahren, damit du fertigmalen kannst?«

»Nein, natürlich nicht. Aber schau dir an, wie weit ich schon bin.«

Sie zog ihn zum Tisch, und er lobte das Bild mit überschwänglichen Worten. Isa musterte verstohlen den jungen Mann mit den kurzen schwarzen Haaren, um dessen ebenso dunkle Augen tiefe Schatten lagen. Er wirkte müde und abgekämpft; die Strapazen der wochenlangen Fronteinsätze waren ihm anzusehen.

Max kam herbei und schloss seinen Ältesten in die Arme. »Wenigstens einer meiner Söhne ist zu Hause«, brummte er.

»Wieso? Wo ist Henning?«, fragte Roman. »Noch in seinen Vorlesungen?«

»Schön wäre es! Er ist an der Ostfront!«

Isa sah Romans bestürzten Gesichtsausdruck. »Er wurde einberufen? Und wieso erfahre ich das nicht?«

»Weil wir bis zuletzt gehofft hatten, dass er es sich anders überlegt! Ich bräuchte ihn in der Firma und wollte ihn freistellen lassen, aber er lehnte ab!«

»Hast du seine Feldpostadresse? Dann werde ich ihm heute noch schreiben. Vielleicht kann ich ihn umstimmen.«

Max schüttelte den Kopf. »Dafür müsste er mir erst einmal einen Brief schicken, der feine Herr Sohn!«

»Nun, dann muss ich morgen in die Kaserne gehen, um sie herauszufinden.«

Isa horchte auf. Sie hatte Hennings Feldpostadresse, hatte seine Angaben auf dem Umschlag so oft gelesen, dass sie sie auswendig wusste, und konnte sie Roman geben. Würde er Henning schreiben? Ihn bitten, nach Hause zu kommen?

»Wie lange kannst du bleiben?«, fragte Max.

»Dieses Mal vier ganze Wochen. Ich war vorhin bei Therese, sie kommt später zu einem kurzen Besuch vorbei. Wenn du also im Speisezimmer einen Tee und etwas Gebäck richten lassen könntest …«

Max nickte. »Aber ja, gern. Isa, würden Sie bitte Wally Bescheid geben?«

Isa beeilte sich, hinunter in die Küche zu laufen, denn sie wollte möglichst wenig von dem Gespräch im Salon verpassen.

»Tee? Gebäck? Jetzt?« Wally, die mit beiden Händen in einer Teigschüssel steckte, sah sie entsetzt an.

Hans eilte herbei. »Kein Problem, Wally, ich richte das Speisezimmer.«

Isa zog Hans beiseite. »Hast du Stift und Papier für mich?«

Er nickte, und als er ihr das Gewünschte brachte, notierte sie Hennings Adresse und steckte den Zettel ein.

»Er hat dir geschrieben?«, flüsterte Hans.

Isa nickte. »Und mich vor seiner Abreise besucht.«

»Das will ich auch hoffen! Er war an dem Abend, als Felizitas endlich gegangen war, die halbe Nacht bei mir und hat sich bei mir ausgeweint, was für einen Fehler er da gemacht hatte.«

»Wirklich? Warum hast du mir nichts davon gesagt?«

»Er wollte es selbst tun.«

»Danke, Hans.«

Als Isa in den Salon zurückkehrte, drehte sich das Gespräch um die Firma.

»Hast du schon alles umgestellt auf Rüstungsgüter?«, wollte Roman wissen, der sich müde den Nasenrücken massierte.

»Natürlich. Wir können uns vor Aufträgen aus dem Kriegsministerium kaum retten. Und als wäre die Beschaffung von Rohstoffen nicht schon schwierig genug, trifft uns jetzt auch der Arbeitermangel. Diese Woche habe ich zum ersten Mal Frauen eingestellt.«

»Frauen? In unserer Fabrik?«

»Was bleibt mir anderes übrig? Sie befüllen die Artilleriegranaten, und ich muss sagen, sie arbeiten gut. Und ich muss ihnen weniger zahlen als den Männern.«

»Aber was machst du nach Kriegsende mit ihnen?«, warf Roman ein. »Wie willst du sie weiterbeschäftigen, wenn die Männer zurückkommen und keine Granaten mehr gebraucht werden?«

»Gar nicht! Dann entlasse ich sie natürlich!«

Roman runzelte die Stirn, entgegnete aber nichts.

Isa schluckte. Sie wusste, was Henning zu diesem letzten Satz seines Vaters gesagt hätte. Max und sein jüngster Sohn konnten niemals zusammen die Firma leiten.

Als Hans Thereses Besuch ankündigte, begaben sich alle ins Speisezimmer. Heute war es nicht Roman, der Isa herablassend behandelte, sondern Therese, die sich bereits als künftige Hausherrin aufspielte und sich immer wieder mit Wünschen an Isa wandte, als wäre sie eigens zu ihrer Bedienung da.

»Die Zuckerdose, bitte!«

»Ist noch Tee da, Fräulein Berlinger?«

»Würden Sie mir von der Garderobe meine Handtasche holen?«

Isa kam ihren Wünschen nach, und als sie mit der Tasche in der Hand gerade das Speisezimmer erreicht hatte, schnappte sie Thereses letzte Worte auf.

»Ihr beschäftigt immer noch dieses Mädchen aus dem Scheunenviertel? Das wird Felizitas sicher nicht dulden.«

Isa blieb wie angewurzelt an der Tür stehen.

»Fräulein Pringelheim? Was hat sie damit zu tun?«, fragte Max überrascht.

»Als Hennings zukünftige Braut doch wohl sehr viel, möchte ich meinen! Aber anscheinend hat Henning seine Familie noch gar nicht informiert, dass er sich ihr versprochen hat? Felizitas plant schon ein großes Fest, wenn er nach Hause kommt.« Sie senkte gewichtig die Stimme. »Er soll ihr einen überaus romantischen Antrag gemacht und ewige Liebe geschworen haben.«

»Das wurde aber auch Zeit!«, stellte Max zufrieden fest. »Meinen Segen hat er.«

Isa wäre am liebsten im Erdboden versunken, doch sie zwang sich, zum Tisch zu gehen und Therese ihre Tasche zu reichen. Sie konnte kaum die Tränen zurückhalten. War da doch mehr gewesen an dem Abend in der Bibliothek, als Henning zugeben wollte? Nein, sie glaubte ihm. Es musste sich um ein abgekartetes Spiel dieser Frau handeln, die Henning nicht aus seinem Wort entlassen und mit diesen Gerüchten nur noch enger an sich binden wollte.

Als sie sich setzte, traf sie Romans forschender Blick. Was mochte er jetzt denken? Er hatte ihr und Henning einmal eine Beziehung unterstellt. Freute er sich, dass es nun so gekommen war?

Isa verließ am Abend die Villa und ging den Kiesweg entlang zur Straße, als sich eine Gestalt aus dem Schatten eines Baumes löste. Roman trat auf sie zu, eine Zigarette in der Hand.

»Und, wertes Fräulein Berlinger, was sagen Sie zu den neuesten Entwicklungen im Hause Wittmann? Wie stehen Sie zu Hennings angeblicher Verlobung mit Felizitas?«

Isa blieb stehen. Was sollte sie antworten? Wie Roman einschätzen? Er war gegen ihre Anstellung als Lottas Kindermädchen gewesen und hatte sie wegen der Arbeit ihrer Mutter im Metropol einmal sehr gedemütigt. Sie hatte keine Lust, sich erneut beleidigen zu lassen.

»Ich denke, Ihr Bruder weiß, was er tut«, antwortete sie ausweichend.

»Ich glaube, Sie wissen viel mehr, als Sie zugeben. Sie hatten schon immer ein enges Verhältnis zu Henning, der Ihnen auf meinem Verlobungsball so ritterlich zur Seite gesprungen ist. Ich hatte schon Angst, er schlägt mich zusammen, als ich sie ein bisschen geärgert habe.« Er zog an seiner Zigarette. »Allerdings frage ich mich schon lange, wie Sie das damals mit dem Bild Ihrer Mutter im Schaukasten vor dem Nachtclub gedreht haben. Ich habe es mit eigenen Augen dort gesehen, und plötzlich war es verschwunden. War Henning etwa in jener Nacht noch dort? Hat mein kleiner Bruder den Barbesitzer erpresst?«

Isa blickte ihn mit gespieltem Ernst an. »Was Sie sagen, finde ich sehr bedenklich, Herr Wittmann. Wenn Sie öfter Dinge sehen, die es gar nicht gibt, sollten Sie vielleicht einen Arzt zurate ziehen. Es gibt da Spezialisten in Heilanstalten, die kümmern sich um solche Fälle. Da könnte man vielleicht sogar Ihnen helfen.«

Roman lachte amüsiert. »Frech wie immer, die kleine Isa, das gefällt mir. Mittlerweile bin ich ganz froh über Ihre Anstellung in unserem Haus, Sie bringen ein bisschen Leben in diese lahme Bude.« Er zog erneut an seiner Zigarette und blies den Rauch in die Luft. »Allerdings stehe ich noch vor einem weiteren Rätsel, wenn ich mir den Ring an Ihrem Finger anschaue. Man erzählt sich, Sie seien verlobt. Wer ist denn der Glückliche?«

»Viktor.«

»Viktor.« Roman schüttelte den Kopf. »Wollen Sie mich auf den Arm nehmen?«

»Ich wüsste nicht, was Sie das angeht.«

»Viel, denn ich glaube, es geht dabei auch um meinen Bruder. Haben Sie ihn tatsächlich abgewiesen? Einen Viktor gewählt, obwohl sie einen Wittmann hätten haben können?«

Isa schluckte. Roman hatte sie getroffen, doch das konnte sie unmöglich zugeben. »Das ist ganz allein meine Entscheidung«, antwortete sie wütend.

Roman hob entschuldigend die Hände. »Ich wollte nur helfen.«

»Ach, wirklich?« Isa öffnete ihre Tasche, zog den Zettel mit Hennings Feldpostadresse hervor und reichte ihn ihm. »Das können Sie. Ich habe Ihnen Hennings Adresse notiert, Sie können ihm also heute noch schreiben. Holen Sie ihn nach Hause, bevor es vielleicht zu spät ist.«

Roman lachte leise in sich hinein. »Ihnen hat er geschrieben? Und Sie kennen seine Adresse auswendig? So viel zum Thema Viktor.«

* * *

Als sie am nächsten Tag unter Viktors Führung die nähere Umgebung erkundeten, trugen sie österreichische Uniformen, um den Feind nicht wissen zu lassen, dass deutsche Truppenverstärkung eingetroffen war. Kilometerweit drangen sie auf ihren Patrouillengängen in die Wälder der Berg- und Hügelketten der Westkarpaten vor. Bei diesen Aufklärungsmissionen ließ Henning Viktor nicht aus den Augen, und als sie um die Mittagszeit an einem Waldsee Rast machten, hatte er Gelegenheit, ihn länger zu beobachten.

Viktor saß unter einem Baum und studierte eine Karte, wobei ein anderer Soldat ihm die Ortsnamen vorlas. Und mit einem Mal wurde Henning klar, warum Viktor ihm so feindselig gesonnen war – es ging nicht nur um Isa, da war noch so viel mehr. An Viktors Uniformjacke baumelten bereits zwei Tapferkeitsmedaillen, was darauf schließen ließ, dass er ein hervorragender Soldat sein musste, der nicht ohne Grund in der kurzen Zeit bereits zum Obergefreiten befördert worden war. Doch sehr viel weiter würde er auf der Karriereleiter nicht mehr nach oben steigen, denn Viktor fehlte die Schulbildung. Er gehörte zu dem kleinen Prozentsatz der Deutschen, der nicht lesen konnte. Vielleicht würde er es noch bis zum Korporal bringen, doch sicher nicht zum Offizier. Henning dagegen stand von Geburt an jeder Weg offen, und genau darum beneidete ihn Viktor. Und mit einem Mal sah er seinen Kontrahenten mit ganz anderen Augen.

»Auf, auf!«, ertönte Viktors Stimme, der die erschöpften Soldaten wieder auf die Beine scheuchte. »Wir sind hier nicht in der Sommerfrische. Wir sind nah an der Feindeslinie.« Viktor war der Erste, der an der Spitze seiner Truppe den Berghang hinaufstieg. Oben auf dem Plateau hatten sie einen weiten Blick über das Gelände, das vor ihnen lag. Waldbedeckte Hügel, Wiesen, Felder, Dörfer und Kleinstädte, so weit das Auge reichte.

Viktor streckte den Arm aus. »Da drüben liegt unser Angriffsziel. Die Gegend um Gorlice. Dort hat sich der Feind eingegraben, und wir werden ihn vertreiben. Das wird der Durchbruch an der Ostfront werden!«

»Wann?«, fragte einer der Männer.

»Sobald alle Einheiten eingetroffen sind und wir den Befehl erhalten. Ich rechne in den nächsten Tagen damit.«

Als sie ihren Weg fortsetzten, fiel Henning noch ein Zweites auf: Viktor hatte ein untrügliches Gespür dafür, was er seinen

Männern zumuten konnte. In der kurzen Zeit, die sie nun hier waren, hatte er unter den Neuankömmlingen bereits die Schwächsten ausgemacht, die er nie an der Spitze gehen ließ, sondern in der Nachhut. Und erleichtert stellte Henning fest, dass Raffael sowie der Pastorensohn Siegmund unter denen waren, die Viktor schonte.

Kapitel 15

Isa hatte den Hauslehrer nach einer alten Schiefertafel und einer Lesefibel gefragt, worauf er ihr geraten hatte, im Keller nachzusehen; und nun, am Ende ihres Arbeitstages, durchstöberte sie mit Lotta im flackernden Schein einer Laterne das Gewölbe.

Es hatte sie am gestrigen Nachmittag ins Scheunenviertel zurückgezogen, zu ihren Freunden und Bekannten, und immer waren da Hennings Worte gewesen, dass sie vielleicht nicht ganz aus ihrem alten Viertel weggehen musste. Sie hatte Anna Thalberg kennengelernt, eine junge Witwe, die nach dem Tod ihres Mannes an der Westfront mit ihren drei kleinen Kindern in die ehemalige Wohnung der Berlingers gezogen war. Und während sie sich mit Anna im Hinterhof unterhalten und den kleinen Mädchen beim Spielen zugesehen hatte, war ihr aufgefallen, wie sehr deren Schicksal dem ihrigen ähnelte. Anna, die in der Maschinenfabrik Wittmann arbeitete, da die Witwenrente nicht zum Leben reichte, hatte ihr erzählt, wie dankbar sie das Angebot ihrer Nachbarin Frau Meyerling angenommen hatte, ihr mit den Kindern zu helfen, dass jedoch Eva, die Älteste der Geschwister, oft mit anpacken musste und deshalb nicht regelmäßig zur Schule gehen konnte. Isa kannte noch mehr Kinder in dem Mietshaus, denen es ähnlich erging, und plötzlich war ihr klar geworden, wie sie ihnen helfen konnte. Diese Kinder, die Unterricht verpassten oder in den übervollen Klassen dem Stoff nicht folgen konnten, brauchten Unterstützung, und sie hatte sich mit einigen Müttern auf einen Nachmittag in der Woche geeinigt, an dem sie den Kindern bei den Schularbeiten helfen wollte.

»Was hier für Krempel liegt!«, stöhnte Lotta, als der Lichtschein auf alte Küchengerätschaften, beschädigte Möbelstücke, Kisten und Truhen fiel. In einer Ecke an der Wand standen jede Menge Bilder, die mit einem Laken zugedeckt waren, und Isa musste über den spöttischen Ausdruck auf Lottas Gesicht schmunzeln, als sie den Schein der Lampe über eines von Silvias Werken gleiten ließ.

Sie brachen beide in Gelächter aus.

»Was ist denn hier so witzig?«, war auf einmal eine dunkle Stimme zu hören, und Lotta drehte sich mit einem erschrockenen Aufschrei um. Dann lachte sie wieder, denn Roman stand hinter ihnen.

»Wir lachen über Silvias Gemälde«, erklärte sie.

Nun schmunzelte auch Roman. »Dem ist stattgegeben. Aber ihr seid doch sicher nicht deswegen hier unten?«

»Nein. Wir suchen alte Schiefertafeln«, setzte Lotta ihn ins Bild. »Isa braucht sie. Sie möchte Kindern aus dem Scheunenviertel, wo sie früher gewohnt hat, beim Lernen helfen.«

Roman hob überrascht die Augenbrauen. »Dann sind Sie umgezogen?«

»Stell dir vor, Isa hat eine Wohnung geerbt, von dem Kioskbesitzer am Pariser Platz, der gestorben ist«, platzte Lotta heraus.

Nun trat ein zweideutiges Lächeln auf Romans Gesicht. »Oh, es gibt also mehrere edle Ritter in Ihrem Leben? Der eine besitzt Ihr Herz, der andere ist Ihr Verlobter und ein dritter vermacht Ihnen seinen gesamten Nachlass? Wie haben Sie das angestellt? Vielleicht von Ihrer Mutter gelernt?«

Da war er wieder, der Roman, den Isa so verabscheute. Wie konnte er nur? Doch nach wenigen Augenblicken hatte sie sich wieder gefasst. »Wenn Lotta nicht hier wäre, würde ich Ihnen jetzt eine sehr schmerzhafte Antwort geben.«

Roman ließ ein hartes Lachen hören. »Oh, jetzt habe ich Angst!« Dann änderte er seinen Tonfall. »Also, altes Schulzeug ist dort hinten.«

Er nahm die Lampe und ging ihnen in den hinteren Teil des Kellergewölbes voraus, wo er die Tür eines alten Schranks öffnete. »Hier, Fräulein Berlinger, bedienen Sie sich.«

Isa vergaß sofort ihren Ärger und blickte fasziniert auf Bücher, Rechenschieber, Tafeln, Kreideschachteln und einen hölzernen Globus.

»Denken Sie, ich könnte eine der Schiefertafeln und eine Fibel bekommen?«

»Eine? Sie können alle haben. Das ist doch nur alter Plunder, der weggeworfen werden könnte.«

»Plunder? Was reden Sie denn da?«

Roman holte eine Holzkiste herbei und half ihr, sie zu befüllen, und bald betrachtete sie begeistert ihre Ausbeute. »Ich werde gleich mit Ihrem Vater sprechen, ob es ihm tatsächlich recht ist, dass ich diese Dinge mitnehme.«

»Ich bitte Sie! Wegen so einer Lappalie brauchen Sie Vater doch nicht zu stören. Betrachten Sie das alte Zeug als Spende der Wittmann-Werke für Ihre Armenschule. Wo findet der Unterricht denn statt?«

»In einem Hinterhof«, erklärte Lotta.

Als Roman überrascht aufblickte, fügte Isa noch hinzu: »Ach Gott, von Unterricht kann man da nicht sprechen. Ich kann doch selbst nicht viel. Ich versuche einfach, ein paar Kindern dort ein paar Buchstaben beizubringen.«

»Gehen die Kinder denn nicht zur Schule?«

»Ach, was wissen Sie denn schon zu diesem Thema, Herr Wittmann! Sie sind nie in einer öffentlichen Schule gewesen. Da sitzen fünfzig, sechzig Kinder in einem Klassenzimmer. Was denken Sie, wie oft der Lehrer einen Blick auf die Schiefertafel eines Kindes wirft, das ganz hinten sitzt? Können Sie sich vorstellen, wie viel es vom Unterricht mitbekommt? Wenn es überhaupt zur Schule gehen kann und nicht zu Hause mithelfen muss?«

»Und die Behörden? Greifen die nicht ein, wenn Kinder längere Zeit im Unterricht fehlen?«

»Die Behörden!« Isa lachte. »Die kann man leicht austricksen. Man geht ein paar Tage lang wieder hin, und dann beginnt das Spiel von Neuem.«

Roman sah betroffen vor sich hin, dann nickte er Richtung Schrank. »Brauchen Sie noch etwas?«

»Das reicht erst mal.«

Er griff nach der Kiste und folgte Lotta, die mit der Lampe vorausging, die Treppe hinauf.

»Vielen Dank fürs Herauftragen«, sagte Isa, als sie am Kleiderhaken nach ihrer Jacke griff und ihm die Kiste abnehmen wollte, doch er schüttelte nur den Kopf.

»Die ist zu schwer für Sie. Kommen Sie. Ich muss sowieso in die Stadt und nehme Sie mit.«

»Auf gar keinen Fall«, antwortete Isa, doch Roman war schon durch die Tür, und mit ihm ihre Schulsachen.

»Herr Wittmann, das müssen Sie nicht machen!«, rief sie und eilte ihm nach, doch er lud die Kiste bereits in den Wagen und warf den Motor an.

Es blieb ihr nichts anderes übrig, als einzusteigen.

Er wandte sich zu ihr. »Wenn Madame mir nun noch die Adresse nennen würde, könnten wir losfahren.«

»Das letzte Haus in der Georgenstraße.«

»Oh. In der Nähe des Pariser Platzes? Eine sehr gute Wohngegend.«

Roman fuhr vom Hof. »Wie hätte denn vorhin im Keller Ihre Antwort ausgesehen, wenn Lotta nicht dabei gewesen wäre?«, wollte er wissen.

»Ich hätte Ihnen eine Ohrfeige verpasst«, antwortete Isa ungerührt. »Vielleicht sogar zwei.«

Schallendes Lachen war zu hören. Er warf ihr einen Seitenblick zu. »In ganz Berlin gibt es wahrscheinlich keine fünf Leute, die es wagen würden, einen Wittmann zu ohrfeigen, aber Ihnen traue ich es durchaus zu.«

»Nun, wenn Sie mich weiterhin so provozieren, tritt dieser Fall schneller ein, als Sie denken.«

Sie fuhren über den Boulevard Unter den Linden, und von hier aus war es nicht mehr weit bis zu ihrer Wohnung. Isa wurde siedend heiß bei dem Gedanken, dass Roman und ihre Mutter dort zusammentreffen könnten, denn um diese Zeit kam Leni in der Regel nach Hause. Wenn er so viel über sie wusste – war er am Ende einer ihrer Kunden im Metropol gewesen?

Deshalb fasste sie sogleich hastig nach dem Türgriff, als Roman den Wagen vor dem Haus anhielt. »Vielen Dank und auf Wiedersehen!«, rief sie und wollte aussteigen, doch Roman legte seine Hand auf ihren Arm. »Moment. Ich bringe die Kiste nach oben.«

»Nein, auf keinen Fall.« Sie bemerkte selbst, wie panisch ihre Stimme klang, und räusperte sich. Etwas ruhiger fügte sie hinzu: »Das ist nicht nötig. Mein Bruder Moritz kann mir helfen.«

Doch Roman hielt sie noch immer fest. Er blickte sie ernst an. »Isa, ich weiß, Sie halten mich für einen Unmenschen. Aber ich habe nicht vor, Sie in Verlegenheit zu bringen. Ich kenne Ihre Mutter nicht, sondern habe nur das Bild im Schaukasten gesehen. Und ich werde jetzt diese Kiste bis zu Ihrer Wohnungstür tragen, und wenn Sie dann immer noch wollen, dürfen Sie mir auch noch die Ohrfeige von vorhin verpassen.«

Isa sah ihn verdutzt an. Wie sollte man aus Roman Wittmann schlau werden? Was versteckte er hinter diesen vielen Masken, die er trug?

Er holte die Schulsachen vom Rücksitz und folgte ihr bis in den dritten Stock, wo er die Kiste im Treppenhaus abstellte.

»Wann bringen Sie diese Dinge denn ins Scheunenviertel?«, fragte er.

»Morgen Nachmittag. Warum?«

»Da habe ich Zeit und werde Sie fahren. Um vierzehn Uhr bin ich da.«

»Nein, das ist nicht nötig, dabei brauche ich keine Hilfe!«, rief Isa ihm nach, doch er winkte nur und lief die Treppe hinunter.

Sie sah ihm kopfschüttelnd hinterher.

* * *

Dass der Krieg hässlich war, hatte Henning erwartet, auch wenn er ihn bisher nur aus der Zeitung, von Fotos stolzer Generäle und Berichten über tapfere Kameraden kannte. Mit welcher Wucht er letztendlich über sie hinwegrollte, hatte er sich nicht vorstellen können, als er zwei Tage später durch die Wälder robbte und um ihn herum die Welt in Flammen aufging. Deutsche und österreichische Artillerie setzten den Himmel in Brand; schwere Feldgeschütze zerbombten Häuser; Minen und Granaten rissen

Krater in Wiesen und Felder. Stunde um Stunde regneten die Geschosse auf das Feindesland herab, sicherten den Vormarsch der Infanterie und trieben den Gegner hinter die ursprüngliche Front zurück. Den Gedanken, dass diese Minen und Granaten vielleicht aus ihren eigenen Werken stammten, musste Henning ganz tief in sich vergraben, um den Kopf frei zu haben für das, was er gerade erlebte.

»Vorwärts!«, schrie Viktor, und wieder preschten sie nach vorn, sicherten ein zuvor von den Russen besetztes Dorf, in dem die Dächer der Häuser in Flammen standen. Henning rannte auf einen brennenden Stall zu, in dem Pferde in Todesangst wieherten. Er stieß mit seinem Gewehrkolben den Riegel vor der Tür zur Seite und brachte sich blitzschnell in Sicherheit, als die panischen Tiere durch das Tor brachen und ins Freie galoppierten. Um ihn herum sah er nur Verwüstung und tote, von Granaten zerfetzte Soldaten. Als wollte ihm sein Gehirn die Absurdität der Situation vor Augen führen, konnte er an nichts anderes denken als an den nur wenige Kilometer entfernten Waldsee, an dem sie wenige Tage zuvor Rast gemacht hatten und an dessen Ufer sattgelbe Butterblumen blühten, während hier alles in Schutt und Asche gelegt wurde. War die Welt verrückt geworden?

»Weiter!«, war Viktors Stimme zu vernehmen, der mit einigen Männer vorrückte und Henning zu sich winkte. Mit den Gewehren im Anschlag schlichen sie von Gebäude zu Gebäude. Aus einem unversehrten Haus am Ende eines Weges schlug ihnen plötzlich Gewehrfeuer entgegen, und sie suchten Deckung hinter einem Bretterstapel. Gemeinsam umzingelten sie das Haus und zwangen die beiden russischen Soldaten darin, sich zu ergeben.

»Kallenberg, fesseln Sie die beiden«, wies Viktor Raffael an. »Sie bleiben mit den Gefangenen hier, bis wir das restliche Dorf gesichert haben.«

Viktor blickte zu Henning und richtete sein Gewehr auf eine Scheune. »Wittmann, schauen Sie da drinnen nach. Die anderen kommen mit mir.«

Henning öffnete das hölzerne Tor, hielt das Gewehr schussbereit und trat vorsichtig in das Halbdunkel des Holzverhaus. Nur durch zwei schmale, halb blinde Fenster fiel Licht. Sein Blick erfasste landwirtschaftliches Gerät, Strohballen, einen Leiterwagen. Er wagte sich weiter vor, und als er nichts Verdächtiges entdeckte, wollte er sich bereits umwenden. Da sah er es. Für einen Moment blitzten zwei Augen in der Dunkelheit auf, und Henning entdeckte hinter dem Wagen einen schmächtigen jungen Mann in russischer Uniform, der seinen Gewehrlauf auf ihn richtete. Henning schlug das Herz bis zum Hals. Er war an der Front, er musste abdrücken, musste den Mann, der ihn aus dem Hinterhalt bedrohte, erschießen. Doch er brachte es nicht fertig. Den ganzen Tag über hatte er nur ins Blaue hineingeschossen, und auch jetzt war er nicht dazu in der Lage, einen gezielten Schuss abzugeben. Warum zögerte auch der andere? Hatte er keine Munition mehr? Oder war der junge Mann in seinem Herzen genauso wenig Soldat wie er selbst?

Henning konnte nicht abdrücken. Er drehte sich um, wohlwissend, dass er nun ein leichtes Opfer war, und rannte aus der Scheune. Als er wieder im hellen Tageslicht stand, schnappte er keuchend nach Luft.

»Niemand drinnen«, rief er Viktor zu.

Am Nachmittag trafen sie in einem Ort auf erbitterten Widerstand. Es folgte ein gnadenloser Häuserkampf. Henning rannte, während rechts und links Salven einschlugen, er schoss blind in die Richtung, aus der das Gewehrfeuer aufblitzte, suchte Deckung hinter Zäunen und warf sich in Straßengräben.

Es blieb keine Zeit zum Denken, hier waren es Instinkte, die sein Handeln beherrschten, der schiere Kampf ums Überleben. Blitzschnelle Bewegungen, die er sich bei seinem harten Training angeeignet hatte, ließen ihn oft noch im letzten Moment auf eine Gefahr reagieren, und als sie nach Stunden den Ort gesichert hatten und abermals einer Schar russischer Soldaten die Hände auf den Rücken banden, war Henning am Ende seiner Kräfte. Aber er war noch am Leben.

Sie drangen an diesem ersten Tag kilometertief ins Feindesland ein, und als sie am frühen Abend eine Anhöhe erreichten, sahen sie unter sich die Rauchwolken über der Stadt Gorlice. Sie hatten den Durchbruch im Osten geschafft, doch es fühlte sich nicht wie ein Sieg an.

* * *

»Warum tun Sie das?«, fragte Isa, als sie am nächsten Tag in Romans Auto stieg. Sie hatte nicht damit gerechnet, dass er sich an sein Versprechen erinnerte, doch um vierzehn Uhr hatte er vor der Tür gestanden. »Sie müssen mir nicht helfen und schon gar nicht mit ins Scheunenviertel kommen. Das ist nicht Ihre Welt.«

Er warf ihr einen kurzen Blick zu. »Sie halten mich für ziemlich kalt und berechnend, was? Ein Unternehmer mit einem Herzen aus Stein?«

Sie zuckte die Schultern. »Sie haben mir nicht viel Gelegenheit gegeben, gut über Sie zu denken.«

»Oh, jetzt kommt wieder die Geschichte von der Nacht des Verlobungsballs. Als ich Sie beleidigt habe.«

»Beschämt würde es wohl besser ausdrücken. Und vielleicht will ich deshalb nicht, dass Sie mein früheres Zuhause kennenlernen, über das Sie sich nur lustig machen würden.«

Er fuhr zu ihr herum. »Es ist Ihnen peinlich, dass ich mitkomme?«

Sie nickte. »Denken Sie, ich möchte, dass Sie über meine Freunde Witze reißen?«

Er antwortete nicht. Schweigend fuhren sie über die Kreuzung am Alexanderplatz, und Isa dirigierte ihn weiter, bis sie endlich in der engen Straße vor ihrem ehemaligen Miethaus anhielten. Roman holte die Schulsachen aus dem Wagen, stellte sie am Straßenrand ab und ging wortlos zum Auto zurück. Als er die Fahrertür öffnete, blickte er sie einen Moment lang an.

Isa kämpfte mit sich selbst. Herrje, er hatte ihr geholfen, sie konnte ihn nicht einfach so gehen lassen.

»Kommen Sie.«

Ein schmaler Durchgang führte von der Straße in den Hinterhof, und sie hörte, wie Roman neben ihr hörbar die Luft ausstieß. Er stellte die Kiste ab und schaute sich nach allen Seiten um, und sie versuchte, den ihr nur allzu vertrauten Anblick mit seinen Augen zu sehen: Graue Häuserfassaden umgaben den engen Hof, die Tür des Klohäuschens hing schief in den Angeln, der Regen am Vormittag hatte Pfützen hinterlassen, in denen Kinder barfuß herumsprangen. Müll stapelte sich neben den Tonnen, es roch nach Unrat und Katzen.

Was Roman wohl gerade dachte?

Die Frau mit den langen, dunklen Haaren an den Wäschestangen war Anna Thalberg; ein Kleinkind saß neben ihrem Korb auf dem schmutzigen Boden, zwei kleine Mädchen reichten ihr Wäschestücke.

Isa ging auf sie zu. »Guten Tag, Anna!«

Die Frau drehte sich um. »Isa, wie schön, dich zu sehen.« Doch als ihr Blick auf Roman fiel, riss sie erschrocken die Augen auf. »Herr Wittmann – Sie hier? Oh Gott, sind Sie etwa gekommen, um mir zu kündigen?«

Roman wirkte verdutzt. »Ich? Ihnen kündigen? Nein, ich bin ganz zufällig mit Fräulein Berlinger hier. Wenn ich Sie recht verstehe, arbeiten Sie in unserer Firma, richtig?«

Anna nickte. »Seit ich mit den Kindern hierhergezogen bin. Ich war so froh, als es hieß, die Wittmann-Werke würden Frauen beschäftigen, und noch mehr, als Ihr Vorarbeiter mich dann tatsächlich einstellte. Herr Wittmann, ich brauche diese Arbeit!«

Roman hob abwehrend die Hände und nickte zu der Kiste, die er auf das Mäuerchen gestellt hatte. »Keine Sorge, ich möchte niemanden entlassen, ich bringe nur Fräulein Berlingers Schulsachen.«

Anna wandte sich an Isa. »Dann hast du das wirklich vor? Den Kindern bei ihrem Schulstoff zu helfen?« Sie beugte sich zu den beiden älteren Mädchen hinunter. »Eva, hast du das gehört? Und du, Dora, kannst auch schon mitmachen, du kommst ja auch bald in die Schule.«

»Ja, Anna«, antwortete Isa. »Heute bringen wir alles, was wir dafür brauchen, und morgen geht es los. Hast du eine Idee, wo ich die Sachen unterstellen kann?«

»Bei mir natürlich.« Sie wollte nach der Kiste greifen, doch Roman kam ihr zuvor, und Isa und er folgten Anna in ihre Wohnung. Roman versuchte wohl, sich seine Betroffenheit nicht anmerken zu lassen, doch Isa sah ihm an, dass er noch nie irgendwo gewesen war, wo Menschen in solch räumlicher Enge zusammenlebten.

Später im Auto war sein immer noch ernster Blick auf die Straße gerichtet, und Isa fragte sich, was er dachte. Dankte er dem Himmel, unter anderen Umständen aufgewachsen zu sein? Oder waren seine Gedanken längst bei seinem nächsten Termin? Einer anstehenden Besprechung in der Firma? Einem Abendessen mit Therese?

»Warum musste Frau Thalberg in diese Gegend ziehen?«, fragte er unvermittelt.

»Weil ihr Mann zu Kriegsbeginn in Frankreich gefallen ist und die Witwenrente allein nicht ausreicht. Sie konnte die Miete ihrer Wohnung nicht mehr zahlen und arbeitet nun zehn Stunden am Tag in Ihrer Fabrik.«

»Und die Kinder? Wer schaut nach ihnen?«

»Frau Meyerling aus der Nachbarwohnung. Und Eva, die Älteste, hilft mit. Aus diesem Grund will ich mich ja ein bisschen dieser Kinder annehmen. Mir ging es einmal ähnlich.«

»Hm. Unterricht in einem Hinterhof. Was machen Sie im Winter?«

Isa seufzte. Winter. Das Wort allein jagte ihr einen Schauer über den Rücken, denn mit ihm verband sie eisige Kälte, Hunger und den kleinen Grabhügel auf dem Friedhof der St.-Hedwig-Gemeinde. Für einen kurzen Moment dachte sie an ihren ersten Winter ohne Vater, als sie frierend den Leuten ihr Bettelkörbchen hingehalten hatte und die Menschen an ihr vorbeigehastet waren. Der Winter, in dem sie gelernt hatte, zu stehlen.

Sie wandte sich Roman zu. »Sie sind Unternehmer, Herr Wittmann, und sind es gewohnt, in großen Zeiträumen zu denken. Die Aufträge Ihrer Firma erstrecken sich über Wochen, Monate, Jahre. Bei uns war das anders. Als Vater nicht mehr da war, reichten unsere Pläne nur noch so weit wie das Geld in der alten Zuckerdose in unserem Küchenschrank. Und das waren Tage, bestenfalls Wochen. Ich weiß nicht, was im Winter sein wird, doch das hält mich nicht davon ab, den Sommer zu nutzen.«

Mit ernster Miene musterte er sie, fuhr jedoch wortlos weiter. Als er in der Georgenstraße hielt und Isa gerade aussteigen wollte, hielt er sie zurück.

»Sie wollten vorhin wissen, warum ich das tue«, sagte er. »Es ist für Henning. Ich schulde ihm etwas, und er hätte Ihnen heute geholfen.«

Sie schaute ihn verdutzt an, denn solch ehrliche Worte hatte sie selten von ihm gehört. »Danke.«

Sie stieg aus und sah ihm nach, als er davonfuhr. Je näher sie ihn kennenlernte, desto mehr Rätsel gab er ihr auf.

Kapitel 16

Zusammen mit den habsburgischen Streitkräften, die sich nach der Niederlage im Frühjahr tief in die Berge der Karpaten zurückgezogen hatten, trieben die deutschen Einheiten die russischen Verbände nun vor sich her und verschoben die Front weit in den Osten. Bei ihrem Vormarsch auf Lemberg, der Hauptstadt des Kronlands Galizien, befreiten sie die Dörfer und Kleinstädte des Vorkarpatenlandes aus russischer Herrschaft. Das Ziel der Obersten Heeresleitung war es, bis zum Sommer das komplette, vom Zarenreich besetzte Gebiet für die Donaumonarchie zurückzuerobern.

Mittlerweile glaubte Henning, Viktors Strategie zu durchschauen. Er wollte es beim Militär zu etwas bringen, und was ihm dafür an Voraussetzungen fehlte, versuchte er, mit Tapferkeit auszugleichen. Viktor strebte nach dem Eisernen Kreuz, denn er hatte hier eine Chance erkannt, die ihm das Leben kein zweites Mal bieten würde. Er war der Erste, der seiner Truppe voranging, und der Letzte, der von einem Einsatz zurückkam. Sein Mut grenzte an Leichtsinn. Viktor ging immer aufs Ganze. Er wollte auffallen, sich einen Namen machen, ausgezeichnet und befördert werden.

Auch in einem weiteren Punkt hatte Henning sich nicht getäuscht: Viktor schonte die Schwächeren, allen voran Raffael, den er nie bei Häuserkämpfen oder Aufklärungsmissionen einsetzte, sondern zur Bewachung der Pferde oder der Gefangenen zurückließ. Diesen Zug rechnete er Viktor hoch an.

Seit drei Tagen lagerte ihre Einheit nun in einem Wald nahe der Kleinstadt Radymno, ihrem nächsten Ziel, und wartete auf die angeforderte Verstärkung.

Die Feldpost war eingetroffen, und Henning las überrascht den Absender auf dem Brief, den ihm der Kamerad mit dem Postsack in die Hand drückte: Offizier Roman Wittmann. Sein Bruder schrieb ihm? War zu Hause etwas vorgefallen?

Er setzte sich unter einem Baum ins Gras, riss ungeduldig das Kuvert auf und holte das Schreiben heraus.

> *Henning! Du wirst überrascht sein, dass ich dir schreibe. Aber kannst du dir meine Bestürzung vorstellen, als ich aus Frankreich nach Hause kam und hören musste, dass du an der Front bist? Warum hast du mich nicht informiert?*
>
> *Ich beschwöre dich, geh auf Vaters Bitte ein und lass dich vom aktiven Kriegsdienst freistellen. Wir produzieren für das Militär und Vater kann die Arbeit nicht allein bewältigen, einer von uns muss ihn unterstützen, und ich wünsche, dass du derjenige bist. Ich habe mehr Fronterfahrung als du.*
>
> *Himmel, ich weiß, dass du nie in die Firma einsteigen wolltest, doch du wärst nicht allein, ich bin auch noch da und würde dir während der Fronturlaube zur Seite stehen. Gemeinsam*

könnten wir einiges bewirken. Es ist nicht immer gut zwischen uns gelaufen, aber vielleicht haben wir noch eine Chance, das zu ändern.

Ich hoffe, du denkst über meine Worte nach.

Dein Bruder Roman

PS: Ich habe Mutter geschrieben.

Henning war verblüfft. Roman bot ihm seinen Platz in der Firma an? Eine solche Geste hatte er von seinem Bruder nicht erwartet. War er tatsächlich ein anderer geworden?

Doch er konnte Romans Bitte nicht erfüllen. Nie im Leben würde er sich jetzt vor seiner Verantwortung drücken. Er konnte die Männer seiner Einheit nicht alleinlassen, denn unter ihnen war der einzige Freund, den er neben Hans hatte. Raffael.

Er stand auf und machte sich auf den Weg zu seinem Zelt. Er musste Roman schreiben. Roman war der Juniorchef, war es immer gewesen, deshalb sollte auch er es sein, der in die Firma zurückkehrte.

In Radymno trafen sie auf die achte Armee des russischen Generals Brusilow, die sich nach stundenlangem heftigem Artilleriebeschuss durch die Deutschen ergeben musste. Henning blickte entsetzt auf die Rauchsäulen, die aus der Kleinstadt aufstiegen, und die Toten, die zwischen den Trümmern in den Straßen lagen. Er war erschüttert angesichts der Verwüstung, die um ihn herum herrschte. Es gab große Verluste auf beiden Seiten, und seine Augen brannten, als er unter den Toten, die auf Karren geladen wurden, um sie vor der Stadt zu begraben, den Pastorensohn Siegmund entdeckte, mit dem er in der Kaserne die Stube geteilt hatte. Er blickte betroffen auf den jungen Mann. Er hätte doch sein ganzes Leben noch vor sich gehabt, ging es ihm durch den Kopf, als er ein stummes Gebet sprach.

Auf der Suche nach einem Quartier in der zu einem großen Teil zerstörten Stadt betraten Henning und Raffael eine Kirche. Eine Granate hatte ein Loch in die Kuppel gerissen, doch unter dem noch intakten Teil des Daches schlugen sie ihre Decken auseinander. Nach und nach kamen noch mehr Soldaten herein und folgten ihrem Beispiel.

Henning streckte sich neben Raffael auf seinem Lager aus. Der Gedanke an den gefallenen Kameraden ließ ihn nicht los, und er blickte auf die kleine Schachtel, in die er Siegmunds persönliche Gegenstände gepackt hatte. Es hätte heute genauso gut ihn treffen können. Er dachte an Isa und vermisste sie in diesem Moment mehr denn je. Sie hatte seine Sicht auf die Welt verändert, hatte so viel Farbe in sein Leben gebracht. Würde er noch die Chance erhalten, dieses Vielleicht zwischen ihnen in ein Ja zu verwandeln?

Im letzten Schein des Tages betrachtete Henning die Heiligenbilder an den Wänden. »Radymno. Einst gehörte es zu Polen, dann fiel es an Österreich, wurde von den Russen besetzt und ist seit heute wieder in der Hand der Habsburger. Welchen Sinn hat das alles?«

»Keinen«, antwortete Raffael, von dem nur noch sein schwarzer Haarschopf zu sehen war, weil er sich bereits in seine Decke gerollt hatte. »Aber das hält niemanden davon ab, diesen Wahnsinn immer weiterzuführen. Unser nächstes Ziel steht schon fest. Ich habe gehört, wie Viktor mit seinem Korporal und dem Hauptmann gesprochen hat. Es ist die Festungsstadt Przemysl.«

* * *

Mit Hennings Schreiben in der Hand hatte Isa das Verwaltungsgebäude der Wittmann-Werke betreten, um Herrn Schröder aus der Buchhaltung aufzusuchen. Der freundliche ältere Herr hatte ihr durch einen Berg an Formularen geholfen und weitere Unterstützung angeboten, eine Bezahlung jedoch ausgeschlagen. »Das mache ich doch gern für Sie.«

Als sie sein Büro verließ und den Flur entlangging, öffnete sich eine Tür und zwei Männer in Uniform kamen heraus, bei denen es sich den Rangabzeichen nach um Generäle aus der Heeresleitung handeln musste. Ihnen folgte Roman, und da die drei Männer Isa den Weg versperrten, blieb sie in einiger Entfernung stehen und wartete.

»Es hat mich gefreut, meine Herren«, verabschiedete sich Roman. »Sie sehen, die Produktionspläne können alle termingerecht ausgeführt werden.«

»Dann steht einem Durchbruch an der Westfront ja nichts mehr im Wege«, entgegnete einer der Uniformierten.

»An uns soll es nicht liegen, Herr Generalmajor, ich werde jetzt gleich in unser Werk in Moabit fahren und die neuen Aufträge mit dem Produktionsleiter durchsprechen.«

»Danke, Herr Wittmann. Wie lange bleiben Sie in Berlin?«

»Noch ein paar Tage, dann werde ich selbst wieder in Frankreich im Einsatz sein.«

Die Herren verabschiedeten sich, und als Roman sich umdrehte, entdeckte er Isa.

»Sieh an. Fräulein Berlinger. Gestern noch als Lehrerin im Scheunenviertel unterwegs, und heute bereits in der Chefetage der Wittmann-Werke? Sie verblüffen mich immer wieder.«

»Sehen Sie, Sie unterschätzen mich.«

Er schmunzelte. »Das kann wohl sein. Aber da ich mir nicht vorstellen kann, dass Sie gerade eine Mörsergranate oder ein Feldgeschütz für Ihren Kiosk in Auftrag gegeben haben, frage ich mich, was Sie hierhergeführt hat.«

»Ach, darf man diese heiligen Hallen nur betreten, wenn man vorhat, scharf zu schießen?«

»So wie Sie gerade?«

Sie lachte, dann wurde sie ernst. »Ihr Bruder hat mir erlaubt, mich wegen einiger Fragen zur Buchhaltung an Ihren Buchhalter Herrn Schröder zu wenden. Ich hoffe, das ist für Sie in Ordnung. Ich zahle auch für die Zeit, die ich in Anspruch genommen habe; Sie müssen mir nur sagen, was ich schuldig bin. Er selbst wollte nichts annehmen.«

Roman hob abwehrend die Hände. »Nichts sind Sie schuldig. Und ich dachte schon, Sie fangen nun hier bei uns an und wünschen vielleicht eine Führung durch das Verwaltungsgebäude.«

Isa sah ihn an. Ein Wunsch aus Kindertagen, als ihr Vater noch bei den Wittmann-Werken gearbeitet hatte, kam ihr in Erinnerung. Schon damals hatte sie die Fabrik, von der er so viel berichtet hatte, mit eigenen Augen sehen wollen. Auch Henning hatte ihr viel über das Unternehmen erzählt, und neuerdings Anna.

»Lieber eine Führung durch Ihr Werk in Moabit.«

Roman sah sie ungläubig an. »Durch die Fabrik? Ist das Ihr Ernst?«

»Hätte ich es sonst vorgeschlagen?«

»Herr im Himmel, was Sie für Wünsche haben!« Er schüttelte den Kopf. »Die Damen, die ich kenne, wollen bei Tietz durch die Pelz- und Schmuckabteilung flanieren, im Adlon Kuchen essen und im Opernhaus eine Ballettvorstellung besuchen. Aber Fräulein Berlinger zieht es in eine Rüstungsfabrik.« Er seufzte. »Dann kommen Sie, ich muss sowieso hinfahren. Aber ich will danach keine Klagen hören, eine Munitionsfabrik ist schließlich kein Damenkränzchen.«

»Sehe ich nach Damenkränzchen aus?«

Er lachte, und sie folgte ihm aus dem Gebäude hinaus bis zu seinem Wagen vor der Tür.

Nach einer kurzen Fahrt hatten sie das vorstädtische Industriegebiet mit den vielen Fabrikanlagen und den hohen rauchenden Schornsteinen erreicht. Roman bog auf ein weitläufiges Werksgelände ab, fuhr unter einem schmiedeeisernen Torbogen hindurch, über dem in großen Lettern der Name Wittmann-Werke zu lesen stand, nickte dem Pförtner in seinem Wachhäuschen zu und brachte den Wagen vor einer Werkshalle zum Stehen. Sie stiegen aus, und Isa sah sich staunend um. Es herrschte große Betriebsamkeit auf dem Fabrikhof. Lastwagen fuhren umher, Arbeiter eilten von einer Halle zur anderen, Güterwaggons wurden mit großen Holzkisten beladen.

Das war ja eine Welt für sich! »Sie haben einen eigenen Gleisanschluss?«, fragte Isa erstaunt.

Roman lächelte. »Schon vergessen? Wir produzieren Lokomotiven.«

Sie nickte. »Ja, richtig. So groß hatte ich mir das alles gar nicht vorgestellt.«

Sie überquerten den Hof, und Isa fiel auf, dass alle Arbeiter, die an ihnen vorbeikamen, Roman freundlich grüßten, was nicht einmal aufgesetzt wirkte. War er hier beliebt?

Roman deutete auf ein großes, aus rotem Backstein errichtetes Gebäude mit einem hohen Kamin. »Das ist die Gießerei, in der die Granathülsen gefertigt werden, aber da es da drinnen aufgrund der Hochöfen sehr heiß ist, erspare ich sie Ihnen. Kommen Sie mit in die Werkshalle, da werden die Gehäuse befüllt.«

Er öffnete das große Tor eines lang gezogenen Fabrikgebäudes.

Isa trat hinter ihm ein und sah sich um. An langen Tischreihen, die quer durch den ganzen Raum führten, sah sie eine große Anzahl Männer und Frauen in Arbeitskleidung stehen, vor denen in endlosen Reihen die zylinderförmigen, oben offenen Metallhüllen der Langgeschosse aufgestellt waren. Mit Schutzhandschuhen, Schürzen und Kopfbedeckung ausgerüstet füllten die Arbeiter mithilfe langstieliger metallener Einfüllbehälter ein Gemisch in die Munitionsgehäuse.

»Granaten für Artilleriegeschütze«, erklärte Roman. »Schwere Geschosse, die hier mit einer Sprengstoffladung befüllt werden.«

»Ist das nicht gefährlich? Kann das nicht explodieren?«, fragte Isa besorgt.

Roman schüttelte den Kopf. »Aber nein, wir haben kein Interesse daran, die Fabrik in die Luft zu jagen. Die Zünder werden separat gefertigt, in der Halle nebenan. Es kann hier nichts passieren, denn wir sind sehr auf Sicherheit bedacht.«

»Wie ist es für Sie als Frontsoldat, diese Munition herzustellen?«, fragte Isa.

Roman stieß hörbar die Luft aus. »Ich wusste, dass diese Frage kommen würde«, antwortete er und verstummte. Über sein Gesicht legte sich wieder eine Maske, als er den Blick in die Ferne richtete. Sie hatte Roman als einen Zyniker kennengelernt, der sich über alles und jeden lustig machte und für den das Leben immer nur ein Spiel zu sein schien. Doch nun, da er neuerdings auch einen Blick hinter seine Fassade zuließ, musste sie ihr Bild von ihm korrigieren. Er wandte sich ihr wieder zu.

»Glauben Sie mir, Isa, ich würde lieber Lokomotiven bauen als Granaten. Ich habe diesen Krieg nicht begonnen und habe den Versprechungen der Regierung geglaubt, dass er nach wenigen Wochen beendet sein würde. Das ist nicht eingetreten, und nun können wir gar nicht mehr anders, als mitzumischen, denn die Regierung würde die Firma sofort schließen oder uns vielleicht sogar enteignen.« Seine Stimme wurde wieder fester. »Ihre Bekannte aus dem Scheunenviertel, diese Anna Thalberg, was würde es für sie bedeuten, wenn wir den Laden dichtmachen müssten und sie morgen ohne Arbeit wäre?«

»Da haben Sie recht; aber was macht Frau Thalberg, wenn der Krieg vorbei ist und Sie sie dann auf die Straße setzen? Vielleicht muss sie dann auch im Metropol arbeiten.«

Roman schnaubte. »Sie wissen wirklich auf alles eine Antwort. Von Ihnen könnte sogar die hart gesottene Sozialdemokratin Rosa Luxemburg noch etwas lernen.« Er holte seine Taschenuhr hervor. »Kann ich Sie hier einen Moment allein lassen? Ich muss kurz mit dem Vorarbeiter die neuen Aufträge durchgehen, die die Herren Generäle vorhin dagelassen haben.«

»Ich verspreche, mich nicht vom Fleck zu rühren. Es wird hier nichts explodieren.«

»Nun denn, wagen wir einen Versuch.«

Roman ging durch die Halle und betrat ein Büro, während Isa sich weiter umsah.

»Isa? Du hier?«

Sie wandte sich um und sah sich Anna Thalberg gegenüber. Sie trug ein Kopftuch, das ihr hochgestecktes, dunkles Haar fast gänzlich verdeckte, dicke Schutzhandschuhe und eine Schürze über ihrem Kleid.

»Anna! Ja, Herr Wittmann hat mich mitgenommen, denn ich wollte seine Maschinenfabrik einmal mit eigenen Augen sehen. Wie geht es dir hier?«

»Ach weißt du, ich kann nicht klagen. Natürlich sind die Schichten sehr lang und man könnte bei den Abläufen noch einiges verbessern, doch im Großen und Ganzen sind wir zufrieden und erhalten pünktlich unser Geld.« Anna sah sich vorsichtig um. »Der junge Chef ist allerdings viel freundlicher als der Senior«, raunte sie Isa zu. »Der Vorarbeiter lobt ihn über den grünen Klee und sagt, er habe ein offenes Ohr für die Belange der Belegschaft. Ich kann das noch nicht so beurteilen, denn ich bin erst seit ein paar Wochen hier, aber alle wünschen sich den Junior als Vorgesetzten. Schade nur, dass er so selten hier ist. Was macht er an der Front, wenn wir ihn hier viel dringender bräuchten? Oh, da kommt er schon, nun muss ich zurück an meine Arbeit. Wir sehen uns bestimmt bald wieder im Scheunenviertel.«

Isa blickte über die Schulter und sah Roman näher kommen. Anna wandte sich ab, doch Roman hatte sie bereits erreicht.

»Frau Thalberg«, sagte er und streckte ihr die Hand entgegen. »Laufen Sie etwa vor mir weg?«

Anna schüttelte den Kopf, zog ihren dicken Handschuh aus und erwiderte seinen Händedruck. »Nein, Herr Wittmann, aber Sie sollen nicht denken, dass ich mich vor der Arbeit drücke.«

»Das denke ich nicht. Ich bin mit allen Leuten hier sehr zufrieden. Wenn Sie etwas auf dem Herzen haben, wenden Sie sich bitte an mich.«

»Wenn das so einfach wäre«, entfuhr es Anna. »Sie sind doch die meiste Zeit an der Front.«

»Und mein Vater?«

Anna zuckte nur mit den Schultern.

Roman runzelte die Stirn. »Verstehe. Liegt denn momentan etwas an? Noch bin ich hier.«

Anna nickte zögerlich. »Ein Schutz gegen Staub und Dämpfe, Herr Wittmann, so etwas bräuchten wir. Wir atmen den ganzen Tag diese Chemikalien ein.«

Roman hob interessiert die Augenbrauen. »Hm, das kann ich nachvollziehen. Danke für den Hinweis, Frau Thalberg. Ich werde sehen, was ich tun kann.«

Anna verabschiedete sich, und Roman sah ihr nach, als sie zu ihrem Platz in der langen Reihe der Arbeiter zurückkehrte.

Wenig später wandte sich Roman zum Gehen, Isa folgte ihm aus der Halle und stieg wieder in den Wagen.

»Und, war der Besuch aufschlussreich für Sie?«, fragte er.

»Oh ja, ich weiß jetzt, was mir erspart geblieben ist, als Ihr Bruder mir die Stellung als Lottas Gesellschafterin angeboten hat. Damals hätte ich in eine Fabrik gehen müssen, denn ich wollte, dass Mutter mit ihrer Arbeit am Wochenende aufhörte … Sie wissen schon.«

Er nickte, und sie legten den Rest der Strecke schweigend zurück. Ob er sich noch daran erinnerte, dass er damals so vehement ihre Einstellung hatte verhindern wollen? Er hatte sich verändert. Es würde Henning sicher überraschen zu erfahren, dass auch sein Bruder lieber Lokomotiven herstellen wollte als Waffen, und sie musste es ihm unbedingt in ihrem nächsten Brief mitteilen.

Als sie ausstieg, sagte er: »Ich habe Henning geschrieben, aber noch keine Antwort erhalten. Ich möchte, dass er nach Hause kommt.«

Isa wandte sich überrascht zu ihm um. »Danke, dass Sie mir das sagen, Herr Wittmann. Und Sie? Werden Sie nicht auch in Ihrem Unternehmen gebraucht?«

»Erst möchte ich Hennings Freistellung in trockenen Tüchern haben, dann werde ich schauen, ob wir beide zurückkommen können. Deshalb hoffe ich, dass mein Bruder bald antwortet.«

Henning, dachte sie sehnsuchtsvoll, während Roman davonfuhr und sie auf das Haus zuhielt, in dem sie nun lebte. Wie ging es ihm? Würde er kommen? Sie vermisste ihn so. Doch schon plagte sie das schlechte Gewissen, denn da war ja noch das Versprechen, das sie Viktor gegeben hatte. Ihrem besten Freund, der ebenfalls da draußen irgendwo kämpfte. Und dabei Raffael in Schutz nahm, wie Henning ihr geschrieben hatte. Ja, so war Viktor. Er hatte sich schon immer um die Schutzbedürftigen gekümmert, doch wie mochte er wohl Henning behandeln?

Kapitel 17

Przemysl, eine der ältesten Städte Galiziens, die die Habsburger zu einem Militärstützpunkt ausgebaut hatten und die seit März in russischer Hand war, sollte ihre letzte große Herausforderung vor Lemberg werden. Das waren die Worte Hauptmann Falbers gewesen, als er am Morgen die Einheit unterrichtet hatte.

»Sie ist von einem Gürtel aus Militäranlagen, Forts und Artilleriestellungen umgeben«, hatte der Hauptmann erklärt. »Wachtürme, Infanteriestützpunkte, ein Grabensystem und Minenfelder. Die Brücken über den Fluss San sind bei den Schlachten im Winter nahezu alle zerstört worden, und nun liegt jede Menge Aufklärungsarbeit vor uns. Przemysl ist nicht Gorlice oder Radymno, wo wir einfach hineinspaziert sind. Przemysl ist eine Festung. Und wir müssen die Schwachstelle finden, an der wir sie stürmen können.«

Der Hauptmann hatte Korporal Hollinger und den Obergefreiten Jansen beauftragt, Erkundungsteams zusammenzustellen.

»Jeder von Ihnen sucht sich eine Handvoll erfahrener Männer aus«, hatte Falber gesagt. »Keine neuen Rekruten. Jansen, versuchen Sie, mit Ihrer Truppe an das Militärfort

Zasanie ranzukommen, ich selbst nehme mir das Gebiet um Bykow vor und Sie, Korporal, die Gegend von Zurawica.«

Henning hatte Blicke mit Raffael getauscht. Keine neuen Rekruten, hatte der Hauptmann gesagt, also würde er heute verschont bleiben! Viktor war durch das Lager gegangen und hatte einige Namen aufgerufen. Er hatte schon fast das Zelt des Korporals erreicht, als er noch einmal stehen geblieben war und sich zu Henning umgewandt hatte.

»Sie auch, Wittmann!«

Wohl oder übel war Henning Stunden später mit dem Spähtrupp aufgebrochen. Die Abenddämmerung senkte sich bereits, als er mit rußgeschwärztem Gesicht und dem Gewehr im Anschlag durch die Büsche des Waldrands spähte, hinter denen er, Viktor und drei andere Männer sich verborgen hatten. Das Militärfort Zasanie mit seinen Wachtürmen, Baracken, Magazinen und Geschützdepots lag auf der anderen Seite der Lichtung, und bisher hatten sie dort im schwindenden Licht des Tages noch keine Feindbewegung ausmachen können. War das Fort tatsächlich unbemannt oder hatten die Russen Wind von ihrer Anwesenheit bekommen und stellten ihnen eine Falle?

Hennings Nerven waren zum Zerreißen gespannt, und bei jedem Knacken im Unterholz fuhr er in der Erwartung herum, in die Mündung eines feindlichen Gewehrlaufs zu blicken. Wie hatte Viktor ihn nur auswählen können, wo er doch keinerlei Fronterfahrung besaß? Er hatte Raffael nur mit Mühe davon abhalten können, in das Zelt des Korporals zu stürmen und sich zu beschweren.

»Hast du nicht gehört? Er darf das gar nicht!«, hatte Raffael wütend ausgerufen. »Er verstößt eindeutig gegen eine Anordnung des Hauptmanns!«

»Wenn du ihn jetzt anschwärzt, wird er dich in Zukunft vielleicht nicht mehr in der Nachhut einsetzen. Was haben wir dann erreicht? Gar nichts!«, hatte Henning erwidert, und widerwillig hatte Raffael nachgegeben.

»Wir schleichen uns an«, vernahm Henning nun Viktors Flüstern. Fünf schwarze Schatten glitten aus dem Waldrand hervor und überquerten geduckt die vor ihnen liegende Lichtung, wobei sie jeden Baumstamm oder Busch als Deckung nutzten. Es galt, auf verdächtige Geräusche zu achten, denn überall in der Dunkelheit konnten sich Vorposten oder Feldwachen verbergen. Sie schlichen weiter an das Fort heran. Die dunklen Umrisse der Militärgebäude und die Schuttberge von Panzertürmen und Festungsbauten, die bei vergangenen Angriffen gesprengt worden waren, waren im Mondlicht gut zu erkennen. Alles wirkte ruhig. Zu ruhig, dachte Henning, der sich nicht vorstellen konnte, dass diese strategisch günstig gelegene Vorfeldstellung des Verteidigungsrings um Przemysl nicht bewacht sein sollte.

»Ist das nicht verdächtig?«, flüsterte er Viktor zu. Wenn die Russen hier waren und sie beobachteten, hätten sie beim Näherrücken eine perfekte Zielscheibe abgegeben. Viktor warf ihm einen kurzen Blick zu, dann erhob er den Arm und machte mit seinem Gewehr eine Vorwärtsbewegung. Weiter!

Henning runzelte die Stirn. Verdammt, was wollte Viktor? Vielleicht gleich bis nach Przemysl durchmarschieren und es im Alleingang einnehmen? Riskierte er nicht schon wieder viel zu viel?

Vorsichtig stiegen sie über Trümmer und Geröll und bewegten sich möglichst lautlos in das Fort hinein. Hennings Sinne waren aufs Äußerste geschärft. Er fühlte sich wie in dem Moment, wenn er einen Ring betrat und einem Gegner gegenüberstand, den er noch nicht einschätzen konnte. Nur dass er heute den Feind nur erahnen konnte. Er horchte in die anbrechende Nacht hinein und nahm seine Umgebung genauestens in Augenschein, immer auf der Hut, ob sich an irgendeinem

Fenster ein Gewehrlauf zeigte oder eine Person hinter einer Häuserecke hervorlugte.

Und dann waren sie plötzlich mitten unter ihnen. Soldaten in russischer Uniform, die wild um sich schießend aus ihrer Deckung kamen.

»Ein Hinterhalt! Zurück!«, schrie Viktor.

Sie stoben in alle Richtungen davon.

Henning hörte Schüsse und Schreie, als er Haken schlagend durch die Militäranlage hetzte. Er vernahm Schritte hinter sich, ein Mann schien ihn zu verfolgen. Warum schoss er nicht auf ihn? Henning rannte, so schnell er konnte, doch plötzlich erkannte er im fahlen Mondlicht, dass er in eine Sackgasse geraten war. Rechts und links standen Gebäude, und am Ende des Weges erhob sich eine hohe Mauer mit einem Schutthaufen davor. Sollte er hinter den Trümmern Deckung suchen? Er rannte darauf zu. Kaum hatte er den Geröllhaufen erklommen, da knallte ein Schuss hinter ihm. Blitzschnell entschied er, sich wie getroffen von der Schutthalde fallen zu lassen, in der Hoffnung, die Russen würden ihn für tot halten. Die Gesteinsbrocken, über die er rollte, schnitten ihm in die Hände und ins Gesicht, und als er endlich auf dem Boden ankam, blieb er regungslos liegen.

Mit geschlossenen Augen lauschte er angespannt. Er vernahm eilige Schritte, die sich näherten, hastigen Atem, der lauter wurde. Jemand blieb neben ihm stehen. Panik stieg in Henning auf, als er spürte, wie plötzlich etwas Metallenes an seinen Kopf gepresst wurde. Ein Gewehrlauf. Der Russe war nicht auf sein Täuschungsmanöver hereingefallen. Er hatte keine Chance mehr. In Sekundenbruchteilen blitzten Erinnerungsfetzen vor seinem inneren Auge auf: Isa auf dem Gehsteig mit der schreienden Lotta im Arm, Isa im Garten der Fairbanks, Isa in seinen Armen. Seine Verzweiflung schnürte ihm die Kehle zu. Er würde jeden Augenblick sterben, doch wie sollte Isa je erfahren, dass er hier, in einem Militärfort bei Przemysl, erschossen worden war und sein letzter Gedanke ihr gegolten hatte?

* * *

Isa saß beim Schein der Lampe am Tisch in ihrem Zimmer und schrieb einen Brief an Henning. Sie hätte auch gern an Viktor geschrieben, der seit Weihnachten nicht mehr da gewesen war, hätte ihm gern mitgeteilt, dass seine älteste Schwester Tine jetzt den Schulabschluss gemacht hatte und in einem Krämerladen arbeitete, die kleinere Paula fleißig für die Schule lernte und seine Mutter sehr stolz auf ihn und die Mädchen war. Doch Viktor hätte ihren Brief nicht lesen können. So blieb ihr nichts anderes, als an ihn zu denken und in der Marienkapelle regelmäßig Kerzen aufzustellen.

Von Henning hatte sie noch keine Antwort auf ihren letzten Brief erhalten, doch daran war sicher die Feldpost schuld, die nicht immer einwandfrei funktionierte. Wenn ihm etwas zugestoßen wäre, hätten die Wittmanns es doch sicher gewusst, oder? Sie hatten beste Verbindungen zu Richard Hartmann, der im Kriegsministerium ein und aus ging; und Roman, dessen Heimaturlaub bald zu Ende war, schaute so oft in der Kaserne vorbei, dass sie vermutete, dass er hauptsächlich dorthin ging, um die Verlustlisten einzusehen. Er sorgte sich mehr um Henning, als er nach außen hin zeigte. Es war ihr nach wie vor ein Rätsel, wie die beiden Brüder sein konnten – der tiefsinnige, feinfühlige Henning und Roman, der oft so undurchschaubar war. Erst gestern hatte sie Fetzen eines Gesprächs zwischen ihm und seinem Vater aufgeschnappt, über die sie nur den Kopf geschüttelt hatte.

»Therese drängt immer mehr auf Heirat«, hatte Max vor der Tür des Speisezimmers zu Roman gesagt.

Roman hatte gegrinst. »Schon bemerkt. Sie lässt keine Gelegenheit aus, es zu erwähnen.«

»Und? Worauf wartest du? Du bist jetzt schon fast vier Wochen zu Hause, da hättest du das schon längst erledigen können.«

Roman hatte hart aufgelacht. »So eilig habe ich es nicht, Vater. Sie drängt nur, weil sie als Ehefrau im Falle meines Ablebens Erbansprüche hätte.«

»Das ist wohl wahr. Aber wenn du zu lange wartest, schnappt sie dir noch einer weg. Dann kannst du die Millionen der Naumanns in den Wind schreiben.«

»Vielleicht will ich das ja«, hatte Roman geantwortet und dabei gelacht, wodurch er Max im Unklaren darüber gelassen hatte, ob seine Bemerkung scherzhaft oder ernst gemeint gewesen war.

Sie blickte auf die Zeilen, die bereits auf ihrem Briefbogen standen.

> *Ich denke oft an den letzten Abend mit dir. Ich war sehr glücklich in diesen wenigen Stunden und bin froh, dass wir eine Gelegenheit hatten, uns auszusprechen. Es hätte mir das Herz zerrissen, wenn du ohne Abschied gegangen wärst. Und nun bete ich, dass du gesund zurückkommst.*

Sie schrieb ihm von ihren Unterrichtsstunden im Scheunenviertel, von Lotta, die jeden Tag von ihm sprach, und von Roman, der oft so undurchsichtig war.

Sie seufzte, legte ihren Stift zur Seite und trat ans Fenster. Wie so oft seit jenem wundervollen Abend, an dem Henning ihr die Sternbilder erklärt hatte, suchten ihre Augen den Himmel ab. Er hatte ihr so schöne Namen genannt wie Kassiopeia, Pegasus und Andromeda, und seitdem kam es Isa so vor, als strahlten sie noch einmal so hell. Sie waren ihre Verbindung zu ihm, denn wo auch immer er sich jetzt befand, sie leuchteten auch über ihm. Ein banges Gefühl befiel sie. Wie ging es ihm? War er gesund? Würde sie bald von ihm hören?

Sie setzte sich an den Schreibtisch und schrieb die vier Worte, die ihr seit dem letzten Abend mit ihm immerzu durch den Kopf gingen:

Ich vermisse dich, Henning.

* * *

Der Schuss kam nicht. Jemand beugte sich über ihn, und geschickte Finger öffneten die Taschen seiner Uniform. Henning versuchte, sich totzustellen, doch er konnte nicht verhindern, dass seine Augenlider vor Aufregung flatterten, und für den Bruchteil einer Sekunde nahm er neben sich das Gesicht eines sehr jungen Mannes wahr, der etwas betrachtete, das er in der Hand hielt. Der russische Soldat bemerkte, dass er beobachtet wurde, wandte den Kopf, und ihre Blicke trafen sich. Das Spiel war aus. Der Russe wusste, dass er noch lebte. Würde er ihn jetzt erschießen oder gefangen nehmen?

Da erklang hinter ihnen eine laute Stimme, jemand fragte etwas, und der junge Soldat erhob sich und antwortete. Henning hatte genug Kontakt zu russischen Gefangenen gehabt, um einzelne Wörter ihrer Sprache zu lernen, und so hatte er verstanden, was der Russe geantwortet hatte: »Er ist tot.«

Er ist tot? Henning traute seinen Ohren nicht, denn der Soldat wusste mit Sicherheit, dass er noch lebte. Der Mann hatte ihm soeben in die Augen geblickt und beim Durchsuchen seiner Uniformjacke vermutlich seinen Herzschlag gespürt. Warum wollte er ihn schonen? Der Soldat ließ einen Redeschwall los, den Henning nicht verstand, und bewegte sich von ihm weg, als wollte er die Aufmerksamkeit des anderen von Henning ablenken. Die beiden Russen redeten miteinander, dann rannten sie los, weg von dem Schutthaufen, neben dem er lag. Vielleicht verfolgten sie nun seine Kameraden. Er horchte angestrengt in die anbrechende Nacht, und bald vernahm er ihre Schritte nur noch in weiter Entfernung.

Verdammt, war das knapp gewesen! Er öffnete die Augen und richtete vorsichtig seinen Oberkörper auf, was schmerzhaft war, weil er sich beim Sturz vom Schuttberg jede Menge Prellungen und Schnittwunden zugezogen hatte. Auch über dem Auge musste er sich verletzt haben, denn als er die schmerzende Stelle abtastete, hatte er Blut an den Fingern. Doch er konnte Arme und Beine bewegen, es war also nichts gebrochen. Er erhob sich und schlich im Schatten der Gebäude den Weg zurück, um sich zu orientieren. Er hatte bei seiner Flucht offenbar das Fort durchquert, denn der Wald, aus dem sie gekommen waren, lag weit entfernt auf der anderen Seite. Noch immer waren Stimmen und sogar Schüsse zu hören, also beschloss er, sich hier irgendwo zu verstecken, bis sich die Aufregung gelegt hatte. Er bewegte sich so leise wie möglich an den Gebäuden entlang, bis er einen abgelegenen Schuppen erreichte. Zwischen der Außenwand und einem Stapel Holz, der davor aufgeschichtet worden war, befand sich ein schmaler Spalt, in den er hineinkroch, um sich zu verstecken. Hier konnte er warten, bis im Fort wieder Ruhe eingekehrt war. Er lehnte sich mit dem Rücken an die Scheunenwand und blickte zum Himmel hinauf, an dem sich die ersten Sterne zeigten. Ob der junge Russe wohl Schwierigkeiten bekommen würde, wenn die Stelle am Fuße des Schuttbergs, wo ein angeblich toter deutscher Soldat gelegen hatte, morgen früh leer sein würde? Warum hatte der Mann, der auf Henning wie ein halbes Kind gewirkt hatte, für ihn gelogen? Er hatte kurz zuvor seine Uniform durchsucht, etwas an sich genommen und betrachtet, bloß was? Henning griff in die Taschen. Sein Taschenmesser fehlte, sein Adressbüchlein und sein Feuerzeug – nichts, wofür ein Soldat ein solches Risiko eingegangen wäre. Henning langte in seine Brusttasche, und da durchfuhr es ihn wie ein Blitz – Isas geschnitzter kleiner Engel war weg! War das die Antwort? War der Mann gläubig? Ein Christ? Der es nicht fertiggebracht hatte, einen anderen Mann, der in der Brusttasche einen kleinen Engel bei sich trug, zu erschießen?

»Isa«, murmelte Henning vor sich hin. »Du hast mir heute wahrscheinlich das Leben gerettet.« Und während der nächsten Stunden, die er an die Stallwand gelehnt verbrachte, dachte er zurück an die Sternschnuppennacht und an Isa, die diese Stunden so unvergesslich gemacht hatte.

Als er lange Zeit keine verdächtigen Geräusche mehr gehört hatte, traute Henning sich aus seinem Versteck. Vor dem Morgengrauen musste er hier weg sein, und es lag ein weiter Weg vor ihm. Er lockerte seine Glieder, die vom langen Sitzen und der nächtlichen Kälte ganz steif geworden waren, griff nach seinem Gewehr und schlich lautlos wie ein Schatten durch die Militäranlage. Es regte sich nichts, und er erreichte unbehelligt die Lichtung und den Waldrand. Zum ersten Mal seit Stunden fühlte er sich wieder sicher, und im Schein des Mondlichts suchte er sich den Weg zurück zum Lager.

Er wusste nicht, wie lange er durch den Wald geirrt war, als er endlich zwischen den Bäumen einen Feuerschein ausmachte. Als er näher kam, erkannte er Viktor, der vor einem Zelt aufgeregt auf und ab ging. Eine Gruppe Soldaten saß vor einem Lagerfeuer, unter ihnen Raffael und der Korporal. Die hitzige Diskussion, die die Männer führten, drehte sich um ihn. Viktor redete immer wieder auf den Korporal ein, dass man zurückgehen und Henning suchen müsse.

»Auf keinen Fall, Jansen«, entschied der Korporal. »Wittmann ist entweder tot oder in Gefangenschaft, und in beiden Fällen können Sie nichts mehr für ihn tun. Seien Sie froh, dass Sie nicht noch mehr Männer verloren haben. Nun ist Nachtruhe, morgen müssen wir weiter.«

»Ich bin verantwortlich und gehe allein. Ich muss ihn suchen«, warf Viktor ein, und seine Stimme klang panisch. So hatte Henning ihn noch nie erlebt. Konnte es sein, dass sich sein Rivale Sorgen um ihn machte?

Henning trat vor und fiel ihm ins Wort.

»Sie müssen nichts, Herr Obergefreiter. Ich bin zurück.«

Viktor drehte sich ruckartig zu ihm herum. Eine große Last schien von ihm abzufallen, als er Henning erblickte.

»Gott sei Dank!«, entfuhr es ihm, doch sogleich hatte er sich wieder im Griff und setzte etwas kühler hinzu: »Wir waren besorgt, aber offenbar ist Ihnen nichts zugestoßen, Wittmann.«

Auch der Korporal wirkte erleichtert, und Henning erfuhr, dass es bei dem nächtlichen Einsatz wie durch ein Wunder keine Toten und nur leicht Verletzte gegeben hatte. Henning wurde ins Zelt des Sanitäters geschickt, der den Riss über seinem Auge nähte und seine Schürfwunden versorgte, dann begab er sich endlich in sein Zelt.

»Wir hatten alle Angst um dich«, sagte Raffael. »Aber Viktor war ganz krank vor Sorge!«

»Dass ich das noch erleben darf«, murmelte Henning, als er sich in seine Decke einwickelte. Mehr konnte er nicht mehr sagen, denn der Schlaf übermannte ihn.

* * *

Henning verließ am nächsten Morgen gerade das Zelt des Sanitäters, der seine Verbände gewechselt hatte, als ihm Viktor über den Weg lief.

Einen Moment standen sie sich schweigend gegenüber.

Viktor räusperte sich. »Sie sind beim Angriff auf die Festungsstadt bei der Nachhut, Henning.« Seiner Stimme fehlte die übliche Schärfe, und er hatte ihn mit dem Vornamen angesprochen.

»Oh, das ist ja etwas ganz Neues. Und Raffael?«

»Der auch. Ihn kann ich weiter vorn sowieso nicht einteilen.«

»Warum? Weil er ein Neuling ist, genau wie ich? Aber ihn haben Sie nie bei gefährlichen Missionen eingesetzt, oder? Liegt es vielleicht daran, dass Sie ihn nicht aus dem Weg räumen wollen wie mich?«

Viktor stöhnte auf. »Herrgott, ich wollte Sie doch nicht umbringen! Dass Sie das auch nur annehmen können!«

»Ist das denn so abwegig? Was soll ich denn Ihrer Meinung nach denken? Dass Sie mich zu einer kleinen Landpartie einladen wollten? Für wie blöd halten Sie mich eigentlich? Sie haben gegen den Befehl Ihres Hauptmanns gehandelt, Herr Jansen!«

Viktor sah zur Seite. »Ich weiß selbst nicht, was da gestern in mich gefahren ist.«

»Das kann ich Ihnen sagen. Sie hassen mich, weil Sie fürchten, Isa könnte sich doch noch für mich entscheiden. Deshalb haben Sie sie auch zu der Verlobung gedrängt, zu der sie noch nicht bereit war. Sie ist viel zu jung für diesen Schritt. Sie wussten genau, wie loyal sie zu Ihnen stehen würde, und haben das ausgenutzt. Dabei liegt Ihnen doch gar nichts an ihr. Sie hat mir einmal erzählt, dass Sie immer davon gesprochen hätten, dass die Ehe nichts für Sie wäre. Sie wollen Isa doch gar nicht heiraten. Das ist erbärmlich!«

»Was wissen Sie denn schon!«, fuhr Viktor ihn an. »Woher wollen Sie wissen, was ich für Isa empfinde? Seit wir Kinder waren, war sie mir so wichtig wie meine Schwestern. Doch

Paula und Tine konnten bei Mutter bleiben und zur Schule gehen, weil ich für uns alle gesorgt habe. Isa konnte das nicht. Sie musste betteln. Ich habe auf sie aufgepasst, habe sie vor allem abgeschirmt, was ihr hätte schaden können. Vor schlechtem Umgang, Alkohol, Männern. Sie war ein kleines Mädchen, Henning, was glauben Sie denn, was ihr alles hätte zustoßen können? Wenn sie an die falschen Leute geraten wäre? Ich habe miterlebt, was das Metropol aus ihrer Mutter gemacht hat; denken Sie, ich hätte zugelassen, dass Isa einen ähnlichen Weg einschlägt? Hätte einschlagen müssen?« Viktor redete sich immer mehr in Rage. »Selbst die Tatsache, dass ihre Mutter in einem Nachtclub arbeitete, konnte ich lange vor ihr geheim halten, bis sie eines Tages doch dahinterkam. Wie können Sie da sagen, mir würde nichts an ihr liegen! Isa ist etwas ganz Besonderes, eine Freundin, wie man sie unter Tausenden nur einmal findet. Sie wünscht sich eine Familie und ein Heim, und ich hätte es ihr gegeben. Also sollten nicht eher Sie sich fragen, ob Sie Isa glücklich machen können, Herr Wittmann? Sie und Ihre Familie, die ihr schon so viel Unglück gebracht hat?«

Wie betäubt starrte Henning Viktor an. Verdammt! Er hatte sich geirrt. Viktor empfand viel für Isa. So viel, dass er sogar bereit war, für sie seine Freiheit aufzugeben.

»Sie liebt uns beide«, stellte er resigniert fest. »Jeden auf seine Art. Deshalb muss auch sie es sein, die entscheidet. Aber das kann sie nicht, weil Sie ihr die Möglichkeit dazu genommen haben, Viktor. Sie wird das Versprechen, das sie Ihnen gegeben hat, niemals brechen. Geben Sie sie frei, denn das sind Sie ihr schuldig. Und wenn sie Sie wählt, dann wissen Sie wenigstens, dass es aus Liebe ist und nicht aus Pflichtgefühl.«

Viktor runzelte die Stirn. Doch er antwortete nicht, sondern drehte sich um und ging wortlos davon.

* * *

»Du hörst mir ja gar nicht zu!«

Roman schaute überrascht auf. Thereses nörgelnde Stimme hatte ihn aus seinen Gedanken gerissen. Sie saßen an einem kleinen Tisch unter den Palmen des Wintergartens im Innenhof des Adlon, tranken Ersatzkaffee, weil es echten Bohnenkaffee kaum noch gab, und aßen mit Zuckerguss überzogene Eclairs aus der exzellenten Patisserie des Hauses. Seit einer Stunde redete Therese ununterbrochen, doch Roman wusste gar nicht genau, worüber, denn seine Gedanken waren schon vor einiger Zeit abgeschweift.

Er räusperte sich. »Natürlich höre ich dir zu. Du hast vom Kuchenangebot gesprochen, das nun, zu Kriegszeiten, so dürftig ist.«

»Ach, Roman, das war vor zehn Minuten!« Sie warf ihm einen beleidigten Blick zu. »Ich rede gerade vom Excelsior, weil ich mich frage, ob der Ballsaal dort groß genug ist. Wo bist du bloß mit deinen Gedanken?«

Ja, wo war er bloß? Bei beschichteten Baumwollstoffen für Gesichtsschutzmasken, von denen er Muster hatte anfertigen lassen; bei den Kosten für dieses Projekt; bei Anna Thalberg, die den ganzen Tag arbeitete, um sich und ihre drei Kinder zu ernähren. Das war es, was ihn gerade beschäftigte, und nicht der Ballsaal des Excelsior.

»Groß genug für was?«, fragte er, wohlwissend, dass er sich nun in die Nesseln setzte.

»Roman, du treibst mich in den Wahnsinn. Für unsere Hochzeit natürlich, worüber reden wir denn die ganze Zeit? Wir müssen uns schließlich um die Speisefolge kümmern, das Kuchenangebot und das Streichorchester!«

Sie redeten über die Hochzeit? Nun, er sollte vielleicht doch ein bisschen achtgeben, nicht, dass er noch an der falschen Stelle nickte und es anschließend bereute.

»Aber wir haben doch noch gar keinen Termin!«, merkte er an. »Was brauchst du dann schon einen Ballsaal? Und überhaupt, was ist, wenn ich in einer kleinen Waldkapelle heiraten und anschließend in einem Landgasthof feiern möchte? Mit deftigen Bratwürsten zum Mittagessen und einem Ziehharmonikaspieler, der in der Gaststube zum Tanz aufspielt?«

Therese starrte ihn an, dann begann sie schallend zu lachen. »Ach Gott, jetzt wäre ich fast auf dich hereingefallen. Du bist doch zu komisch. Aber nun mal Spaß beiseite. Wir müssen für den Herbst einen Termin festlegen – vielleicht in deinem nächsten Heimaturlaub, was sagst du?«

Er sagte nichts, denn ein Termin wäre ihm vorgekommen wie ein Ultimatum. Doch Therese schien gar nicht zu bemerken, dass er sich in Schweigen hüllte.

Sie fächelte sich nervös Luft zu. »Sobald das Datum feststeht, können die Vorbereitungen beginnen. Du ahnst ja nicht, was noch alles zu erledigen ist, und ich muss mich allein darum kümmern, du bist ja bald wieder an der Front.«

»Wir können auch tauschen.« Roman rührte gelassen in seiner Kaffeetasse. »Dann gehst du in den Schützengraben und ich bestelle Blumenbouquets und Sahnetorten.«

Wieder prustete Therese los. »Was ist heute bloß in dich gefahren? Ich werde morgen Silvia besuchen, mit der kann man wenigstens vernünftig reden.«

Roman wusste selbst nicht, was mit ihm los war. In den zurückliegenden dreieinhalb Wochen war er nicht einen Abend ausgegangen, sondern hatte lieber mit Lotta Schach gespielt. Es zog ihn weder in eine Kneipe noch in einen Club; stattdessen zerbrach er sich den Kopf darüber, wo Isa im Winter unterrichten konnte und wie er Anna Thalbergs Wunsch nach Atemschutzmaßnahmen umsetzen sollte. Es musste beschichteter Baumwollstoff sein, aber auch nicht zu dick, da die Arbeiter die Schutzmasken ja den ganzen Tag trugen. Musste er mehr

Pausen einführen, damit die Leute an die frische Luft gehen konnten? Aber die Liefertermine – konnten die dann eingehalten werden?

»Findest du nicht auch?«, fragte Therese.

Verdammt, er hatte schon wieder nicht zugehört. »Natürlich, du hast vollkommen recht«, antwortete er ins Blaue hinein.

»Gut, dass wir uns wenigstens in dieser Frage einig sind«, stellte sie zufrieden fest.

Er lächelte sie an und fragte sich besorgt, in welchem Punkt er ihr gerade zugestimmt hatte.

»Dann sollten wir aufbrechen, bevor sie schließen«, sagte Therese mit einem auffordernden Blick. Er nickte, ohne zu wissen, was sie meinte, winkte dem Kellner und beglich die Rechnung.

Auf dem Boulevard Unter den Linden steuerte Therese zielstrebig das Juweliergeschäft an. Roman begann plötzlich zu schwitzen. Er hatte dem Kauf von Eheringen zugestimmt? Herrje, wie kam er denn aus dieser Nummer wieder heraus?

Er musste den Rückzug antreten. Sofort. Und bevor Therese die Ladentür öffnen konnte, zog er sie in seine Arme. »Weißt du was?«, flüsterte er ihr ins Ohr. »Ich habe es mir anders überlegt. Ich werde die Ringe ein anderes Mal allein aussuchen und dich überraschen.«

Therese hob erstaunt die Brauen. »Dass du so eine romantische Ader hast, ist mir neu.«

Er führte sie von dem Juwelierladen weg. »Tja, du weißt eben nicht alles über mich.« Dass er sich selbst gerade das größte Rätsel war, behielt er lieber für sich.

Als sie kurz darauf in seinem Auto saßen und er die Schachtel mit den Stoffmustern der Textilfabrik auf dem Rücksitz liegen sah, wusste er mit einem Mal, was er tun musste. Er konnte

Therese gar nicht schnell genug vor ihrer Villa im Grunewald absetzen, dann wendete er den Wagen und fuhr in nördliche Richtung davon.

In einer engen Gasse im Scheunenviertel hielt er an, holte den Karton aus dem Wagen und betrat das Mietshaus. Erst an der Tür zur letzten Wohnung im Flur hielt er kurz inne. Was tat er da? Doch bevor er es sich anders überlegen konnte, hatte er auch schon angeklopft.

Frau Thalberg öffnete ihm, auf dem Arm das Kleinkind, an ihrer Seite die zwei dunkelhaarigen Mädchen, die er bereits im Hinterhof gesehen hatte und die er auf fünf oder sechs Jahre schätzte – hießen sie nicht Eva und Dora? Und das Kleinste, wie hieß es?

Die junge Frau sah ihn verdutzt an, dann trat ein Hauch von Besorgnis auf ihr Gesicht.

»Herr Wittmann, ist etwas passiert? Werde ich entlassen?«

Er hatte sie nur einmal im Hinterhof ohne das Kopftuch und die Schutzkleidung gesehen und stellte fest, wie hübsch sie war. Er räusperte sich. »Guten Abend, Frau Thalberg, entschuldigen Sie, dass ich so spät noch störe. Und bitte denken Sie doch nicht jedes Mal, wenn Sie mich sehen, dass ich Ihnen kündigen möchte. Ganz im Gegenteil – ich bräuchte Ihren Rat.« Er nickte zu der Schachtel in seiner Hand. »Wegen der Schutzmasken.«

»Oh, haben Sie tatsächlich vor, welche anzuschaffen?« Sie öffnete die Tür noch ein Stück. »Möchten Sie hereinkommen? Es ist halt sehr eng hier bei uns, wie Sie ja bereits wissen.«

Roman trat ein und stellte seine Schachtel auf dem Küchentisch ab. Die beiden Mädchen warfen neugierige Blicke darauf, und er bedauerte, dass er nichts für die beiden dabeihatte. Dabei hätten sie sich bestimmt sehr über ein kleines Mitbringsel gefreut, denn in dem spärlich eingerichteten Raum konnte er nicht viel entdecken, was nach Spielzeug aussah.

Wenn er da an Lottas Kinderzimmer dachte! Nun, er würde sich vor seiner Abreise noch etwas für die Mädchen einfallen lassen.

Er öffnete die Schachtel und konnte die Augen nicht von Anna wenden, die mit fasziniertem Blick die einfachen Stoffmuster betrachtete. Er räusperte sich. »Was meinen Sie? Ich bin mir nicht sicher, welchen der Stoffe ich auswählen soll.«

Anna setzte dem ältesten Mädchen das Kleinkind auf den Schoß, nahm die Masken in die Hand und befühlte interessiert die Stoffe. Sie band sich probeweise einige davon um Mund und Nase.

»Diesen hier«, sagte sie schließlich, setzte die Maske wieder ab und reichte sie ihm. »Der Stoff ist dicht und trotzdem angenehm zu tragen.«

»Vielen Dank.« Er packte die Stoffmuster wieder ein. »Sie haben mir sehr geholfen. Da ich eine größere Stückzahl davon anfertigen lasse, sollten es schon die richtigen sein.«

Sie lächelte ihn an. »Ich muss Ihnen danken, Herr Wittmann.«

»Wofür?«

»Dafür, dass Sie unsere Anliegen ernst nehmen. Man fühlt sich dann als Arbeiter ganz anders angenommen.«

Er nickte. Anna war wirklich eine bemerkenswerte Frau. Er wusste, in welch schwieriger Lage sie sich seit dem Tod ihres Mannes befand, doch sie gab nicht auf, sondern meisterte ihr Schicksal, sorgte liebevoll für ihre Kinder und machte sich Gedanken über die Fabrik, in der sie arbeitete. Das gefiel ihm. »Ich weiß, was Sie meinen. Das war in der Vergangenheit in unserer Fabrik nicht immer der Fall, aber ich verspreche Ihnen, das wird sich ändern.«

»Darauf hoffen wir, Herr Wittmann. Ich bin zwar noch nicht so lange dabei, aber ich höre auch von meinen Kollegen, dass sie Ihre Art der Firmenführung sehr schätzen. Stimmt es denn, was man sich in der Fabrik erzählt? Dass Sie zurückkommen in die Geschäftsleitung?«

Roman zögerte mit der Antwort. Er hatte einen Antrag auf Freistellung gestellt, für sich und Henning, auch wenn sein Bruder ihm in einem Brief eine abschlägige Antwort erteilt hatte. Isa und seinem Vater gegenüber hatte er das nicht erwähnt, um sie nicht zu beunruhigen, doch er versuchte nun, das Ganze auf eigene Faust in die Wege zu leiten. Es wurden dringend Männer zu Hause in den Fabriken gebraucht, ja, man schickte bereits Soldaten wieder zurück an ihre Werkbänke, da die Rüstungsgüter nicht schnell genug produziert werden konnten. Es gab also eine reelle Chance, dass er und Henning zurückkommen würden, und er wollte alles daransetzen, um seinen Bruder zu diesem Schritt zu bewegen.

»Ich hoffe es, Frau Thalberg; die letzte Entscheidung liegt natürlich bei meinen Vorgesetzten. Mit etwas Glück muss ich übermorgen zum letzten Mal an die Front.«

»Das wäre schön!« Für einen kurzen Moment leuchteten ihre Augen auf, und Romans Herzschlag kam ins Stolpern. Ihre Worte klangen so herzlich – freute sie sich tatsächlich auf seine Rückkehr? Diese Erkenntnis brachte ihn völlig aus dem Konzept, und nun, da alles Geschäftliche geklärt war, wusste er nichts mehr zu erwidern.

»Dann wünsche ich Ihnen und Ihren Kindern alles Gute!«, brachte er schließlich heraus und ärgerte sich, dass ihm nichts Klügeres eingefallen war. Sich mit einer Frau wie Anna zu unterhalten, war Neuland für ihn. Er kannte nur die steife Etikette, die die Umgangsformen in den Ballsälen und Salons der Oberschicht bestimmte, sowie das frivole Getändel in den Berliner Nachtlokalen. Doch beides half ihm hier nicht weiter. Während er noch immer fieberhaft nach Worten suchte, war hinter ihm lautes Kinderlachen zu hören. Er drehte sich um und sah, dass das kleinste Kind auf den Tisch geklettert war und dort begonnen hatte, zur größten Freude seiner älteren Schwestern mit beiden Händen die Stoffmuster aus Romans Schachtel zu holen und durch die Küche zu werfen.

»Du meine Güte!«, rief Anna aus, eilte hinzu und nahm das Kind auf den Arm. »Eva, Dora, helft mir mal, das alles wieder aufzusammeln!« Sie warf Roman einen raschen Blick zu. »Sie müssen entschuldigen, Herr Wittmann, aber den Kleinsten fällt immer der größte Unsinn ein.«

Roman lachte. Das Eis war gebrochen.

»Ach was«, meinte er. »Es ist doch nichts passiert.« Und sogleich half er den beiden kichernden Mädchen, die Stoffe aufzuheben, während Anna versuchte, das dritte Kind zu bändigen, das laut protestierte, weil es nicht mit durch die Küche krabbeln durfte.

Als alle Stoffmuster wieder verpackt waren und Roman sich noch einmal verabschiedete, klangen seine Worte längst nicht mehr so steif. »Also, dann passen Sie gut auf sich und Ihre Rasselbande auf.« Er grinste noch immer amüsiert vor sich hin. »Und nach meiner Rückkehr werde ich mich bei Ihnen erkundigen, ob sich die Stoffmasken bewährt haben.«

Anna lächelte zurück. »Danke, Herr Wittmann. Kommen Sie gesund wieder.«

Als er in seinem Auto saß, fragte er sich, was er da gerade gemacht hatte und warum er so aufgewühlt war. Durch Isa hatte er diese Welt hier kennengelernt, an die er früher keinen einzigen Gedanken verschwendet hatte. Er sah mit einem Mal Aufgaben vor sich, die ihn reizen konnten. Hennings Worte über Arbeitsschutz und verbesserte Arbeitsbedingungen kamen ihm in den Sinn. Vielleicht verband ihn ja doch mehr mit seinem Bruder, als er für möglich gehalten hätte. Und Anna – konnte es sein, dass diese Frau ihn bereits in dem Moment, als er sie zum ersten Mal im Hinterhof gesehen hatte, verzaubert hatte? Ihn, Roman Wittmann, der zwar verlobt war, aber noch nie sein Herz verschenkt hatte?

Kapitel 18

Sie hatten Przemysl erobert und wenig später Lemberg, die Hauptstadt Galiziens, doch wenn sie geglaubt hatten, ihr Feldzug im Osten sei damit zu Ende, hatten sie sich getäuscht. Es war weitergegangen Richtung Norden, und im August überquerten sie bei der Stadt Janow den Fluss Bug. Seit Monaten hatte Henning nun nichts anderes als Kämpfe, Tod und Elend erlebt; er war erschöpft und mutlos und wollte nur noch nach Hause. Doch es war schon Ende September, als Viktor ihm endlich seinen Urlaubsschein aushändigte.

»Es geht nach Hause, Henning.« Seit jener Nacht bei Przemysl sprach Viktor ihn nur noch mit Vornamen an, wenn sie unter sich waren, und irgendwann auf ihrem Weg durch Galizien hatte Henning ihm im Gegenzug das Du angeboten.

Mit einem Aufatmen nahm er den Zettel entgegen. »Und Raffael?«

»Der natürlich auch. Ich habe beim Korporal erwirkt, dass er in der Heimat bleiben darf, denn es ist mir ehrlich gesagt zu anstrengend, immer auf ihn aufzupassen. Er soll in der Kaserne Rekruten ausbilden oder in einer Rüstungsfirma arbeiten, das ist mir völlig gleich, aber nimm ihn mit, denn hier überlebt er nicht mehr lange.«

Henning war sprachlos. Ihm war klar, dass Viktor mit dieser Geste Raffael, der für nichts weniger geeignet war als für den Kriegsdienst, das Leben rettete.

»Und du?«, fragte er. »Hast du auch Urlaub?«

»Noch nicht. Richte Isa Grüße von mir aus. Und sag ihr … « Er machte eine Pause, als müsste er nach den richtigen Worten suchen. »Sag ihr, sie hat eine Wahl.«

»Was?«

Viktor lächelte. »Ja, du hast schon richtig verstanden. Sie soll entscheiden.«

Verdammt, dachte Henning. Er hatte Viktor unrecht getan. Die Verlobung war nicht vorgetäuscht gewesen, Viktor hing wirklich an Isa. Vielleicht mehr, als er ahnte. So sehr, dass ihr Glück über seinem stand. »Willst du ihr das nicht selbst sagen?«

»Nein. Ich weiß nicht, wann ich nach Hause komme. Sie soll es jetzt wissen. Und wenn sie dich wählt, Henning, dann mach sie verdammt noch mal glücklich.«

»Ich hatte nie etwas anderes vor. Im umgekehrten Fall gilt allerdings das Gleiche, ja?«

Viktor nickte und wollte sich zum Gehen wenden, als Henning ihn zurückhielt.

»Sag mal, bist du dir sicher, dass du das hier für den Rest deines Lebens machen willst?«

»Du meinst, beim Militär bleiben? Natürlich. Das ist meine einzige Chance, es im Leben noch zu etwas zu bringen.«

»Nein, es ist die Chance auf einen frühen Tod. Überleg dir, ob es dir das wert ist.«

Viktor schnaubte. »Du hast gut reden. Ich muss für meine Familie sorgen. Als Obergefreiter verdiene ich nicht schlecht, und wenn mir etwas zustößt, bekommt Mutter eine kleine Hinterbliebenenrente.«

»Ich glaube, sie würde es vorziehen, dass du am Leben bliebest. Such dir nach dem Krieg etwas anderes.«

»Und wer sollte mich einstellen? Du hattest einen Privatlehrer, aber mein Schulzeugnis kann ich niemandem zeigen. Da steht in jedem Fach ›ungenügend‹. Weißt du, was das bedeutet? Ungenügend?«

Henning runzelte die Stirn. »Rechnen kannst du, das weiß ich. Und lesen kann man lernen. Ich bräuchte kein Zeugnis von dir. Ich habe dich kennengelernt und weiß, wie du dich für etwas einsetzt, das dir wichtig ist. So jemanden würde ich sofort einstellen, und nicht nur für einfache Arbeiten in der Fabrik. Nein, da würde sich sicher etwas anderes finden. Also melde dich, wenn du es dir doch noch anders überlegst, denn eins nehme ich dir nicht ab.«

»Und was?«

»Dass du im Herzen Soldat bist.«

Viktor sah ihn an. »Ich denke darüber nach.«

Henning traf Raffael vor dem Zelt.

»Wir müssen packen«, sagte er.

Raffael fuhr wütend herum. Die Monate an der Front hatten an ihm gezehrt. »Warum das denn? Wir haben doch eben erst das Lager aufgeschlagen! Wo geht's denn jetzt schon wieder hin?«

Henning grinste. »Nach Hause. Und für dich sogar für immer.«

»Was?«

»Ja, geh und bedank dich bei Viktor. Du wirst jetzt an der Heimatfront eingesetzt, aber erst einmal haben wir Urlaub. Vier Wochen! Von denen allerdings zwei bis drei Tage allein für die Heimreise draufgehen.«

»Und du? Musst du danach wieder zurück?«

Henning hatte sich schon in das Zelt gebeugt und sich seinen Rucksack geholt. »Ja, aber daran denken wir jetzt nicht. Jetzt geht es erst einmal in die Heimat.«

* * *

Als Isa am Morgen die Villa betrat und die Treppe zu ihrem Dienstbotenzimmer hinaufgehen wollte, stutzte sie. Das war doch Hennings Stimme, die sie aus dem Salon vernahm – wie konnte das sein? Sie hatte vor zwei Wochen einen wunderschönen Brief von ihm erhalten, doch er hatte nichts von Urlaub geschrieben. Hörte sie jetzt schon Gespenster?

Vorsichtig trat sie näher. Sie wollte nicht lauschen, wollte nur wissen, ob ihre Sinne ihr einen Streich spielten. Und tatsächlich – als sie vom Flur aus einen vorsichtigen Blick durch die halb offene Tür in den Salon warf, erkannte sie Henning in dem goldgerahmten Spiegel, der über dem Sofa hing. Er stand auf der anderen Seite des Zimmers an der Kommode und unterhielt sich mit Max, dessen Stimme sie laut und deutlich vernahm. Ihr Herz klopfte wie wild. Henning war wieder da! Seit wann war er zurück? Er trug einen Anzug, also konnte er nicht gerade erst gekommen sein. Sie hätte ewig hier stehen und seiner vertrauten Stimme lauschen wollen, doch das gehörte sich nicht. Leise drehte sie sich um und schlich die Treppe nach oben. Sie würde ihn später noch sehen. In ihrem Dienstbotenzimmer zog sie ihr gutes Kleid an, bürstete noch einmal ihr Haar und steckte es hoch, was ihr vor lauter Aufregung heute kaum gelingen wollte. Sie befestigte die letzte Haarklammer, als es an der Tür klopfte. Es war sicher Lotta, die immer morgens kam und schaute, wo sie blieb.

»Isa.«

Ihr Herz machte einen Satz, denn es gab nur einen, der ihren Namen so sehnsuchtig aussprach wie Henning. Sie drehte sich um, und da kam er lächelnd auf sie zu und zog sie in seine Arme. »Endlich!«, seufzte er. »Ich habe dich so vermisst. Es war so lange.«

Isa hätte ihn jetzt gern festgehalten, doch der Gedanke an Viktor schob sich in ihr Bewusstsein. Sie löste sich aus seiner Umarmung und betrachtete ihn, als müsste sie sich vergewissern, dass er es tatsächlich war. »Du bist wieder da!« Sie merkte selbst, wie überglücklich ihre Stimme klang.

»Ja, seit gestern Abend. Ich habe sogar kurz überlegt, bei dir vorbeizukommen.«

»Und warum hast du es nicht getan?«

Er lachte in sich hinein. »Wir waren zweieinhalb Tage unterwegs, ohne die Möglichkeit, uns zu waschen oder zu rasieren. Das wollte ich dir nicht zumuten. Mein eigener Vater hielt mich für einen Landstreicher, als ich spät in der Nacht hier ankam.«

»Das wäre mir egal gewesen!«

»Das war es Lotta auch. Sie kam natürlich noch mal aus dem Bett und ist mir um den Hals gefallen. Sie wird heute länger schlafen, denn ich musste ihr noch stundenlang erzählen, was ich erlebt habe.«

»Das möchte ich auch hören; ich will jede Kleinigkeit wissen, denn ich bin fast gestorben vor Angst um dich und Viktor und Raffael.« Sie hob die Hand und fuhr vorsichtig mit dem Finger über die Narbe an seinem Auge. »Was ist da passiert?«

»Nichts Schlimmes. Glaub mir, im Vergleich zu den Verwundungen, die viele von uns davongetragen haben, ist es nichts.«

»Ich weiß. Man sieht so viele Kriegsversehrte in den Straßen der Stadt, und ich bin so froh, dich gesund wiederzusehen. Wie geht es Raffael und Viktor?«

»Sie sind beide unverletzt. Raffael ist auch hier, und Viktor hat sogar dafür gesorgt, dass er nicht mehr zurückmuss, sondern in der Heimat eingesetzt wird.«

Sie schluckte. Das war der Viktor, den sie kannte, dem das Wohl anderer am Herzen lag. »Tatsächlich? Und Viktor, hat er auch Urlaub? Ist er mit zurückgekommen?«

Henning schüttelte den Kopf. »Nein, ich weiß nicht, wann er kommt. Aber da ist etwas, was ich dir sagen muss. Ich war bisher davon überzeugt, dass Viktor die Verlobung mit dir nur inszeniert hat, um dich von mir fernzuhalten. Doch ich weiß jetzt, dass er viel für dich empfindet. So viel, dass er dich freigibt, damit du deine eigene Entscheidung treffen kannst.«

Isa sah ihn sprachlos an. Viktor hatte erkannt, dass er sie mit seinem Ring überrumpelt hatte? Dass sie für diesen Schritt noch nicht bereit gewesen war? Sie hatte nun eine Wahl?

Henning griff nach ihrer Hand. »Isa, ich werde deine Entscheidung akzeptieren, egal, wie sie ausfällt, aber du sollst wissen, dass ich unendlich glücklich wäre, wenn es zwischen uns wieder so werden könnte wie früher. Du sagtest doch, das zwischen uns ist ein Vielleicht, weißt du noch? Lass mich dir beweisen, dass du mir vertrauen kannst; und wenn dir meine Welt Angst macht, dann denk daran, dass ich jederzeit weggehen kann.« Er lief aufgeregt ein paar Schritte auf und ab. »Ich werde Vaters Firma nicht leiten und plane schon seit meiner Kindheit, an meinem einundzwanzigsten Geburtstag die Familie zu verlassen. Mich hält hier nichts. Wir können überall neu anfangen – vielleicht in dem Haus, das ich in Mariendorf bauen will. Aber das ist allein deine Entscheidung.«

Sie konnte nicht antworten, denn da waren so viele Gedanken, die ihr durch den Kopf gingen. Da war Viktor, der ihr in jeder brenzligen Situation beigestanden hatte, und da war Henning, dem ihr Herz gehörte. Sie zog Viktors Ring ab und schob ihn über den Ringfinger der rechten Hand. Das Lächeln, das dabei über Hennings Gesicht huschte, sagte ihr, dass er verstand. Ein Freundschaftsring. Sie war frei. Sie hatte eine Wahl.

* * *

Henning verbrachte jede freie Minute mit Isa. Er genoss es, wieder frei und ungezwungen mit ihr zu reden, zu streiten und zu lachen, und es war fast so wie in dem Sommer, als sie zusammen glücklich gewesen waren. Sie besuchten endlich das Aquarium, Museen und Galerien und gingen im Mariendorfer Park mit Koki spazieren. Wie oft wünschte Henning sich bei diesen Gelegenheiten, sie an sich zu ziehen und in den Arm zu nehmen, doch das verbot er sich, um Viktor gegenüber fair zu bleiben. Sein Bild von Viktor hatte sich gewandelt und er konnte in ihm keinen Gegner mehr sehen, ja, er verstand sogar, warum Isa so eisern an ihrem Versprechen festgehalten hatte. Einen Freund wie Viktor fand man nicht oft im Leben.

Auch heute waren sie zu Ednas Hof gekommen, um Koki zu einem Spaziergang abzuholen, und der Hund steuerte bereits ihre Lieblingsbank unter einer großen schattigen Buche im Park an, wo er sich im Gras zusammenrollte.

»Koki weiß schon, wo es uns gefällt«, stellte Henning fest, und er und Isa nahmen auf der Bank Platz.

Isa deutete auf seine Stirn. »Wann erfahre ich denn die Geschichte über deine Narbe am Auge?«

Er winkte ab. »Am besten gar nicht.«

Doch so schnell ließ sie sich nicht abwimmeln. »Du warst in Gefahr?«

»Ein bisschen.«

»In Todesgefahr?«

Er zuckte die Schultern. »Na gut, du lässt ja sowieso nicht locker. Ich wurde verfolgt, habe mich von einem Schuttberg fallen lassen, und unten hielt mir ein Russe einen Gewehrlauf an den Kopf. Das könnte man als brenzlig bezeichnen.«

»Oh, Henning!«

»Und dann warst du es, die mir das Leben gerettet hat.«

»Was? Wie denn?«

Er erzählte ihr die Geschichte mit dem kleinen geschnitzten Engel, den der Soldat bei ihm gefunden hatte.

Isa war sprachlos. »Du denkst, das hat ihn davon abgehalten, dich zu erschießen? Gott sei Dank! Wenn dir etwas zugestoßen wäre!«

»Ist es ja nicht. Ich bin ja hier.«

Mit einem nachdenklichen Blick fragte sie: »Du hast den Engel immer bei dir getragen?«

»Natürlich. Die meisten Soldaten haben etwas bei sich, das ihnen Halt gibt, wenn sie das Ganze nicht mehr ertragen können. Ein Foto, einen Ring oder einen Brief. Ich war immer ganz aus dem Häuschen, wenn du mir geschrieben hast, und habe deine Zeilen so oft gelesen, bis ich sie auswendig konnte.«

Isa runzelte die Stirn. Er ahnte, was in ihr vorging. Viktor. Sie hatte ihm nie geschrieben, da er nicht lesen konnte, und den Engel hatte sie nicht Viktor in die Tasche gesteckt, sondern ihm. Und dass Viktor ein Foto von ihr besaß, bezweifelte er.

»Willst du ihm nicht etwas schicken?«, fragte er. »Seine Mutter hat seine Feldpostadresse, denn ich habe mitbekommen, dass sie ihm gelegentlich ein Paket mit Lebensmitteln gesandt hat.«

»Ja, das hat sie, und ich habe oft Kekse oder Ähnliches für ihn beigelegt. Aber das ist ja nichts wirklich Persönliches. Was würde ihm denn etwas bedeuten?«

»Ein Foto. Von dir, seiner Mutter und seinen Schwestern. Ihr vier seid das Wichtigste in seinem Leben, also geht zum Fotografen und lasst eine Aufnahme von euch anfertigen.«

»Henning, das ist genial!«, rief sie aus, um kurz darauf wieder die Stirn zu runzeln. »Das werde ich gleich morgen in die Wege leiten, aber es löst nicht mein Problem«, murmelte sie mehr zu sich selbst, als dass sie mit ihm sprach. »Wenn ich nur mit Viktor reden könnte. Ich muss mit ihm sprechen, bevor …«

Henning nickte. Er wusste, was sie sagen wollte. Bevor sie sich entschied. »Das verstehe ich. Und ich erwarte keine Antwort von dir, bevor er nicht auf Heimaturlaub gekommen ist und Gelegenheit hatte, sich dir zu erklären.« Er lachte sie an. »Aber nun schau nicht so betrübt, sondern lass uns den Tag genießen. Wenn ich zurückfahre an die Front, will ich ganz viele wunderbare Erinnerungen mitnehmen.«

* * *

Um einen der letzten schönen Herbsttage zu nutzen, deckte Hans am nächsten Nachmittag den Tisch im Garten, und die ganze Familie fand sich zu Tee und Gebäck ein. Isa warf Henning ein Lächeln zu, als er sich neben sie und Lotta setzte, und sie fragte sich, wann sie ihn zuletzt so glücklich gesehen hatte wie seit seiner Rückkehr. Sie war ihm dankbar für seinen Vorschlag, Viktor ein Foto zu schicken, und hatte mit Frida Jansen, Paula und Tine, die ebenfalls sofort Feuer und Flamme gewesen waren, ein Atelier am Kurfürstendamm aufgesucht. Der Aufnahme hatte sie Grüße beigelegt, die sich Viktor von einem Kameraden vorlesen lassen konnte, und hatte die Karte mit den Worten beendet: »Danke für deine Entscheidung. Wir reden, wenn du wieder zu Hause bist.« Viktor würde wissen, was sie damit meinte.

»Wie schade, dass dein Urlaub schon bald vorüber ist, Henning«, riss Lotta sie aus ihren Gedanken. »Es ist viel schöner, wenn du hier bist.«

»Da hast du recht«, stimmte er ihr zu. »Bei mir an der Ostfront war es nicht halb so schön.«

»Dann bleib doch hier!«, warf Max ein. »Du kennst meine Einstellung zu diesem Thema.«

»Vater, lass uns heute nicht darüber diskutieren«, wehrte Henning ab. »Der Tag ist einfach viel zu schön dafür.«

Doch Max fuhr unbeirrt fort. »Außerdem musst du dich endlich mal um diese Geschichte mit der Tochter der Pringelheims kümmern, Henning. Du kannst diese junge Dame nicht so hinhalten.«

»Keine Sorge, das werde ich am Wochenende klären.«

»Mit einem Verlobungstermin?«

»Das lass mal meine Sorge sein.«

Isa fürchtete schon, dass nun wieder ein Streit zwischen Max und Henning ausbrechen würde, doch in diesem Moment kam Hans durch die Gartentür und brachte zwei Besucher mit.

Isa kannte das Ehepaar Richard und Luise Hartmann, mit denen Henning im letzten Jahr nach London gereist war, und wunderte sich über deren ernste Gesichter, als sie dem Hausdiener über den Rasen folgten.

»Oh, das ist nicht gut«, murmelte Henning, während er Isa einen besorgten Blick zuwarf.

Auch Max hatte sich zu den Besuchern umgedreht, und sein Gesichtsausdruck schien regelrecht einzufrieren, als Richard nähertrat und ihm die Hand auf die Schulter legte. Henning stand auf und stellte sich neben seinen Vater.

»Kann ich dich kurz sprechen, Max?«, fragte der Botschaftsangestellte.

»Natürlich, ist etwas vorgefallen?«

»Wollen wir in dein Büro gehen?«

Der Hausherr schüttelte den Kopf. »Nein. Sprich, Richard. Was ist passiert?«

Richard räusperte sich. »Nun, es geht um Roman.«

Max wurde bleich. »Roman?«

»Ja. Max, es ist so … er wird vermisst.«

Für einen Moment herrschte Totenstille am Tisch, dann stieß Silvia einen spitzen Schrei aus, Lotta begann zu weinen und Max rang sichtlich um Worte. Der Mann mit der dröhnenden Stimme war angesichts dieser Nachricht seltsam still.

Vermisst, war alles, was Isa denken konnte, als sie Lotta beruhigend in ihre Arme zog. Vermisst wurden Soldaten, wenn sie in Kriegsgefangenschaft geraten waren, wenn eine Granate sie bis zur Unkenntlichkeit zerfetzt hatte oder sie in einem Bombentrichter begraben lagen. Dieses Wort konnte nur noch von einem anderen an Schrecken übertroffen werden: gefallen.

»Nein!«, murmelte sie vor sich hin und strich Lotta über den Arm. »Roman kann nicht vermisst sein. Das muss ein Irrtum sein, eine Verwechslung, ein falscher Name auf einer Liste.«

Sie sah zu Henning, der sich zusammen mit Silvia um Max bemühte, der keuchend nach Luft rang.

»Hans, hol den Arzt.« Henning löste die Krawatte seines Vaters und öffnete dessen Hemd, während Silvia die Hand ihres Mannes hielt.

Henning schien mehr und mehr in Panik zu geraten. »Vater, ganz ruhig, wir wissen doch noch gar nichts Genaues; schon morgen kann ein Brief von Roman eintreffen, dass es ihm gut geht«, redete er auf Max ein, doch Isa hörte an seiner schwankenden Stimme, dass er selbst nicht glaubte, was er da sagte. Henning warf ihr einen Blick zu, in dem seine ganze Verzweiflung lag.

Sie richtete Lotta in ihren Armen auf. »Lass uns rüber in den Park gehen.« Lotta sollte nicht weiter mit ansehen, wie ihr Vater gegen einen Schwächeanfall kämpfte.

Der Arzt, der Max untersucht und ihm ein Beruhigungsmittel gegeben hatte, machte ein besorgtes Gesicht.

»Ich kann einen Herzinfarkt nicht ausschließen«, wandte er sich an Henning. »Ihr Vater braucht jetzt absolute Ruhe. Auf keinen Fall darf er in diesem Zustand aufstehen, geschweige denn in seine Firma gehen.«

Henning nickte benommen. »Für wie lange?«

»Ich spreche hier nicht von Tagen, Herr Wittmann. Ich spreche von Wochen oder Monaten.«

Monaten. Das Wort hallte in Hennings Kopf wider, als er zum Sofa trat und einen Blick auf seinen schlafenden Vater warf, neben dem Silvia saß, die noch immer seine Hand hielt und ihm liebevoll über die Stirn streichelte. Roman vermisst, Vater krank. Was sollte nun werden?

»Du musst das nicht allein tragen«, vernahm er Richards Stimme hinter sich, der ihm die Hand auf die Schulter legte. »Komm, lass uns besprechen, wie es weitergehen soll.«

Sie setzten sich ins Speisezimmer, wo Henning erfuhr, dass es Romans letzter Einsatz an der Front gewesen wäre, von dem er nicht zurückgekehrt war. Er hätte in der nächsten Woche nach Hause kommen sollen, um Vater zu entlasten.

»Ich werde alles unternehmen, um herauszufinden, was Roman zugestoßen ist«, versicherte ihm Richard.

Henning nickte, doch er wusste selbst, wie schnell ein Mensch bei einem Fronteinsatz für immer verschwinden konnte. Wäre er selbst in jener Nacht in dem Militärfort erschossen und irgendwo verscharrt worden, hätte wohl nie jemand erfahren, was mit ihm geschehen war. Hatte sein Vater auch nur einen einzigen Moment daran gedacht, dass dieser Fall eintreten konnte, als er Deutschlands Kriegseintritt mit knallenden Sektkorken gefeiert hatte? Dass auch einer seiner Söhne zu den Opfern zählen konnte? War das Stück vom Kuchen, das Max für sich beansprucht hatte, zu groß gewesen?

»Und nun?«, fragte er. »Was soll ich jetzt tun? Da draußen sind zwei Maschinenwerke. Mein Bruder wird vermisst, mein Vater ist krank. Soll etwa ich sie leiten?«

Richard strich sich nachdenklich über seinen Oberlippenbart. »Du hast gar keine andere Wahl, Henning, denn dieser Fall, der jetzt eingetreten ist, war im Plan deines Vaters nicht vorgesehen.

Als Max deinen Bruder zu einem Offizierspatent überredete, war ihm nur am gesellschaftlichen Ansehen gelegen und nicht an einer militärischen Laufbahn seines Sohnes. Roman hätte nach ein, zwei Jahren seinen Abschied vom Militär genommen, um ganz in die Firmenleitung einzusteigen.«

»Aber dann ist alles anders gekommen.«

»Richtig. Die Krise auf dem Balkan kam Max nicht ganz ungelegen, doch wie alle Kriegsbefürworter hat er an die Unbesiegbarkeit des deutschen Heeres geglaubt, an einen schnellen Sieg nach wenigen Wochen, der Deutschlands Vormachtstellung in Europa festigen und die Wirtschaft ankurbeln würde. Dass sich dieser Konflikt, der in Sarajevo begann, zu einem Weltkrieg entwickeln würde, hat auch er nicht erwartet. Alles ist außer Kontrolle geraten, und deshalb wollte er Roman und dich zurückholen in die Firma. Weil er Hilfe in seinem Unternehmen brauchte und um euch zu schützen.« Richard strich sich über das Kinn. »Max geht es wie Goethes Zauberlehrling. Er wird die Geister, die er rief, nicht mehr los.«

»Und nun ist er außer Gefecht gesetzt und ich kann mich mit ihnen herumschlagen«, entgegnete Henning resigniert. »Aber wie? Ich habe zwar Vater des Öfteren in der Firma unterstützt, aber ich kann sie doch nicht ohne ihn leiten.«

»Du wärst nicht allein. Es sind erfahrene Mitarbeiter in Führungspositionen vor Ort. Sie alle werden dir mit Rat und Tat zur Seite stehen, sodass die täglichen Geschäfte weiterlaufen. Aber die Wittmann-Werke brauchen einen Chef. Du kannst dir sicher vorstellen, was los ist, wenn das Büro deines Vaters für längere Zeit nicht besetzt ist. Dann macht dort früher oder später jeder, was er will.«

Henning sprang vom Stuhl auf. »Ich bin erst zwanzig, also nicht einmal voll geschäftsfähig. Wie soll das denn gehen?«

»Das ist kein Problem. Die Prokuristen deines Vaters haben die nötigen Handlungsvollmachten und die Geschäfte können weitergehen wie bisher. Aber sie brauchen ein Gegenüber. Du musst Präsenz zeigen. Die Firma braucht dich.«

Henning seufzte. Er sah einen unüberwindbaren Berg von Aufgaben auf sich zukommen. Wie sollte er das schaffen? Wie das Vertrauen der Mitarbeiter gewinnen? Würde die Belegschaft ihn akzeptieren?

»Wenn du möchtest, begleite ich dich die erste Zeit. Die leitenden Angestellten eurer Firma kennen mich, und sie werden auf mich hören«, bot Richard an. »Und Luise hilft Silvia, Max zu versorgen.«

»Danke, das wäre sehr nett von euch beiden. Aber was ist mit der Armee? Ich bin doch nur auf Heimaturlaub zu Hause.«

Richard machte eine abwehrende Handbewegung. »Du vertrittst deinen Vater, der für das Militär produziert. Niemand schickt dich in einem solchen Fall zurück an die Front.«

Hans trat ins Zimmer. »Henning, da ist jemand an der Tür für Sie. Fräulein Pringelheim.«

Henning riss die Hände in die Höhe. »Was kommt denn heute noch alles? Fällt mir vielleicht gleich der Himmel auf den Kopf?«

Richard erhob sich. »Ganz ruhig, das erledigen Luise und ich. Wir werden mit der Dame reden, und sie wird einsehen, dass es in diesem Haus vorerst nichts zu feiern gibt.«

»Jetzt nicht und später auch nicht!«, rief Henning Richard nach, während dieser das Zimmer verließ.

»Hans, was soll ich tun?«, fragte Henning, als er mit dem Hausdiener allein im Zimmer war.

»Das weißt du doch längst.«

»Tu ich das?«

Hans nickte. »Du hättest zum ersten Mal im Leben Gelegenheit, dich für deine freudlose Kindheit an Max zu rächen. Du könntest ihm alles vor die Füße werfen. Aber du wirst es nicht tun.«

»Nicht?«

Hans schüttelte den Kopf. »Nein. Dafür kennst du eine Grundregel des Boxsports viel zu gut. Auf einen Gegner, der am Boden liegt, schlägt man nicht weiter ein.«

Henning schloss für einen Moment die Augen. Ja, Max war ein gebrochener Mann, und wenn er ihn jetzt im Stich gelassen hätte, dann hätte ihn das umgebracht. Er musste bleiben, und wenn Roman nicht mehr kam, vielleicht für immer. Aber hatte er nicht erst gestern noch zu Isa gesagt, dass er diese Familie jederzeit verlassen konnte? Und nun schlossen sich gerade die Fesseln um seine Handgelenke. Durfte er sie dann überhaupt an sich binden?

»Wo sind Lotta und Isa?«, fragte er.

»Sie sind im Kinderzimmer. Lotta ist eingeschlafen, die Kleine ist völlig fertig. Isa ist bei ihr.«

Leise öffnete Henning die Tür und fand Isa auf dem Stuhl neben der schlafenden Lotta. Sie stand auf und trat zu ihm heraus auf den Flur. Er schloss sie in die Arme und lehnte seine Stirn an ihre. »Was für ein Albtraum!«

Sie strich ihm durchs Haar. »Wenn nur Roman wiederkommt und dein Vater gesund wird. Es hat Lotta sehr mitgenommen.«

»Ich weiß. Sie ist kein kleines Kind mehr und versteht, dass Roman vielleicht umgekommen ist.«

Er brach ab. Er musste den Kopf abwenden und die Tränen wegblinzeln. Isa strich ihm beruhigend über den Arm.

»Gib die Hoffnung nicht auf. Vielleicht wird alles wieder gut.«

»Isa, ich fürchte, heute haben sich die Karten neu gemischt, und ich hoffe, das Schicksal hat mir nicht den Schwarzen Peter zugeschoben. Ich werde ab morgen Vater in der Firma vertreten, und ich weiß nicht, für wie lange. Wenn ich Glück habe, nur für ein paar Wochen, wenn nicht, dann vielleicht für immer.«

Sie schlang ihre Arme um ihn und schaute ihm entschlossen in die Augen. »Henning, du stehst das durch. Ich helfe dir dabei, so gut ich kann. Das heißt aber auch, dass du vorerst nicht zurück an die Front musst, oder?«

Er nickte und legte seine Stirn an ihre. »Stimmt. Aber ich kann mich nicht darüber freuen, denn diesen Umstand verdanke ich nur der Tatsache, dass Roman vermisst wird. Der Preis dafür, dass ich verschont werde, ist Roman. Und dieser Preis ist einfach zu hoch.«

* * *

Henning hatte sich in der Nacht im Bett herumgewälzt. Seine Sorge um Roman und Max sowie die Vorstellung, nun als Vaters Stellvertreter die Firma leiten zu müssen, hatten ihm den Schlaf geraubt.

Nun saß er am Ende des großen Konferenztisches im Besprechungszimmer der Firma, das sich mit immer mehr Angestellten füllte, die Frau Wiedekind herbeigeholt hatte. Männer und Frauen aus den verschiedensten Abteilungen, von denen er die meisten kannte, nahmen am Tisch Platz – Ingenieure, Einkaufsleiter und Verwaltungsangestellte, unter ihnen auch Herr Schröder aus der Buchhaltung. Es tat gut, Richard an seiner Seite zu wissen, der ihm kurz vor diesem Treffen zugeraunt hatte: »Nun musst du beweisen, wessen Sohn du bist. Nicht nur der von Max Wittmann, sondern auch der von Alice Wilson. Glaub mir, auch dein Großvater Andrew und dein Onkel Jack müssen Führungsqualitäten beweisen, um ihre Textilfabrik zu leiten.«

Henning erhob sich und schaute in die Runde.

»Meine Damen, meine Herren, ich habe Sie heute Morgen hierher einbestellt, um Ihnen mitzuteilen, dass mein Vater erkrankt ist und die Firma vorübergehend nicht selbst leiten kann.« Henning sah die bestürzten Gesichter und fuhr fort: »Ich werde ihn vertreten und zähle dabei auf Ihre Unterstützung. Da wir also in nächster Zeit eng zusammenarbeiten werden, bitte ich Sie nun, mich über die wichtigsten Aufgaben, die gerade anstehen, in Kenntnis zu setzen.«

Aufgeregtes Flüstern war zu hören, und Henning nahm wieder Platz. Er hörte sich reihum die Vorträge der Bereichsleiter an, erfuhr von Lieferengpässen, dem Versuch, fehlende Rohstoffe durch andere zu ersetzen, von Aufträgen des Kriegsministeriums und von Arbeitermangel. Richard, der sich als Militärattaché in der Materie gut auskannte, konnte bei vielen Problemen sachkundigen Rat erteilen, was von den betreffenden Fachleuten gut aufgenommen wurde. Als Henning sich nach zwei Stunden bei allen bedankte und die Versammlung auflöste, schwirrte ihm der Kopf.

Richard klopfte ihm anerkennend auf die Schulter. »Ich wusste, dass du das Zeug zum Chef hast. So, und nach der Mittagspause fahren wir raus in die Werke und sprechen dort mit den Vorarbeitern. Du wirst sehen, es läuft besser, als du glaubst.«

Kapitel 19

Sieben Kinder saßen an diesem Nachmittag im Hinterhof um Isa herum und ließen sich von ihr bei den Schularbeiten helfen. Sie übten Buchstaben, sagten Reime auf und schrieben auf ihre Schiefertafeln. Wenn sie sich auch seit Herrn Wittmanns Schwächeanfall noch mehr um Lotta kümmerte als bisher, so ließ sie doch die wöchentliche Unterrichtsstunde im Scheunenviertel nicht ausfallen. Henning hatte sie schon tagelang kaum mehr zu Gesicht bekommen, denn er verließ im Morgengrauen das Haus und kehrte erst spätabends zurück. Trotz ihrer Erleichterung darüber, dass er nicht zurück an die Front musste, machte sie sich Sorgen, dass seine neuen Aufgaben ihn überfordern könnten. Er hatte nie die Firma leiten wollen, und schon gar nicht allein. Jeden Tag warteten sie alle sehnsüchtig auf die Post, in der Hoffnung, es könnte doch noch eine erlösende Nachricht aus Frankreich eintreffen, und konnten es kaum erwarten, dass Richard mit Neuigkeiten kam. Doch seine Nachforschungen hatten bislang keinen Erfolg gehabt. Noch immer war Romans Schicksal ungewiss.

Beim Unterricht nun war bereits die Hälfte des Pensums geschafft, das sie sich für heute vorgenommen hatte, als die Kinder ihr plötzlich nicht mehr zuhörten, sondern neugierig zu einer Person hinüberblickten, die durch den Durchgang zur Straße auf den Hof kam. Isa sah auf und ihr Herz schlug schneller, als sie Henning erblickte.

»Was machst du denn hier?«, fragte sie erstaunt, als er sich neben sie aufs Mäuerchen setzte. »Müsstest du nicht in der Firma sein?«

»Nein, ich wohne schon fast dort, deshalb brauche ich eine Auszeit.« Er wandte sich an die Kinder. »Und da ich gehört habe, dass hier fleißig gelernt wird, wollte ich mal schauen, ob das stimmt. Wer von euch kann schon seinen Namen schreiben?«

»Ich!«, riefen alle Kinder durcheinander.

»Na, dann lasst mal sehen.«

Kleine Hände umfassten ihre Griffel, malten Buchstaben auf die Tafeln und hielten sie hoch. »Aha, ihr seid also Eva, Dora und Gundi, Oskar, Ludwig, Emma und Bruno? Und wie alt seid ihr?«

Die Kinder meldeten sich und spielten begeistert Hennings Spiel mit.

»Und du?«, fragte ein Mädchen. »Kannst du deinen Namen auch schreiben?«

Henning grinste, griff nach ihrer Tafel und schrieb darauf. »Ich hatte zwar nicht so eine hervorragende Lehrerin wie ihr«, sagte er mit einem Seitenblick auf Isa, der ihr die Röte ins Gesicht trieb, »aber hier steht mein Name. Wer kann ihn lesen?«

»Henning!«, rief Bruno als erster.

»Richtig.«

Isa konnte nicht glauben, mit welcher Begeisterung Henning sich für den Rest der Stunde mit den Kindern beschäftigte. Sie übte noch ein paar Rechenaufgaben mit ihnen und verteilte zum Schluss die Bonbons, die Mutter ihr bei ihrem Besuch am Kiosk zugesteckt hatte.

»Es ist so schön, dass du heute hier warst«, wandte sie sich Henning zu, als die Kinder gingen.

Sein Blick wurde ernst. »Ich habe hier in der Nähe Pastor Ehrenfried besucht. Er ist der Vater eines gefallenen Kameraden. Ich habe ihm Dinge gebracht, die Siegmund gehört haben. Auch wenn ich jetzt gerade wieder in eine völlig andere Welt eingetaucht bin, so liegen diese furchtbaren Ereignisse doch erst wenige Wochen zurück, und ich muss so oft an die Truppe draußen an der Front denken.«

Isa sah Henning an, wie nah ihm dieses Thema ging. »Siegmund? Erzähl mir von ihm.«

Henning lehnte sich mit verschränkten Armen auf das Mäuerchen. »Wir waren schon in der Kaserne auf der gleichen Stube, und er war mit mir und Raffael befreundet. Ein netter Kerl, der immer bemüht war, Streit zu schlichten. Obwohl er eigentlich sehr still war, konnte er sehr zornig werden, wenn jemand Raffael geärgert hat. Es war in Radymno, einer Kleinstadt in Galizien, wo er gefallen ist. Viktor hatte ihn wie immer in der Nachhut eingesetzt, doch er wurde von Granatsplittern getroffen. Als ich ihn unter den Toten entdeckte, trug er noch seine Brille, die ich nun seinem Vater gebracht habe …«

Henning konnte nicht weitersprechen, und Isa strich ihm beruhigend über den Arm. »Er wird sich vielleicht trotz allem gefreut haben, dass er ein Andenken an seinen Sohn bekommen hat.«

Henning nickte und wischte sich unauffällig über die Augen. Isa wusste, woran er dachte. Roman. War er auch gefallen, in irgendeinem Bombentrichter begraben?

Schweigend begann sie, die Tafeln und Bücher einzusammeln.

»Du leistest etwas Großartiges hier«, sagte er, während er ihr dabei half.

»Und du warst es, der mich auf diese Idee gebracht hat«, erwiderte sie. »Ohne dich hätte ich mir das gar nicht zugetraut.

Ach, Henning, es fehlt hier so viel, und der Krieg hat alles noch verschlimmert. Die Väter sind an der Front, die Mütter in den Fabriken und die Kinder müssen zu Hause mit anpacken und sich um kleinere Geschwister kümmern. Und dann noch die Lebensmittelknappheit! Mutter erzählt jeden Abend, dass sie den Kindern, die hungrig an den Kiosk kommen, etwas zu Essen zusteckt.«

»Ich weiß. Wir zahlen unseren Mitarbeitern schon überdurchschnittliche Löhne, doch gegen die Seeblockade kann auch ich nichts machen. Der gesamte Import ist zum Erliegen gekommen, und die Regale in den Geschäften bleiben leer.«

Sie stellte die Holzkisten, auf denen die Kinder gesessen hatten, zur Seite, und er half ihr dabei. »Da wäre noch etwas, was ich gern mit dir besprechen würde. Hans hatte da so eine Idee, die wir seit Tagen unten in der Küche diskutieren, doch wir wissen nicht, wie du darüber denkst.«

Er blickte sie interessiert an. »Und was?«

»Nun, es geht um den Garten hinter der Villa. Im Moment hat außer Silvia, die dort immer wieder mit ihrer Frauengruppe herumsitzt, niemand etwas von den Blumenbeeten. Hans, der ja von so etwas Ahnung hat, hat vorgeschlagen, dort einen kleinen Gemüsegarten anzulegen. Der Platz würde für ein paar Beete reichen, und auch an der sonnigen Hauswand könnte man Pflanzkübel aufstellen. Was sagst du dazu?«

»Ich bin ganz begeistert! Warum sind wir nicht schon früher darauf gekommen? Und vielleicht fällt davon auch was für die Kinder hier ab. Man müsste jeden Grünstreifen in der Stadt für so etwas nutzen.«

»Wenn es so weitergeht, wird es auch so kommen.«

Er ergriff ihre Hand. »Ich danke euch für diesen Vorschlag und werde heute Abend mit Hans alles besprechen. Aber vorher muss ich noch Raffael besuchen. Kommst du mit?«

Sie schüttelte den Kopf. »Nein, ich habe Vater versprochen, ihm mit den Bestellungen für den Kiosk zu helfen. Aber richte ihm schöne Grüße von mir aus.«

* * *

Bevor Henning in die Straßenbahn einstieg, kaufte er eine Zeitung, und während der Fahrt las er die Meldung über weitere Rückzugsbewegungen der russischen Armee im Osten. Die Deutschen standen nun oben im Norden bei Riga. An der Westfront tobte derweil die Schlacht bei Arras. Und wo war Roman?

Auf der Treppe des Mietshauses, in dem sich das Bezirksbüro der SPD befand, kamen ihm jede Menge Leute entgegen, die ihn zum Teil kannten und grüßten, und er schloss daraus, dass gerade ein Parteitreffen zu Ende war. Als er das Büro betrat, fand er Raffael im Hinterzimmer, wo er Unterlagen einsammelte.

»Henning!« Raffael kam ihm entgegen. »Nun haben wir uns drei Wochen lang nicht gesehen und es kommt mir vor wie eine Ewigkeit. Es vergeht kein Tag, an dem ich nicht an unseren Feldzug durch den Osten denken muss – an dich, die Kameraden und natürlich an Viktor, dem ich wohl mein Leben zu verdanken habe. Ich frage mich ständig, wie es ihnen allen wohl geht.«

»Ist bei mir genauso, Raffael. Ich komme gerade von Pastor Ehrenfried.«

»Oh.« Raffael machte ein betretenes Gesicht. »Wie geht es ihm?«

»Es ist sehr schwer für ihn. Siegmund war sein einziger Sohn.«

»Herrje, da werde ich ihn in den nächsten Tagen auch einmal besuchen. Ich habe das von deinem Bruder gehört und wäre schon vorbeigekommen, doch ich hatte Angst, ich störe nur. Bei dir geht es im Moment sicher drunter und drüber.«

»Du hättest nicht gestört.« Henning setzte sich an den Schreibtisch.

Raffael nahm ihm gegenüber Platz. »Aber du hast doch sicher viel zu tun. Isas Eltern haben mir alles erzählt, als ich an ihrem Kiosk war. Hat sich dein Vater ein wenig erholt?«

Henning seufzte. »Nein, Max ist nicht wiederzuerkennen. Er ist ein gebrochener Mann. Ich kümmere mich mehr schlecht als recht um die Firma und bräuchte in so vielen Dingen seinen Rat, doch er scheint jegliches Interesse an seinem Unternehmen verloren zu haben. Wenn Roman nicht wiederkommt, weiß ich nicht, wie lange er diese Ungewissheit überlebt.«

»So schlimm ist es?«

»Ja, ich denke, er empfindet eine Mitschuld an Romans Schicksal. Er glaubt nicht an seine Rückkehr.«

»Dann hast du sicher kaum noch Zeit, zu unseren Parteitreffen zu kommen.«

Henning seufzte. »Sie fehlen mir, und ich würde gern wieder teilnehmen. Aber das kann ich nur, wenn ich Unterstützung in der Firma bekomme. Dein Urlaub geht doch bald zu Ende, was hast du danach vor? Kasernendienst? Fabrik?«

»Was für eine Frage! Da man mich nicht auf neue Rekruten loslassen sollte, bleibt mir wohl nur, in einer Fabrik Granaten zu befüllen oder Zünder zusammenzubauen. Die Schwarzmann AG will mich haben.«

Henning schüttelte den Kopf. »Kommt nicht infrage. Du fängst bei mir an.«

»Und welchen Unterschied sollte das machen? Bei dir würde ich die gleiche Arbeit verrichten.«

»Würdest du nicht. Ich brauche einen Assistenten.«

Raffael war verblüfft. »Einen Assistenten?«

»Genau. Ich weiß zwar, dass man dich nicht in die Nähe von Schreibmaschinen lassen darf, aber einen klugen Kopf wie dich kann ich nicht in der Fabrikhalle versauern lassen. Wann kannst du anfangen?«

»Heute.«

Henning schmunzelte. »Das wollte ich hören. Allerdings nur unter einer Bedingung.«

Raffael hob skeptisch die Augenbrauen. »Und die wäre?«

»Wir laufen wieder samstagmorgens durch den Volkspark und gehen einmal wöchentlich trainieren.«

»Du Unmensch!«, brauste Raffael auf. »Ich muss nicht mehr an die Front. Warum soll ich mich noch schinden?«

»Warum? Weil ich immer noch auf den Tag warte, an dem du mich im Ring schlägst.«

Raffael schüttelte lachend den Kopf. »Dann warte weiter.«

* * *

»Und wo brauchst du nun meine Hilfe?«, fragte Raffael, als er am nächsten Tag in seinem Anzug, den er immer in der Uni getragen hatte, Henning in dessen Büro gegenübersaß.

Henning machte eine umfassende Handbewegung, die das gesamte Gebäude einschloss. »Eigentlich überall. Du musst mich hier in der Verwaltung unterstützen, weil ich gar nicht alle anstehenden Termine persönlich wahrnehmen kann, aber ganz besonders brauche ich dich als Kontaktperson zur Arbeiterschaft.«

»Ich soll also die Werke besuchen?«

»Ja. Ich muss wissen, wie die Stimmung unter den Arbeitern ist. Aufgrund des Arbeitskräftemangels springen sie sofort ab, wenn irgendeine Firma ihnen ein paar Pfennige mehr zahlt, und wir verlieren wichtige Leute. Dem müssen wir entgegenwirken. Vater hat darauf viel zu wenig geachtet.

Schau dir das an!« Er deutete auf einen Zettel, der vor ihm auf dem Schreibtisch lag. »Ich bin ratlos. Fünf neue Kündigungen, und ich weiß nicht, warum. Unsere Gehälter liegen über dem Durchschnitt, unsere Sicherheitsvorkehrungen übertreffen die gesetzlichen Auflagen – warum gehen die Leute?«

Raffael stand auf und trat ans Fenster. »Weil sie essen wollen. Weil sie Hunger haben. Weil es nicht mehr genügend Lebensmittel zu kaufen gibt. Brot ist mittlerweile rationiert und nur noch auf Bezugsscheine erhältlich. In der Landwirtschaft fehlen Arbeitskräfte, das Militär hat den Bauern die Pferde weggenommen, und durch die Seeblockade können keine Düngemittel mehr eingeführt werden – das hat zu schlechten Ernten geführt.« Er wandte sich zu Henning um. »Ich kann dir sagen, warum dir die Arbeiter weglaufen. Ich weiß von meinem Vater, dass sie bei der Schwarzmann AG ihre Belegschaft bei der Stange halten, indem sie ihr Lebensmittel besorgen.«

»Lebensmittel?« Henning fuhr sich nachdenklich übers Kinn. Natürlich hatte sich auch in ihrem Haus die Küche anpassen müssen, doch seine Familie war in der Lage, horrende Preise zu zahlen, um keine Not leiden zu müssen. Aber seine Arbeiter konnten das nicht. Raffael hatte recht, und im Stillen beglückwünschte er sich selbst für seine Entscheidung, ihn eingestellt zu haben. Er war genau der Richtige für die Position, in der er ihn haben wollte. Durch sein politisches und gewerkschaftliches Engagement war er geradezu prädestiniert, um als Mittler zwischen der Belegschaft und der Firmenleitung aufzutreten. Und sein Redetalent würde dabei voll zum Einsatz kommen.

»Ich bin froh, dass du hier bist, Raffael. Zusammen mit dir werde ich hoffentlich die ersten Schritte in die Richtung einleiten können, in die ich die Firma meines Vaters lenken möchte. Und dafür brauche ich zufriedene Arbeiter. Du musst bitte nach Mariendorf auf Ednas Hof fahren und mit ihr verhandeln, was sie und die anderen Bauern uns von ihrer Ernte verkaufen würden, damit wir es an die Arbeiter weitergeben können. Und nun komm mit, ich mache dich mit den wichtigsten Leuten hier im Haus bekannt.« Er stand auf und durchquerte das Büro. »Und da ist noch etwas. Du musst Autofahren lernen, denn du kannst nicht immer mit der Straßenbahn von einem Termin zum anderen pendeln.«

»Aber du kannst es doch auch nicht, oder?«, fragte Raffael.

Henning seufzte. »Ja, ich muss es auch lernen; ich weiß bloß nicht, wann. Dabei habe ich so schon kaum mehr Zeit für Isa. Mittlerweile frage ich mich manchmal, ob ...«

»Ob was?«

Er seufzte. »Ach, nichts.«

Kapitel 20

Der milde Oktober war in einen nassen November und einen klirrend kalten Dezember übergegangen. Der Gemüsegarten hinter der Villa lag unter einer glitzernden weißen Schneedecke, und immer, wenn Isa daran vorbeiging, dachte sie an den unermüdlichen Eifer der Angestellten, die hier wochenlang von früh bis spät gewerkelt hatten, um Salat- und Gemüsebeete anzulegen. Sie war schon im Morgengrauen gekommen, hatte gegraben, geharkt, gepflanzt und gesät, und in dieser Zeit hatte sie Hennings Angebot, in der Villa zu übernachten, mehrmals dankbar angenommen, wenn sie abends zu müde gewesen war, um noch nach Hause zu laufen.

Als Isa sich von Lotta verabschiedet und an der Garderobe ihren Mantel geholt hatte, schweiften ihre Gedanken ab zu Henning. Seit Tagen hatte sie ihn kaum mehr zu Gesicht bekommen. Übermorgen war Weihnachten, der Jahresabschluss in der Firma stand vor der Tür, und er kam immer erst spät nach Hause. Dabei hätte sie so gern wieder einmal ein paar Stunden mit ihm verbracht.

Nun würde auch Viktor bald nach Hause kommen, dachte sie, als sie ihren Schal um den Hals schlang. Das hatte er ihr in einem Dankesbrief für die Fotografie mitgeteilt, den er einem

Kameraden diktiert hatte: »Was für eine schöne Idee, Isa, ich freue mich sehr. Ja, wir werden über alles reden, ich komme bald zurück, spätestens an Weihnachten bin ich wieder da.«

Als sie in den winterlichen Garten hinaustrat, hielt sie überrascht inne. Denn da stand Henning, rieb sich die Hände in der Kälte und lächelte sie an.

»Bist du bereit für einen kleinen Ausflug?«, fragte er.

Sie riss die Augen auf. »Einen Ausflug? Jetzt? Wohin?«

Er lachte. »Lass dich überraschen!«

Sie durchquerten den Garten, und Isa wunderte sich, als vor der Villa keine Droschke stand, sondern nur der Wagen der Wittmanns. Würde Hans sie fahren? Doch Henning öffnete ihr die Beifahrertür, machte sich vorn an der Kühlerhaube an der Kurbel zu schaffen, und als der Motor lief, stieg er auf der Fahrerseite ein und setzte sich hinter das Steuer.

Isa sah ihn verblüfft an. »Du fährst Auto?«

»Ja!« Der Stolz in seiner Stimme war nicht zu überhören, als er den Wagen auf die Straße lenkte und sich in den fließenden Verkehr einfädelte. »Raffael auch. Wir haben es beide gelernt, deshalb konnte ich dich in der letzten Zeit so selten nach Hause bringen. Das will ich heute wiedergutmachen.«

Es war schön, ihn in so gelöster Stimmung zu erleben. »Und du hast mir nichts davon gesagt?«

»Nein. Ich wollte dich überraschen.«

»Das ist dir gelungen. Wo fahren wir hin?«

»Du wirst es gleich erraten.«

Er fuhr auf die Neue Königstraße, doch anstatt auf den Alexanderplatz abzubiegen, wie sie erwartet hatte, schlug er den direkten Weg zum Scheunenviertel ein.

»Henning, was hast du vor? Du kennst doch dort gar niemanden.«

»Doch. Ich kenne Eva und Gundi, Oskar und Emma und wie sie alle heißen.«

Isa verstand nur Bahnhof. »Und die willst du jetzt, am Abend, besuchen?«

Er lachte. »Nein. Aber ist nicht übermorgen Weihnachten? Schau doch mal auf die Rückbank.«

Isa drehte sich um und entdeckte zwei große Körbe, die vollgepackt waren mit Päckchen und Paketen. Sie brauchte einen Moment, um das zu verstehen. »Du hast Geschenke gekauft? Aber das sind weit mehr als für die Handvoll Kinder, denen ich bei den Hausaufgaben helfe! Oh, Henning, wenn du jetzt nicht Auto fahren müsstest, würde ich dir auf der Stelle um den Hals fallen.«

Er schmunzelte. »Das können wir später gern nachholen.«

Sie erreichten Isas ehemaliges Mietshaus, und Henning hielt den Wagen an.

»Was hast du gekauft?«, wollte Isa wissen, als Henning die Körbe von der Rückbank holte.

»Das, was wohl am meisten fehlt. Lebensmittel, und natürlich ein paar Spielsachen. Was denkst du, bei wem wir die Sachen abgeben können?«

»Bei Anna. Sie wird sie dann morgen verteilen. Sie weiß, wo die Kinder wohnen und wer die Dinge am dringendsten braucht.«

Isa freute sich unbändig über Annas überraschtes Gesicht, als ihre Freundin ihnen die Tür öffnete.

»Was für eine Überraschung! Danke, Herr Wittmann, damit bereiten Sie vielen hier eine große Freude. Ich weiß gar nicht, was ich sagen soll!«

»Sie müssen mir nicht danken, Frau Thalberg, ich wünsche Ihnen ein frohes Fest.«

»Ihnen auch, Herr Wittmann, und dir und deiner Familie, Isa. Komm doch bald mal wieder vorbei!«

»Gern!«, versprach sie.

»Herr Wittmann!«, rief Anna noch, und Henning drehte sich zu ihr um.

»Ich hoffe und bete, dass Ihr Bruder doch noch gesund zurückkehrt.«

Henning wirkte tief berührt. »Danke, Frau Thalberg. Das hoffen wir auch.«

»Wenn wir nur öfter ein bisschen Zeit miteinander verbringen könnten«, stellte Isa sehnsüchtig fest, als sie wieder im Wagen saßen und Henning den Weg zu ihrer Wohnung einschlug.

Er warf ihr einen Seitenblick zu. »Dafür müsste Vater endlich wieder gesund werden. Er hat noch immer keinen Fuß in die Firma gesetzt. Allerdings hat er so auch noch nicht die Nachricht über Therese erfahren, die ihn wahrscheinlich schockieren wird.«

Isa wusste nicht, was er meinte. »Romans Verlobte? Was ist mit ihr?«

»Romans Ex-Verlobte«, gab er bitter zurück. »Nicht einmal drei Monate hat sie abgewartet, ob von Roman nicht doch noch ein Lebenszeichen kommt, und hat sich nun einem anderen versprochen. Im Frühjahr soll die Hochzeit sein.«

Isa sah ihn betroffen an. »Tatsächlich? Und wer ist der Glückliche?«

»Der Bankier Wilhelm Blankenbach.«

»Und wie hast du es erfahren? War Therese wenigstens persönlich da?«

Henning schüttelte den Kopf. »Nein. Sie war so dreist, uns eine Verlobungsanzeige mit der Post zu schicken. Gut, dass Hans den Brief abgefangen und nicht an Vater weitergegeben hat. Kein persönliches Wort stand darin, um ihren Schritt zu erklären.«

»Das wird für Max ein schwerer Schlag werden.«

»Oh ja, und daher sollte er es erst nach Weihnachten erfahren. Übermorgen ist es ja schon so weit, und wenn ich ehrlich bin, graut mir davor.«

»Weil das Fest ohne Roman stattfinden wird?«

Er nickte. »Wir werden nicht zu Hause feiern, denn da würde uns alles an ihn erinnern – das war sein Lieblingsessen, den Wein hat er gern getrunken, diese Schallplatte hat er immer aufgelegt.«

»Ich verstehe, was du meinst. Was hast du geplant?«

»Es gibt ein Orgelkonzert um zwanzig Uhr im Dom, vor dem Weihnachtsgottesdienst, und Silvias Eltern haben uns eingeladen. Und irgendwann ist jeder Abend einmal vorbei.«

Isa runzelte die Stirn. »Du willst, dass Weihnachten einfach so vorbeigeht?«

»Ja, genau das will ich.« Seine Stimme klang resigniert. Sie waren bereits in der Georgenstraße angekommen, und Henning hielt den Wagen an. »Ich weiß nicht, wie man feiert, wenn man gleichzeitig traurig ist.«

»Oh, Henning«, murmelte sie betroffen und griff nach seiner Hand. »Ich wäre so gern noch mehr für dich da, und da ist so viel, was ich dir sagen möchte, doch ich brauche noch ein bisschen Zeit.«

Im Schein der Laterne, unter der sie parkten, sah sie das Aufleuchten in seinen Augen.

»Meine Eltern haben Viktors Mutter, Paula und Tine für den Heiligen Abend eingeladen, und ich glaube, dass auch Viktor nach Hause kommt.«

Er nickte. »Du hast alle Zeit der Welt.« Dann warf er ihr einen verschmitzten Blick zu. »Aber da war noch etwas, was du mir vorhin versprochen hast, erinnerst du dich?«

Lächelnd beugte sie sich zu ihm hinüber, schlang ihre Arme um ihn und zog ihn an sich. »Danke für den schönen Abend, Henning.«

* * *

Weihnachten, dachte Henning, als er zwei Tage später ins Arbeitszimmer ging, um nach der Post zu schauen. Der schlimmste Tag im Jahr, wenn man um einen Menschen trauerte. Auf dem Schreibtisch fand er einen Brief von Mutter vor, und allein schon ihre Handschrift zu sehen tat gut. Er hatte ihr die traurige Nachricht über Roman geschrieben und konnte sich schon denken, was sie antwortete. Er setzte sich in den Sessel und begann zu lesen.

Mein geliebter Henning! Die Nachricht, dass Roman vermisst wird, hat mich tief getroffen. Die ganze Familie bangt um ihn und wir beten, dass es doch noch ein Lebenszeichen von ihm geben wird. Roman hat mir geschrieben, mehrmals bereits, und ich habe mich schon so auf ein Wiedersehen nach dem Krieg gefreut. Und nun das!

Was tut dieser Krieg uns an! Bitte nimm Lotta von mir in die Arme; ich habe unten ein paar Zeilen für sie angefügt. Ich wäre jetzt so gern bei euch, um diese Trauer mit euch zu tragen, und seid gewiss, dass ihr immer in meinem Herzen seid.

Ich habe dir noch einen Brief an Max beigelegt, und wenn du es für richtig hältst, dann gib ihn ihm bitte. Was auch immer zwischen uns stehen mag, wir sind Romans Eltern, und ich möchte ihm in dieser Stunde zu verstehen geben, dass er in seinem Schmerz nicht allein ist.

Er schaute noch einmal in das Kuvert und entdeckte den zweiten Briefbogen. »Max« stand mit zierlicher Schrift darauf. Er überlegte nicht lange und begab sich damit in das Schlafzimmer seines Vaters, wo er ihn in seinem Sessel vor dem Fenster sitzend antraf.

»Vater, ich habe einen Brief für dich.«

Max schüttelte den Kopf. »Ich will keine Briefe lesen. Von niemanden.«

»Ich glaube, diesen schon.«

»Warum? All diese nichtssagenden Worte! Wer könnte mir denn in dieser Stunde, in der ich um Roman trauere, Trost spenden?«

»Nur der Mensch, der heute genauso leidet wie du. Romans Mutter.«

Max blickte betroffen auf. »Alice?« Mit zitternder Hand griff er nach dem Brief und las mit brennenden Augen die Zeilen, die Alice ihm geschrieben hatte. Und mit einem Mal lösten sich endlich die Tränen, von denen Henning wusste, dass Max sie schon so lange in sich verschlossen hatte. Er ging in die Hocke und legte die Arme um seinen Vater, der an seiner Schulter weinte.

Als Max sich wieder beruhigt hatte, richtete Henning ihn auf. »Vater, du musst dich jetzt langsam fertig machen. Du weißt doch, die Einladung bei Silvias Eltern.«

Max nickte. »Ja, du hast recht. Auch wenn ich am liebsten gar nicht feiern möchte, aber das können wir Lotta nicht antun. Sie soll ein Weihnachtsfest haben.«

Henning suchte sein Zimmer auf und warf einen nachdenklichen Blick aus dem Fenster. Er stellte sich Isa vor, wie sie gerade in der neuen Wohnung das Fest vorbereitete, und ein untrügliches Gefühl sagte ihm, dass Viktor dabei sein würde. Wie würde das Gespräch zwischen den beiden verlaufen?

Es war nicht schwer, sich Viktors Argumente auszumalen, die ja auf der Hand lagen: Henning konnte nicht mehr zu seinem Wort stehen, sich von seiner Familie zu lösen, im Gegenteil. Er musste die Firma leiten und hatte kaum mehr Zeit für Isa.

»Sollten nicht eher Sie sich fragen, ob Sie Isa glücklich machen können, Herr Wittmann?«, hatte Viktor ihm an der Front an den Kopf geworfen. Ja, das fragte er sich unablässig, seitdem die Schreckensnachricht über Roman eingetroffen war. Und er hatte keine Antwort darauf.

»Ich weiß nur, dass ich dich liebe, Isa«, murmelte er vor sich hin. »Und dass ich alles tun würde, um dich glücklich zu machen. Doch die Entscheidung liegt bei dir.«

* * *

Aus der Küche kam ein herrlicher Duft, und Mutter, die in den Töpfen rührte, summte Lieder vor sich hin.

Isa deckte im Wohnzimmer den Tisch, und Moritz holte Gläser aus der Vitrine.

»Wie viele brauchen wir?«, fragte er.

»Sieben. Nein, acht, falls Viktor dabei sein sollte«, antwortete Isa.

Moritz redete noch weiter, doch Isa hörte ihm nicht mehr richtig zu. Eine seltsame Unruhe hatte sie erfasst, seit sie sich vor zwei Tagen vor dem Haus von Henning verabschiedet hatte. Als hätte sie etwas Wichtiges übersehen.

»Was ist denn los, Isa?«

Es war Vaters Stimme, die sie aus ihren Gedanken riss. Sie hatte ihn gar nicht ins Zimmer kommen hören.

»Ich weiß nicht, mir ist gerade aufgegangen, dass dies ein ganz schwieriger Tag für die Wittmanns ist. Was, wenn Henning meine Hilfe bräuchte?«

»Feiert er nicht mit seiner Familie?«

»Doch, und trotzdem mache ich mir Sorgen. Er sprach von einem Orgelkonzert im Dom, und dass seine Familie bei Silvias Eltern eingeladen ist. Aber das passt nicht zusammen, denn Silvias Verwandte wohnen draußen in Potsdam, und zudem kann Henning ihre Familie nicht ausstehen.«

»Du denkst, er ist allein? An Heiligabend?«

Sie nickte.

»Willst du zu ihm gehen?«

»Du meinst jetzt?«

»Ja, Isa, jetzt.«

»Aber es ist das erste Weihnachtsfest in der neuen Wohnung und gleich treffen unsere Gäste ein.«

Er nahm ihr das Besteck aus der Hand und sah sie eindringlich an. »Isa, du denkst immer nur an andere. Aber es geht hier um dich.«

»Und Viktor? Was, wenn er kommt?«

In diesem Moment war die Türglocke zu vernehmen. »Das wird sich gleich herausstellen.«

Mutter öffnete bereits die Eingangstür, und Isa hörte, wie sie mit herzlichen Worten Frida Jansen, Paula, Tine und Viktor begrüßte.

»Er ist da«, wisperte sie Vater zu. »Was soll ich jetzt tun?«

Karl legte ihr beruhigend die Hand auf den Arm. »Erklär ihm alles.«

Isa nickte und ging in den Flur, wo sie alle begrüßte. Sie freute sich, Viktor nach so langer Zeit endlich wiederzusehen, doch sie fühlte sich zugleich befangen und wusste nicht, was sie sagen sollte. Wie fasste man in Worte, wenn es zwar innige Zuneigung und tiefe Freundschaft gab, jedoch tatsächlich nicht mehr? »Endlich bist du wieder da«, brachte sie schließlich heraus und versuchte ein Lächeln. »Du warst so lange fort.«

»Ja, eine halbe Ewigkeit«, antwortete er.

Während Vater alle ins Wohnzimmer führte, blieb Viktor mit ihr im Flur stehen. An seinen hochgezogenen Augenbrauen erkannte sie, dass er etwas ahnte. Natürlich tat er das. Wenn es jemanden gab, der sie kannte, dann Viktor, und er spürte, dass sie anders war als sonst.

»Viktor«, begann sie und rang die Hände. »Ich muss dir etwas sagen.«

»Ja?«

Er lehnte sich an die Kommode, und wie er so dastand, brachte sie plötzlich kein Wort mehr heraus. Wie oft hatte sie ihm ihr Herz ausgeschüttet, war mit all ihren großen und kleinen Sorgen zu ihm gekommen, und er hatte alles wieder in Ordnung gebracht. Und heute würde sie ihn zurückweisen. Doch noch während sie nach den richtigen Worten suchte, begann er mit leiser Stimme zu sprechen.

»Isa, ich habe Monate gebraucht, um Henning zu sagen, dass ich bereit bin, die Verlobung zu lösen. Denn ich wusste, dass du ihn wählen würdest. Das hast du bereits am Alexanderplatz getan. Schon damals hast du immerzu auf ihn gewartet.«

Sie sah auf. In seinem Blick lag so viel. Die Erinnerung an gemeinsame Erlebnisse, Enttäuschung, Verletzung – und Liebe.

Isa wurde das Herz schwer. Viktor liebte sie mehr, als sie geahnt hatte. Doch er wusste, dass ihr Herz einem anderen gehörte. Jemandem, den sie mehr liebte als ihn.

»Ja, ich habe auf ihn gewartet, und ich habe das Gefühl, dass er heute allein ist und ich nach ihm schauen muss. Kannst du das verstehen?«

Er nickte bedächtig. »Man kann sich nicht aussuchen, wen man liebt, oder?«, fragte er, und seine Stimme war kaum mehr als ein Flüstern. »Wenn du dir sicher bist, dann solltest du jetzt gehen.«

Isa kamen die Tränen. Sie biss sich auf die Unterlippe. »Und was heißt das jetzt, Viktor? Sind wir nun keine Freunde mehr?«

Er kam auf sie zu, fasste sie an den Schultern und sah ihr tief in die Augen. »Wie kommst du denn darauf? Du wirst immer meine beste Freundin bleiben. Doch es wird anders sein als früher, denn du gehörst jetzt zu ihm.« Nun liefen ihr Tränen über das Gesicht, die er mit dem Daumen wegwischte. »Aber wenn er dich irgendwann einmal schlecht behandelt, dann gnade ihm Gott. Dann komme ich mit der Kavallerie.«

Sie mussten beide lachen. Isa sah ihn an und konnte kaum glauben, dass er sogar in dieser Situation noch einen Scherz machte, damit sie nicht traurig war. Aber so war er, der Viktor, den sie kannte. Und den sie auf ihre Art auch liebte.

Es war kurz vor zwanzig Uhr, als Isa vor der mächtigen Fassade des Berliner Doms auf und ab ging. Wo blieb Henning? Sie hatte den netten Herrn am Eingang, der die Eintrittskarten kontrollierte, gefragt, ob sie im Kircheninneren nach ihm suchen dürfe, und er hatte es ihr gestattet. Sie war die Reihen der Kirchenbänke abgegangen, ohne ihn irgendwo zu entdecken, und nun wartete sie vor dem Gotteshaus auf ihn. Wo war er? Hatte er doch seine Familie nach Potsdam begleitet? War sie umsonst gekommen? Sie wandte den Kopf – und da sah sie ihn im Schein der Laternen kommen. Die Hände in den Taschen vergraben, den Kopf gesenkt, als wäre er in Gedanken, lief er auf dem verschneiten Gehsteig auf das Kirchengebäude zu. Als er nur noch wenige Schritte von ihr entfernt war, hob er den Blick und entdeckte sie. Er blieb stehen und sah sie mit einer Mischung aus Erstaunen und Sehnsucht an, und ihr Herz klopfte schneller, als der Anflug eines Lächelns über sein Gesicht huschte.

»Isa? Du hier?«

Sie rang die Hände. »Ja, ich habe dich gesucht. Ich musste einfach kommen, als mir klar wurde, dass du deine Familie nicht nach Potsdam begleiten würdest. Warum hast du mir nicht gesagt, dass du heute Abend allein bist?«

Er zuckte die Achseln. »Weil du mit deiner Familie feiern wolltest. Und ...«

»Ich habe mit Viktor geredet.«

Er zögerte. »Und was hast du ihm gesagt?«

Verstand er denn gar nichts? Sie lächelte ihn an. »Henning. Musst du das wirklich noch fragen?«

Nein, das musste er offensichtlich nicht. Seine Augen leuchteten auf, als er auf sie zukam und sie in den Schatten des Gebäudes zog. »Endlich«, flüsterte er und drückte sie an sich. Seine warmen Lippen küssten ihre kalte Stirn, ihre Wangen, ihren Mund, und Isa erwiderte überglücklich seinen Kuss. Sie vergaß, wo sie sich gerade befanden, hörte nicht die Schritte der Passanten, die wahrscheinlich kopfschüttelnd an ihnen vorübergingen, und spürte nicht die Winterkälte, denn es gab nur noch Henning, der sie festhielt, als wollte er sie nie mehr loslassen.

»Isa, ich bin so glücklich«, murmelte er irgendwann. »Ich hatte Angst, nach Roman auch noch dich zu verlieren, weil doch nun – ohne ihn – alles anders geworden ist.«

Sie schüttelte den Kopf. »Nichts ist anders. Die Umstände sind andere geworden, aber nicht wir beide. Du und ich, Henning, wir gehören doch zusammen. Ich hätte es dir schon am Tag deiner Rückkehr anvertrauen können, als du sagtest, ich hätte eine Wahl, denn mein Herz hatte schon längst dich gewählt. Doch das hätte sich Viktor gegenüber falsch angefühlt.«

Er nickte und legte seine Stirn an ihre. »Das verstehe ich. Aber nun wird sich nichts mehr zwischen uns schieben«, versprach er. »Sobald es Vater wieder besser geht, werde ich mit ihm über uns reden.«

Sie vernahmen gedämpfte Orgelmusik, die aus dem Kircheninneren nach außen drang.

»Wollen wir hineingehen?«

»Ja, gern.«

Henning erstand bei dem Herrn an der Kasse noch eine Karte für Isa, dann schlüpften sie in eine der letzten Bänke. Die Musik von Bach erfüllte das Gotteshaus, und immer wieder trafen sich ihre Blicke. Auch wenn er es nicht aussprach, so wusste Isa doch, dass Henning gerade das Gleiche dachte wie sie: Sie waren wieder ein Paar, und dieses Mal war es für immer. Henning wirkte erleichtert, wie am Ende eines Kampfes, den er gewonnen hatte, und Herrn Magnussons Worte aus seinem Abschiedsbrief kamen ihr in den Sinn: »Er kämpft um noch jemanden, Isa, und zwar um dich.« Nun würde auch der Wunsch ihres väterlichen Freundes in Erfüllung gehen, denn sie hatte sich für den Mann entschieden, dem schon so lange ihr Herz gehörte.

Henning beugte sich zu ihr. »Ich hatte Angst vor diesem Abend«, flüsterte er ihr zu. »Doch du hast ihn zu einem unvergesslichen Weihnachtsfest gemacht.«

»Mit dir zusammen ist jeder Moment unvergesslich«, antwortete sie ebenso leise.

Er lächelte sie an, dann wurde er ernst. »Wenn du bei mir bist, werde ich auch das Schwerste überstehen.«

Sie musste schlucken, denn sie wusste, was er meinte. Er sprach von dem Moment, in dem sie erfahren würden, was Roman zugestoßen war. Und mit jedem Tag, der verging, wuchs ihre Sorge, dass dieser Moment keine guten Nachrichten bringen würde.

* * *

Drei Monate Kriegsgefangenschaft. Drei Monate hinter Stacheldraht, in einer kargen Lagerbaracke, bei Regen und Schnee, bei Eintopf und Zwieback, bei Arbeit im Gleisbau für eine neue Eisenbahnstrecke. Und nie hatte Roman seine Familie mehr vermisst als heute, an Heiligabend.

Er und eine Handvoll Männer waren Ende September bei einer Aufklärungsmission in der Nähe von Arras in einen Hinterhalt geraten, der drei von ihnen das Leben gekostet hatte. Den vierten Kameraden, der mittlerweile an einer Lungenentzündung gestorben war, hatte er vor einer Woche beerdigt, auf dem Friedhof vor dem Lager.

Nach der Gefangennahme waren sie tagelang bei Wind und Wetter in südwestliche Richtung marschiert, bis sie dieses Kriegsgefangenenlager bei Rouen in der Normandie erreicht hatten. Überzeugt davon, unterwegs eine Möglichkeit zur Flucht zu finden, hatte Roman versucht, sich den Weg einzuprägen, doch mit jedem Kilometer, den sie sich von den deutschen Einheiten entfernt hatten, war seine Hoffnung auf Rückkehr gesunken. Mittlerweile war ein Vierteljahr vergangen, und er wusste nicht einmal mehr, wo die Front gerade verlief.

Ihn, einen Offizier, hatten die Franzosen in den ersten Tagen ständig verhört. Wo sich die deutschen Stellungen befänden, wie stark ihre Artillerie sei, welches Gas die Deutschen gerade für den Kriegseinsatz entwickelten. Er hatte vorgegeben, kein Französisch zu verstehen, obwohl er die Sprache dank des Unterrichts bei Doktor Schreiber sogar ausgezeichnet beherrschte. Als sie dann einen Übersetzer herbeigebracht hatten, hatte Roman begonnen, sie hinters Licht zu führen. Er hatte von deutschen Armeen fabuliert, die es gar nicht gab, von Truppenstärken, über die sie nicht verfügten, von Kampfstoffen, die er aufgrund seines Wissens aus der eigenen Fabrik ziemlich glaubhaft erfunden hatte. Zuerst hatten die Franzosen die Augen aufgerissen und waren in Hektik verfallen, bis sie irgendwann behauptet hatten, er sei *fou*, verrückt. Von da an hatte es keine Rolle mehr gespielt, dass er Offizier war. Er hatte mit den Arbeitskolonnen mitziehen müssen, um Eisenbahnschienen zu verlegen. Im Herbst bei Regen und Schlamm, und jetzt, im Winter, bei Eis und Schnee. Er bekam genügend zu essen und wurde nicht misshandelt, denn offenbar hielt man sich hier an die Vorschriften der Haager Landkriegsordnung, doch es verging kein Tag, an dem er nicht die Augen und Ohren offenhielt, um eine Möglichkeit zur Flucht zu finden. Die wollte allerdings wohlüberlegt sein, denn in diesem Punkt fackelten die Wachsoldaten nicht lange. Roman hätte unter so manchen Namen auf den Kreuzen drüben auf dem Friedhof den Zusatz schreiben können: »Auf der Flucht erschossen.«

Der Tag heute setzte ihm zu. Auch wenn sich jeder in der Baracke bemühte, keine allzu wehmütige Stimmung aufkommen zu lassen, so nahmen ihn die Weihnachtslieder, die die Männer um ihn herum sangen, doch sehr mit. Als sie bei »Stille Nacht« angelangt waren, nahm er seine Jacke und verließ die zugige Behausung. Er ging nicht weit, denn bei Nacht durfte er nur den Weg zur Latrine einschlagen, wenn er nicht den Argwohn der Wachen erregen wollte. Er brauchte etwas frische Luft. Was hätte er jetzt für einen Drink gegeben!

Einer der Wachmänner kam auf ihn zu. Es war dieser junge Franzose, Matthieu, ein unerfahrener Soldat, der erst seit Kurzem hier Dienst tat. Er war freundlicher als die anderen, wechselte immer wieder mit den Gefangenen ein Wort, und Roman bemühte sich bei jeder Gelegenheit, sein Vertrauen zu gewinnen.

»Joyeux Noël«, sagte der Franzose. Roman wusste, dass er ihm gerade Frohe Weihnachten gewünscht hatte, doch er stellte sich dumm. Er hatte schon viele nützliche Informationen aufgeschnappt, da niemand ahnte, dass er die Sprache des Feindes verstand, und statt zu antworten hob er auch jetzt nur fragend die Hände. Der Franzose runzelte nachdenklich die Stirn, dann nickte er zu der Baracke, in der die Männer noch immer sangen, und summte das Lied mit. »Stille Nacht« sang man wohl in vielen Ländern.

Roman lachte. »Ah, verstehe, ich wünsche dir auch ein frohes Weihnachtsfest, Matthieu.«

Der Soldat nickte, holte eine Schachtel aus der Tasche und zündete sich eine Zigarette an. Er fing Romans begehrlichen Blick auf, zog noch eine zweite Zigarette aus der Packung und hielt sie ihm hin.

Roman lächelte ihn dankbar an. »Du rettest mich heute Abend.«

Der Franzose schien den Sinn seiner Worte verstanden zu haben, denn er lächelte zurück.

»Familie?«, fragte Roman, wohlwissend, dass das französische Wort fast genauso ausgesprochen wurde.

»Ma femme est seule aujourd'hui.« Matthieu hob die Hand, an der ein Ehering schimmerte, und zog bedauernd die Schultern hoch. Er hatte also eine Frau, die heute ohne ihn feiern musste. »Et toi?« Er deutete fragend auf Roman, der mit einem Kopfschütteln seinen Finger zeigte, den kein Ring zierte. Dann legte er die Hand auf sein Herz, um dem Franzosen zu signalisieren, dass er zurückwollte zu den Menschen, die er liebte.

Matthieu nickte verständnisvoll. Dann blickte er kurz über die Schulter, drückte Roman die Zigarettenschachtel und die Streichhölzer in die Hand und ging weiter.

»Cette putain de guerre!«, hörte Roman ihn noch vor sich hin schimpfen. Dieser verdammte Krieg!

Roman zog gierig an seiner Zigarette und schaute ihm nach. Dann blieb sein Blick wieder an dem Zaun und dem Stacheldraht hängen. Er wollte seine Freiheit zurück, wollte hier raus, nach Hause! Aber dafür brauchte er die Hilfe anderer, wenn nicht auch sein Name auf einem Kreuz drüben auf dem Friedhof stehen sollte. Dafür brauchte er Matthieu.

Er wandte sich wieder der Baracke zu. »Christ der Retter ist da«, sangen seine Kameraden, als er die Tür öffnete. Tränen stiegen ihm in die Augen, als er an die Menschen zu Hause dachte, die heute Weihnachten feierten – an den Baum in der Halle, das Essen auf dem Tisch, die Familie im Salon, die eine Schallplatte hörte. Er sah sie alle vor sich – Max, Silvia, Henning und Lotta – und wusste, dass sie an ihn dachten, sich fragten, wo er war, und um ihn trauerten. Auch Therese kam ihm in den Sinn, doch ihr Bild verblasste neben der Erinnerung an das Lächeln einer anderen Frau, das ihn bei ihren wenigen Begegnungen ins Herz getroffen hatte. Anna. Er konnte sie nicht vergessen, hatte seither jeden Tag an sie gedacht. Hätte er ohne die Hoffnung, sie wiederzusehen, die Strapazen der Gefangenschaft bisher überlebt?

»Frohe Weihnachten«, flüsterte er in die Dunkelheit der Nacht hinein, bevor er die Baracke betrat und die Tür hinter sich zufallen ließ. Er setzte sich zu seinen Kameraden, die heute genauso einsam waren wie er.

1916

Kapitel 21

Henning schob die Papiere auf seinem Schreibtisch zusammen, zog sein Jackett über und eilte die Treppe hinunter ins Speisezimmer, wo Max noch immer am Frühstückstisch saß. Er war spät dran, denn er hatte noch bis spät in der Nacht Unterlagen studiert. Auch wenn sein Vater seit einigen Wochen wieder stundenweise mit ins Büro kam, hing die meiste Arbeit nach wie vor an ihm.

Er schenkte sich eine Tasse Tee ein, die er im Stehen trank, und biss dabei von einer Scheibe Weißbrot ab.

»Vater, wir müssen los.«

Max nickte, legte seine Serviette zur Seite und erhob sich.

Es ging ihm deutlich besser, stellte Henning mit einem Blick auf seinen Vater zufrieden fest. Die dunklen Herbsttage und das Weihnachtsfest hatten ihn noch einmal zurückgeworfen, doch mit dem Frühling war sein Lebenswille zurückgekehrt. Und noch immer hoffte er Tag für Tag auf eine Nachricht von Roman.

Henning wischte sich mit der Serviette über den Mund, griff nach seiner Aktentasche und verließ mit Max den Raum.

In der Eingangshalle kam ihnen Isa entgegen. Sie sah bezaubernd aus in ihrem hellen Kleid, und er lächelte ihr zu. Er sah das Aufleuchten in ihren Augen.

»Guten Morgen, Isa«, sagte Max.

»Guten Morgen, Herr Wittmann. Ich freue mich, dass es Ihnen wieder besser geht.«

»Danke, Isa, es muss, es muss.«

Max verließ das Haus, doch Henning blieb zurück. Als sein Vater außer Hörweite war, raunte er Isa zu: »Ich bin so froh über Vaters Fortschritte. Wenn es weiter so bergauf geht, habe ich bald wieder mehr Zeit für dich und kann mit ihm über uns beide reden.«

Wie immer bei diesem Thema wehrte Isa ab. »Willst du nicht noch warten? Du weißt, er wird Einwände haben. Im September wirst du einundzwanzig, dann bist du volljährig und kannst dich ihm gegenüber besser behaupten.«

Henning schüttelte den Kopf. »So lange können wir das Ganze nicht hinausschieben, Felizitas sitzt mir immer noch im Nacken. Bisher war Vaters Erkrankung eine gute Ausrede, aber nun, da er auf dem Weg der Genesung ist, komme ich damit nicht mehr lange durch. Außerdem wird Lotta bald das Lyzeum besuchen, und da du dann nicht mehr bei uns arbeitest, möchte ich vorher unsere Beziehung festigen.« Er lächelte sie an. »Wer weiß, vielleicht nimmst du ja woanders eine Stelle an und ein anderer schnappt dich mir noch weg. Nein, in ein paar Wochen ist Ostern, da werde ich mit Vater sprechen. Und deine Eltern, wann sagen wir es ihnen?«

Isa zuckte unschlüssig die Schultern.

Er lachte. »Ich habe dich etwas mutiger in Erinnerung. Wo ist die Isa geblieben, die vor nichts Angst hat?«

»Die würde am liebsten die Welt noch ein bisschen aussperren.«

Er warf einen Blick aus der offenen Eingangstür und sah Vater neben dem Wagen stehen. »Keine Angst. Ich bin doch bei dir. Zusammen schaffen wir das.«

»Henning? Wo bleibst du?«, rief Max.

Henning rollte mit den Augen. »Also, Ostern. Vater muss da jetzt einfach durch, ich wurde schließlich auch nicht gefragt, ob es mir passt, seine Firma zu leiten.«

Er zwinkerte Isa zu, ehe er das Haus verließ.

»Du musst dich bald um deine Verlobung kümmern, Henning«, brachte Max vor, als sie durch die Stadt fuhren. »Du kannst die kleine Pringelheim nicht ewig warten lassen.«

»Es ist gerade mal ein halbes Jahr her, dass Roman als vermisst erklärt wurde«, erwiderte Henning ausweichend. »Und es herrscht Krieg. Da werde ich keinen rauschenden Ball geben.«

»Aber du musst wieder am gesellschaftlichen Leben teilnehmen. Das gehört nun mal zum Unternehmertum dazu.«

»Im Moment nehmen mich die Geschäfte so sehr in Beschlag, dass ich für so etwas keine Zeit habe.«

»Aber du hast doch diesen tüchtigen jungen Mann eingestellt, diesen Herrn Kallenberg, der dir so gut zur Hand geht.«

»Da hast du recht. Raffael nimmt mir zwar viel von den Tagesgeschäften ab und kümmert sich um die Lebensmittellieferungen der Bauern aus Mariendorf, mit denen wir unsere Arbeiter unterstützen, allerdings bleibt auch so noch genug Arbeit für mich.«

Henning parkte den Wagen vor dem Verwaltungsgebäude. »Und auch wenn du es nicht hören willst, muss ich dir dennoch sagen, dass ich Felizitas nicht heiraten werde.«

Max sah ihn bestürzt an. »Aber warum denn nicht? Sie ist doch so eine entzückende junge Dame!«

Henning stöhnte und öffnete die Wagentür. »Wenn sie so entzückend ist, dann heirate du sie doch.«

»Henning!«

»Was denn? Es wird eine Verlobung geben. An Ostern. Also lass dich einfach überraschen. Und nun komm. Die Abteilungsleiter warten schon auf uns.«

* * *

Müde von der Arbeit an der neuen Eisenbahnstrecke bei Rouen setzte Roman sich am Abend vor der Lagerbaracke auf einen Holzklotz. Seit er sich vor ein paar Tagen bei Gleisbettarbeiten mit einer Hacke am Bein verletzt hatte, tüftelte er an einem Plan, wie ihn die Wunde, die sich entzündet hatte, aus dem Lager bringen konnte. Aus dem Augenwinkel sah er zwei Wachleute kommen. Einer von ihnen war der junge Soldat Matthieu, der ihm wohlgesonnen war. Als sie näher kamen, beugte Roman sich zu seinem Knöchel hinunter, schob sein Hosenbein hoch und entfernte das blutige Tuch, das er um die verletzte Stelle geschlungen hatte.

Matthieu blieb vor ihm stehen. »Mon dieu!«, rief er entsetzt aus und starrte auf die klaffende, eitrige Wunde, die jetzt sogar noch schlimmer aussah als am Morgen, als Roman sie verbunden hatte. Ja, diese Verletzung würde ihn auf alle Fälle aus dem Lager bringen, entweder in ein Krankenhaus oder ins Grab.

Matthieu schien überaus besorgt. »Qu'est-ce que tu as fait?« Er wollte wissen, was passiert war.

Roman wusste, dass der Franzose nicht mit einer Antwort rechnete, und hob nur fragend den Blick. Mit unbeteiligter Miene verfolgte er das Gespräch zwischen den beiden Franzosen.

»Das muss dringend behandelt werden«, sagte Matthieu.

»Der Sanitäter soll sich das anschauen«, schlug der andere vor, doch Matthieu schüttelte den Kopf. »Der Sanitäter? Der bindet nur einen Lumpen darum. Der Mann muss ins Lazarett.

Er verliert sonst den Fuß, dann bringt er uns auch keinen Nutzen mehr.«

Roman schöpfte leise Hoffnung. Das Lazarett befand sich in der nächsten Ortschaft, vielleicht ging sein Plan ja tatsächlich auf! Die beiden Wachleute beratschlagten, ihn mit dem nächsten Versorgungstross dorthin zu bringen.

»Demain«, sagte Matthieu. Er zeigte auf seine Armbanduhr und fuhr mit dem Finger einmal um das Zifferblatt. Morgen früh um diese Zeit, sollte das wohl heißen. Dann deutete er auf Romans Bein und sagte: »Hôpital.«

Roman nickte. »Hôpital«, wiederholte er und lächelte Matthieu dankbar an. Innerlich jubelte er auf. Er würde hier hinauskommen! Er hinkte in die Baracke und holte unauffällig seine Schätze, die er bei der Gefangennahme hatte retten können, unter der Strohmatratze hervor. Sein Taschenmesser. Sein Feuerzeug. Seine Erkennungsmarke.

Die halbe Nacht lag er mit hinter dem Kopf verschränkten Armen auf seiner Pritsche und sinnierte über die vielen Schwachstellen seines Plans: Sein Bein, von dem er nicht wusste, ob es heilen würde, seine Uniform, die ihn hier im Feindesland als deutschen Soldaten brandmarkte, seine fehlende Ortskenntnis. Er würde nicht ohne fremde Hilfe durch Frankreich fliehen können. Kurz dachte er daran, Matthieu in seinen Plan einzuweihen, verwarf die Idee jedoch sogleich wieder. Er wusste mittlerweile, dass der junge Soldat Frau und Kind hatte und es sich sicher zweimal überlegen würde, einem Feind zur Flucht zu verhelfen. Wer dann? Es musste jemand sein, dessen Mitleid er erregen konnte. Vielleicht ein Pfleger? Oder eine Krankenschwester? Doch wer würde für ihn, den Feind, Kopf und Kragen riskieren? Im Geiste legte er sich schon die französischen Worte zurecht, die er dann sagen wollte: Aidez-moi à m'échapper, s'il vous plaît. Bitte helfen Sie mir, zu fliehen.

Damit würde er alles auf eine Karte setzen. Wenn er an den Falschen geriet, konnten diese Worte sein Todesurteil sein.

* * *

Seit drei Tagen lag Roman nun auf dieser Pritsche im Lazarett, mit einer dicken Binde um die eiternde Wunde an seinem Schienbein. Er hatte nur Bruchstücke dessen verstanden, was der Arzt vor sich hin gebrummt hatte, als er die Wunde desinfiziert und behandelt hatte, doch eine Amputation des Fußes stand Gott sei Dank nicht im Raum. Es war ihm noch nicht gelungen, zum Personal näheren Kontakt aufzunehmen. Die Pfleger hatten alle Hände voll zu tun, eine herrische Oberschwester scheuchte die Krankenschwestern herum, niemand hatte Zeit für ein persönliches Gespräch. Roman sah seine Chancen sinken, dass sich hier, im Lazarett, sein Fluchtplan umsetzen ließ. Doch welche Möglichkeit hatte er dann noch? Seit einem halben Jahr war er zum ersten Mal nicht hinter Stacheldraht oder in einer von Aufsehern bewachten Arbeitskolonne, und in wenigen Tagen sollte er zurück ins Lager. Und dann? Wann würde sich ihm die nächste Gelegenheit bieten?

»Verdammt!«, murmelte er, und eine Träne stahl sich aus seinem Augenwinkel.

Eine Nonne, die in seiner Nähe einen Verletzten versorgte, drehte sich zu ihm um. »Qu'est-ce que vous avez?«

Er hatte sie noch nie hier gesehen. Sie hatte ihn gefragt, was mit ihm los sei, und er wusste, dass er nur diese eine Chance hatte.

»Je suis désespéré. Ich bin verzweifelt«, antwortete er wahrheitsgetreu. Sie schaute ihn nur an, dann nahm sie ihr Tablett und ging.

Doch sie kam wieder. Sie brachte ihm Abendessen, versorgte ihn mit Medizin und wechselte seinen Verband. Jedes

Mal ließ er dabei einen Satz über seine Heimat fallen, in die er zurückkehren wollte, und sie sah ihn schweigend an.

»Ich habe mich um so vieles nicht gekümmert«, sagte er, als sie gegen Mitternacht noch einmal an seine Pritsche kam. »Ich muss so vieles noch in Ordnung bringen.«

»Quoi?«, fragte die Nonne. Was?

Der Roman von früher hätte jetzt eine rührselige Geschichte erfunden, von einer kranken Mutter oder einem Vater, der im Sterben lag, um das Herz der Frau zu erweichen, doch das brachte er nicht über sich. Auch wenn er nicht zu den Kirchgängern gehörte und selbst nicht einschätzen konnte, wie viel von dem christlichen Glauben, den seine Mutter ihm einst vermittelt hatte, noch übrig war, so hätte er es doch nicht fertiggebracht, die Frau in dem weißen Habit, um deren Hals ein Kreuz hing, anzulügen. Er hätte im Nachhinein nicht mehr sagen können, was ihn dazu bewogen hatte, der Nonne, die sich einen Stuhl neben sein Bett geholt hatte, sein Herz auszuschütten, doch mit einem Mal sprudelten die Worte nur so aus ihm heraus. Er erzählte von seiner Mutter in England, die er jahrelang aus seinem Leben gestrichen hatte, von seinem Bruder, den er nie gegen den Vater verteidigt hatte, von Therese, mit der er sich nur auf Drängen seines Vaters verlobt hatte und die er nicht liebte, und von seinen ausschweifenden Ausflügen ins Berliner Nachtleben, mit denen er das Chaos in seinem Inneren hatte betäuben wollen.

»Da ist eine Frau, Anna, eine junge Witwe, die in unserer Fabrik arbeitet«, brach es aus ihm heraus. »Ich habe erst wenige Male mit ihr gesprochen, doch ich kann sie nicht mehr vergessen. Sie hat drei Kinder, Eva und Dora, und ich kenne nicht einmal den Namen des jüngsten Kindes, aber ich möchte sichergehen, dass sie genügend zum Leben haben.«

Dann flüsterte er den Satz, mit dem er sich ihr auslieferte.

»Aidez-moi à m'échapper, s'il vous plaît.«

Sie sah ihn wortlos an, dann stand sie auf und ging.

Roman ließ sich auf das Kissen sinken und schloss die Augen. Er hatte es vergeigt. Die Nonne musste entsetzt sein über seinen Lebenswandel. Sie würde ihm, der im Leben so ziemlich alles falsch gemacht hatte, höchstens Wachen schicken, die ihn wieder hinter Stacheldraht brachten, oder einen Pfarrer, der ihm die Beichte abnahm, doch sicher keine Kleidung oder Proviant für eine Flucht. Beschämt über sein Sündenregister richtete er sich noch einmal auf und rief ihr ein leises »Je vous demande pardon« zur Entschuldigung hinterher, doch sie warf ihm nur einen kurzen Blick zu und ging weiter. Er lehnte sich auf der Pritsche zurück, verschränkte die Arme hinter dem Kopf und starrte an die Decke. Sein Fluchtversuch war gescheitert. Er würde die Menschen, die er liebte, vielleicht nie wiedersehen. Max, mit dem er so viel klären musste, Mutter, die er nach dem Krieg hatte besuchen wollen, Henning und Lotta, an denen er mehr hing, als er sich jemals hätte vorstellen können. Auch Silvia, über deren verrückte Bilder er nie mehr lachen wollte, sollte er jemals wieder nach Hause kommen. Und Anna. Er hatte sie und ihre Kinder nach seiner Rückkehr mit Lebensmitteln unterstützen wollen, war sorglos abgereist in der Annahme, in wenigen Wochen wieder zu Hause zu sein, doch nun war alles anders gekommen. Er konnte nichts mehr für Anna tun, hatte ihr nicht einmal einen Brief mit einem Gruß geschickt, als er noch die Möglichkeit dazu gehabt hatte, aus Angst, die junge Witwe könnte sich von ihm bedrängt fühlen. Nun war die letzte Chance vertan. Er würde im Lager in Rouen verrotten, und bei dem Gedanken presste er die Kiefer zusammen, bis sie knirschten.

* * *

Isa saß auf ihrer Schulbank und holte das Physikbuch hervor. Seit einigen Monaten besuchte sie nun wöchentlich den Unterricht für Fortgeschrittene, denn nun, da sie den Eltern nur noch gelegentlich im Kiosk aushelfen musste, hatte sie mehr Zeit zum Lernen. Sie war eine gute Schülerin, lernte eifrig, erledigte zuverlässig ihre Hausaufgaben und erzielte bei den Probearbeiten gute Noten. Rechnen, Schreiben und Geschichte waren ihre Lieblingsfächer, doch das, was Lehrer Riedel gerade in Elektrizitätslehre erklärte, war schwer zu verstehen. Wieso leuchtete eine Lampe, wenn man einen Schalter betätigte?

Ihre Gedanken schweiften ab zu dem, was Henning gesagt hatte. Eine Verlobung an Ostern? Das musste sie ihm definitiv ausreden. Max würde Henning bis zu dessen Volljährigkeit die Hölle heißmachen, und das wollte sie ihm ersparen. Weder Herr Wittmann noch Silvia, die erst gestern davon gesprochen hatte, wie gut Felizitas Pringelheim doch in ihre Familie passe, wären mit Hennings Wahl einverstanden gewesen. Isa hatte Angst vor dem Tag, an dem ihre Beziehung mit Henning bekannt wurde.

Ostern würde also in vielerlei Hinsicht ein schwieriges Fest werden, sagte sie sich. Nicht nur, weil Henning diese Pläne schmiedete, nein, es bedeutete auch das Ende ihrer Anstellung bei den Wittmanns, da Lottas erstes Schuljahr auf einer höheren Mädchenschule kurz nach Ostern begann. Natürlich freute sie sich für Lotta, die dann hoffentlich gleichaltrige Freundinnen finden würde, doch das Mädchen würde ihr auch unendlich fehlen.

»Fräulein Berlinger?«

Isa schrak auf und blickte Herrn Riedel an. »Könnten Sie die Frage bitte wiederholen?«

Der Lehrer seufzte. »Wir sprechen vom Stromkreis, Fräulein Berlinger. Können Sie das Schema davon an die Tafel zeichnen?«

Ja, das konnte sie, sie hatte sich am Abend zuvor die Skizze im Buch genau angesehen. Sie ging zur Tafel, griff zur Kreide und begann zu zeichnen. Einige Striche für die Kabel, eine Spannungsquelle und einen Schalter. Daneben einen Kreis mit einem Kreuz darin für die Lampe.

»Wollen Sie uns Ihre Zeichnung erklären?«, fragte Herr Riedel.

Sein Schmunzeln irritierte Isa. Hatte sie etwas falsch gemacht? Noch einmal betrachtete sie ihre Zeichnung, doch sie konnte keinen Fehler entdecken. Sie deutete zur Tafel und ratterte den Satz aus dem Schulbuch herunter, den sie auswendig gelernt hatte. »Wenn man den Schalter umlegt, fließt der Strom aus der Spannungsquelle durch die Kabel und bringt dabei die Lampe zum Leuchten.«

Herr Riedel grinste noch breiter. »Wenn das in Ihrem Fall so wäre, liebe Isa, hätten Sie den Nobelpreis verdient, denn das wäre das erste Mal in der Geschichte der Menschheit, dass eine Lampe leuchtet, die gar nicht mit dem Stromkreis verbunden ist.«

Isa schaute auf ihre Zeichnung und biss sich auf die Unterlippe. Verflixt. Sie hatte die Verbindungskabel zwischen Lampe und Stromkreis vergessen.

»Was Sie gezeichnet haben, Isa, ist ein elektrischer Kurzschluss.«

Ihre Mitschüler mussten lachen, und sie stimmte in das Gelächter ein. »Ich sollte wohl keine Physikerin werden, was?«

Herr Riedel schüttelte mit einem bedauernden Lächeln den Kopf. »Besser nicht.«

Als Isa das Schulgebäude verließ, blieb sie einen Moment lang verdutzt stehen. Auf der Straße stand Henning neben seinem Auto. Er war noch nicht oft gekommen, um sie abzuholen, und sie blickte sich verlegen zu ihren Mitschülern um, während er auf sie zukam.

»Was machst du denn hier?«, flüsterte sie ihm zu, als er ihr einen Kuss auf die Wange gab.

»Meine zukünftige Verlobte von der Schule abholen. Weil ich sie den ganzen Tag vermisst habe. Aber bevor ich dich nach Hause bringe, könnten wir noch ein Stück spazieren gehen. Wie war der Unterricht?«

Sie schlenderten unter Bäumen entlang, von denen einige jetzt, Ende März, bereits blühten. »Ach, ich glaube, Physik wird nicht mein Lieblingsfach.«

Henning griff ihre Hand. »Bei mir war es ähnlich. Doktor Schreiber hatte auch seine liebe Not, mir die Grundlagen der Elektrizitätslehre beizubringen.«

»Aber die anderen Fächer liebe ich. Ich werde die Schule so sehr vermissen, wenn ich nächstes Jahr meinen Abschluss mache – zusammen mit Moritz!«

»Du meine Güte, ist er auch schon so weit? Edna hat gesagt, dass er weiterhin auf dem Hof arbeiten kann. Sie ist sehr zufrieden mit ihm.«

»Das wird Mutter und Vater freuen. Manchmal kann ich kaum glauben, wie alles gekommen ist. Mein Bruder und ich beide mit einem Abschlusszeugnis! Herr Riedel ist übrigens der Meinung, ich sollte Lehrerin werden.«

»Einspruch!« Henning blieb stehen. »Du darfst jeden anderen Beruf ergreifen, was auch immer du willst, aber nicht Lehrerin. Du weißt doch sicher, dass in Preußen das Lehrerinnenzölibat gilt? Du dürftest mich nicht heiraten, und das kann ich nicht genehmigen.«

»Wäre das so schlimm?«, fragte sie mit einem schelmischen Lachen. »Dann müssten wir die Heirat eben verschieben, bis ich alt und grau bin und meine Arbeit an den Nagel hänge. Das würde doch immer noch reichen, oder?«

Zur Antwort zog er sie in den Schatten eines Baumes, schloss sie in die Arme und bedeckte ihr Gesicht mit Küssen. »Untersteh dich. Es dauert so schon lange genug.«

Sie lachte und befreite sich aus seinen Armen. »Aber du hättest nichts dagegen, wenn ich später weiterarbeiten würde?«

Er schwieg einen Moment. »Wäre dir das wichtig? Woran hast du denn gedacht? Wenn wir heiraten, bräuchtest du das Geld nicht mehr. Und wenn wir einmal Kinder haben, hättest du dafür gar keine Zeit mehr.«

Isa, die weitergegangen war, blieb stehen und drehte sich nach ihm um. »Aber du würdest doch nicht erwarten, dass ich den ganzen Tag zu Hause bleibe, Porzellanfigürchen abstaube und auf dich warte, oder? Mutter hat immer ihren Teil zum Lebensunterhalt beigetragen, und selbst mit kleinen Kindern hat sie noch für andere Leute gewaschen, gebügelt und genäht. Ich kenne kein anderes Leben.«

Er runzelte die Stirn. »Darüber habe ich mir noch gar keine Gedanken gemacht. Doch du musst zugeben, dass es seltsam wäre, wenn du als Frau Wittmann eine Arbeitsstelle annehmen würdest.«

»Henning, auch als Frau Wittmann bin und bleibe ich Isa aus dem Scheunenviertel. Ich werde nie das Leben der Frauen aus deinen Kreisen führen. Das solltest du wissen, denn noch ist es nicht zu spät, dich anders zu entscheiden. Es wäre mein größter Traum, mein Leben mit dir zu verbringen, aber du darfst mich nicht in einen goldenen Käfig sperren.«

Er sah sie ernst an. »Das werde ich nicht. Versprochen. Ich werde eine Lösung finden.«

* * *

Romans Bein schmerzte bei jedem Schritt, doch er humpelte weiter durch das nächtliche Dorf, weg vom Lazarett, aus dem er gerade getürmt war. Wenn ihm jemand entgegenkam, drückte er sich in den Häuserschatten oder huschte hinter eine Hecke, denn noch trug er die deutsche Uniform. Dunkel ragte der Kirchturm vor ihm auf, und die kleine Seitenpforte, durch die er in das Gotteshaus schlüpfte, quietschte leise in den Angeln.

Drinnen war es dunkel und still, nur das Mondlicht, das durch die bunten Fenster fiel, und eine Kerze, die auf dem Opferstock brannte, erhellten den Kirchenraum. Roman humpelte zur hintersten Bank, unter der er ein zusammengeschnürtes Bündel fand. Er atmete auf. Die Nonne hatte Wort gehalten. Sie war noch einmal wiedergekommen in jener Nacht und hatte ihm zugeflüstert, dass sie ihm helfen werde.

»Warum?«, hatte er gestammelt. »Warum helfen Sie mir?«

»Gehen Sie nach Hause, bringen Sie Ihr Leben in Ordnung und kümmern Sie sich um Anna und die drei Kinder.«

Er hatte sie ungläubig angesehen und ihr dieses Versprechen nur allzu gern gegeben.

»Promis! Merci! Merci beaucoup.«

Er wickelte das Tuch auseinander und breitete die Schätze, die er darin fand, auf der hintersten Kirchenbank aus. Ein paar abgetragene Kleidungsstücke; einen Lederbeutel zum Umhängen, in dem sich eine Wasserflasche, ein Kanten Brot und ein paar Münzen befanden; eine Zeitung und eine Straßenkarte. Überwältigt schloss er die Augen. Warum tat die Frau das? Warum half sie ihm?

Schnell zog er seine Uniform aus und wickelte sie in das Tuch. Er konnte sie nicht in der Kirche lassen, um keinen Verdacht auf die Nonne zu lenken, sondern musste sich ihrer unterwegs entledigen. Es musste so aussehen, als wäre er ohne jegliche Hilfe auf dem Weg zur Latrine aus dem Lazarett geflohen. Sie würden nach einem deutschen Soldaten suchen, der hinkte, den sie jedoch nicht finden würden. Er schlüpfte in die Hose, das Hemd und die Jacke. Wo mochte die Nonne die Sachen herhaben? Wer hatte sie unterstützt? Er ging hinüber zum Opferstock, wo er im Licht der Kerze die Zeitung mit den neuesten Heeresberichten studierte. Anhand der Karte, die die Nonne beigelegt hatte, konnte er die Kampfgebiete zuordnen. Es hatte sich seit dem letzten Herbst nicht viel verändert – die Front verlief noch immer von der belgischen Kanalküste durch Flandern, das Artois und die Champagne bis hin zur Festung Verdun und Stellungen an der Maas. Sollte er den sichersten Weg durch die unwegsamen Höhen der Argonnen wählen oder den kürzeren, bei dem er nach etwa zweihundert Kilometern in östlicher Richtung die Front an der Aisne erreichen würde? Der stechende Schmerz in seinem Bein entschied diese Frage. Selbst für die zweihundert Kilometer, die er mit einem verletzten Bein bei Nacht über Feldwege durch Feindesland zurücklegen musste, würde er wohl mindestens zwei Wochen brauchen. Doch er musste es wagen. Eine andere Möglichkeit blieb ihm nicht.

Er setzte sich in die hinterste Bank, brach ein Stück Brot ab und verschlang es hungrig. Dann nahm er einen Schluck aus der Wasserflasche, packte seine Habseligkeiten in den Beutel, den er sich umhängte, beseitigte alle verräterischen Spuren und öffnete langsam die quietschende Kirchenpforte. Er zog sich die Schildkappe tief ins Gesicht. Die Mondsichel stand hoch am Himmel, als er das Dorf in östlicher Richtung verließ. Im Laufe der Nacht schlug er einen Bogen um die Stadt Rouen. Als es ihm sicher genug erschien, holte er seine Uniform hervor und versteckte sie im dichten Gestrüpp eines Waldstücks. Die Lederschnur mit seiner Erkennungsmarke hielt er lange nachdenklich in der Hand. Sie konnte ihn verraten, wenn er irgendwo gefangenengenommen wurde, doch sie war auch die einzige Möglichkeit, sich als Angehöriger des deutschen

Heeres auszuweisen, und so steckte er sie kurz entschlossen in seinen Stiefel. Er machte sich wieder auf den Weg, und als er im Morgengrauen an einer abgelegenen Scheune vorbeikam, schlich er hinein und rollte sich in einer dunklen Ecke auf einem Bündel Stroh zusammen.

* * *

Raffael legte Henning zwei Schreiben auf den Tisch.

Der griff nach dem ersten und stöhnte. »Eine Einladung zu einer Abendgesellschaft bei den Fairbanks in zwei Wochen, deren Erlös den Frontsoldaten zugutekommen soll. Das können wir ja kaum absagen. Gut, sag zu. Es wird Musikvorträge geben, das gefällt Lotta, und ich bitte Isa, uns zu begleiten. Und was ist das andere?«

»Das dürfte schon mehr nach deinem Geschmack sein. Das ist ein Treffen von Unternehmern und Gewerkschaftlern im Hotel Deutscher Hof. Allerdings schon heute Abend.«

»Vertreter der Arbeitgeber und der Arbeitnehmer an einem Tisch? Das klingt interessant. Und wie kommen wir zu der Ehre?«

Raffael schmunzelte. »Mein Vater als führendes Mitglied der Gewerkschaft hat uns die Einladung verschafft. Auch dein Konkurrent, Direktor Schwarzmann, wird da sein.«

Henning nickte. »Sehr gut. Wir werden kommen!«

Henning zog sein Jackett zurecht, als er mit Raffael zusammen am Abend vor dem Hotel aus dem Taxi stieg. »Ich bin gespannt, was der heutige Abend bringt. Da ich in Erwägung ziehe, dem Verband der Deutschen Metallindustriellen beizutreten, möchte ich möglichst viele Meinungen kennenlernen.«

»Denkst du, du kannst deinen Vater dazu bewegen?«

»Dafür muss ich mir erst selbst ein Bild machen. Ich möchte wissen, welche Positionen die einzelnen Parteien vertreten.«

»Gibt es jemanden, auf den ich besonders achten soll?«, fragte Raffael.

»Ja, auf Direktor Schwarzmann. An seiner Meinung bin ich besonders interessiert.«

»In Ordnung.«

In einem Nebenraum standen bereits zahlreiche Herren in Grüppchen beisammen oder hatten an kleinen Tischen Platz genommen; man unterhielt sich, rauchte und trank. Es erinnerte Henning an die Stunden, die er mit Richard in London in irgendwelchen Debattierclubs verbracht hatte, und er und Raffael mischten sich unter die Herrschaften, knüpften Kontakte, tauschten Meinungen, hörten sich Positionen anderer an.

»Angesichts des Mangels an Facharbeitern jetzt zu Kriegszeiten müssen wir an den momentanen Arbeitszeiten von zehn bis zwölf Stunden einschließlich der Samstage festhalten«, vernahm Henning eine kräftige Stimme und wandte sich um. Es war Direktor Schwarzmann, der sich mit einem freundlich aussehenden Herrn mit ergrauten Haaren und Schnauzbart unterhielt.

»Das ist rückständig«, antwortete der andere. Irgendwie kam ihm der Mann bekannt vor.

Herr Schwarzmann wandte sich nun an Henning. »Und Sie, Herr Wittmann, welche Meinung vertreten Sie?«

»Ich bin noch dabei, mir eine Meinung zu bilden. Und dabei orientiere ich mich gern an den Menschen, denen der Erfolg recht gibt. Zum Beispiel dem Stuttgarter Industriellen Robert Bosch, einem der erfolgreichsten Unternehmer Deutschlands. Er hat schon vor Jahren den Achtstundentag eingeführt.«

Schwarzmann nickte. »Bosch hat ganz klein angefangen und im richtigen Moment auf die Automobilindustrie gesetzt. Er ist bereits international etabliert und kann sich das leisten.«

»Er investiert in die Arbeiter, indem er Lehrwerkstätten einrichtet, und profitiert danach von deren Wissen«, entgegnete Henning.

»Eine interessante Position, junger Mann«, warf jetzt der grauhaarige Herr ein, der sich als Carl Legien vorstellte. Nun wusste Henning auch, wen er vor sich hatte. Herr Legien war Reichstagsabgeordneter und Vorsitzender des Internationalen Gewerkschaftsbunds. Und ausgerechnet den traf er heute Abend!

»Aber wie wollen Sie das finanzieren?«, fuhr Herr Legien fort. »Die momentane Teuerungsrate im Land wird sowieso schon zu höheren Lohnforderungen führen.«

Henning machte ein entschlossenes Gesicht. »Ganz einfach. Durch andere Gesetze. Die Regierung hat zu Kriegsbeginn die Unterstützung der Sozialdemokraten und der Gewerkschaften erhalten. Die Arbeiter sind in den Krieg gezogen – da ist es recht und billig, wenn der Staat diesen Patriotismus auch entsprechend honoriert. Mit angemessenen Invalidenrenten und sozialen Absicherungen.«

Der Herr lächelte. »Und möchten Sie mir verraten, wie Sie zu dieser Einstellung gelangt sind?«

Henning nickte und erzählte vom Unfall des Arbeiters Karl Berlinger und den Berechnungen, die er zum Thema Arbeitsschutz angestellt hatte.

»Das sind wohldurchdachte Überlegungen, Herr Wittmann«, stellte Herr Legien fest. »Sie sollten sie weiterverfolgen und den Dialog mit den Gewerkschaften suchen, denn früher oder später werden die Unternehmer in Deutschland nicht mehr umhinkommen, auf die Forderungen der Arbeiter einzugehen.«

Henning führte an diesem Abend noch viele interessante Gespräche und sah, dass Raffael auch eifrig Bekanntschaften schloss. Er beglückwünschte sich im Stillen zu der Entscheidung, ihn an Bord zu holen. Raffael mochte im Feld eine Niete gewesen sein, doch hier, unter Politikern, Unternehmern und Arbeitern, zeigte er, was in ihm steckte.

Und wenn er eine Chance haben wollte, die Firmenpolitik zu verändern, dann nur mit Raffaels Hilfe.

* * *

Seit vier Tagen war Roman nun unterwegs, doch er kam langsamer voran als gedacht. Noch immer schmerzte sein Bein, und es war ungewohnt, nur nachts unterwegs zu sein und sich tagsüber zu verstecken. Um auf den abgelegenen Feldwegen nicht die Richtung zu verlieren, orientierte er sich an den Sternbildern, die Doktor Schreiber ihm und Henning in unzähligen Nächten erklärt hatte. Der Frontverlauf lag im Osten, und als er im Sternbild des Kleinen Bären erst einmal den Polarstern ausgemacht hatte, war es in klaren Nächten nicht mehr schwer, die Himmelsrichtung beizubehalten. Doch heute Nacht verdunkelten Wolken den Himmel und kein Stern war zu sehen. Roman war dennoch auf gut Glück losgegangen und fluchte leise durch die Zähne, als er nach Stunden wieder vor der Waldhütte stand, von der aus er gestartet war. Er war im Kreis gelaufen!

Es hatte keinen Sinn, noch weiterzugehen. Missmutig verkroch er sich wieder in der Hütte und kauerte sich auf der harten Pritsche darin zusammen.

Als er im Morgengrauen erwachte, hatte er bohrenden Hunger. Seit seiner Flucht aus dem Lazarett hatte er nicht viel zwischen die Zähne bekommen. In einer Scheune hatte er ein paar Handvoll Hafer gefunden, aus einem Hühnerstall ein halbes Dutzend Eier gestohlen und zwei Forellen in einem Bach geangelt, doch mittlerweile hätte er gemordet für ein Stück Brot. Er dachte an die Münzen, die die Nonne in das Bündel gepackt hatte. Konnte er es wagen, in das nahe gelegene Dorf zu gehen, um sich etwas zu essen zu kaufen? Er war ein Fremder, der in einer kleinen Ortschaft sicher auffallen würde. Ein junger Mann, der nicht an der Front war? Und aussah wie ein Landstreicher?

Er fuhr mit den Fingern über sein stoppeliges Kinn und zupfte sich Strohhalme aus den Haaren. Dabei stellte er fest, dass seine Hände zitterten. Ja, er brauchte dringend etwas zu essen.

Am Bach hinter der Hütte füllte er seine Wasserflasche, wusch sich mit dem eiskalten Wasser Gesicht und Hände und glättete mit nassen Fingern seine viel zu langen Haare. Das Tuch, in das die Nonne die Kleider gewickelt hatte, knotete er zu einer Schlinge und steckte seinen linken Arm hinein. Ein Invalide würde weniger auffallen. Außerdem humpelte er. Das musste als Tarnung reichen.

Er packte seine wenigen Habseligkeiten in den Lederbeutel, setzte sich die Schildkappe auf und machte sich auf den Weg ins Dorf, in der Hoffnung, diesen Schritt nicht mit dem Leben zu bezahlen.

Als er im Morgengrauen den ersten Hof erreichte, herrschte dort bereits Betrieb. Eine Magd kam mit einer Milchkanne aus dem Stall, ein Knecht schulterte einen Rechen und einen Spaten und ging über den Hof in Richtung Straße, aus dem Bauernhaus trat ein Mann, der den Knecht zu sich rief.

»Pierre! Attends!«

Der Angesprochene blieb stehen, und die beiden Männer unterhielten sich. Bauer und Knecht, die sich über die Arbeit auf einem Feld am Waldrand unterhielten, wie Roman, der im Schatten eines Baumes stehen geblieben war, den Gesprächsfetzen entnahm.

»D'accord, Jean-Luc«, verabschiedete sich der Knecht nach ein paar Minuten und ging weiter.

In großem Abstand folgte Roman dem Mann ins Dorf und sah ihn hinter der Kirche einen Feldweg einschlagen, der über eine Wiese auf den Wald zuführte. Er selbst blieb in der Nähe der Bäckerei stehen, aus der ein köstlicher Duft drang. Als zwei Frauen den Laden verließen, trat er ein. Eine junge Frau stand hinter der Verkaufstheke. Viel lag nicht in den Regalen an der Wand, auch hier war die Versorgungslage knapp, stellte er enttäuscht fest. Auch wenn er am liebsten den Laden leer gekauft hätte, orderte er nur ein Brot und legte zwei Münzen auf die Theke.

»Ich habe Sie hier noch nie gesehen«, sagte die Frau, die ihn genau betrachtete. Sie deutete auf seinen Arm in der Schlinge. »Wo wurden Sie verwundet?«

»In der Nähe von Roye«, antwortete Roman so knapp wie möglich, um sich nicht durch seinen Akzent zu verraten, und dankte im Stillen der Nonne für die Zeitung, aus der er den Frontverlauf kannte. »Ist schon zwei Wochen her. Arbeite nun auf dem Hof von Jean-Luc.«

»Ah.« Die junge Frau nickte. »Besser als an der Front. Und Jean-Luc braucht jede Hand.« Sie blickte auf das Geld und sagte noch etwas, das er nicht verstand. Ihm wurde heiß.

»Pardon?«, fragte er nach.

»Votre carte de rationnement.«

Verdammt, hatte sie gerade nach einem Bezugsschein gefragt? Waren die Lebensmittel rationiert? Und er wusste das nicht?

Sein Herz raste. Nun saß er in der Falle. Herrje, er musste die Nerven bewahren.

Er griff in die Tasche, als suchte er dort etwas, dann schlug er sich an die Stirn. »Natürlich! Pierre hat sie! Er ist schon unterwegs zum Feld am Waldrand.«

Die Augen der Frau ruhten misstrauisch auf ihm, und Roman legte das köstlich duftende Brot widerstrebend zurück auf die Theke und wollte sich zum Gehen wenden. In diesem Moment knurrte sein Magen so laut, dass die Frau es hörte.

Sie lachte. »Ist schon gut.« Sie schob ihm das Brot wieder hin. »Ich notiere es, und Pierre soll sie später bringen.«

Er lächelte sie an. »Merci beaucoup.«

Er hob grüßend die Hand, stopfte das Brot in seinen Lederbeutel und verließ den Laden.

Draußen atmete er tief auf. Himmel, war das knapp gewesen! Hatte er sich verraten? Hatte die Frau Verdacht geschöpft? Würde sie jemanden zu Jean-Lucs Hof schicken, der seine Angaben überprüfte, oder gleich die Gendarmen rufen?

Er bildete sich ein, den Blick der Frau durch das Ladenfenster in seinem Rücken zu spüren, und folgte zunächst dem Weg, den Pierre kurz zuvor eingeschlagen hatte. Doch kaum war er außer Sichtweite, da lief er querfeldein. Erst als er zwei Stunden später das nächste Dorf vor sich liegen sah, beschloss er, eine Rast einzulegen. Ganz in seiner Nähe entdeckte er einen Jägerhochsitz, auf den er hinaufkletterte. Er kauerte sich auf dem Boden zusammen und riss große Stücke aus seinem Brot, das ihm beinahe zum Verhängnis geworden war. Es schmeckte köstlich, und er zwang sich, die Bissen langsam zu kauen. Dann leerte er noch seine Wasserflasche, und müde und satt schlief er ein.

* * *

»Hat man denn immer noch nichts von dem jungen Herrn Wittmann gehört?«, fragte Anna, während sie Isa dabei half, nach der Unterrichtsstunde die Schulsachen auf dem Hinterhof wieder einzusammeln. Den Winter über hatte Isa ihren Hilfsunterricht in Annas Wohnung abgehalten, wo die Kinder dicht gedrängt um den Tisch gesessen hatten, doch mittlerweile ließ es das Wetter zu, am Nachmittag wieder im Freien zu sein.

»Nein, leider noch nicht.« Isa wischte mit einem Schwamm die beschriebenen Tafeln ab.

»Das dachte ich mir schon. Wenn es etwas Neues gäbe, würde sich die Nachricht in der Fabrik sicher wie ein Lauffeuer verbreiten. Alle reden immerzu von ihm.«

Isa ließ den Schwamm sinken. »Seine Familie wartet auch sehnsüchtig auf ein Lebenszeichen. Richard Hartmann, ein Bekannter der Wittmanns und Mitarbeiter der deutschen Botschaft, lässt nichts unversucht, um herauszufinden, was ihm zugestoßen ist.«

»Hoffentlich kommt er zurück. Die Wittmanns sind gute Leute, dieses Schicksal wünscht man ihnen nicht.«

Isa blickte nachdenklich vor sich hin.

»Meine Familie hat früher ganz anders über die Wittmanns gedacht, als Vater an einer ihrer Maschinen eine Hand verloren hat. Danach ging es mit uns nur noch bergab.«

Anna hielt mit dem Aufräumen inne. »Und wie denkst du heute über sie?«

»Ich habe meine Meinung geändert. Sie tragen nicht die alleinige Schuld an dem Unglück meiner Familie. Natürlich hätte Herr Wittmann mehr für Vater tun können, doch er war dazu nicht verpflichtet. Es sind die Gesetze, die in diesem Land geändert werden müssen.«

»Dieser Meinung sind viele. Doch ob Wittmann senior das auch so sieht, ist zu bezweifeln. Das ist mit ein Grund, warum alle auf die Rückkehr von Roman Wittmann setzen. Sein jüngster Sohn Henning, der gerade so umsichtig die Firma leitet, wird sich auf Dauer nicht allein gegen seinen Vater durchsetzen können.«

Isa runzelte nachdenklich die Stirn. Von Henning wusste sie, dass er diese Ziele schon lange verfolgte, doch Roman? Würde er, wenn er wiederkam, Reformen einführen, sogar gegen den Willen seines Vaters? Er hatte sich verändert, das war ihr bei seinem letzten Urlaub aufgefallen, doch wie stark? Wäre er zu solchen Schritten bereit?

Ihr Blick fiel auf die kleine Eva, die ihre neue Puppe im Arm hielt. Anna hatte ihr berichtet, dass am Tag nach Romans überraschendem Besuch, bei dem er ihren Rat wegen der Schutzmasken eingeholt und die drei Mädchen kennengelernt hatte, ein Bote mit einem Paket voller Lebensmittel und Spielsachen vor der Tür gestanden hatte.

Sie hatte Henning davon erzählt, woraufhin er sie lange nachdenklich angesehen hatte. »Roman muss diese Frau wichtig gewesen sein, wenn er an einem seiner letzten Tage in der Heimat noch diesen Boten organisiert hat«, hatte er dann gesagt. »Also werden wir uns auch um sie kümmern.« Daraufhin hatte er Isa gebeten, nicht nur für Viktors Mutter, der sie regelmäßig Gemüse aus dem Garten hinter der Villa brachte, sondern auch für Anna immer einen Korb voll zu packen.

Als Isa jetzt auf Eva und ihre Puppe blickte, musste sie Tränen wegblinzeln. Ja, Roman hätte Dinge verändert. Doch vielleicht hatte er dazu keine Möglichkeit mehr.

* * *

Stunde um Stunde lief Roman durch die Dunkelheit und dachte an den weiten Weg, den er nun schon zurückgelegt hatte. In den mehr als zwei Wochen seiner Flucht war er zu einem Wesen der Nacht geworden. Wenn am Abend die

Sonne sank, kroch er aus seinem Versteck hervor, und während über ihm Millionen Sterne ihre eigene Wanderung über das Firmament vollzogen, hielt er immer wieder Ausschau nach dem Nordstern, der die ganze Nacht über seine Position beibehielt. Er musste nach Osten, in Richtung Front. Er legte Kilometer um Kilometer zurück, bis am Ende der Nacht die Finsternis von einem ersten silbernen Lichtstreifen am Horizont durchbrochen wurde, der bald in zartes Rosa überging und einen neuen Tag ankündigte. Mochte sein Weg auch beschwerlich und er nach stundenlangem Marsch, bei dem ihm seine Wunde am Bein immer noch zu schaffen machte, zum Umfallen müde sein, so entschädigte ihn doch jeden Morgen dieser Moment für alle Strapazen.

Er hatte sich an seine einsamen Wanderungen gewöhnt. Die Zeit, als er des Nachts mit seinen Kameraden durch die Straßen Berlins gezogen war, kam ihm vor wie in einem anderen Leben, und gerade er, der so oft in den Trubel der Großstadt eingetaucht war, hatte nun niemanden mehr zur Gesellschaft als ein paar Vögel, die er aufschreckte, Rehe, die auf Waldlichtungen den Kopf hoben und ihn scheu beäugten, und Hühner, die er regelmäßig bestahl.

Er hatte viel Zeit zum Nachdenken. Szenen und Erlebnisse aus seinem Leben fielen ihm ein, die er nun mit anderen Augen sah, und schon jetzt stand für ihn fest, dass er nicht als der zurückkehren würde, als der er gegangen war. Wenn es ihm denn gelang, nach Hause zu kommen.

Als er am Ende der Nacht in der Nähe eines abgelegenen Hofguts Rast machte und im ersten Morgenlicht seine Straßenkarte studierte, stellte er fest, dass er sich bereits in der Nähe der französischen Stadt Noyon befand. Von nun an war besondere Vorsicht geboten, denn jetzt kam der gefährlichste Teil seiner Flucht. Er war nahe der Front, auf der Seite des

Feindes, und hinter jedem Baum und jedem Strauch konnte er auf Wachposten oder Aufklärungstrupps treffen – Franzosen oder Deutsche. Er wusste nicht, was davon gefährlicher war. Um in den nächsten Tagen Dörfer gänzlich meiden zu können, musste er sich Proviant verschaffen.

Er schlich sich an das Gehöft heran. In dem ärmlichen Bauernhaus regte sich nichts, also huschte er über den Hof. Um kein Vieh aufzuschrecken, ließ er dieses Mal die Ställe links liegen und pirschte sich an eine Scheune heran, in der er einen halb vollen Getreidesack vorfand. Er füllte ein paar Handvoll Körner in seinen Lederbeutel und machte sich eiligst wieder aus dem Staub, denn es konnte nicht mehr lange dauern, bis eine Magd auftauchen würde, um die Kühe zu melken. Beim Gedanken an einen Schluck Milch knurrte sein Magen, doch er eilte davon, um im Grau der Morgendämmerung den nächsten Wald zu erreichen.

Er rastete an einem Bachlauf, und als es hell genug war, krempelte er die Hosenbeine hoch, nahm den Verband von seiner Wunde und stieg ins Wasser. Dort verharrte er so lange reglos, bis es ihm gelang, eine Forelle zu packen und ins Gras zu werfen. Als er noch eine zweite gefangen hatte, briet er sie über einem kleinen Feuer, verzehrte eine davon, wickelte die andere in das Tuch und packte sie in seine Tasche. Diese Vorräte mussten reichen, bis er auf Soldaten traf – wie auch immer das enden mochte. Er war zwar nicht müde, sondern seltsam aufgekratzt; dennoch verkroch er sich im Unterholz, um ein paar Stunden zu schlafen.

Am Abend füllte er am Bach seine Wasserflasche und holte seine Erkennungsmarke aus seinem Schuh. Lange hielt er sie abwägend in der Hand, dann entschied er, sie um den Hals zu tragen. Wenn er den Franzosen in die Hände fiel, würden sie früher oder später ohnehin herausfinden, wer er war. Sollte er auf Deutsche treffen, konnte er sich so schneller ausweisen. Dann brach er auf.

In der Nähe des Feldwegs, den er entlangging, war niemand zu sehen, und aus der Entfernung würde man ihn für einen Bauern halten, der von der Feldarbeit zurückkehrte. Er durchquerte ein Tal, erklomm auf der anderen Seite eine Anhöhe und ging Stunde um Stunde weiter durch die Nacht.

Im Morgengrauen blieb er plötzlich stehen, als von Weitem leises Donnergrollen an sein Ohr drang. Artillerie! Er näherte sich der Front! Die Deutschen konnten nicht mehr weit sein! Obwohl er schon Stunden unterwegs war, beschleunigte er seinen Schritt. Er wollte endlich auf eine deutsche Einheit treffen!

Immer wieder kam er während des Tages an Gehöften vorbei, die der Stadt Noyon vorgelagert waren und verlassen wirkten, doch er wagte sich nicht näher an sie heran. Seit einiger Zeit war kein Geschützlärm mehr zu vernehmen. War gerade Feuerpause? Oder war er in die falsche Richtung gelaufen? Roman strich sich über die übermüdeten Augen. Vielleicht hätte er sich zwischendurch doch einmal ausruhen sollen. Er war seit dem gestrigen Abend fast ununterbrochen auf den Beinen, doch jetzt, da er seinem Ziel so nahe war, fand er keine Ruhe. Kaum hatte er sich irgendwo niedergelassen und ein paar Bissen gegessen, da trieb es ihn auch schon wieder weiter. Er wollte endlich ankommen, auf deutsche Kameraden treffen – er wollte nach Hause!

Als sich erneut die Nacht senkte, war er völlig erschöpft und wusste, dass er endlich eine Rast brauchte. Er befand sich auf einem Feldweg, und linker Hand sah er ein Wäldchen liegen. Dort wollte er hingehen, sich im Unterholz verkriechen und ein wenig ausruhen, bis er wieder klar denken konnte. Er setzte seinen Weg fort, doch er war noch nicht weit gekommen, als hinter den ersten Bäumen des Waldsaums Mündungsfeuer aufblitzte und Schüsse krachten. Blitzschnell fuhr Roman herum und rannte, so schnell sein verletztes Bein ihn trug, in die entgegengesetzte Richtung davon. Hinter sich hörte er laute Stimmen und Schüsse. Sie verfolgten ihn, und Panik stieg in ihm auf. Waren es Franzosen? Würde er wieder in Gefangenschaft geraten? Oder erschossen werden? Roman sah im Dunkeln nicht, wo er hinlief. Er rannte nur noch um sein Leben.

Kapitel 22

Isa reichte Henning die Hand, als er ihr und Lotta vor der Villa der Fairbanks aus dem Wagen half.

»Du siehst bezaubernd aus«, raunte er ihr zu. Sein bewundernder Blick wanderte über ihr dunkles Abendkleid. »Viel zu bezaubernd. Wie soll ich dir nur all die Verehrer vom Hals halten, wenn ich selbst mit den anwesenden Gästen langweilige Konversation betreiben muss? Zum Glück gibt es wegen des Kriegs keinen Tanz, sondern nur ein musikalisches Rahmenprogramm; trotzdem werde ich Raffael damit beauftragen, niemanden in deine Nähe zu lassen.«

Seine Worte schmeichelten ihr. »Ach, Henning, du Charmeur. Als ob irgendjemand Augen für eine Angestellte der Wittmanns hätte!«

»Ich verspreche dir, dass diese Soiree die letzte Veranstaltung ist, zu der du mich als Lottas Gesellschafterin begleitest. Bald ist Ostern, dann erlaubst du mir ja endlich, mit Vater zu reden.«

Sie betraten das Foyer, wo sich Raffael zu ihnen gesellte.

Isa sah sich um.

»Die gesamte Berliner Prominenz aus Politik und Wirtschaft«, flüsterte Henning ihr zu, ehe er Begrüßungen erwiderte. Vom Tablett eines Serviermädchens nahm er eine Limonade für Lotta und zwei Gläser Sekt, von denen er eines Isa reichte. Sie zögerte, denn jene Ballnacht, in der sie zu viel getrunken hatte, stand ihr wieder vor Augen.

Henning schien ihre Gedanken zu erraten. »Isa, ich bin nicht wie gewisse andere Herren, die junge Mädchen auf Bällen betrunken machen«, flüsterte er ihr zu.

»Stimmt.« Sie nahm ihm lächelnd das Glas ab und stieß mit ihm an.

Eine Angestellte in dunklem Kleid und weißer Schürze, die ein Tablett mit Häppchen trug, kam auf sie zu. »Isa? Was machst du denn hier?«

»Lina! Schön, dich zu sehen. Ich bin als Begleitung für Lotta hier. Wie geht es dir?«

»Gut!« Lina machte ein vielsagendes Gesicht. »Ich muss dir was erzählen. Wenn du später einen Moment Zeit hast, kannst du mal runter in die Küche kommen.«

»Mach ich«, versprach Isa und sah Lina nach, die mit ihrem Tablett weiterging. Ob es da etwas Neues über Viktor gab? Sie wandte sich an Henning. »Das war Lina. Eine Freundin von Viktor.«

»Ich weiß. Ich kenne sie.«

»Ach?«

Henning zwinkerte ihr zu. »Du musst nicht eifersüchtig sein. Sie war es, die euch den Champagner und die Häppchen zugesteckt hat, als wir uns vor zwei Jahren im Garten hinter der Villa begegnet sind.«

»Richtig. Ohne sie hätten wir uns vielleicht niemals wiedergetroffen.«

Er lächelte sie an. »Doch. Denn dann hätte das Schicksal einen anderen Weg gefunden. Wir mussten uns einfach wieder begegnen.«

Sie bahnten sich ihren Weg durch die Gäste, als sich ein Herr nach ihr umdrehte.

»Nanu? Sie kenne ich doch. Fräulein Berlinger, richtig?«

Isa fuhr ein Schreck durch die Glieder. Wieso musste ausgerechnet dieser aufdringliche Herr Hofheim heute hier sein? Er hatte ihr schon das letzte Mal so unverfroren den Hof gemacht. Ein Blick auf Henning sagte ihr, dass er über dieses Zusammentreffen ebenfalls nicht glücklich war.

Herrn Hofheims Gesicht verzog sich zu einem schelmischen Grinsen. »Sie scheinen ja immer noch als Kindermädchen bei den Wittmanns zu arbeiten. Tja, Henning, so eine hübsche Angestellte gibt man wohl nicht gern her, was? Aber Sie werden mir doch sicher gestatten, mich heute Abend ein wenig um sie zu kümmern, oder?«

»Ich treffe nicht die Entscheidungen für Fräulein Berlinger, das macht sie schon selbst«, antwortete Henning knapp und ergriff Herrn Hofheim am Arm. »Aber kommen Sie doch bitte mit, Werner, ich habe vorhin Herrn Direktor Schmelzer unter den Gästen entdeckt, mit dem möchte ich Sie bekannt machen.«

Raffael trat neben Isa, während sie Henning nachsah, der Werner Hofheim förmlich mit sich zog. »Henning hatte schon Bedenken, dass dieser Kerl heute hier aufkreuzen würde«, raunte er ihr zu. »Und Fräulein Pringelheim ist auch da. Es könnte also noch spannend werden.«

Henning war in der Menge verschwunden, und Isa sah ihn nur gelegentlich im Gespräch mit anderen Gästen.

Sie war froh, dass Raffael ihr nicht von der Seite wich. Er begleitete sie und Lotta zu der Aufführung eines Geigentrios in den Salon und wehrte in der Konzertpause erfolgreich Werner Hofheims Versuche ab, Isa zu einem Glas Sekt oder Bowle einzuladen.

Als Henning sich zu ihnen gesellte und mit Lotta das Büfett aufsuchte, hielt Isa einen günstigen Zeitpunkt für gekommen, um nach Lina zu schauen. Im Foyer und im Salon war sie nicht zu sehen, also musste sie unten im Dienstbotentrakt sein.

»Soll ich mitkommen?«, fragte Raffael.

Sie wehrte ab. »Aber nein, ich werde ja wohl allein ins Untergeschoss finden.«

Sie traf Lina wie erwartet in der Küche an, wo sie Sektgläser füllte.

»Isa, komm, ich muss dir was erzählen.« Lina entkorkte geschickt eine Sektflasche. »Wir haben uns ja ewig nicht gesehen. Stell dir vor, was Viktor mir an Silvester gesagt hat.«

An Silvester? Also kurz nachdem sie sich ausgesprochen hatten? »Erzähl. Was war es?«

»Ich habe ihn zufällig in einer Kneipe getroffen, und er war schon ein bisschen angeheitert, aber er sagte, er wisse jetzt, worauf es im Leben ankomme, und dass er bei seinem nächsten Heimaturlaub mit mir ausgehen möchte.«

Isa atmete erleichtert auf. »Das freut mich, Lina. Ihr beide habt euch schon immer gut verstanden. Ich hoffe sehr, dass ihr zusammen glücklich werdet.«

»Ich auch. Er ist so ein netter Kerl. Ich dachte ja immer, du und er … aber anscheinend ja doch nicht.«

Isa schüttelte den Kopf. »Nein, Lina, da musst du dir keine Sorgen machen. Wir sind die besten Freunde, aber mehr ist da nie gewesen.«

Lina wollte noch etwas erwidern, doch ein anderes Küchenmädchen stürmte herein. »Lina, schnell, oben ist ein ganzes Tablett mit Gläsern heruntergefallen. Du musst mir helfen, die Scherben aufzukehren.«

»Ach du Schreck, ich komme!« Lina warf Isa einen bedauernden Blick zu und rannte schon davon.

Isa verließ ebenfalls die Küche, doch in dem düsteren Gang kam ihr jemand entgegen. Es war Werner Hofheim.

»Da ist ja das Fräulein Berlinger. Genauso bildhübsch wie ihre Mutter.«

Isa zuckte zusammen. Seine Worte fühlten sich an wie ein Schlag ins Gesicht. Werner Hofheim kannte ihre Mutter? Aus dem Metropol? »Ich denke, Sie haben sich verlaufen, Herr Hofheim. Dies ist der Dienstbotentrakt.«

»Ich verlaufe mich nie. Und für eine Minute allein mit Ihnen ist mir kein Weg zu weit.«

Er kam näher, und Isa wich zurück. Als sie die Wand im Rücken spürte, wurde ihr die Situation unheimlich. Sie war hier unten allein, und es gab viele Zimmer, in die er sie zerren konnte. Sie wäre nicht die erste Frau gewesen, der so etwas passiert wäre. Panik ergriff sie. »Bitte gehen Sie einfach. Gehen Sie, oder ich …«

Hofheim kam so nah, dass sein Gesicht nur wenige Zentimeter von ihrem entfernt war und sie den Alkohol in seinem Atem riechen konnte.

Er lachte. »Oder was?« Seine große Gestalt blockierte ihr den Fluchtweg, eine Hand packte sie am Kopf, und er versuchte, sie zu küssen. Isa drehte angewidert ihr Gesicht weg und bot ihre ganze Kraft auf, um ihn wegzustoßen. »Nein, gehen Sie …!«

Da wurde Herr Hofheim plötzlich nach hinten gerissen, und eine Faust traf ihn ins Gesicht. Isa hätte weinen können vor Freude, denn Henning war da! Er warf ihr einen raschen Blick zu, bevor er sich mit bedrohlich ruhiger Stimme an Werner wandte. »Haben Sie nicht gehört? Isa will das nicht! Also lassen Sie sie gefälligst in Ruhe!« Sie sah ihm an, wie wütend er war. Sie hatte Henning schon im Ring erlebt, doch das heute Abend war etwas anderes. Hier ging es um sie.

Werner taumelte zurück und presste eine Hand auf seine blutende Nase, die andere hob er ergeben in die Höhe und versuchte, mit einem Lächeln den Rückzug anzutreten.

»Ganz ruhig, Wittmann. Das war doch nur ein Scherz. Was regen Sie sich denn so auf? Ich habe Ihrer kleinen Gespielin nichts getan.«

Nun war es mit Hennings Ruhe vorbei. Er packte Werner am Revers und schüttelte ihn. »Meiner kleinen Gespielin? Was fällt Ihnen ein, so über Isa zu reden? Isa ist meine Verlobte. Sie sprechen gerade von meiner zukünftigen Frau!«

Isa hielt den Atem an. Was hatte Henning da gesagt? Das mit ihnen war doch noch gar nicht offiziell! Hoffentlich hatte Herr Hofheim Hennings Worten nicht allzu viel Beachtung geschenkt, sie wollte ihn doch nicht in Schwierigkeiten bringen!

Werner hob überrascht die Augenbrauen und verzog dann das Gesicht zu einem Grinsen. »Na, wenn das mal keine schönen Neuigkeiten sind.« Er riss sich los, eilte zur Treppe und verschwand.

Isa spürte erst jetzt, dass sie zitterte, doch schon war Henning bei ihr und nahm sie in den Arm.

»Alles in Ordnung?«, fragte er.

Sie klammerte sich an ihn. »Ja, du bist im richtigen Moment gekommen. Er hat mich so erschreckt!«

»Ich hätte ihn erwürgen sollen! Wie konnte er so über dich herfallen!«

Tränen der Wut stiegen ihr in die Augen. »Nun siehst du, dass es stimmt, was ich immer sage. Werner wusste das von Mutter. Die Leute werden reden. Heute ist es Werner, morgen ein anderer. Ich werde nie zu deiner Welt gehören.«

Er nahm ihr Gesicht in seine Hände und blickte ihr tief in die Augen. »Doch. Als meine Frau wirst du das. Dann habe ich nämlich das Recht, deine Ehre zu verteidigen. Und wenn sich die Ersten ein blaues Auge abgeholt oder eine Klage am Hals haben, werden sie Ruhe geben.«

»Aber was du zu ihm gesagt hast, das über uns – wird er es weitererzählen?«

Henning lachte auf. »Natürlich wird er das. Die Bombe ist nun sowieso schon geplatzt. Werner ist mit Sicherheit gerade dabei, die Nachricht über unsere Verlobung unters Volk zu streuen. Wir sollten so schnell wie möglich von hier verschwinden, denn diese Neuigkeit verbreitet sich jetzt da oben wie ein Lauffeuer.«

Isa war völlig verzweifelt. »Aber ich wollte doch, dass wir noch bis September warten!«

»Zu spät. Ich muss morgen mit Vater sprechen. Aber erst müssen wir hier rauskommen. Komm.«

Er nahm sie bei der Hand, und er ließ sie auch nicht los, als sie sich einen Weg durch die anwesenden Gäste bahnten, von denen offenbar die meisten die Neuigkeit schon gehört hatten. Isa vernahm Satzfetzen, die mit Sicherheit ihr galten, und wäre am liebsten im Erdboden versunken.

»Sie soll das Kindermädchen sein …«

»Aus ganz armen Verhältnissen …«

»Hat sich an ihn rangemacht …«

Henning wurde von mehreren Seiten angesprochen, und nicht weit von ihnen entfernt hörte sie Felizitas' laute Stimme, doch er ging mit ihr zielstrebig auf die Garderobe zu, wo Raffael bereits mit Lotta und den Mänteln wartete.

»Nichts wie weg!« Henning half Isa in den Mantel. »Felizitas macht dort hinten gerade einen Aufstand.«

»Ich fahre«, rief Raffael Henning zu, als sie zum Auto eilten. »Und Lotta darf heute mal neben mir sitzen.«

Isa verstand. Raffael wollte Henning noch ein paar Minuten mit ihr verschaffen. Und als Raffael losfuhr und Lotta jeden Schalthebel und jeden Knopf am Armaturenbrett ausführlich erklärte, legte Henning auf der Rückbank auch schon seinen Arm um sie.

Sie zitterte vor Aufregung.

»Ganz ruhig, ich bin ja da. Und ich werde das alles in Ordnung bringen«, flüsterte er.

»Gott, in was für eine Situation habe ich dich da gebracht!«, warf Isa sich vor.

»Du? Das war Werner. Nun kommt es halt eher als geplant.« Er streichelte ihr Gesicht. Seine Augen waren ganz dunkel und leuchteten im Licht der Straßenlaternen auf. »Die Nachricht über unsere Verlobung ist raus, noch bevor unsere Eltern davon erfahren haben. Und ich habe dir noch nicht einmal einen richtigen Antrag gemacht.«

»Das ist gerade meine geringste Sorge«, flüsterte sie. »Ich mache mir mehr Gedanken darüber, was dein Vater sagen wird.«

Er strich ihr beruhigend übers Haar. »Mach dir nicht so viele Sorgen. Er wird es überleben.«

»Wie kannst du nur so ruhig bleiben?«

»Er kann sagen, was er will, es wird nichts ändern. Morgen komme ich zu dir. Dann sprechen wir mit deinen Eltern.«

»Ich glaube, seit Weihnachten rechnen sie schon ein bisschen damit. Und sie mögen dich.«

»Siehst du, das ist doch schon mal ein Anfang.«

Sie blickte aus dem Fenster, um zu sehen, wo sie waren. Die Fahrt verging so schnell, Raffael bog bereits auf den Boulevard Unter den Linden ein und das Brandenburger Tor kam in Sicht. Warum mussten diese Minuten so rasch vorübergehen? Sie brauchte Hennings Nähe doch noch so sehr.

Als sie das letzte Haus in der Georgenstraße erreichten, stieg Henning mit aus und brachte sie noch zur Tür.

»Ich möchte dich jetzt gar nicht gehen lassen, Henning«, flüsterte sie, als er sie in dem dunklen Hauseingang umarmte.

»Es fällt mir auch schwer zu gehen. Ich hatte unsere Verlobung anders geplant. Mit Blumen und Kerzen und mit einem Ring. Aber ich verspreche dir, das holen wir nach.«

Nur widerwillig ließ sie ihn los. »Gute Nacht, Henning.«

Er gab ihr zum Abschied einen Kuss, dann ging sie ins Haus. Als sie die Stufen zur Wohnung hinaufstieg, schüttelte sie ungläubig den Kopf über die Wendung, die dieser Abend genommen hatte. Sie war nun offiziell mit Henning Wittmann verlobt.

* * *

»Henning, das kann doch wohl nicht dein Ernst sein.«

Max saß mit hochrotem Kopf am Schreibtisch seines Arbeitszimmers, rührte in seiner Tasse Kamillentee und starrte Henning wütend an. »Du weißt, wie sehr wir alle Isa schätzen, aber als deine Frau – das ist völlig unmöglich.«

Henning versuchte, Ruhe zu bewahren. »Warum sollte das unmöglich sein?« Er hatte den Rest der Nacht wach gelegen und sich Verteidigungsstrategien zurechtgelegt, und natürlich hatte er mit dieser Reaktion seines Vaters gerechnet. Max würde es ihm nicht leicht machen. Warum musste er eigentlich sein Leben lang kämpfen?

»Ich muss dir sicher nicht erklären, dass du als mein Sohn und Erbe nicht die Tochter eines Stahlarbeiters heiraten kannst. Du würdest ja die ganze Familie lächerlich machen! Du hast gestern Abend völlig überreagiert. Werner Hofheim ist für seine Eskapaden bekannt, aber der Schlag auf die Nase hätte genügt! Was musst du da gleich den edlen Ritter spielen und von einer Verlobung reden! Ich erwarte von dir, dass du diesen Fauxpas wieder rückgängig machst.«

Henning war sprachlos. Er erhob sich, stützte die Hände auf dem Schreibtisch ab und lehnte sich vor, und nur mit Mühe konnte er sich davon zurückhalten, seinen Vater am Kragen zu packen. »Also, damit ich dich richtig verstehe, Vater, fasse ich noch mal kurz zusammen: Ich war jetzt monatelang für dich da, habe von früh am Morgen bis spät in die Nacht deine Firma geleitet, mein eigenes Leben dabei völlig zurückgestellt, von meinem Studium ganz zu schweigen, und statt eines einzigen Dankesworts verlangst du jetzt von mir, dass ich mich von der Frau trenne, die ich liebe? Weil dir ihr gesellschaftlicher Stand nicht passt? Ist das richtig so?«

»Liebe! So ein Unsinn!«, wehrte Max entschieden ab. »Da sind so viele Frauen aus deinen Kreisen, mit denen du glücklich werden kannst! Zu dieser Schnapsidee, dich mit Isa aus dem Scheunenviertel zu verloben, wirst du mein Einverständnis nicht bekommen. Und dass du für die Firma da warst, war ja wohl selbstverständlich, schließlich ist das deine Pflicht als mein Erbe.«

»Gut zu wissen, wie du das alles siehst, Vater. Dann habe ich hier nichts mehr verloren. Ich ziehe aus.«

Max lachte hart auf. »Und wie, junger Mann? Du bist noch nicht volljährig und kannst dir ohne meine Unterschrift nicht einmal eine Wohnung mieten!«

»Aber ich«, war von der Tür her plötzlich eine männliche Stimme zu hören. »Henning braucht weder dein Einverständnis noch dein Geld, wenn ich diese Wohnung miete.«

Henning wirbelte herum und blickte in das Gesicht seines Bruders. Müde und hager stand Roman da, den linken Arm trug er in einer Schlinge.

»Roman«, flüsterte Henning ungläubig und fragte sich kurz, ob er halluzinierte, und auch aus der Richtung seines Vaters war ein überraschter Ausruf zu hören.

Roman trat ins Zimmer. »Ja, da schaut ihr, was? Da bin ich wieder. Mich sollte man nicht so schnell für tot erklären.«

Noch immer fassungslos beobachtete Henning, wie Max, der näher an der Tür war als er selbst, von seinem Stuhl aufsprang und Roman in die Arme schloss.

»Bist du das wirklich? Oh mein Gott, wir hatten solche Sorgen um dich!«

Roman strich ihm beruhigend über den Rücken. »Ja, ich bin zurück, und wie mir scheint, bin ich im rechten Augenblick gekommen, bevor ihr zwei euch an die Gurgel geht. Was ist hier los? Wieso setzt du Henning so zu, dass er die Koffer packen will? Wegen Isa? Das kann doch nicht dein Ernst sein, Vater!«

Er ließ Max los und wandte sich Henning zu. »Ich hatte viel Zeit zum Nachdenken, und mir ist klar geworden, dass sich einiges in diesem Haus ändern muss.«

Henning konnte noch immer nicht begreifen, dass Roman tatsächlich vor ihm stand. Er ging auf ihn zu, und zum ersten Mal seit Jahren umarmte er seinen Bruder. »Gott, ich bin so froh, dass du lebst. Und ja, du bist wirklich im richtigen Augenblick gekommen. Ich brauche dich.«

Roman nickte. »Ich bin ja wieder da. Wir werden alles klären. Vor allem das mit der Wohnung.«

Von der Tür her war ein lauter Aufschrei zu hören, und Lotta kam, so schnell sie konnte, ins Zimmer geeilt. »Roman!«

Sie fiel ihrem Bruder stürmisch um den Hals. »Wir hatten solche Angst um dich!«

»Ich weiß«, antwortete Roman, der sie mit seinem gesunden Arm umfasste. »Aber ich hatte keine Möglichkeit, mich bei euch zu melden, dabei habe ich euch auch so schrecklich vermisst.« Er warf einen Blick auf Max und Henning und raunte Lotta zu: »Selbst die beiden Streithähne haben mir gefehlt«, woraufhin sie zu kichern begann.

Silvia, die offenbar den Lärm im Zimmer gehört hatte, kam herein und war ebenso überrascht wie alle anderen. »Wir haben schon fast die Hoffnung aufgegeben, Roman«, flüsterte sie, und Henning sah tatsächlich Tränen in ihren Augen schimmern.

Max war der Erste, der sich wieder gefasst hatte. »Es ist bald Zeit für das Mittagessen. Ich gebe unten in der Küche Bescheid, dass Wally mehr anrichten soll. Du wirst Hunger haben, Junge.«

Als Max zurückkam, folgte ihm das gesamte Küchenpersonal.

»Das muss ich mit eigenen Augen sehen!«, rief Wally, die noch vor Hans und den Küchenmädchen in den Salon stürmte. »Tatsächlich, er ist wieder da.« Mit tränenfeuchten Augen ging sie auf Roman zu und drückte ihm die Hand. »Ich habe für Sie gebetet, Herr Wittmann. Jede Nacht.«

Roman tätschelte liebevoll ihre Hand. »Danke, Wally, das weiß ich sehr zu schätzen.« Er wandte sich auch Hans und den Mädchen zu. »Danke Ihnen allen für das Willkommen, ich werde später in der Küche vorbeisehen und Ihnen erzählen, wie es mir ergangen ist. Ich bin froh, wieder zu Hause zu sein.«

Bei Tisch fiel Henning auf, dass Roman seinen Teller nur spärlich füllte.

»Ich bin das Essen nicht mehr gewohnt«, erklärte er. »Ein halbes Jahr Kriegsgefangenschaft und fast drei Wochen auf der Flucht durch Frankreich, da war die Verpflegung mehr als dürftig.«

»Was hast du denn unterwegs gegessen?«, wollte Lotta wissen.

Roman grinste. »Viel Auswahl hatte ich nicht. Ich habe Hühnerställe ausgeräubert, Fische gefangen, da und dort in Scheunen ein bisschen Getreide gefunden.«

Lotta runzelte die Stirn. »Und das war alles?«

»Ja. Einmal habe ich ein Brot gekauft, doch das wäre fast schiefgegangen, weil ich im Lager nicht mitbekommen hatte, dass man dafür mittlerweile einen Bezugsschein brauchte.«

»Du bist also aus der Gefangenschaft geflohen?«, fragte Henning. »Wie hast du das angestellt?«

Roman begann zu erzählen, und Henning erfuhr vom Plan seines Bruders, aufgrund seiner Beinverletzung in ein Lazarett verlegt zu werden, von der Hilfe durch die Ordensfrau, von den zweihundert Kilometern, die er bei Nacht und über Feldwege quer durch Frankreich zurückgelegt hatte.

Er hörte wie gebannt zu, und auch die anderen am Tisch schienen förmlich an Romans Lippen zu hängen.

»Und dann? Bist du auf Deutsche getroffen?«, fragte Max.

Roman schenkte sich noch ein Glas Wasser ein. »Nun, der Gefechtslärm wurde immer lauter und ich wusste, ich konnte nicht mehr weit von den Schützengräben entfernt sein. In der Nähe der Stadt Noyon, die in deutscher Hand war, überquerte ich gerade eine Waldlichtung, als aus dem Hinterhalt auf mich geschossen wurde.«

»Franzosen?«

Roman schüttelte den Kopf. »Es waren deutsche Späher, die mich wegen meiner Zivilkleidung für einen französischen Spion hielten. Ich rannte weg, doch sie setzten mir nach. Im Dunkeln stürzte ich einen Abhang hinunter, wobei ich mir den Arm gebrochen habe. Als sie mich unten bewusstlos vorfanden, entdeckten sie die Erkennungsmarke an meinem Hals und brachten mich in ihr Lager. Nach zwei Nächten schickten sie mich mit dem nächsten Krankentransport nach Hause. Und nun bin ich wieder da.«

»Gott sei Dank!«, seufzte Silvia. »Sollen wir wegen deiner Verletzungen nicht den Arzt rufen?«

Roman schüttelte den Kopf. »Ich gehe noch einmal ins Krankenhaus, und zwar morgen schon. Der Arm wurde nur notdürftig behandelt und muss noch richtig geschient werden, und die Wunde am Bein sollte sich auch noch einmal ein Arzt anschauen.«

»Morgen schon? Aber du bist doch heute erst gekommen!«, rief Lotta.

Roman hob bedauernd die Hände. »Es muss leider sein, aber wahrscheinlich geht das sehr schnell und ich muss gar nicht bleiben.« Er schaute in die Runde. »Und was war hier so los?«

»Stell dir vor, ich werde in ein paar Wochen auf eine Mädchenschule gehen«, verkündete Lotta voller Stolz.

»Tatsächlich?«

»Ja, auf das Victoria-Lyzeum in der Nähe des Potsdamer Platzes. Einerseits freue ich mich schon so, aber andererseits tut es mir auch so leid, dass Isa dann nicht mehr kommen wird. Wenn ich den ganzen Tag in der Schule bin, brauche ich ja kein Kindermädchen mehr.«

»Das verstehe ich«, antwortete Roman, und mit einem Lächeln in Richtung Henning fügte er hinzu: »Aber mach dir keine Sorgen, du wirst Isa nicht verlieren. Sie wird unserer Familie sicher eng verbunden bleiben.«

Henning warf Roman einen dankbaren Blick zu und ignorierte das ärgerliche Räuspern seines Vaters.

Silvia erzählte Roman noch vom Herzanfall seines Vaters und von Hennings monatelangem Einsatz in der Firma.

Roman wandte sich überrascht an Henning. »Du hast das alles allein gestemmt? Ich glaube, wir haben uns viel zu erzählen.«

Und zum ersten Mal seit Jahren hatte Henning das Gefühl, einen Verbündeten in dieser Familie zu haben.

»Meine Güte, wir müssen Alice schreiben!«, rief Max aus. »Sie ist krank vor Sorge um Roman.«

Wieder traf Henning Romans fragender Blick. »Was?«, formten seine Lippen lautlos.

Henning lächelte. Ja, Roman hatte einiges verpasst, unter anderem die Tatsache, dass Alice und Max Briefe ausgetauscht hatten.

»Später«, gab er ebenso leise zurück.

Sie hatten sich tatsächlich viel zu erzählen. Von Mutter, die Vater an Weihnachten geschrieben hatte, von den Ereignissen des vergangenen Abends im Haus der Fairbanks und von Hennings Einsatz in der Firma, in der er Reformen einführen wollte. »Die Arbeitswelt muss sich ändern«, erklärte Henning. »Doch wenn

Vater meine Ideen genauso ablehnt wie meine Verlobung mit Isa, ziehe ich nicht nur hier aus, sondern werfe ihm auch noch meine Arbeit in der Firma vor die Füße. Das Maß ist voll.«

Roman nickte verständnisvoll. »Vielleicht muss es gar nicht so weit kommen. Ich weiß zwar nicht genau, was du alles vorhast, aber ich höre mir deine Pläne gern an. Wenn du mich überzeugst und wir in diesen Punkten zusammenarbeiten, was kann Vater dann noch gegen uns ausrichten? Und wenn es dir ernst ist, dieses Haus zu verlassen, dann unterstütze ich dich.«

Henning seufzte. »Das wird nicht einfach. Ich komme erst mit meiner Volljährigkeit an einen Bankkredit oder an das Konto, das Großvater Andrew für mich eingerichtet hat, und mein Erspartes reicht nicht aus, um eine Wohnung einzurichten und zu finanzieren.«

Roman grinste. »Wo ist das Problem? Ich strecke dir das Geld eben vor, denn unser Großvater hat ja jeden seiner Enkel bedacht.«

Henning erkannte seinen Bruder kaum wieder. Von Roman ging eine Ruhe und Stärke aus, die er nie zuvor an ihm erlebt hatte.

»Roman, da ist noch etwas, was du wissen musst. Therese. Sie hat … sie dachte … sie ist wohl davon ausgegangen, dass du gefallen bist.«

Roman hob fragend die Augenbrauen. »Und?«

»Sie hat sich neu verlobt. Mit dem Bankier Wilhelm Blankenbach.«

Die erwartete Reaktion blieb aus. Statt betroffen zu sein, begann Roman schallend zu lachen. »Hab ich ein Schwein, dass sich das Problem so leicht gelöst hat! Ich habe mir schon den Kopf zerbrochen, wie ich aus dieser Nummer noch mal rauskomme, und nun tut mir Therese den Gefallen und sucht sich einen anderen! Den Wilhelm hat sie sich geangelt? Der ist doppelt so alt wie sie und hat einen Bierbauch. Meinen Segen hat sie. Ich schreibe heute noch eine Glückwunschkarte.«

Henning riss verblüfft die Augen auf. »Es macht dir nichts aus?«

»Im Gegenteil! Endlich bin ich diese Familie Naumann mit ihrem Diener, der weiße Handschuhe trägt, ein für alle Mal los!« Er ließ sich in seinen Sessel fallen. »Morgen gehe ich ins Krankenhaus, und sobald es mir besser geht, musst du mich ins Scheunenviertel fahren. Ich möchte dort jemanden besuchen.«

»Etwa Anna?«

Roman fuhr zu ihm herum. »Du kennst sie?«

Henning lächelte. »Roman, ich bin Isas Verlobter. Wie könnte ich da ihre Freundin Anna nicht kennen? Isa hat mir von den Lebensmitteln und Spielsachen erzählt, die du der Witwe vor deiner Abreise geschickt hast, und ich habe ihr daraufhin auch immer wieder Unterstützung zukommen lassen.«

Roman atmete hörbar auf. »Gott sei Dank! Sie muss allein für sich und drei kleine Kinder sorgen. Ich habe mich schon gefragt, wie es ihr geht.«

»Sie hat auch nach dir gefragt.«

Ein versonnener Blick lag in Romans Augen. »Tatsächlich? Wahrscheinlich ist sie der Grund, warum mir die Ordensfrau zur Flucht verholfen hat.«

Henning machte es sich ebenfalls in einem Sessel bequem und schaute Roman erwartungsvoll an. »Schieß los!«

Und Roman begann, ihm von seinem Gespräch mit der Nonne zu erzählen.

* * *

Schon seit einer Weile stand Isa am Grab ihrer Schwester und berichtete ihr von den verwirrenden Ereignissen des zurückliegenden Abends. Wie immer, wenn sie nachdenken musste, war sie hierhergekommen, und auch heute hatte sie das Gefühl, Annelie könne sie hören. Sie erzählte ihr von Werner, der sie so bedrängt hatte, und von Henning, der ihr zur Seite gesprungen war.

»Er hat ihm die Nase blutig geschlagen. Und mich seine Verlobte genannt. Kannst du dir das vorstellen? Nun ist es offiziell, Annelie, und ich konnte die ganze Nacht nicht schlafen, weil ich Angst davor habe, wie sein Vater reagiert. Was, wenn er es Henning am Ende doch noch ausredet?«

Als sie hinter sich Schritte auf dem Kiesweg hörte, wandte sie sich um und entdeckte Henning, der mit einer Rose in der Hand näher kam.

»Henning! Wie kommst du denn hierher?«, fragte sie.

Er lächelte sie an. »Ich war ein bisschen zu früh dran, und deine Eltern haben mir den Weg hierher erklärt. Und aus dem Blumenstrauß für deine Mutter habe ich eine Rose genommen, für Annelie.«

Er legte die Blume auf den efeubewachsenen Grabhügel, dann griff er ihre Hand. »Du kommst oft hierher?«

»Ja. Immer, wenn etwas Neues in meinem Leben geschieht. So wie gestern Abend.«

»Ich habe gerade mit deinen Eltern geredet. Sie haben sich gefreut und waren sehr angetan von unserer Verlobung. Was man von meinem Vater nicht behaupten kann.«

Isas Mut sank. Dann waren ihre Befürchtungen also wahr geworden und Max hatte sein Veto eingelegt. »Dann ist euer Gespräch nicht gut verlaufen?«

Er schüttelte den Kopf. »Nein. Überhaupt nicht.«

Isa war verwirrt. Er sagte so niederschmetternde Worte, doch wie konnte seine Stimme dabei so unbekümmert klingen? Und warum lächelte er die ganze Zeit? »Und nun?«, fragte sie verzagt.

»Es spielt keine Rolle mehr, was Max sagt, denn ich habe ganz unerwartet Unterstützung bekommen.« Ein Strahlen lag in seinen Augen. »Isa, ich habe Neuigkeiten, die dich umhauen werden. Heute ist ein ganz besonderer Tag!«

Isa sah ihn fragend an. Wovon redete er?

»Roman ist zurück.«

»Was?«

»Ja, er stand plötzlich in der Tür. Abgemagert, müde, mit einem gebrochenen Arm und einer Wunde am Bein. Er war in Kriegsgefangenschaft und ist wochenlang durch Frankreich geflohen. Und jetzt ist er wieder da. Und er ist auf unserer Seite.«

Isa konnte nicht glauben, was sie da hörte, und Tränen stiegen ihr in die Augen. »Er lebt? Roman ist wieder zu Hause?«

Henning legte den Arm um ihre Schulter. »Ja. Und er wird uns unterstützen, will mir sogar dabei helfen, eine eigene Wohnung zu mieten. Nun kann Vater sagen, was er will.«

Isa strahlte ihn an. »Ach, ich freu mich so darauf, Roman wiederzusehen! Wir sind zuletzt richtig gut miteinander ausgekommen. Morgen beginnt meine letzte Woche bei euch, vielleicht treffe ich ihn dann.«

»Wahrscheinlich nicht, er muss noch einmal ins Krankenhaus. Sein Arm muss behandelt werden.«

»Oh, wie schade.« Da kam ihr noch ein beunruhigender Gedanke. »Sag mal, soll ich überhaupt noch kommen, nun, da dein Vater so schlecht auf mich zu sprechen ist?«

»Natürlich kommst du. Das kannst du Lotta nicht antun, sie weint dir jetzt schon nach.«

Isa warf einen letzten Blick auf das Grab, dann fasste sie nach Hennings Hand und sie verließen den Friedhof.

Sein Auto stand am Straßenrand. »Hast du Lust auf einen Ausflug?«, fragte er, und sie stimmte begeistert zu.

Sie betraten durch das Königstor den Volkspark. Vor ihnen im hellen Schein der Frühlingssonne lag der traumhaft schöne Märchenbrunnen, und Hand in Hand umrundeten sie die kreisförmige Anlage mit ihren Wasserspielen und Märchenfiguren.

»Hier waren wir schon einmal«, sagte Henning. »Am Tag nach den wunderschönen Stunden in Mariendorf, erinnerst du dich? Als wir auf dem Sommerfest Polka getanzt haben und du mich später auf Ednas Hof zum ersten Mal geduzt hast.«

Sie hatte kurz die Augen geschlossen und sah die Szene von damals wieder vor sich. »Diesen Moment werde ich nie vergessen, Henning. Ich habe dir gestanden, wie sehr ich dich vermisst habe.«

»Und damit hast du mich mitten ins Herz getroffen.« Er fuhr sich mit der Hand durch die Haare. »Als ich zum ersten Mal mit dir hier war, hatte ich nicht einmal den Mut, nach deiner Hand zu fassen, doch schon damals war mir klar, dass ich niemals einer anderen Frau die Frage stellen würde, die ich jetzt an dich richten möchte.«

Ihr klopfte das Herz bis zum Hals, als er ihre Hand ergriff. Was meinte er?

»Ich habe gestern Abend gesagt, dass ich dir nie einen Antrag gemacht habe«, sagte er leise über das Geplätscher der Wasserspiele hinweg. Seine Augen, die jedes Mal aufleuchteten, wenn ein Sonnenstrahl durch die schnell ziehenden Wolken am Himmel brach, hielten ihren Blick fest, als er weitersprach: »Isa, willst du mich heiraten?«

Isa schluckte. Wie oft hatte sie davon geträumt, dass er ihr diese Frage stellen würde, und wie oft hatte sie bezweifelt, dass sich dieser Wunsch je erfüllen würde.

Sie strahlte ihn an. »Ja, Henning. Natürlich will ich das.«

Als er sie küsste, fühlte sich Isa, als wäre sie dort angekommen, wo sie schon immer hingehört hatte. An Hennings Seite.

Er zog einen Ring aus seiner Jackentasche und steckte ihn ihr an. Sie war erstaunt. Wo hatte er den denn an einem Sonntag her?

»Ich habe ihn schon vor Langem gekauft«, erklärte er und wirkte fast verlegen. »In dem Sommer, in dem wir so glücklich waren. Natürlich wollte ich dir damals noch keinen Antrag machen, weil das viel zu früh gewesen wäre, aber mit dem Kopf voller Träume kam ich einfach nicht an dem Juweliergeschäft vorbei.«

»Damals schon? Er ist wunderschön, Henning.«

»Was hältst du vom zehnten September als Hochzeitstermin?«

Sie überlegte kurz, warum er sich dieses Datum wünschte. »Das ist dein Geburtstag. Da wirst du volljährig.«

»Genau. Der perfekte Tag zum Heiraten.«

»Und das Aufgebot?«, fragte Isa. »Brauchst du dafür nicht noch die Unterschrift deines Vaters?«

Henning nickte zuversichtlich. »Nun, da Roman wieder da ist und auf meiner Seite steht, wird er sie mir geben, verlass dich drauf.«

* * *

Isas letzter Tag in der Villa der Wittmanns war gekommen. Wally und den Küchenmädchen, mit denen sie immer so gern beim Frühstück und Mittagessen zusammengesessen hatte, Lebewohl zu sagen, war schon schwer gewesen, und auch Doktor Schreiber, der gerade seine eigenen Sachen packte und den sie – einem Impuls folgend – zu einem Besuch ins Scheunenviertel eingeladen hatte, hatte ihr die Hand geschüttelt und ihr alles Gute gewünscht. Doch am schwersten fiel ihr der Abschied von Lotta.

»Ich will nicht, dass du gehst, Isa.«

Das wollte sie auch nicht. Wehmütig sah sie sich um. Sie hatte dieses Haus einmal mit Angst im Herzen betreten, doch mittlerweile war es ein zweites Zuhause für sie geworden.

»Ich werde dich besuchen kommen«, versicherte sie Lotta und zog sie an sich. »Ganz oft.«

Doch kaum hatte sie das Büro des Hausherrn betreten, um ihr Zeugnis zu holen, wusste sie, dass sie dieses Versprechen etwas voreilig gegeben hatte. Herr Wittmann verzog keine Miene, als er ihr ein Schreiben über den Tisch reichte.

»Was ich über Ihre Arbeit in meinem Haus denke, wissen Sie, Fräulein Berlinger, und ich habe Ihnen eine sehr gute Empfehlung ausgestellt, mit der Sie schon morgen in einer anderen Familie eine ähnliche Stellung erhalten könnten – ich selbst wäre Ihnen dabei behilflich.«

Warum die Eile, fragte sie sich. Worauf wollte Max hinaus?

»Sie sehen, Sie wären nicht ohne Arbeit und somit auch nicht auf die Verbindung mit meinem Sohn angewiesen – was ja sicher der Hauptgrund für diese überstürzte Geschichte mit der Verlobung ist, oder?«

Isa blieb die Luft weg. »Das denken Sie also von mir? Dass ich auf Hennings Geld aus bin?«

»Nun ja, Fräulein Berlinger, Henning ist ein begehrter Junggeselle, und so ganz von der Hand zu weisen ist dieses Argument nicht. Mir ist da mal was von einem Verlobten aus dem Scheunenviertel zu Ohren gekommen, von dem sie sich doch sicher aus ebendiesem Grund getrennt haben – dieser Mann konnte Ihnen wohl nicht so viel bieten wie ein Henning Wittmann. Das verstehe ich vollkommen; auch ich komme aus einfachen Verhältnissen, und jeder nimmt die Chancen wahr, die das Leben für ihn bereithält.«

Isa war sprachlos. Wie konnte Max es wagen, ihr so etwas zu unterstellen!

Max erhob sich und ging hinter seinem Schreibtisch auf und ab. »Deshalb, Fräulein Berlinger, biete ich Ihnen eine beträchtliche Summe als Abfindung an, wenn Sie dafür diese Verlobung rückgängig machen und kein weiteres Wort darüber verlieren. Wir würden die ganze Sache offiziell als eine Überreaktion meines Sohnes abtun, der bedauerlicherweise das Verhalten eines Gasts der Fairbanks missverstanden hat, denn Henning hat sich immerhin mit Werner Hofheim angelegt, einem angesehenen Unternehmer, der Ihnen angeblich ein bisschen zu nahe gekommen ist.«

Angeblich? Ein bisschen zu nahe? Ein angesehener Unternehmer – wie konnte Herr Wittmann die Tatsachen so verdrehen? Würde er am Ende noch ihr die Schuld an allem geben?

»Das wäre für alle Beteiligten das Beste«, fuhr Max fort, »denn glauben Sie mir, das mit Ihnen beiden kann nicht gut gehen. Sie werden sich und Henning unglücklich machen.« Er griff nach einem Blatt Papier, das auf seinem Schreibtisch lag, und hielt es ihr hin. »Ich biete Ihnen also eine Summe an, mit der Sie mehr als zufrieden sein können.«

Isa schloss für einen Moment die Augen, denn sie musste die Tränen so lange zurückhalten, um wenigstens einen letzten Satz hervorbringen zu können. Nie zuvor war sie von jemandem so gedemütigt worden.

»Ich kann nicht fassen, was Sie soeben gesagt haben, Herr Wittmann. Wenn Sie diese Worte nicht zurücknehmen, werde ich Ihr Haus nie mehr betreten. Und Sie nicht das meine!«

Tränen liefen ihr übers Gesicht, als sie das Zimmer verließ.

Vor dem Haus traf sie mit Henning zusammen. Ein Blick auf sie schien zu genügen, damit er sich alles zusammenreimen konnte.

»Max!«, stieß er grimmig hervor und fasste sie an den Schultern. »Was hat er zu dir gesagt?«

Sie schüttelte den Kopf. Nein, nie im Leben würde sie Herrn Wittmanns Worte wiederholen.

Henning atmete tief aus. »Ich werde ihn sofort zur Rede stellen.«

Er wollte davonstürmen, doch Isa hielt ihn fest. »Nein, Henning, tu das nicht. Ich will nicht, dass die Kluft zwischen euch beiden noch größer wird.«

»Du kannst mich nicht davon abhalten, Isa. Er hat dich zum Weinen gebracht!«

»Bitte, Henning! Wenn er bereit ist, seine Worte zurückzunehmen, weiß er, wo er mich findet.«

Henning lachte hart auf.

»Ich will dir nicht die Hoffnung rauben, Isa, aber warte nicht darauf, dass ein Max Wittmann sich entschuldigt. Eher friert die Hölle zu.« Er wandte sich zur Villa. »Und nun werde ich ihn mir vornehmen.«

Kapitel 23

Roman betrat das Mietshaus, vor dem Henning ihn abgesetzt hatte. Er strich sich noch einmal über seine kurzen Haare und sein glatt rasiertes Kinn und musste daran denken, wie er nach der Flucht beim ersten Blick in den Spiegel im Lager der Deutschen über sein verwahrlostes Äußeres erschrocken war. Noch in derselben Stunde hatte er sich die Haare schneiden lassen und den wilden Bart abrasiert.

Er klopfte an die letzte Tür des Flurs, und als sich nichts regte, öffnete er die quietschende Holztür zum Hinterhof und trat hinaus. Gut, dass er mit Isa schon einmal hier gewesen war und sich auskannte.

Er entdeckte Anna bei der Wasserpumpe, wo sie einen Eimer mit Wasser füllte, und um sie herum spielte eine Schar Kinder, unter denen er auch Annas Töchter ausmachte. Selbst heute, am Sonntag, trug sie eine Arbeitsschürze, und es tat ihm weh zu sehen, dass es für sie kein richtiges Wochenende zu geben schien. Er nutzte den Moment, solange sie ihn noch nicht entdeckt hatte, um sie einfach nur anzusehen. Die Frau, zu der er hatte zurückkehren wollen.

»Guten Tag, Frau Thalberg.«

Anna drehte sich um und sah ihn entgeistert an.

»Herr Wittmann!« Die Verblüffung stand ihr ins Gesicht geschrieben. »Wir dachten alle … sind Sie nicht … Sie sind wieder da?«

Er lächelte. »Ja. Ich bin wieder da.«

Die Worte sprudelten geradezu aus Anna heraus. »Wo waren Sie? Wie ist es Ihnen ergangen? Wann sind Sie zurückgekommen?« Sie unterbrach sich selbst. »Entschuldigen Sie, das waren zu viele Fragen auf einmal. Aber Sie müssen verstehen, wir waren sehr besorgt um Sie.«

Er lehnte sich lächelnd an das Mäuerchen und verschränkte die Arme. »Danke. Es ist schön, das zu hören. Und ich bin froh, dass Sie bei meinem Anblick nicht als Erstes wieder an eine Kündigung gedacht haben.«

Sie erwiderte sein Lächeln. »Nein, davon bin ich heute mal nicht ausgegangen. Aber was ist Ihnen zugestoßen, dass Sie so lange vermisst waren?«

»Ich war in französischer Gefangenschaft, und eine gute Seele verhalf mir zur Flucht, nachdem ich ihr ein Versprechen gegeben hatte. Ich bin fast drei Wochen lang durch die Gegend geirrt, in Richtung Front, und hoffte, auf eine deutsche Einheit zu treffen.« Das waren nüchterne Worte im Vergleich zu dem Gefühlschaos in seinem Inneren. Er wollte ihr sagen, wie oft er in den vergangenen Monaten an sie gedacht hatte, wie sehr er sie vermisst und sich um sie gesorgt hatte, doch er hielt sich zurück. Er wollte sie nicht überrumpeln. Sie hatte ihren Mann an der Front verloren und trauerte sicher noch um ihn.

Anna wollte alles wissen, was er unterwegs erlebt hatte, und so lehnte er sich an das Mäuerchen und erzählte ihr von seinen nächtlichen Wanderungen durch das Feindesland. Dabei verriet ihm ihre Mimik, dass auch sie um ihn gebangt hatte.

»Du meine Güte, sie haben auf Sie geschossen?«, fragte sie. »Und dann?«

»Sie haben mich nicht getroffen, aber ich bin im Dunkeln gestürzt und habe mir dabei den Arm gebrochen. Ich wurde notdürftig in einem Lazarett versorgt und nach meiner Rückkehr noch einmal hier im Krankenhaus behandelt, daher komme ich erst heute, um Sie zu fragen, wie es Ihnen geht. Ich weiß, dass die Versorgungslage in Deutschland seit der Seeblockade miserabel ist – haben Sie denn alles, was Sie brauchen?«

Anna seufzte. »Ihr Bruder tut, was er kann, um uns Arbeiter über nicht ganz legale Kanäle mit dem Nötigsten zu versorgen, und Isa bringt uns jede Woche einen Korb mit Gemüse aus Ihrem Garten.«

»Ja, das hat mir Henning erzählt.«

»Lebensmittel oder Medikamente auf dem Schwarzmarkt zu besorgen, ist teuer. Das mache ich nur im Notfall. Ansonsten versuchen wir, mit dem auszukommen, was wir haben.«

Roman hörte in dem, was sie sagte, auch das, was sie verschwieg. Sie und ihre Kinder litten Not. Not, die er lindern konnte. Doch er durfte nichts überstürzen. »Sie versuchen es«, wiederholte er ihre Worte. »Das heißt, so einfach ist es nicht.«

Anna schüttelte den Kopf. »Nein, einfach ist es nicht. Deshalb bin ich auch froh über die Stelle bei Ihnen. Und sosehr wir Frauen dafür beten, dass der Krieg zu Ende geht – schließlich ist mein Mann an der Westfront gefallen –, so sehr fürchten wir uns vor dem Tag, an dem wir entlassen werden.«

Roman runzelte nachdenklich die Stirn. »In dieser Sache ist noch nichts entschieden. Ich versichere Ihnen, dass die Wittmann-Werke alles daransetzen werden, nach Kriegsende keine Arbeiter auf die Straße zu setzen.«

Er sah ihren skeptischen Gesichtsausdruck. »Natürlich muss Ihnen das wie eine hohle Phrase vorkommen«, stellte er fest. »Ich kann nicht in die Zukunft schauen und weiß weder, wie lange der Krieg dauert, noch wie er enden wird, doch ich bitte Sie, auf mein Wort zu vertrauen.«

Anna nickte. »Herr Wittmann, welches Versprechen meinten Sie vorhin?«

Roman blickte in ihre dunklen Augen, die ihn so forschend ansahen. Wie sagte man einer jungen Witwe, dass man sie unterstützen wollte, ohne dass sie es falsch verstand? Er wollte auf keinen Fall bei Anna den Eindruck erwecken, seine Hilfe sei an Bedingungen oder Erwartungen geknüpft.

»Eine Nonne hat mir zur Flucht verholfen, nachdem ich ihr versprochen hatte, mein Leben zu ordnen und mich um das Wohl meiner Arbeiter zu kümmern«, antwortete er ausweichend. Das entsprach zwar nicht dem genauen Wortlaut dessen, was die Nonne gesagt hatte, die ausdrücklich von Anna und den Kindern gesprochen hatte, doch das konnte er der jungen Frau zum jetzigen Zeitpunkt nicht sagen, ohne sie misstrauisch zu machen.

Anna nickte. »Verstehe.«

»Gibt es irgendetwas, was ich für Sie tun kann?«

Er folgte Annas Blick, der über den Hof schweifte, und wohin er auch schaute, sah er nur Not und Entbehrung. Die Kinder, unter denen er Eva, Dora und Annas jüngstes Kind ausmachte, rannten fast alle barfuß herum, sie wirkten blass und unterernährt, ihre Kleider waren zerschlissen. Er verstand ihren Blick, der keiner weiteren Worte bedurfte – es fehlte an allem.

»Ich werde mir etwas einfallen lassen«, versprach er und reichte ihr zum Abschied die Hand. »Aber eine Frage habe ich noch. Wie heißt ihre jüngste Tochter?«

Anna lächelte. »Die Kleinste heißt Thilda.«

»Thilda. Ein schöner Name.«

Er wandte sich zum Gehen.

»Herr Wittmann!«, rief Anna, und er drehte sich noch einmal um. »Es ist schön, dass Sie wieder da sind.«

Er fing ihr strahlendes Lächeln auf und hob die Hand zum Gruß. Annas Freude wirkte so ehrlich. Da war nichts

Gekünsteltes, wie er es so oft bei Frauen erlebt hatte, sondern ein Lächeln, das von Herzen kam. Ja, sie freute sich wirklich, ihn wiederzusehen.

* * *

Die Wohnung in der Margarethenstraße, in die Henning sie mitgenommen hatte, weil es die schönste war, die er bei seinen Besichtigungen gefunden hatte, verfügte über große, helle Räume, glänzende Parkettböden, Stuckverkleidungen an den Wänden und Öfen in den Zimmern. Sie erstrahlte in hellem Weiß und roch frisch gestrichen, als Isa mit Henning durch die Zimmer ging und sich mit staunendem Blick umsah. »Wie schön die Wohnung ist! Bist du sicher, dass wir so viel Platz brauchen?«

»So groß ist sie gar nicht«, entgegnete er. »Vergiss nicht, dass wir ein Gästezimmer brauchen, wenn Mutter zu Besuch kommt. Wir haben noch ein Speisezimmer, daneben den Salon, das Schlafzimmer mit dem Balkon, die Küche und das Bad. Du musst mir nur noch sagen, wie wir die Zimmer einrichten wollen.«

»Ach, Henning, da bin ich völlig überfragt. Welche Möbel wünschst du dir denn? Du kennst dich da besser aus als ich. Ich finde sogar die Dienstbotenzimmer in eurer Villa luxuriös.«

»Dann lässt du mir also freie Hand beim Einrichten?«

Sie nickte. »Und ich möchte es dann auch erst nach der Hochzeit sehen, als Überraschung.«

»Gut, ich glaube, ich finde schon das Richtige.«

Er öffnete die Balkontür, und sie traten hinaus, lehnten sich an das Geländer und blickten auf die herrschaftlichen Häuser, die die Straße säumten.

»Hier gefällt es mir«, meinte er und deutete die Straße entlang. »Am Ende der Straße steht die berühmte Kaiserplatane, siehst du sie? Sie steht bereits seit etwa sechzig Jahren hier in dieser Villengegend. Und von dort ist es nicht mehr weit bis zum Potsdamer Platz.«

Isa sah sich zufrieden um. »Eine Wohnung ganz für uns allein, das kann ich noch gar nicht glauben.«

Wie aufs Stichwort klopfte es an der Tür, und Henning begann zu lachen. »Das fängt ja gut an. Kaum haben wir einen Fuß in die Wohnung gesetzt, da bekommen wir schon Besuch.«

Er ging zur Tür und kam mit Roman zurück. Sie hatte ihn seit seiner Rückkehr noch nicht getroffen und freute sich unbändig, ihn, abgesehen von dem Gipsverband um seinen Arm, gesund vor sich zu sehen.

»Schau nur, wer da ist«, sagte Henning. »Roman bringt den unterzeichneten Mietvertrag, denn die Wohnung läuft ja erst ab September auf meinen Namen.«

»Isa, ich grüße Sie.«

»Ich freue mich, dass Sie wieder da sind, denn ich habe mir Sorgen um Sie gemacht. Aber das haben Sie sicher schon ein paar Dutzend Mal gehört.«

»Ich höre es immer wieder gern!« Roman lehnte sich an das Geländer und lächelte sie an. »Sie fehlen uns in der Villa. Es ist richtig langweilig dort ohne sie. Lotta spricht immerzu von Ihnen. Wollen Sie uns nicht doch wieder einmal besuchen?«

Isa schüttelte den Kopf. »Nein, ich werde nicht kommen. Ich vermisse Lotta auch. Aber ihre neue Schule ist hier in der Nähe, da kann sie uns jederzeit besuchen, wenn wir hier erst einmal wohnen.«

Roman runzelte die Stirn. »Henning hat mir erzählt, was zwischen Vater und Ihnen vorgefallen ist.« Er seufzte. »So ist er, unser Vater. Aber glauben Sie mir, Henning und ich machen es ihm auch nicht gerade leicht. Wir heizen ihm gehörig ein und bombardieren ihn mit Forderungen, um die Firmenpolitik neu auszurichten, und er verliert immer mehr an Boden. Der arme Mann muss sich jetzt mit Themen herumschlagen, die ihm gar nicht gefallen – Ausbildungsplätze für Frauen, Arbeitszeitverkürzung, gerechtere Löhne – und gegen uns beide«, er machte eine Handbewegung zwischen sich und Henning, »hat er keine Chance.«

Isa hörte ihm begeistert zu. »Das heißt, die Frauen in Ihrer Fabrik werden nach dem Krieg ihre Arbeitsplätze nicht verlieren?«

»Nein, nicht, wenn wir es verhindern können«, warf Henning ein. »Wir planen eine komplett neue Produktpalette, wodurch ganz neue Arbeitsplätze entstehen. Mit Aufgabenbereichen, die gut von Frauen bewältigt werden können.«

»Das wird Anna freuen.« Isa sah, wie Roman bei ihren Worten zufrieden nickte. Sie ahnte, dass viele Neuerungen, die Roman in der Firma plante, auch mit ihr zu tun hatten.

Es klopfte erneut, und Henning schüttelte lachend den Kopf. »Ich glaubs ja nicht. Ist da irgendwo ein Nest?«

Als Isa die Tür öffnete, stand Raffael mit einem Korb in der Hand davor.

»Raffael! Das ist ja eine Überraschung! Woher weißt du denn, dass wir gerade hier sind?«

»Von Roman. Als er vorhin das Büro verließ, sagte er, er wolle Henning hier besuchen.«

Sie schaute auf seinen Korb. »Und da hast du mal eben ein paar Flaschen Bier besorgt?«

Er zuckte mit unschuldigem Blick die Schultern.

Isa lachte. »Komm herein.«

Henning schmunzelte, als sie mit ihrem Gast auf den Balkon trat. »Wird das jetzt hier zu einer Außenstelle der Wittmann-Werke? Dann werden Isa und ich uns sofort eine neue Wohnung suchen.«

Raffael sah sich lachend um. »Dafür ist es etwas zu karg eingerichtet, oder? Nicht einmal einen Stuhl kannst du deinen

Gästen anbieten. Aber dafür habe ich etwas zu trinken dabei. Auf eine neue Wohnung muss man anstoßen!«

Er holte ein paar Flaschen Bier aus dem Korb. »Prost!«, rief er, nachdem er jedem ein Bier in die Hand gedrückt hatte. Nur Isa lehnte ab.

»Was führt dich eigentlich zu mir?«, fragte Henning.

Raffael nahm noch einen Schluck und blinzelte in die Sonne. »Nichts. Ich dachte nur, wenn die Chefs so früh Feierabend machen, kann ich das auch.«

Roman deutete mit seiner Bierflasche auf ein Gebäude, das schräg gegenüber lag. »Was haltet ihr davon, wenn wir unsere kleine spontane Zusammenkunft später noch in die Kneipe dort drüben verlegen?«

Henning und Raffael stimmten sofort zu. Als die drei Männer ein Gespräch über die Lokale in der Umgebung begannen, wandte Isa sich ab und ging noch einmal durch die Wohnung. Wie schön sie war! Wie würde sich ihr eigenes Leben wohl verändern, wenn sie Henning heiratete? Ihren Eltern und Moritz fiel es nicht leicht, sie gehen zu lassen, denn wenn sie auch jahrelang getrennt gewesen waren, so waren sie im Herzen doch immer eine Familie gewesen. Und da war auch noch Viktor. Obwohl sie seine Familie und Lina zur Feier eingeladen hatte, war sie sicher, dass Viktor – sollte er überhaupt zu dem Termin gerade Heimaturlaub haben – nicht kommen würde. Von Lina wusste sie, dass er sich bei seinem letzten Besuch in Berlin mit ihr getroffen hatte. Würde das etwas Festes werden? Sie hoffte es so für Viktor.

Und doch hätte sie sich nie anders entscheiden können. Es hatte immer nur Henning für sie gegeben. Eine Sache lag ihr allerdings noch schwer auf dem Herzen. Er hatte nie mehr mit ihr darüber gesprochen, dass sie nach der Hochzeit wieder arbeiten wollte. Doch sie konnte sich einfach nicht vorstellen, den ganzen Tag untätig zu Hause zu sitzen, selbst dann nicht, wenn sie einmal Kinder haben würden, denn dafür liebte sie ihre Unterrichtsstunden im Scheunenviertel viel zu sehr. Doktor Schreiber hatte sie vor einigen Tagen dort besucht und noch einmal in ihrem Wunsch bestätigt, ihre Aufgabe dort nicht aufzugeben. Er hatte verstanden, wie viel ihr das bedeutete, denn er war selbst sein Leben lang Lehrer gewesen und vermisste das Unterrichten. Sie hatte Henning davon erzählt, doch der hatte sie nur schweigend angesehen, und sie hatte nicht den Mut gehabt, das Thema noch weiter zu vertiefen. Doch sie machte sich Sorgen. Würde Henning versuchen, sie nach der Heirat davon abzuhalten, weiterhin für ihre Schützlinge da zu sein? Weil es nicht passend war für eine Frau, die seinen Namen trug? Und dann?

Als sie wieder Richtung Balkon ging, fiel ihr auf, dass die drei seltsam leise sprachen. Sie hörte gerade noch, wie Henning sagte: »… darf sie aber nicht mitbekommen«, doch er verstummte sofort, als er sie sah. Sie ließ sich nichts anmerken, als sie in die Sonne hinaustrat, doch sie hatte das merkwürdige Gefühl, dass die Männer ihr etwas verschwiegen.

* * *

Roman verließ das Büro seines Vorarbeiters im Moabiter Werk und ließ den Blick unauffällig durch die Fabrikhalle schweifen. Immer, wenn er hier war, schaute er nach Anna, um sich zu vergewissern, dass es ihr gut ging, und wenn er ehrlich war, kam er häufiger hierher, als er gemusst hätte. Er konnte sie nirgends entdecken, obwohl sie laut Schichtplan eigentlich hier in der Fabrik hätte sein müssen, und Sorge beschlich ihn. War alles in Ordnung? Fast war er versucht, die Bürotür, deren Klinke er noch in der Hand hielt, wieder zu öffnen und sich zu erkundigen, ob Frau Thalberg die Schicht getauscht hatte, doch er hielt sich im letzten Moment zurück. Er tat der jungen Frau keinen Gefallen, wenn er sie irgendwelchen Gerüchten aussetzte.

Er hatte sie seit jenem Sonntag kurz nach seiner Rückkehr nicht mehr besucht, doch er schickte Lebensmittel und Aufmerksamkeiten für die Kinder zu ihrer Wohnung. Erst gestern hatte er Hans gebeten, einen Korb voll Gemüse aus dem Garten hinter der Villa zu ihr zu bringen. Sie hatte ihm Grüße und ihren aufrichtigsten Dank ausrichten lassen, und mehr konnte er im Moment nicht tun. Doch es war ihm bei Weitem nicht genug. Die Frau und ihre drei Kinder lebten in einer heruntergekommenen Wohnung, und er spielte mit dem Gedanken, demnächst einen Handwerker zu beauftragen, nach dem Ofen zu sehen, denn die Rußflecken an der Decke legten die Vermutung nahe, dass er nicht richtig zog. Und den Riss in der Mauer konnte der Arbeiter sich dann auch gleich vornehmen. Roman seufzte. Im Grunde hätte diese Familie in eine völlig andere Wohnung ziehen müssen, doch wie viel Hilfe würde Anna von ihm annehmen, ohne ihm irgendwelche Hintergedanken zu unterstellen?

Wo war sie? War sie krank? Oder eines ihrer Kinder?

Er verließ die Fabrikhalle und ging über den Hof zu seinem Wagen. Einige Frauen, die gerade Pause machten, standen in einer Gruppe beisammen, und er atmete erleichtert auf, als er Anna unter ihnen ausmachte. Als sie ihn erblickte, flog ein zartes Lächeln zu ihm herüber, das außer ihm sicher niemand wahrgenommen hatte, doch es reichte, um sein Herz höherschlagen zu lassen. Es ging ihr gut, sollte dieses Lächeln wohl bedeuten. Und als er die Tür des Wagens öffnete, lächelte er genauso unauffällig zurück.

Kapitel 24

»Warum kommt Vater nicht zu deiner Hochzeit? Und Silvia auch nicht?«, fragte Lotta.

Henning zog einige Bücher aus seinem Regal und wandte sich ihr zu. »Das habe ich dir doch schon erklärt. Weil er dagegen ist, dass Isa und ich heiraten.«

»Aber das kann er doch nicht machen, du bist doch sein Sohn! Macht dir das denn gar nichts aus?«

Henning schwieg und reichte ihr wortlos weitere Bücher, die sie in eine Kiste packte. Er war dabei, sein Zimmer in der Villa zu räumen, was ihm nicht schwerfiel, denn diesen Tag hatte er schon so lange herbeigesehnt. Dass er Lotta verlassen musste, war ein Wermutstropfen, doch zum Glück war Roman noch da, der sich neuerdings bestens mit seiner Schwester verstand.

Ob es ihm etwas ausmachte, dass Max nicht zur Feier kommen würde? Definitiv nicht, denn die innere Bindung zu seinem Vater war schon vor langer Zeit in die Brüche gegangen.

»Nein, Lotta, mir macht es nichts aus, aber Isa. Für sie gibt es nichts Wichtigeres als die Familie, und dazu zählt sie aus mir unerklärlichen Gründen auch Vater. Sie gibt es zwar nicht zu, aber ich spüre, dass sie sich eine Versöhnung mit ihm wünscht.«

»Meinst du? Und wenn ich noch mal mit ihm rede?«

Henning lächelte sie an. »Wie ähnlich du und Isa euch doch seid. Genau das hätte sie an deiner Stelle auch gesagt. Du kannst gern versuchen, Vater umzustimmen, aber glaub mir, es ist zwecklos.«

»Warts ab. Er ist unten im Arbeitszimmer, ich gehe gleich mal zu ihm.«

Lotta lief davon, und kurz darauf kam Hans ins Zimmer, in der Hand eine Schachtel, die er Henning reichte. Der warf einen Blick hinein. »Ah! Mutters Briefe.«

»Die hattest du in meinem Zimmer deponiert und wirst sie sicher mitnehmen wollen.«

Henning nickte. Hans war nicht nur in dieser Sache sein Verbündeter geworden, er war auch sein Boxlehrer und jahrelang sein einziger Freund gewesen. Hans stand ihm näher als sein Vater. Ihn würde er nach dem Auszug vermissen.

»Danke, Hans. Wir werden uns weiterhin oft sehen, ja?«

»Das werden wir, denn es gibt Neuigkeiten.« Hans schloss sicherheitshalber die Tür, bevor er weitersprach. »Henning, nach dem Krieg werden Alice und ich heiraten. Ich habe ihr einen Antrag gemacht und sie hat Ja gesagt!«

Henning sah Hans wie vom Donner gerührt an, dann klopfte er ihm auf die Schulter. »Endlich! Das wurde aber auch Zeit!«

»Ach, du weißt doch, warum ich so lange damit gezögert habe. Ich, ein Hausdiener, und Alice, die Tochter des Unternehmers Andrew Wilson!«

»Das ist Unsinn, denn Mutter ist das völlig egal.«

»Oh ja! Das waren fast genau ihre Worte, als sie mir in ihrem Brief geantwortet hat.«

»Siehst du, das habe ich dir immer gesagt. Wirst du sie nach Deutschland holen?«

»Ja. Ich wäre zwar auch zu ihr nach England gegangen, um ihr ein Wiedersehen mit Max zu ersparen, doch das wollte sie nicht. Sie freut sich, wieder in der Nähe ihrer Kinder zu sein.«

»Mutter ist uns herzlich willkommen. Und Vater? Er sollte es wohl besser erst erfahren, wenn es so weit ist, oder?«

»Ja. Ich wollte es vorerst nur dir mitteilen.«

Henning nickte, und im gleichen Augenblick kehrte Lotta mit einem enttäuschten Gesicht ins Zimmer zurück. »Du musst mir gar nichts sagen«, meinte Henning in tadelndem Ton. »Ich habe dich gewarnt.«

»Wie kann er nur so stur sein! Heißt das jetzt, du heiratest, ohne dass Vater und Mutter dabei sind?«

»So ist es, Lotta. Aber weißt du, warum das nicht schlimm ist?«

»Warum?«

»Weil du dabei bist. Und Roman. Und Hans. Und weil von diesem Tag an Isa für immer zu mir gehören wird. Was braucht man mehr? Und du hast jetzt keine Zeit mehr, um Trübsal zu blasen, denn du begleitest mich und Hans in die neue Wohnung, um sie einzurichten.«

»Ich?«

»Ja.« Henning schnappte sich die Bücherkiste und ging Richtung Tür. »Die Möbel sind schon da, und heute Morgen wurden die Teppiche, Gardinen, Decken und Kissen geliefert. Wir brauchen weiblichen Beistand, damit Isa sich später in ihrem neuen Zuhause wohlfühlt, und wer wäre dafür besser geeignet als du?«

Lotta nickte und hob stolz das Kinn. »Da hast du recht. Also los, gehen wir. Schließlich haben wir nur noch wenige Tage Zeit.«

* * *

Isa kaute an ihrem Stift und starrte auf das Papier vor sich auf dem Tisch. Sie hatte hin- und herüberlegt, was sie tun sollte, doch sie konnte einfach nicht morgen mit Henning vor den Traualtar treten, ohne dem Menschen davon zu berichten, der ihr jahrelang so nah gestanden hatte wie kein anderer. Viktor. Er war vor Kurzem in Berlin gewesen, wie sie von Lina erfahren hatte, doch er hatte sich nicht bei ihr gemeldet. Folglich gab es nur eine Möglichkeit, um ihm mitzuteilen, was in ihr vorging – sie musste ihm schreiben. Doch das war gar nicht so einfach, und bis jetzt standen erst zwei Worte auf dem Blatt:

Lieber Viktor!

Als sie den Stift wieder ansetzte, fiel es ihr auf einmal leicht, ihre Gedanken zu Papier zu bringen.

> *Wenn ich morgen Henning heirate, ist das das erste größere Ereignis ohne dich. Vieles in meinem Leben habe ich mich nur getraut, weil ich immer dich im Rücken hatte. Ich wusste, wenn ich in Schwierigkeiten geraten würde, wärst du da, um mir beizustehen. Danke dafür. Wenn ich jetzt auch lernen muss, meinen Weg ohne dich zu gehen, so wünsche ich mir doch, dass du ein Teil meines Lebens bleibst. Also komm doch bitte auf einen Besuch vorbei, wenn du wieder in Berlin bist; auch Henning würde sich darüber freuen.*
>
> *Pass auf dich auf, Viktor!*
> *Es grüßt dich herzlich*
>
> *Isa.*

Lange blickte sie auf den Brief. Was wäre aus ihnen beiden geworden, wenn sie nicht an jenem Frühlingstag vor acht Jahren zufällig vor dem Warenhaus Tietz gewesen wäre, als Lotta dort vor eine Pferdekutsche gelaufen war? Damals war sie Henning begegnet. Und hatte ihn nicht mehr vergessen können.

Sie staunte nicht schlecht, als es wenig später an der Tür klopfte und Henning davorstand. Mit ihm hatte sie heute nicht gerechnet.

»Hast du Zeit für einen Ausflug?«, fragte er.

»Einen Ausflug? Heute, am Tag vor der Hochzeit? Also, ich weiß nicht, Mutter wollte an meinem Kleid noch etwas ändern, und …«

»Vergiss das Kleid! Ich habe eine Überraschung für dich.«

Was meinte er bloß? »Was denn für eine Überraschung?«

»Mein Hochzeitsgeschenk an dich. Ich würde es dir gern heute noch zeigen, damit du dir morgen auch sicher bist, das Richtige zu tun. Es ist etwas, worum du mich gebeten hast.«

Sie hatte keine Ahnung, wovon er sprach, doch sie griff nach ihrer Jacke und folgte ihm zum Auto. Die ganze Fahrt über grübelte sie darüber nach, was er wohl vorhatte, und natürlich schwieg er eisern zu all ihren Fragen. Was konnte es denn geben, das so wichtig war, wie er angedeutet hatte?

Ob er ihr doch zeigen wollte, wie er die neue Wohnung eingerichtet hatte? Hatte er nicht immer davon gesprochen, sie erst am Hochzeitstag damit zu überraschen? Völlig verwirrt war sie, als er Richtung Scheunenviertel fuhr. Was wollte er denn hier? In der Nähe ihres früheren Wohnhauses blieb er vor dem kleinen Gemüseladen stehen, der vor einigen Monaten geschlossen worden war.

»Wir sind da.«

Sie sah ihn ratlos an, als er ihr die Wagentür öffnete. »Und was machen wir hier? Willst du etwa ein Geschäft eröffnen? Wechselst du vom Maschinenbau in den Lebensmittelhandel?«

Er schüttelte lachend den Kopf und zog sie zum Haus. »Entschuldige, dass noch nicht alles fertig ist, aber Roman, Raffael, unser Buchhalter Herr Schröder und ich hatten nicht viel Zeit, um alles in die Wege zu leiten. Es ist auch nur ein vorübergehendes Domizil, bis wir eine bessere Immobilie gefunden haben. Aber ich denke, für den Anfang reicht es.«

»Wovon sprichst du, Henning?«

»Schau doch mal.« Er deutete an der Fassade hinauf. »Steht dort oben über dem Tor noch immer ›Gemüseladen‹?«

Jetzt erst entdeckte Isa das neue Schild. »Kinder- und Jugendhaus« war darauf zu lesen. Und eine Ahnung stieg in ihr auf, was Henning ihr hier schenkte.

»Henning, ist das etwa …«

Er nickte. »Ein Haus, in dem junge Menschen eine warme Mahlzeit erhalten sollen, Zuwendung und Hilfe bei den Hausaufgaben. Roman und ich haben eine Stiftung ins Leben gerufen, die dieses Haus trägt, und damit erfüllt sich ein Traum, den ich jahrelang gehegt habe. Und du erhältst die Möglichkeit, deine ganz besonderen Fähigkeiten einzubringen. Du hast mich einmal gebeten, dich nicht in einen goldenen Käfig zu sperren, erinnerst du dich? Das habe ich ernst genommen.«

Isa war sprachlos. Das war es also, was Henning, Roman und Raffael vor ihr verheimlicht hatten! Sie folgte Henning in das Gebäude, wo er ihr den früheren Verkaufsraum zeigte, in dem nun Tische und Stühle standen, sowie die Küche, die bereits mit einem großen Herd und Schränken eingerichtet worden war.

»Wir brauchen noch zwei Küchenhilfen und eine Köchin«, fuhr Henning fort. »Und Roman will morgen beim Fest Anna fragen, ob das nicht etwas für sie wäre.«

»Anna?« Sie sah ihn ungläubig an. »Sie wird einfach nur begeistert sein!«

»Das denke ich auch. Wir sind übrigens mit der Besichtigung noch nicht fertig.« Er öffnete die Tür zu einem Nebenzimmer, in dem sich Schulbänke und eine Tafel befanden. »Das ist in Zukunft dein Reich, Isa. Deins, und das von Doktor Schreiber, der dich unterstützen möchte.«

»Was? Doktor Schreiber?«

»Ja, als du mir von seinem Besuch bei dir im Scheunenviertel erzählt hast, wusste ich sofort, dass er der Richtige ist, um dich hier zu unterstützen. Er war begeistert, als Roman und ich ihn aufsuchten und ihn fragten, ob er nicht Teil unserer Mannschaft werden wolle. Er will sogar ehrenamtlich helfen.«

Isa stiegen Tränen der Rührung in die Augen. Sie lehnte sich an Henning, und er legte den Arm um sie. »Ich weiß nicht, was ich sagen soll.«

»Sag einfach morgen Ja, wenn wir am Traualtar stehen, mehr wünsche ich mir gar nicht.«

»Ich hatte nie etwas anderes vor.«

Es war ein strahlend schöner Spätsommertag, als Isa in einem blau schimmernden Kleid mit ihren Eltern und Moritz vor der kleinen Kirche in Mariendorf aus dem Taxi stieg. Am Abend zuvor hatte die standesamtliche Trauung stattgefunden, und sie musste an den kurzen Moment denken, als sie für die Unterzeichnung der Eheurkunde den Stift in die Hand genommen und sich gefragt hatte, ob sie das Richtige tat. Konnte das wirklich gut gehen mit ihr und Henning? Oder würden all diejenigen, die ihnen ein Scheitern vorausgesagt hatten, am Ende doch recht behalten? Sie hatte Leni einen Hilfe suchenden Blick zugeworfen, und deren bestätigendes Lächeln hatte alle Zweifel zerstreut. Natürlich war Henning der Richtige, und sie hatte mit zierlicher Handschrift die Urkunde unterschrieben.

Und heute sollte die kirchliche Trauung stattfinden. Weiße Hortensien und bunte Dahlien blühten in den Blumenbeeten auf dem Kirchenvorplatz, als Isa mit Leni, Karl und Moritz auf das Gotteshaus zuschritt. Henning war schon da. In seinem dunklen Anzug stand er neben Roman, Hans und Raffael vor dem Kirchentor, und als er sie entdeckte, kam er mit einem Lächeln auf sie zu. Er zog ihre Hand an seine Lippen. »Du siehst bezaubernd aus.«

»Danke! Und alles Gute zum Geburtstag, Henning!«

Sie sah ihm an, was er gerade dachte. Er hatte immer vom Tag seiner Volljährigkeit geträumt, hatte sich ausgemalt, mit gepackten Koffern in einem Zug oder auf einem Schiff zu sitzen, um in die Welt hinauszuziehen. Doch nun stand er hier in Mariendorf vor der Kirche, um zu heiraten.

»Für den heutigen Tag hattest du große Pläne geschmiedet«, flüsterte sie ihm zu. »Bereust du es wirklich nicht, dass nun alles anders gekommen ist?«

Er schüttelte den Kopf. »Nein, ich könnte da draußen nichts finden, was mich so glücklich machen würde wie du.«

Und kurze Zeit später, als sie mit Henning vor dem Altar stand und der Priester ihm die entscheidende Frage stellte, erlebte sie die Szene wie in einem Traum.

»Ja, ich will.«

Sein Versprechen an sie.

Der Ring, den er ihr über den Finger schob.

Der strahlende Blick aus seinen dunklen Augen.

Die Frage des Priesters an sie.

Drei Worte, auf die Henning wartete.

»Ja, ich will.«

Ein Lächeln auf seinem Gesicht.

Sein zarter Kuss auf ihren Lippen, der ihr Versprechen besiegelte.

Für immer.

»Nun ist es ganz offiziell, wir sind verheiratet«, flüsterte Henning ihr ins Ohr, als die Orgel ertönte und die Gemeinde einen Gesang anstimmte. »Du bist jetzt meine Frau.«

»Bist du sicher, dass das alles wahr ist?«, fragte sie ebenso leise zurück.

»Hm, ja, ich bin mir ziemlich sicher.«

Isa warf einen Blick hinter sich, und sie musste blinzeln, damit die Tränen nicht ihren Blick verschleierten. Sie waren alle gekommen: In den Bänken saßen ihre Eltern und Moritz, Viktors Mutter, ihre Töchter und Lina, Anna und ihre Kinder, Ednas Familie, Hans, Roman, Lotta und Raffael. Max und Silvia fehlten, und natürlich Alice, die einen bewegenden Brief geschickt hatte, wie auch Viktor, der an der Front war.

»Ich freu mich so, Henning«, flüsterte sie. »Ich bin so glücklich, dass sie alle zu unserer Hochzeit gekommen sind.«

Sie nahm die Glückwünsche der Anwesenden entgegen und freute sich unbändig, als sie Hennings Worte aufschnappte, die er ihrem Bruder zuraunte: »Jetzt können wir mit dem Theaterspiel aufhören, Moritz; du musst dich nie mehr als mein Neffe ausgeben, denn nun bist du mein Schwager!«

Sie hatten sich für eine kleine Feier in einem Landgasthof entschieden, da sie auch heute nicht vergessen wollten, dass in Europa ein Krieg tobte, und als die Kaffeetafel und das Abendessen beendet waren, zog Henning Isa zur Seite.

»Möchtest du noch bleiben?«

Sie schüttelte den Kopf. »Ich denke, die feiern auch ganz gut ohne uns weiter, oder?«

»Dann zeige ich dir jetzt unser neues Zuhause.«

Als sie in ihrem wunderschönen Kleid durch die Räume schritt, die seit heute auch ihre sein sollten, brachte sie kein Wort heraus. Ihr Blick fiel auf zierliche Möbelstücke, Teppiche auf den Parkettböden, Gardinen an den Fenstern. Blumen standen auf der Kommode im Speisezimmer, Kissen lagen auf dem Sofa des Salons, alles strahlte Behaglichkeit aus. Jemand musste vor Kurzem hier gewesen sein, denn in den Öfen brannte Feuer und im Schlafzimmer stand ihr Koffer, den sie gestern gepackt hatte. Sein Anblick machte ihr bewusst, dass sie nun tatsächlich hier wohnte. Zusammen mit Henning.

Als sie hörte, wie er ins Zimmer trat, stand sie regungslos da. Ihr war überdeutlich bewusst, dass sie beide allein waren, dass er nur einen Schritt hinter ihr war und dass ihr das Herz bis zum Hals klopfte. Auch wenn Viktor immer versucht hatte, schädliche Einflüsse von ihr fernzuhalten, so hatte sie in den Straßen der Großstadt genug aufgeschnappt, um zu wissen, was es mit der Hochzeitsnacht auf sich hatte. Doch da war so viel Verwirrendes gewesen, das sie verunsichert hatte.

»Isa?«, vernahm sie Hennings leise Stimme hinter sich.

Und plötzlich schüttelte sie über sich selbst den Kopf. Wovor hatte sie denn Angst? Es war doch Henning, dessen Hand jetzt zaghaft nach ihrer fasste, der heute vor Gott und der Welt Ja zu ihr gesagt hatte, für den nichts, was sie tat, falsch sein würde.

Mit klopfendem Herzen wandte sie sich zu ihm um. Ein Blick voller Sehnsucht traf sie, doch er stand nur da und wartete. Er überließ es ihr, den letzten Schritt zwischen ihnen zu überwinden, und als sie die Hände um seinen Nacken legte und ihn an sich zog, waren da seine Arme, die sie umfingen, seine Lippen, die die ihren suchten, seine Hände, die zärtlich über ihr Kleid streiften. Henning.

»Ich sagte einmal, es sei ein Kinderspiel, auf dich zu warten«, flüsterte er ihr ins Ohr, als er ihr Haar löste und seine Finger darin vergrub. »Aber das war es nicht. Ich lag selten so falsch.«

In den nächsten Stunden, in denen sie die Erfüllung ihrer Liebe fanden, gab es nur sie und Henning und die Zärtlichkeiten, die sie austauschten.

Als Isa irgendwann in der Nacht erwachte, betrachtete sie lange sein vom Mondlicht beschienenes Gesicht. Sie hatte sein Bild in sich getragen, seit sie vor Jahren dem zwölfjährigen Jungen, der sich so verzweifelt um seine verletzte Schwester gekümmert hatte, ihr Herz geschenkt hatte; sie war ihm nahe gewesen, als sie sich kennen- und liebengelernt hatten, doch nie in einer Weise wie in dieser Nacht. In Hennings Armen hatte sie all ihre Angst verloren, er war zärtlich und liebevoll gewesen und hatte immer wieder ihren Blick gesucht, um sich zu vergewissern, dass es ihr gut ging. Seine Leidenschaft hatte sie mitgerissen, hatte sie Raum und Zeit vergessen lassen, hatte sie beide zusammenfinden lassen wie zwei Teile eines Ganzen.

Isa lächelte, während sie Hennings Gesicht betrachtete. »Das zwischen uns, das ist Liebe, oder?«, hatte er sie vor zwei Jahren gefragt. Ja, das zwischen ihnen war Liebe. Vielleicht würde sie sie nie ganz begreifen, doch in den zurückliegenden Stunden hatte sie eine leise Ahnung davon erhalten. Vorsichtig, um ihn nicht zu wecken, löste sie sich aus seiner Umarmung, schlüpfte in ihren Morgenmantel und öffnete leise die Tür zum Balkon. Sie trat hinaus in die kühle Nachtluft, blickte in den Sternenhimmel und fragte sich, ob sie jemals etwas so Schönes gesehen hatte. Die ganze Welt schien verwandelt. Wie lange hatte sie von diesem Tag geträumt?

Es regte sich etwas hinter ihr im Zimmer. Auch Henning war wach geworden, zog sich etwas über und kam heraus.

Er legte die Arme um sie und küsste ihre Stirn. »Bist du glücklich, Isa?«

Sie lehnte sich an ihn. »Ja. Sehr sogar. Dabei hatte ich Angst, etwas falsch zu machen.«

Er hob ihr Kinn und sah sie erstaunt an. »Aber warum denn?«

»Ich weiß nicht viel von der Liebe.«

Er strich ihr lächelnd eine Strähne aus dem Gesicht. »Ich auch nicht.« Zärtlich küsste er sie, bevor er weitersprach: »Für mich ist das alles genauso neu wie für dich. Und das ist auch gut so. Denn so entdecken wir die Liebe gemeinsam.«

* * *

Was auch immer Isa in den nächsten Tagen und Wochen unternahm – ob sie das Kinder- und Jugendhaus einrichtete, Moritz auf Ednas Hof besuchte, sich mit Lotta zu einem Stadtbummel traf oder Mutter und Vater bei der Buchhaltung half – ihre Gedanken schweiften immer wieder zu Henning. Jeden Tag entdeckte sie eine neue Seite an ihm. Sie liebte es, mit ihm zu lachen, ernste Themen zu besprechen oder ihn über den Plänen für ihr neues Haus brüten zu sehen. Sie liebte es, herauszufinden, welche Musik er mochte, welche Bücher er las, was ihn froh oder traurig machte. Und ganz besonders liebte sie es, von einer Tätigkeit aufzublicken und festzustellen, dass er sie die ganze Zeit über angesehen hatte.

»Was machst du da?«, fragte er, als sie eines Abends mit Briefpapier und Federhalter am Tisch saß.

»Ich schreibe Briefe. Der für Viktor ist schon fertig.«

»Viktor?«, fragte er überrascht.

»Ja, ich hatte ihm geschrieben, dass wir heiraten. Und er hat geantwortet. Er hat uns gratuliert und versprochen, sich zu melden, wenn er wieder in der Nähe ist. Möchtest du lesen, was ich zurückgeschrieben habe? Oder noch etwas dazuschreiben?«

»Nein. Du machst das schon richtig. Und der zweite Brief?«

»Der ist für Alice.«

»Du schreibst Mutter?«

»Ja, ich möchte ihr für ihren Brief zur Hochzeit danken. Sie soll wissen, wie glücklich ich mit dir bin und dass ich mich schon sehr auf den Tag freue, an dem ich sie endlich kennenlerne. Willst du auch einen Gruß daruntersetzen?«

Henning nickte ernst. »Ja, ich schreibe noch Grüße an den Rest der Verwandten dazu. Die ganze Familie wird den Brief lesen und sich sehr freuen. Aber leider wird Mutter bald von Hans eine traurige Nachricht erhalten.«

Isa sah ihn betroffen an. »Warum? Was ist passiert?«

»Ich war gerade bei ihm. Er hat seine Einberufung bekommen. Hans muss zum Landsturm.«

»Himmel! Das darf doch nicht wahr sein! Wann nimmt denn dieser Wahnsinn ein Ende?«

»Er räumt gerade sein Zimmer in der Villa aus, und morgen helfe ich ihm dabei, seine Sachen zu Edna zu bringen.«

»Alles? Warum?«

»Weil er nicht zu Max zurückkehren wird. Wenn er den Krieg überlebt, wird Mutter kommen und sie werden heiraten.«

»Wie schön! Weiß dein Vater das schon?«

»Nein. Es gab noch keine Gelegenheit, es ihm zu sagen. Du weißt ja, wir reden nur noch über Firmenangelegenheiten miteinander.«

Henning hatte ihr nie erzählt, wie das Gespräch mit seinem Vater an ihrem letzten Arbeitstag verlaufen war, doch es schien eine heftige Auseinandersetzung gewesen zu sein.

»Denkst du, es fällt deiner Mutter schwer, Max wieder zu begegnen?«, wollte sie wissen.

»Sicher, aber da ist ja dann Hans an ihrer Seite.«

»Deine Mutter ist eine starke Frau, Henning.«

Er nickte. »Ja, das ist sie. Ich hoffe nur, Hans stößt an der Front nichts zu.« Er seufzte. »Ich wünschte, der Krieg wäre so fair wie ein Boxkampf. Aber das ist er nicht. Er ist feige und hinterhältig.«

1918

Kapitel 25

Dreieinhalb Jahre, dachte Roman, als er an dem Kiosk am Wannsee vor dem Zeitungsständer stand und die Schlagzeilen las. Dreieinhalb Jahre hatte die Heeresleitung den Schritt hinausgezögert, den Erich von Falkenhayn schon im Spätherbst 1914 für unumgänglich gehalten hatte, und endlich einen Separatfrieden mit Russland geschlossen. Dreieinhalb Jahre, die unendlich viele Soldaten das Leben gekostet hatten. Und wieder sah er den Stapel Kondolenzschreiben auf dem Schreibtisch der Kommandantur in der französischen Gemeinde Monchy-au-Bois vor sich, die er vor dreieinhalb Jahren in seiner Funktion als Leutnant unterschrieben hatte, und fragte sich, wie viele wohl mittlerweile noch dazugekommen waren.

Doch diese Sondervereinbarung mit Russland im nunmehr vierten Kriegsjahr hatte noch immer nicht den erhofften Frieden gebracht, dachte Roman resigniert. An der Westfront gingen die Kämpfe unerbittlich weiter, ja, sie hatten seit dem Kriegseintritt der USA im letzten Jahr sogar noch an Schärfe zugenommen. Hans war dort eingesetzt, zum Glück in einem rückwärtigen Teil der Front, und Isa hatte erzählt, dass auch Viktor nun in Frankreich kämpfte. Doch die Bevölkerung sehnte sich nach Frieden. Die Lebensbedingungen im Land waren katastrophal geworden, was deutlich an dem vermehrten Zulauf zum Kinder- und Jugendhaus zu spüren war, wie Isa und Anna abends berichteten. In zwei Schichten gaben sie bereits Mittagessen aus, und an den Abenden verteilten sie sogar Decken an diejenigen, die die Armut in die Obdachlosigkeit getrieben hatte. Der Krieg, der nur wenige Wochen hatte dauern sollen, schien kein Ende zu nehmen.

Helle Stimmen ertönten, und Roman blickte auf. Anna war mit den Kindern unten am See. Auch wenn die Märzsonne schon warm vom Himmel schien, war es noch zu kalt zum Baden, doch die Mädchen hatten auch so ihren Spaß an diesem Sonntagsausflug. Sie sprangen aufgeregt am Ufer entlang und suchten Stöckchen, um sie im Wasser schwimmen zu lassen. Er lächelte. Sie hatten sich in sein Herz geschlichen. Wahrscheinlich schon an dem Abend, als er mit Stoffmustern für Atemschutzmasken in Annas Wohnung aufgekreuzt war. Er hatte sich nie ein Leben mit Kindern vorstellen können, doch mittlerweile wollte er dieses quirlige Mädchentrio nicht mehr missen. Die stille Eva, deren kleine Hand sich immer öfter in die seine schob; die fröhliche Dora, für die alles im Leben leicht war, und das Nesthäkchen Thilda, das immer zu Streichen aufgelegt war. Und natürlich Anna. Die Frau, die sein Leben verändert hatte und die noch immer nicht wusste, was sie ihm bedeutete. Ob er es ihr heute sagen sollte? Er hatte bisher keine Eile gehabt, denn zum einen hatte er ihr Zeit lassen wollen, um den Tod ihres Mannes zu verarbeiten, und zum anderen hatte er sichergehen wollen, dass die Gefühle, die sie für ihn hegte, tatsächlich ihm galten und nicht dem Arbeitgeber, der er für sie ebenfalls war. Doch da waren so viel Momente zwischen ihnen gewesen, die ihn mittlerweile sicher machten, dass Anna ihn gernhatte: das Leuchten in ihren Augen, wenn er zu Besuch kam, der Klang ihrer Stimme, wenn sie seinen Namen aussprach, der sehnsüchtige Blick, wenn sie sich zufällig berührten.

Er wandte sich vom Zeitungsständer ab und schlug den Weg zum Seeufer ein. Anna sah ihn kommen und lächelte ihn an.

Schweigend gingen sie an dem glitzernden Wasser entlang, das sich kräuselte, wenn der Wind darüberstrich. So waren sie schon oft hier entlanggelaufen, und er genoss diese ruhigen Spaziergänge mit ihr. Seit er auf seiner Flucht die Einsamkeit und die Stille kennengelernt hatte, konnte er laute, geschwätzige Menschen nicht mehr gut ertragen. Anna war keine Frau, die viele Worte machte, und er liebte diesen Zug an ihr. So wie er alles an ihr liebte.

»Anna, als ich damals aus Frankreich zurückgekehrt bin, habe ich dir nicht alles gesagt.« Er war froh, dass er ihr schon bei Hennings Hochzeit, zu der sie gekommen war, das Du angeboten hatte, denn das förmliche Sie hatte sich schon immer falsch angefühlt.

Sie hob den Kopf und sah ihn fragend an.

»Es stimmt, dass ich der Nonne versprochen habe, mein Leben zu ordnen und mich um die Arbeiter in meiner Firma zu kümmern«, fuhr er fort. »Doch das war nicht der Grund, warum sie mir zur Flucht verholfen hat.«

»Nicht? Was war es denn dann?«

»Ich habe ihr von dir erzählt. Und dass ich mir Sorgen um dich und deine Kinder machte, wobei ich damals nicht einmal wusste, wie das jüngste hieß. Und als ich die Ordensfrau fragte, warum sie mir helfen wollte, trug sie mir auf, mich um euch zu kümmern. Und es gibt nichts, was ich lieber täte.« Er war stehen geblieben und sah sie an. »Darf ich das, Anna? Mich um euch kümmern?«

»Tust du das nicht längst? Du versorgst uns mit Lebensmitteln, mit Medikamenten, fährst kranke Kinder ins Krankenhaus, gibst mir eine Stelle in deiner Stiftung du kümmerst dich um uns, Roman.«

Er liebte die Art, wie sie seinen Namen aussprach, und lächelte sie an. »Nicht so, wie ich gern möchte. Du arbeitest jeden Tag, dabei wünschte ich, du könntest mehr Zeit mit deinen Kindern verbringen. Und du wohnst noch immer im Scheunenviertel, dabei ist in meinem Haus so viel Platz. Platz für dich und die Kinder. Lotta beschwert sich jeden Tag, dass sie so allein ist.« Er wusste, dass sein Vater Einwände gegen eine Verbindung mit Anna hatte, doch das war ihm egal. Notfalls würde auch er die Villa verlassen.

Anna hob skeptisch die Augen. »Ich soll bei meinem Chef einziehen?«

»Nein, bei deinem Ehemann.«

Herr im Himmel, warum sah Anna ihn so verdutzt an? Wusste sie immer noch nicht, was sie ihm bedeutete? Für einen Moment war nur das Rauschen der Wellen zu hören, die an das Ufer schwappten, und die hellen Stimmen der Mädchen. Er sah Angst in ihren Augen. Angst, er könnte sie verletzen.

»Das kannst du doch nicht ernst meinen«, brachte sie schließlich heraus.

»Doch, es ist mein voller Ernst. Heirate mich, Anna.«

Sie hob abwehrend die Hände. »Das geht nicht, und das kannst du auch nicht mit der Hochzeit deines Bruders mit Isa vergleichen. Sie war ungebunden, ich dagegen habe drei Kinder, für die ich sorgen muss.«

Das war kein Hindernis für ihn. »Ich würde gern ihr Vater sein.«

Sie seufzte. »Roman, versteh doch, du würdest es bereuen. Ich weiß, mit wem du einst verlobt warst. Mit der Millionenerbin Therese Naumann. Und da willst du mich wählen? Wo du jede andere haben könntest?«

Natürlich war ihm bewusst, dass man in der Fabrik über sein Privatleben redete, doch dass Anna auf so etwas hörte, erstaunte ihn. »Ich habe Therese nie geliebt und sie mich auch nicht. Das war eine arrangierte Beziehung, die nie auf Gefühlen basiert hat. Doch mit dir ist das anders.«

Sie schüttelte den Kopf und ging schneller, als wollte sie vor dem, was er ihr vorgeschlagen hatte, davonlaufen. Der Wind spielte in ihren Haaren, als sie sich zu ihm umdrehte. »Das wird niemals gut gehen!«

Er schmunzelte. »Doch, das wird es.«

Sie gingen schweigend weiter, wobei Anna ein paar Schritte vor ihm lief. »Kannst du es nicht einfach so belassen, wie es ist?«, startete sie einen erneuten Versuch, doch er schüttelte nur den Kopf. Er beschleunigte seinen Schritt, fasste sie am Arm und drehte sie zu sich herum. »Anna. Ich möchte jetzt nur wissen, ob ich dir etwas bedeute. Alles andere klärt sich.«

Anna sagte nichts, doch der sehnsüchtige Blick in ihren Augen verriet ihm alles. Er lächelte. »Gut. Mehr muss ich nicht wissen. Dann steht unserer Heirat nichts mehr im Wege.«

»Nein, Roman. Glaub mir, es ist besser so.«

Er stöhnte theatralisch auf und sagte in gespieltem Ernst: »Nun gut. Du hast es so gewollt. Jetzt muss ich mir Verstärkung holen.« Er rief nach den drei Mädchen, die ihren Platz am Ufer verließen und auf ihn zurannten.

»Roman! Du wirst doch jetzt nicht etwa …«, wandte Anna ein, doch er lachte nur und beugte sich zu den Kindern hinunter. »Hört mal, Mädels, ich brauche eure Hilfe. Könnt ihr eure Mama davon überzeugen, dass sie mich heiratet?«

Lauter Jubel brach aus, und alle drei Mädchen hängten sich an Anna, bis sie sich lachend dem Ansturm ergab. »Dann habt ihr euch also schon mit Roman verbündet, ja? Was soll ich denn gegen so eine Übermacht noch ausrichten? Ihr habt gewonnen!«

Roman hob entschuldigend die Hände. »Du hast mir keine andere Wahl gelassen. Das heißt also, wir heiraten?«

Sie lehnte sich an ihn, und er schloss die Arme um sie.

»Ja, Roman, wir heiraten.«

»Auf diesen Moment habe ich so lange gewartet«, murmelte er, und als sie die Augen hob und ihn anlächelte, sprach er zum ersten Mal im Leben die Worte aus, die er noch nie zu einer Frau gesagt hatte: »Ich liebe dich.«

Die Hochzeit vor dem Standesbeamten acht Wochen später verlief ganz im Stillen, so, wie Roman es sich angesichts des noch immer in Europa tobenden Kriegs gewünscht hatte, und als am selben Tag noch laute Kinderstimmen im Garten hinter der Villa zu hören waren, beobachtete Roman seinen Vater dabei, wie er mit einem Lächeln aus dem Fenster blickte. Es schien, als könnte sich Max, der natürlich gegen die Heirat gewesen war, genauso wenig dem Charme der kleinen Kinder entziehen wie Lotta, die den Mädchen gegenüber sofort die Rolle einer älteren Schwester eingenommen hatte und mit ihnen herumtollte.

»Na, es scheint dir doch ganz gut zu gefallen, dass wieder Leben im Haus ist, oder?«, fragte Roman seinen Vater.

Max wandte sich ertappt um. »Habe ich denn eine Wahl?«

»Nein.«

* * *

In seinem Büro im Verwaltungsgebäude erhob Henning sich von seinem Schreibtisch und trat ans Fenster. Er konnte sich heute nicht richtig auf die Arbeit konzentrieren, denn er war ratlos. Was war nur mit Isa los? Seit Tagen wirkte sie betrübt und in sich gekehrt, und wenn er sie darauf ansprach, wich sie ihm aus. Es war nicht das erste Mal, seit sie verheiratet waren, dass sie sich vor ihm verschloss, und das verletzte ihn. Was machte er denn falsch?

Dabei waren sie doch so glücklich miteinander. Sie engagierten sich beide in jeder freien Minute im Kinder- und Jugendhaus, planten gemeinsam ihr neues Zuhause in

Mariendorf und genossen die Zweisamkeit in den ruhigen Abendstunden. Und immer, wenn sie ihn anlächelte, wusste er, dass es nie eine andere Frau für ihn gegeben hätte.

»Isa ist etwas ganz Besonderes«, hatte Viktor einmal gesagt. »Eine Freundin, wie man sie unter Tausenden nur einmal findet.«

Ja, das war sie, dachte Henning, als er auf den Verkehr hinunterschaute, der sich die Chausseestraße entlangschlängelte. In den Monaten an der Ostfront hatte er Viktor schätzen gelernt, doch in den Momenten, in denen Isa sich ihm gegenüber so abweisend verhielt, erwachte die alte Eifersucht wieder in ihm. Hätte sie mit Viktor geredet, ihrem langjährigen Freund und Beschützer ihre Sorgen anvertraut?

Er sollte sie darauf ansprechen, sagte er sich und wandte sich vom Fenster ab. Gleich heute, sobald er nach Hause kam. Doch als er seine Unterlagen zusammenschob und nach seiner Aktentasche griff, betrat Roman sein Büro.

»Henning, denkst du an die Besprechung heute Abend?«

Ach ja, das Treffen mit den Gewerkschaftsvertretern! Er hätte es beinahe vergessen, dabei war es doch so wichtig. Er fühlte sich hin- und hergerissen zwischen dem Wunsch, endlich mit Isa zu sprechen, und der Pflicht, die er gegenüber der Firma hatte, doch schließlich nickte er. »Natürlich. Ich werde kommen.« Er seufzte. Sein Gespräch mit Isa würde warten müssen.

Isa warf einen enttäuschten Blick auf Henning, der im Schlafzimmer vor dem Spiegel seine Krawatte band.

»Musst du wirklich heute Abend schon wieder weg? Ich wollte dir etwas erzählen.«

Sie konnte ihm nicht verdenken, dass er sich mit erstauntem Blick zu ihr umdrehte, denn in den letzten Tagen hatte sie all seine Gesprächsversuche abgewehrt. Sie hatte ihn damit gekränkt, doch sie hatte einfach nicht über ihren Schatten springen können.

Er nickte. »Ja, leider. Du weißt doch, die Verhandlungen mit den Gewerkschaften gehen langsam in die Endphase.« Er zupfte seine Krawatte zurecht. »Es ist schon Sommer, und spätestens im Herbst soll es zu einem bahnbrechenden Vertragsabschluss kommen – Isa, das ist unser Traum seit Jahren! Eine völlig neue Firmenpolitik! Wie lange reden wir schon davon? Und nun soll es wahr werden! Gestern habe ich mit deinem Vater gesprochen, und er war mehr als begeistert. Sein tragischer Unfall war es ja, der mich auf diese Ideen gebracht hat.«

Natürlich wusste Isa, was diese abendlichen Besprechungen für Henning bedeuteten, und ihr war auch bewusst, dass die Zeit drängte. Alle Welt sprach davon, dass der Krieg nicht mehr zu gewinnen war, und wenn Deutschland bald kapitulieren würde, mussten sowohl die Regierung als auch die Unternehmer den Strömen von Soldaten, die zurückkehren würden, eine Perspektive bieten. Unter ihnen würde auch Viktor sein, und sie hoffte inständig, dass er dann Hennings Rat annehmen und seine Uniform an den Nagel hängen würde. Doch heute war sie egoistisch, denn sie hatte nach Tagen banger Sorge in einer wichtigen Frage endlich Gewissheit erhalten, und das musste er unbedingt erfahren. »Ich weiß, Henning, aber denkst du nicht, es würde reichen, wenn dein Vater, Roman und Raffael zu dem Treffen gingen?«

Er warf ihr einen bedauernden Blick zu. »Hat es auch bis morgen Zeit? Ich kann Roman und Raffael jetzt nicht hängen lassen, da Vater noch so unentschieden ist. Wir können froh sein, dass wir ihn so weit haben, sich mit den Gewerkschaftsführern an einen Tisch zu setzen. Es braucht uns alle, um ihn von den Reformplänen zu überzeugen.« Er holte eine Weste aus dem Schrank und zog sie über. »Was wolltest du mir denn erzählen? Lass mich raten. Du hast dich mit Lotta getroffen und sie hat eine neue beste Freundin?«

Isa schüttelte den Kopf.

»Dann gibt es etwas Neues von Moritz? Er ist in Ednas Tochter Suse verliebt, ja? Das weiß ich schon längst. Das war er vom ersten Tag an.«

Isa lachte. »Das stimmt zwar, und ich glaube auch, dass wir in ein paar Jahren mit einer Hochzeit rechnen können, aber das war es nicht, was ich dir sagen wollte.«

Henning griff nach seiner Taschenuhr, warf einen Blick darauf und steckte sie in die Westentasche. Dann hielt er inne. »Nicht? Dann bleibt nur noch Viktor. Ist er etwa auf Heimaturlaub zurück? Wird er endlich Lina heiraten?«

»Ganz falsch. Lina hat jetzt lange genug auf ihn gewartet und sich letzte Woche mit einem anderen verlobt.«

»Ach! Tut mir leid für ihn.«

»Muss es nicht. Er kann sie nicht jahrelang hinhalten. Ich glaube, er hatte nie vor, sich zu binden.« Oder er hing doch mehr an ihr, als sie ahnte, ging es Isa durch den Kopf, doch das sprach sie nicht aus.

»Also, nun spann mich nicht auf die Folter. Wenn es nicht Lotta, Moritz oder Viktor betrifft, was ist es denn dann?«

»Es geht um uns, Henning, und ich erzähle es dir morgen. Falls du da zu Hause bist.«

Nun hatte sie seine ganze Aufmerksamkeit. »Es betrifft dich und mich?«

Sie nickte und lächelte ihn an. »Und noch jemanden.«

Er runzelte nachdenklich die Stirn, dann traf sie sein verwirrter Blick. »Und noch jemanden?« Er kam auf sie zu und fasste sie an den Schultern. »Soll das etwa heißen … wir bekommen ein Kind? Bist du dir sicher?«

»Ja, ganz sicher. Und weil ich letztes Jahr schon zweimal fälschlicherweise gehofft habe, schwanger zu sein, bin ich heute zum Arzt gegangen. Es besteht kein Zweifel mehr.«

Er schlang seine Arme um sie. »Isa, ist das wahr? Meine Güte, ich bin so glücklich!«

Sie erwiderte seine Umarmung. »Ich auch, Henning. Ich war damals so traurig, als es doch nur Fehlalarm war. Und auch dieses Mal hatte ich Angst, dass ich mir vielleicht nur wieder falsche Hoffnungen mache.«

Er hielt sie ein Stück von sich weg. »Warum hast du mir nichts davon gesagt? Ich habe sehr wohl bemerkt, dass dich etwas bedrückt hat, doch du wolltest nie darüber reden. Dabei wäre ich doch für dich da gewesen.« Sie sah die Frage in seinem Blick, die er ihr schon des Öfteren wortlos gestellt hatte: Hätte sie es Viktor erzählt?

Sie wusste es nicht. Vielleicht hätte sie mit ihrem Freund aus Kindertagen darüber gesprochen, doch bedeutete das, dass sie Henning weniger vertraute? Nein, ganz sicher nicht. Ihre Beziehung zu Henning war einfach ganz anders als die zu Viktor. Sie lehnte sich an ihn. »Du warst für mich da, Henning, mehr als du ahnst, denn das bist du immer. Und wenn ich manchmal Dinge für mich allein klären muss, dann nur, weil ich nicht möchte, dass du dir Sorgen machst. Und das musst du nun auch nicht, denn dieses Mal ist alles gut.«

Er schloss die Arme um sie. »Gott sei Dank! Ich werde heute Abend keinen Fuß mehr vor die Tür setzen und bei dir bleiben. Ich kann es kaum glauben, dass ich Vater werde!«

Sie löste sich lachend aus seinen Armen. »Ja, aber nicht heute, das dauert bekanntlich ein paar Monate. Du solltest jetzt gehen, die anderen warten auf dich.«

»Aber ich muss doch nach dir schauen. Vielleicht brauchst du ja etwas.«

Sie schüttelte den Kopf und schob ihn sanft, aber bestimmt zur Tür. »Ich brauche ganz sicher nichts.«

Er drückte ihr einen Kuss auf den Mund. »Ich komme, so schnell ich kann, zurück.«

»Lass dir Zeit, Henning. Ich schlafe neuerdings sehr früh ein.«

»Darf ich es den anderen schon erzählen?«

Sie lachte. »Natürlich. Sie werden sich sowieso fragen, warum du den ganzen Abend von einem Ohr zum anderen grinst, oder?«

»Du wirst sehen, das wird meinen Vater umstimmen. Es kommt der Tag, an dem wir uns mit ihm aussöhnen werden.«

Hennings Vater. Seit ihrem letzten Gespräch in seinem Arbeitszimmer hatten sie sich nicht mehr gesehen, weder zu ihrer noch zu Romans Hochzeit, an Weihnachten oder Geburtstagen. War jetzt, da ihre Familien noch näher zusammenwachsen würden, der Zeitpunkt gekommen, wieder aufeinander zuzugehen?

»Ich hoffe es. Richte deinem Vater Grüße von mir aus und sage ihm, er weiß, wo er mich findet. Und wenn er kommt, um sich zu entschuldigen, bin ich hier.«

Kapitel 26

Die fortschreitende Schwangerschaft bereitete Isa mehr Probleme, als sie zugeben wollte. Es war Anfang November, und das Kind sollte erst im Dezember zur Welt kommen, doch schon jetzt spürte sie immer wieder Krämpfe, die sie Henning verschwieg, um ihn nicht zu beunruhigen. Er hatte gerade genug um die Ohren – die Arbeit in der Firma und die Planung ihres Hauses in Mariendorf nahmen ihn sehr in Anspruch, und zudem merkte sie ihm an, dass er seit Tagen auf ein Lebenszeichen von Hans wartete. Er hatte schon länger nichts mehr von ihm gehört, genauso wenig wie sie von Viktor, denn man sagte sich, die Front sei am Zusammenbrechen und die Feldpost funktioniere nicht mehr.

Aus Sorge um das Kind trat Isa nun bei ihrer Arbeit im Kinder- und Jugendhaus kürzer und überließ ihre Stunden Herrn Doktor Schreiber. Deshalb war sie auch zu Hause, als eines Morgens laute Stimmen auf der Straße vor dem Haus zu hören waren. Angst beschlich sie, als sie vom Fenster aus ganze Horden von Menschen beobachtete, die mit lautem Geschrei, Protestschildern und Gewehren in der Hand Richtung Potsdamer Platz zogen. Was war da los?

Die Wohnungstür wurde aufgerissen und Henning kam hereingestürzt. »Isa? Bist du da?«, rief er, und als er sie sah, atmete er erleichtert auf. »Gott sei Dank, ich war schon in Sorge, du könntest irgendwo da draußen unterwegs sein.«

»Was ist denn passiert? Was geht da unten vor sich?«

Henning rang noch immer um Atem. Er musste ein Stück gerannt sein, wahrscheinlich hatte er gar nicht bis zum Haus fahren können. »Eine Revolte. In Kiel meutern seit gestern die Matrosen gegen einen Befehl des Kaisers, noch einmal gegen die englische Flotte auszulaufen, und der Aufstand greift nun auf das ganze Land über. Die Gewerkschaften haben zum Generalstreik aufgerufen.«

»Und was heißt das? Wo ziehen die Menschen da unten hin?«

»Zum Schloss. Sie wollen den Kaiser stürzen.«

»Ein Staatsstreich?«

Henning trat ans Fenster und schaute auf den Tumult auf der Straße. »Das Ende der Monarchie. Und was das bedeutet, kannst du dir sicher vorstellen. Deutschland wird erst einmal in Anarchie versinken. Roman und ich müssen sogleich in die Fabrik und versuchen, die Arbeiter zu beruhigen, Raffael ist schon dort und tut sein Bestes. Hoffentlich nehmen sie uns nicht den ganzen Laden auseinander. Aber zuvor musste ich mich vergewissern, dass du in Sicherheit bist. Roman holt gerade Anna, damit sie sich um dich kümmert.«

Sie zog ihn an sich. »Oh, Henning, kannst du nicht hierbleiben? Nicht dass dir am Ende etwas zustößt!«

Er nahm sie in die Arme und legte seine Stirn an ihre. »Nein, mir wird nichts passieren. Und du passt auf dich und das Kleine auf, ja?«

Er gab ihr einen Kuss und verließ eilig die Wohnung.

Sie sah ihm verzweifelt nach. Würden die Leute nun ihren ganzen Ärger auf die Regierung, die sie jahrelang so jämmerlich im Stich gelassen hatte, an ihren Arbeitgebern auslassen? Ein Generalstreik – was bedeutete das?

Roman wählte Seitenstraßen, weil in den anderen kein Durchkommen mehr war. Als er und Henning auf dem Werksgelände aus dem Wagen stiegen, bot sich ihnen ein Bild des Aufruhrs – Menschen standen beisammen, die laut schimpften, Pamphlete schwangen und Steine auf die Gebäude warfen. Mitten unter ihnen entdeckten sie Raffael, der gerade einige Arbeiter davon abzuhalten versuchte, die Reichsfahne in Brand zu setzen.

»Sind die wahnsinnig?«, rief Roman. »Wir lagern hier Munition, um halb Berlin in die Luft zu jagen!« Sie rannten los, redeten auf die zornigen Männer und Frauen ein und schafften es, sie von ihrem Vorhaben abzubringen. Es war Raffael, dem es nach langem Hin und Her gelang, zu den Aufwieglern durchzudringen, die sich mit verschränkten Armen und eisernen Mienen um ihn scharten und mit ihm diskutierten.

»Sieht fast so aus, als könnte er die Leute beruhigen«, stellte Roman erleichtert fest, als er sich erschöpft neben Henning auf einen Holzstapel setzte. »Er ist verdammt gut. Ein Glück, dass du ihn für unsere Firma gewonnen hast.«

»Aber er wird nicht bleiben.«

»Was? Wie meinst du das? Will er etwa woanders anfangen?«

Henning blickte zu dem Mann, der mitten in dem Pulk Arbeiter stand und auf sie einredete. »Schau ihn dir doch mal an, Roman. Gehört so ein begnadeter Redner auf unseren Fabrikhof?«

»Du meinst …«

»Ja. Raffael wird Politiker. Ich kenne seinen Traum, denn er war lange Zeit auch meiner. Er wird uns verlassen, und das ist auch gut so, denn wir brauchen ihn an einer anderen Stelle. Die

Gesetze in diesem Land müssen sich ändern, sonst kommen auch wir Unternehmer ganz schnell an unsere Grenzen.«

»Willst du damit sagen, Raffael wird einmal für den Reichstag kandidieren?«

Henning nickte. »Ja. Und wir werden seinen Wahlkampf unterstützen.«

Ein Arbeiter kam auf den Hof gerannt. »Der Kaiser hat abgedankt!«, schrie er, und frenetischer Jubel brandete auf. »Deutschland ist jetzt eine Republik!«

»Das stand zu erwarten«, stellte Henning fest. »Jetzt muss Deutschland kapitulieren.«

»Schau dir die Meute an«, meinte Roman, den Blick auf die schreienden und johlenden Arbeiter gerichtet. »Sie wissen gar nicht, dass das richtige Chaos jetzt erst losgeht. Der Kaiser ist sicherlich bereits aus der Stadt geflohen, und nun wird es ein Machtgerangel um die politische Zukunft des Landes geben.«

Henning nickte. »Jetzt kommt uns zugute, dass wir seit Monaten mit den Gewerkschaften verhandeln und den Leuten schon konkrete Ziele vor Augen halten können. Bessere Arbeitsbedingungen und Perspektiven für die Zeit nach Kriegsende – das können andere Firmen nicht. In ein paar Tagen werden die Verträge unterzeichnet, dann haben wir die Lage wieder unter Kontrolle.«

Roman nickte. »Ich hoffe, du hast recht.«

* * *

Es war ein grauer Novembermorgen, als Henning wenige Tage später zusammen mit Roman und Max das Hotel Adlon betrat. Er konnte seine Aufregung kaum bezähmen, denn die letzten Tage hatten so viel Neues gebracht: die Kapitulation Deutschlands, das Ende des Kaiserreichs, die Geburtsstunde der Republik. Doch für ihn gab es nur eins, was zählte: Der

Krieg war zu Ende, und sein Kind würde zu Friedenszeiten geboren werden.

Berlin war immer noch in Aufruhr. Die politischen Gegner lieferten sich blutige Straßenkämpfe, und in diese Tumulte waren die ersten Frontsoldaten zurückgekehrt, unter ihnen zu Hennings großer Erleichterung auch Hans und Viktor. Er hatte Viktor am Vortag kurz gesprochen, als er ihn zufällig auf der Straße gesehen hatte – müde und erschöpft, aber heilfroh, wieder zu Hause zu sein; und Hans wollte er heute noch in Mariendorf besuchen.

Er nahm neben Roman und Max am langen Konferenztisch Platz, wo in dieser Stunde führende Arbeitgeber und Gewerkschaftler ein Abkommen unterzeichnen wollten, das weitreichende Konsequenzen für die Arbeitswelt haben würde. Der politische Druck der letzten Tage hatte das Ganze noch beschleunigt, da nur durch Zugeständnisse an die Arbeiterschaft eine weitere Eskalation der Unruhen verhindert werden konnte.

Henning kannte die meisten der Herren, die mit ihm am Tisch saßen, und begrüßte sie der Reihe nach: allen voran den Industriellen Hugo Stinnes, der bei den monatelangen Verhandlungen federführend für die Interessen der Arbeitgeber gewesen war; den Unternehmer Ernst von Borsig; den Direktor der Siemens-Werke, Otto Henrich; Walther Rathenau von der AEG und weitere Industrielle. Auf der Gewerkschaftsseite war Carl Legien, den Henning zwei Jahre zuvor kennengelernt hatte, die herausragende Persönlichkeit.

Ein Herr im dunklen Anzug, Ewald Hilger, seines Zeichens stellvertretender Vorstand des Vereins der deutschen Eisen- und Stahlindustrie, erhob sich und begrüßte die Anwesenden.

Aller Augen richteten sich auf den Vertreter der Arbeitgeberseite, der die Bedeutung dieses historischen Moments deutlich herausstellte.

»Ich stehe heute vor Ihnen als ein aus einem Saulus gewordener Paulus«, sagte er und blickte in die Runde. »Wir kommen heute ohne die Verhandlungen mit den Gewerkschaften nicht weiter. Denn nur durch die Verhandlungen speziell mit den Gewerkschaften können wir Anarchie, Bolschewismus, Spartakusherrschaft und Chaos – wie man das nennen mag – verhindern.«

Henning ging im Geiste die Punkte der Vereinbarung noch einmal durch. Man hatte sich auf die Einführung des Achtstundentages geeinigt, die Bildung von Betriebsräten, auf einheitliche Tarifverträge und die Anerkennung der Gewerkschaften als Vertretung der Arbeiterschaft. Das waren Arbeitsbedingungen, von denen ein Karl Berlinger nicht einmal zu träumen gewagt hätte, ging es Henning durch den Kopf. Und es war die Geschichte dieses Mannes, die ihn, seinen Vater und seinen Bruder letztendlich heute an diesen Tisch geführt hatte, um unter den ersten Unternehmern zu sein, die dieses bahnbrechende Dokument unterzeichneten.

Henning schaute zu Max und fing Romans Blick auf. Würde ihr Vater heute tatsächlich wie versprochen seine Unterschrift leisten? Wie viele Stunden hatte es ihn, Roman und Raffael gekostet, Vater von der Notwendigkeit des Abkommens zu überzeugen? Selbst Silvia hatte sie zuletzt in der Überzeugungsarbeit unterstützt.

Er hielt buchstäblich die Luft an, als Herr Hilger die Dokumentenmappe den Herren zur Unterschrift vorlegte, Max seinen Füller aufschraubte und nach einem letzten rückversichernden Blick zu ihm und Roman seinen Namen daruntersetzte. Henning stieß hörbar die Luft aus. Für die Wittmann-Werke hatte eine neue Ära begonnen.

Sie saßen noch immer am Tisch und tauschten sich mit den Herren aus, als der Empfangschef des Hotels zu Henning trat. »Entschuldigen Sie, Herr Wittmann, Telefon für Sie.«

Henning erschrak. War etwas mit Isa? Hatte sie heute Morgen nicht blasser ausgesehen als sonst? Beinahe kränklich?

Er folgte dem Herrn zur Rezeption, wo ihm eine Angestellte den Telefonhörer in die Hand drückte. Annas aufgeregte Stimme war nur undeutlich durch das Rauschen in der Leitung zu verstehen, doch bei den Worten »Isa« und »Marienkrankenhaus« ergriff ihn Panik.

»Ich bin schon unterwegs!«, rief er, legte den Hörer hin und eilte zurück in den Saal. Roman erkannte sofort den Ernst der Lage und bot ihm an, zu fahren, und als sie sich zum Gehen wandten, stand Max neben ihnen.

»Henning!«

Er sah den flehenden Ausdruck in den Augen seines Vaters. Seit Monaten redeten sie nicht mehr privat miteinander, denn keiner von ihnen schaffte den ersten Schritt, um wieder aufeinander zuzugehen, und wenn es nach Henning gegangen wäre, hätte das auch gut und gern so bleiben können. Doch er kannte Isa. Sie litt unter diesem Familienzwist, und da er sie über alles liebte, nickte er. Ja, Vater konnte mitkommen.

Anna lief ihnen aufgeregt entgegen, kaum dass sie durch die Tür des Krankenhauses waren. Sie berichtete von Schmerzen, die Isa gehabt habe, von der Hebamme, die sofort zur Stelle gewesen sei und die schon bald nach einem Arzt gerufen habe.

»Ich weiß nicht, was mit Isa ist«, schluchzte Anna. »Sie war so blass, als die Sanitäter sie holten.«

Henning hatte das Gefühl, den Boden unter den Füßen zu verlieren. Es war kein Arzt zu sprechen, und er blieb allein mit seinen Ängsten, die von Minute zu Minute größer wurden. Isa war in Gefahr. Und das Kind. Was, wenn er sie beide verlor?

»Es gibt Komplikationen, aber wir können Ihnen noch nichts Näheres sagen«, war alles, was er von den vorbeieilenden Krankenschwestern erfuhr. Komplikationen! Was bedeutete das? Auch Roman, der auf der Suche nach der Oberschwester das ganze Krankenhaus durchkämmte, kam ohne neue Informationen zurück.

Das Warten war zermürbend, die Zeit schien zum Stillstand gekommen zu sein. Wann immer Henning seine Taschenuhr hervorzog, kam es ihm vor, als hätten sich die Zeiger kaum von der Stelle bewegt. Silvia und Lotta trafen ein, konnten Henning aber nicht beruhigen. Sie setzten sich alle in den Wartebereich, doch Henning hielt es dort nicht lange.

Er musste allein sein und trat auf den Krankenhausvorplatz hinaus. Leichter Schneefall setzte ein, doch er beachtete ihn nicht. Er hätte heulen können, und für einen Moment wurde er an den Tag erinnert, als er vor Jahren im Nieselregen die Königstraße entlanggestolpert war und die drei Kinder vom Alexanderplatz gesucht hatte. Er hatte damals geglaubt, man könne sich nicht verlassener fühlen, doch heute wusste er, dass das nicht stimmte. Man konnte. Denn genau jetzt, da er um Isas Leben bangte, spürte er eine Verlassenheit wie nie zuvor in seinem Leben. Erinnerungen an ihre gemeinsame Zeit stiegen in ihm auf. Der Moment, als er sich an Lottas Unglückstag über sie gebeugt hatte, der Abend, als er sie bei den Fairbanks wiedergesehen hatte, der Nachmittag, als er sie zum ersten Mal geküsst hatte. Isa gehörte zu ihm, er brauchte sie wie die Luft zum Atmen, und er wünschte sich nichts mehr, als jetzt bei ihr zu sein.

Er ging zurück, da er Angst hatte, eine Nachricht zu verpassen, und tatsächlich kam bald darauf ein Arzt auf ihn zu. Henning machte sich auf alles gefasst.

»Herr Wittmann, noch kann ich Ihnen nichts Genaues sagen; Ihre Frau liegt noch immer in den Wehen und wir kämpfen mit einigen unerfreulichen Komplikationen.«

»Welchen?«

»Das Kind kommt zu früh, es liegt falsch und ihre Frau hat Fieber, um nur einige davon zu nennen. Ersparen Sie sich im

Moment weitere Details und vertrauen Sie mir. Wir tun alles, um Mutter und Kind zu retten.«

Der letzte Satz des Arztes war der einzige Strohhalm, an den Henning sich in den nächsten Stunden klammerte. Mehrfach versuchte er, Max und Silvia dazu zu bewegen, mit einem Taxi nach Hause zu fahren, doch sein Vater schüttelte nur den Kopf. Irgendwann brach Anna auf, um die Kinder, die sie sicher in der Obhut von Wally und den Küchenmädchen wusste, zu Bett zu bringen, doch auch Roman und Lotta blieben, bis spät am Abend eine Krankenschwester ins Wartezimmer kam und die erlösende Nachricht brachte: »Herr Wittmann, Sie haben einen gesunden Sohn.«

Lotta sprang auf und fiel Henning um den Hals. »Hast du das gehört! Es ist ein Junge! Ich habe einen Neffen!«

Überglücklich drückte Henning sie an sich, nahm auch die Glückwünsche der anderen entgegen, dann wandte er sich wieder an die Krankenschwester. »Und Isa? Wie geht es ihr?«

»Kommen Sie. Es geht ihr den Umständen entsprechend gut.«

Henning folgte der Schwester, doch Max eilte ihm nach und ergriff ihn am Arm. »Henning. Warte. Sag Isa, dass ich mich riesig freue und dass es mir leidtut, was ich zu ihr gesagt habe. Ich bereue jedes einzelne Wort.«

Henning nickte. Er war in einer solch euphorischen Stimmung, dass er nicht einmal auf Max böse sein konnte. »Ich werde es ihr sagen, Vater.«

Als er in dem voll belegten Krankenzimmer an Isas Bett trat, lag sie völlig erschöpft in ihren Kissen. Er setzte sich zu ihr und ergriff ihre Hand. Endlich konnte er nach den langen Stunden des Wartens wieder bei ihr sein!

»Wie geht es dir?«, fragte er besorgt.

»Ich bin ein bisschen müde, Henning«, antwortete sie mit matter Stimme. »Aber glücklich. Sehr, sehr glücklich. Ich durfte unseren Sohn schon kurz im Arm halten.«

»Ich bin auch unsagbar glücklich.« Er strich ihr die verschwitzten Haarsträhnen aus der Stirn. »Ich bin schon seit Stunden hier und wäre fast gestorben vor Angst um dich. Dabei hätte ich dir so gern beigestanden.«

Ein schwaches Lächeln huschte über ihr Gesicht. »Gott bewahre, Henning, ich hatte mit mir zu tun.«

Die Schwester kam mit dem schlafenden Kind. Henning nahm es vorsichtig auf den Arm, und auch Isa richtete sich etwas auf, um es zu sehen.

Tränen stiegen Henning in die Augen. »Isa, unser Sohn ist wunderschön.«

»Er sieht dir so ähnlich, unser kleiner Julius«, flüsterte sie, während sie dem Kind mit zitternder Hand über das Köpfchen strich.

»Ich kann es gar nicht erwarten, bis ihr beiden nach Hause kommt. Das wird allerdings noch ein bisschen dauern, wie die Schwester mir gerade erklärt hat, denn du musst erst wieder zu Kräften kommen.« Henning beugte sich vor und gab ihr einen Kuss auf die Stirn. »Dann wirst du auch Besuch bekommen von allen, die schon den ganzen Tag im Wartebereich sitzen und nicht von der Stelle weichen wollten, bis sie wussten, dass es dir und dem Kind gut geht. Allen voran jemand, der dich um Verzeihung bitten möchte.«

»Max«, murmelte Isa, die sich vor Mattigkeit wieder in die Kissen sinken ließ und die Augen schloss. Doch sie lächelte. »So lange sollten wir ihn nicht warten lassen.« Sie wandte sich an die Krankenschwester. »Bitte holen Sie doch meinen Schwiegervater herein.«

Kurz darauf stand Max sichtlich verlegen neben Isas Bett und warf einen faszinierten Blick auf seinen Enkelsohn.

»Wie soll er denn heißen?«

»Julius Karl Maximilian.«

Als sie den letzten Namen ausgesprochen hatte, sah Henning, wie es verdächtig in den Augen seines Vaters schimmerte.

»Kannst du mir verzeihen, Isa?«, fragte Max. »Ich bereue jedes Wort, das ich zu dir gesagt habe.«

Isa nickte müde. »Ja, Max, das kann ich. Ich freue mich, wenn wir nun endlich eine Familie werden.«

»Wir werden ganz neu anfangen«, versicherte ihr Max sichtlich erleichtert.

Nun wandte sich Henning an seinen Vater. »Wenn wir schon von Neuanfang sprechen, solltest du noch etwas wissen. Wir werden mit der Tauffeier so lange warten, bis Mutter kommen kann, denn wir möchten sie unbedingt dabeihaben.«

»Alice wird kommen?«, fragte Max verblüfft.

»Ja, Vater. Und sie wird bleiben. Und den Mann heiraten, den sie liebt. Hans.«

Nun sah Max Henning fassungslos an. »Alice … und Hans? Das kann ich gar nicht glauben.«

Henning lächelte. »Das solltest du aber, wenn es dir mit dem Neuanfang ernst ist. Und nun braucht Isa dringend wieder ein bisschen Ruhe.«

Max nickte, und mit einem letzten glücklichen Blick auf das Kind verließ er das Zimmer. Henning fiel es schwer, seinen Sohn wieder der Schwester in den Arm zu drücken, dann beugte er sich zu Isa und nahm sie in die Arme. »Danke, Isa. Für alles. Für unser wunderbares Kind und dafür, dass du Vaters Entschuldigung angenommen hast. Vielleicht kommt es ja wirklich noch zu einer Aussöhnung der Familien.«

1919

Kapitel 27

Sie warteten zu dritt am Bahnsteig auf den Zug aus Hamburg, und Henning hätte nicht sagen können, wer von ihnen nervöser war: Roman, der immer wieder seine Anzugjacke zurechtzupfte; Lotta, die in ihrem hellen Frühlingskleid und dem Strohhut so erwachsen aussah, oder er selbst, der sich wiederholt mit den Fingern durch die Haare fuhr.

»Da kommt er!«, rief Lotta, als die dunklen Rauchwolken des Zugs in Sicht kamen und kurz darauf das dampfende schwarze Ungetüm mit lautem Kreischen am Bahnsteig zum Stehen kam. Die Waggontüren gingen auf, und Henning schaute verwirrt auf den Strom von Menschen, die ausstiegen und die Plattform füllten. Doch dann entdeckte er sie. Sie waren alle gekommen, um die Taufe ihres Sohnes mit ihnen zu feiern: Mutter, Großvater Andrew, Großmutter Vivian, Onkel Jack, seine Frau Amy und die Kinder May und Daisy.

»Da sind sie!«

Alice winkte, und er eilte ihr entgegen und nahm die zierliche Frau mit den strahlenden Augen in die Arme. »Mutter! Endlich bist du da! Wer hätte bei unserem Abschied gedacht, dass es so lange dauern würde, bis wir uns wiedersehen?«

»Ich habe dich so vermisst, Henning. Wo sind Isa und der kleine Julius?«

»Sie warten im Hotel auf euch. Isa kann es kaum erwarten, euch alle kennenzulernen.«

Er gab Mutter wieder frei, und es war bewegend zu sehen, wie sie Roman und Lotta zum ersten Mal seit Jahren wieder in die Arme schloss. »Es ist so lange her«, murmelte sie immer wieder. »Viel zu lange!«

»Du hast dich nicht verändert«, meinte Roman. »Du bist noch genau so, wie ich dich in Erinnerung hatte.«

»Du aber schon, Roman«, erwiderte Mutter unter Tränen und sah zu ihrem Sohn auf, der sie um einen halben Kopf überragte. »Du warst ein Junge von vierzehn Jahren, heute bist du ein stattlicher Mann. Ich freue mich darauf, deine Frau und eure drei Kinder kennenzulernen.«

»Du wirst sie lieben, Mutter.«

Am längsten hielt Alice Lotta in den Armen. »Meine Kleinste! Du bist ja schon eine junge Dame!«

Die herzzerreißende Begrüßung wiederholte sich so lange, bis alle sich reihum umarmt und willkommen geheißen hatten.

Irgendwann griffen Roman und Henning nach den Koffern.

»Kommt, im Hotel ist es gemütlicher als hier auf dem zugigen Bahnsteig«, meinte Roman. »Wir haben Zimmer im Excelsior gebucht und einen Tisch im Restaurant bestellt. Außerdem ist da ja noch jemand, der sehnsüchtig auf dich wartet, Mutter.«

Sie gingen durch die Bahnhofshalle.

Lotta zupfte Henning aufgeregt am Arm. »Ich bin so glücklich«, flüsterte sie ihm zu. »So unendlich glücklich, dass Mutter endlich da ist. Ich habe das Gefühl, sie schon immer zu kennen.«

»Das tust du ja auch. Wir haben so oft über sie geredet, dass sie immer bei uns war. Und nun bleibt sie sogar hier!«

Als sie ins Freie traten, entdeckte Alice den Mann im dunklen Anzug mit dem Blumenstrauß in der Hand, der am Auto lehnte und bei ihrem Anblick mit einem Lächeln auf sie zukam.

Hans umarmte Alice und flüsterte ihr etwas zu, was sie aufstrahlen ließ.

Henning warf Roman einen vielsagenden Blick zu. Ja, Mutter würde bleiben. Und als er wenig später beobachtete, wie herzlich Isa, Anna und die Kinder seine Verwandten willkommen hießen, waren seine letzten Zweifel beseitigt.

Alice schloss Anna in die Arme und streichelte den drei Mädchen übers Haar, dann wandte sie sich mit einem Lächeln an Isa.

»Henning hat mir so viel über dich berichtet. Es gibt keinen Brief von ihm, in dem er nicht von dir geschrieben hätte, und bei seinem Besuch vor vier Jahren gab es einen Namen, der immer wieder fiel: Isa.«

»Ich freue mich auch so sehr, dich endlich kennenzulernen.« Isa legte Alice den kleinen Julius in die Arme, die ihn mit Tränen in den Augen betrachtete.

»Kommt«, sagte Henning. »Das Essen wird gleich serviert, und wir haben uns unendlich viel zu erzählen.«

* * *

Die Gruppe Menschen, die sich tags darauf in der Kirche in Mariendorf um das Taufbecken versammelt hatte, hätte in Isas Augen nicht bunter zusammengewürfelt sein können. Da waren die Wittmanns, Roman und Anna mit ihren drei Kindern, die Unternehmerfamilie Wilson, die Berlingers, Edna und Suse, Hans und Raffael. Sie alle blickten auf den kleinen Jungen, der sie heute hier zusammengeführt hatte und sich aus Leibeskräften brüllend über das kalte Wasser beschwerte, das der Priester ihm über den Kopf tröpfeln ließ. Roman, der die Patenrolle übernommen hatte, hielt das Kind dabei in den Armen und flüsterte ihm beruhigende Worte zu. Er machte das gut, ging es Isa durch den Kopf. Sie sah ihren Eltern an, dass sie sich nie im Leben hätten träumen lassen, einmal mit Max Wittmann der Taufe eines gemeinsamen Enkels beizuwohnen, fing die Blicke auf, die Max, der neben Silvia stand, immer wieder in Richtung seiner geschiedenen Frau warf, und schaute zu Hans, der nur Augen für Alice hatte. Ja, jeder an diesem Taufbecken hatte seine eigene Geschichte zu erzählen, die von Verletzungen handelte, von Versöhnung, Neubeginn und Liebe.

Die Kirchentür ging auf und ein paar verspätete Gäste trafen ein. Isa machte große Augen und griff nach Hennings Hand, als sie erkannte, wer der große, dunkelhaarige Mann war, der da auf sie zukam.

»Bin ich zu spät?«, flüsterte Viktor und deutete auf seine Mutter und seine beiden Schwestern. »Die drei sind einfach nicht fertig geworden.«

Isa lächelte ihn an. »Nein«, gab sie ebenso leise zurück. »Du bist genau richtig. Und ich bin so glücklich, dass ihr gekommen seid.«

Viktor grüßte Henning mit einem Kopfnicken, dann blickte er lange auf das Kind. Isa fragte sich, was ihm dabei durch den Kopf ging.

Ihr Gespräch an jenem Weihnachtsfest vor drei Jahren kam ihr wieder in den Sinn, als sie Viktor erklärt hatte, dass es Henning war, dem ihr Herz gehörte:

»Und was heißt das jetzt, Viktor? Sind wir nun keine Freunde mehr?«

»Wie kommst du denn darauf?«, hatte er geantwortet. »Du wirst immer meine beste Freundin bleiben. Doch es wird anders sein als früher, denn du gehörst jetzt zu ihm.«

Ja, es war anders geworden. Viktor hatte sich zurückgezogen, hatte sich in den letzten Kriegsjahren und nach seiner Rückkehr kaum mehr bei ihr gemeldet. Er hatte nicht bei den Wittmann-Werken begonnen zu arbeiten, sondern bei der Schwarzmann AG, und geheiratet hatte er bislang nicht. Sie hatte ihn vermisst. Doch heute war er hier, was sie unbändig freute, denn sie hatte schon befürchtet, ihn ganz verloren zu haben. Viktor musste einfach ein Teil ihres Lebens bleiben.

Sie feierten in einem Landgasthof. Isa, die mit Julius auf dem Arm an der langen Tafel neben Henning saß, blickte in die Runde. Ihre Eltern unterhielten sich angeregt mit Viktor und seiner Familie, Moritz hatte nur Augen für Ednas jüngste Tochter Suse, Raffael wälzte offensichtlich Firmenthemen mit Roman, und Anna bemühte sich um ein Gespräch mit Silvia. Alles schien harmonisch, doch es entging ihr nicht, dass zwischen zwei Männern am Tisch eine deutliche Anspannung zu spüren war – Max und Andrew, die sich mit feindseligen Blicken taxierten.

»Die Stimmung zwischen den beiden ist hoch explosiv«, raunte Henning Isa zu, der ihre Gedanken wieder einmal erraten hatte. »Ein Funke, und einer von beiden geht in die Luft.«

»Immerhin sitzen sie an ein und demselben Tisch, und bis jetzt ist noch kein Blut geflossen«, gab sie ebenso leise zurück. »Und das haben sie dir zu verdanken. Du hast die Familie wieder zusammengeführt.«

Als Isa einige Zeit später aus dem Fenster blickte, sah sie Alice draußen in der Sonne stehen. Max trat ebenfalls aus der Gaststätte und warf einen unsicheren Blick in ihre Richtung.

Isa stieß Henning an. »Jetzt wird es spannend.«

Er folgte ihrem Blick. »Oha! Ob er sich wohl traut, sie anzusprechen?«

»Jawohl, er tut es«, stellte Roman fest, der herbeigekommen war.

»Was gibt es denn da draußen zu sehen?«, fragte nun auch Lotta.

»Unsere Eltern. Die wieder miteinander reden«, antwortete Henning.

»Donnerwetter!«, rief Lotta aus. »Und anscheinend sogar recht gut. Habt ihr gesehen? Mutter hat gerade gelacht.«

»Das ist immerhin ein Anfang«, stellte Isa fest.

Isa ließ den schlafenden Julius in Annas Obhut, und sie und Henning besuchten mit Alice und Hans Ednas Hof.

»Schade, dass du Koki nicht mehr antriffst, Mutter«, meinte Henning. »Er ist zwar alt geworden, aber irgendwann ist auch das glücklichste Hundeleben einmal zu Ende.«

»Hauptsache, es ging ihm gut«, entgegnete sie.

»Fällt es dir sehr schwer, deine Familie in England zu verlassen?«, fragte Isa.

Alice nickte, dann warf sie Hans einen liebevollen Blick zu. »Natürlich. Aber ich habe mich auch sehr hierher zurückgesehnt, denn hier sind so viele Menschen, die ich liebe.«

»Und dein neuer Wirkungskreis im Kinder- und Jugendhaus. Ich bin so froh, dass du uns bei unseren Aufgaben dort unterstützen wirst.«

Alice lächelte. »Ich freue mich auch schon auf die neue Herausforderung.«

Sie zeigten Alice das Haus, das auf dem Grundstück am Waldrand langsam Gestalt annahm. In wenigen Monaten würde es fertig sein, dachte Isa, als sie durch die Räume des Rohbaus gingen, und dann würden sie, Henning und Julius mit Hans und Alice hier wohnen.

»Davon träume ich seit Jahren.« Henning trat auf den Balkon hinaus. »Ein Leben mit den Menschen, die ich liebe, in einer Umgebung, in der wir uns wohlfühlen.«

»In der du Henning sein darfst. Einfach nur Henning«, fügte sie mit einem Lächeln hinzu und zog ihn an sich. »Und diesen Henning werde ich nie wieder loslassen.«

1924

Kapitel 28

Mit einem großen Korb voller Kleidungsstücke ging Isa durch den Flur des Kinder- und Jugendhauses, öffnete die Tür zu einer kleinen Kammer und ordnete dort die Kinderkleidung, die gerade im Büro abgegeben worden war, in die Schränke ein. Sie würde dort nicht lange liegen bleiben, denn es waren willkommene Gaben, die jetzt, in der Wirtschaftskrise, schnell Abnehmer fanden. Die Hyperinflation hatte Deutschland, das noch immer unter den Folgen des Krieges litt, in eine Wirtschaftskrise gestürzt, von der nicht nur die unterste Gesellschaftsschicht, sondern auch das Bürgertum betroffen war – allen voran die Kinder, von denen Dutzende Tag für Tag hierherkamen.

Isa schloss die Schranktür und machte sich auf den Weg ins Speisezimmer. Der herzhafte Duft des Eintopfs, den die Küchenmädchen hinter der Essensausgabe in die Teller der Kinder füllten, stieg ihr in die Nase, als sie das Tablett mit den Brotkörben nahm und sie auf den Tischen verteilte. Der Blick auf die Kinder, die dort saßen und zufrieden ihr Essen löffelten, reichte aus, um sie einmal mehr davon zu überzeugen, wie wichtig die Arbeit war, die sie, Alice und Anna hier leisteten. Das Haus, das neben einer warmen Mahlzeit auch

Hilfe bei den Hausaufgaben bot, war in den letzten fünf Jahren für so viele junge Menschen ein täglicher Zufluchtsort geworden, dass sie längst an ihre Kapazitätsgrenze gekommen waren. Schon seit einiger Zeit diskutierten sie in der Familie über einen Erweiterungsbau und die Aufstockung des Personals.

Mit dem Haus hier im Scheunenviertel war ein gemeinsamer Traum von ihr und Henning wahr geworden, und doch beschlich sie seit einigen Monaten immer wieder das dumpfe Gefühl, sie könnte ihn von etwas abgehalten haben, das ihm noch wichtiger gewesen wäre. Der Eifer, mit dem Henning Raffaels Wahlkampf für eine Kandidatur im Reichstag unterstützt hatte, hatte sie nachdenklich gemacht. Ganze Wochenenden hatten die beiden politische Themen diskutiert, an Reden gefeilt, Wahlveranstaltungen vorbereitet, und Isa hatte sich immer wieder gefragt, ob Henning im Grunde seines Herzens nicht gern an Raffaels Stelle gewesen wäre. Gestern nun hatte die Reichstagswahl stattgefunden. Die Abendzeitungen hatten zwar als erste Tendenz gemeldet, dass die SPD trotz leichter Verluste wieder die stärkste Fraktion geworden sei, doch welche Abgeordneten aus dem Berliner Wahlkreis das Rennen gemacht hatten, stand noch nicht fest.

Isa ließ einen letzten zufriedenen Blick durch das Speisezimmer gleiten und machte sich auf den Weg zu Alice ins Büro, um mit ihr die Lebensmittelbestellung zu besprechen, als die Eingangstür aufgerissen wurde und Henning mit einem breiten Grinsen im Gesicht hereinstürmte. Er packte sie um die Taille, hob sie hoch und wirbelte sie herum.

»Er hat es geschafft! Raffael ist gewählt! Als einer der jüngsten Abgeordneten im Reichstag!« Isa blickte in sein strahlendes Gesicht und wusste im ersten Moment nicht, was sie sagen sollte. Mit diesem Ergebnis hatte sie nicht gerechnet. Raffael war doch noch zu jung und unbekannt, um eine so breite Wählerschaft zu gewinnen! Und doch war es nun so gekommen, und sosehr sie sich für Raffael freute, so betrübt war sie doch, dass das bedeutete, dass er weggehen würde. Nach Weimar.

Henning ließ sie wieder los, fasste sie am Handgelenk und zog sie Richtung Tür. »Komm, das wird gefeiert!«

»Aber … Alice … sie wartet sicher im Büro auf mich!«, protestierte sie, doch Henning wehrte lachend ab. »Ach was! Sie wird auch mal ein paar Stunden ohne dich auskommen. Bei diesem historischen Ereignis musst du dabei sein!«

Vor dem Haus stiegen sie in Hennings Auto, und während sie durch die Stadt fuhren, setzte er sie über das Wahlergebnis in Kenntnis. »Die SPD ist zwar mit 20,5 Prozent die stärkste Fraktion im Reichstag, hat aber enorm an Stimmen eingebüßt. Gewinner in diesen politisch unruhigen Zeiten sind eindeutig die Parteien der radikalen Linken und Rechten. Stell dir vor, diese Deutsch-Völkische Freiheitspartei mit ihren demokratiefeindlichen und antisemitischen Parolen wird mit zweiunddreißig Abgeordneten in den Reichstag einziehen!«

»Ist das nicht die Partei, deren Mitglieder aus der NSDAP kommen, die verboten wurde? Nachdem ihr Vorsitzender, dieser Adolf Hitler, letztes Jahr in München einen Putschversuch unternommen hatte?«

»Genau! Nun sieht man, dass ein Parteiverbot allein nicht reicht, denn die Leute organisieren sich einfach wieder unter einem neuen Namen. Denen muss man inhaltlich etwas entgegensetzen. Ich kann mir jetzt schon vorstellen, wie Raffael im Reichstag zu Höchstform auflaufen und sie Punkt für Punkt auseinandernehmen wird!«

Isa warf Henning einen Blick zu. Herrje, Raffaels Wahlsieg befeuerte ihn, als wäre es sein eigener. Sie fragte sich, wann sie ihn zuletzt so aufgekratzt erlebt hatte. Bei ihrer Hochzeit? Als er seinen Sohn Julius und zwei Jahre später seine Tochter Valentina zum ersten Mal im Arm gehalten hatte? Oder letztes Jahr, als er und Raffael ihren Abschluss an der Universität erhalten hatten?

Er war ein wundervoller Vater, der im Garten ihres neuen Hauses in Mariendorf einen Spielplatz für die Kinder gebaut hatte, der sie abends, wenn er aus der Firma kam, ins Bett brachte und ihnen vorlas. Doch füllte ihn das aus?

Die Räume des SPD-Bezirksbüros waren voll mit Anhängern, die auf die Wahlsieger anstießen. Ein strahlender Raffael kam ihnen entgegen, umarmte sie beide und reichte ihnen zwei Gläser Sekt.

Er blickte in die Runde und hob sein Glas. »Genossen und Genossinnen, meine Freunde, wenn wir heute auf jemanden trinken wollen, dann auf euch! Ihr habt sechzehn Frauen und Männern aus unserem Wahlkreis eure Stimmen gegeben und schickt uns nun mit einem politischen Auftrag nach Weimar. Ich spreche sicher für uns alle, wenn ich heute dafür Danke sage. Danke für das Vertrauen, das ihr in uns setzt, danke für eure Unterstützung im Wahlkampf, danke für euer Festhalten an den Prinzipien unserer Partei, die gerade durch stürmische Zeiten geht. Meine fünfzehn Mitstreiter und ich werden unser Bestes geben und versuchen, euch nicht zu enttäuschen.«

Es wurde applaudiert, getrunken, gelacht, diskutiert. Über den Versailler Friedensvertrag, demzufolge Deutschland Unsummen an Reparationen an die Siegermächte zahlen musste, über mögliche Koalitionspartner für eine Regierungsbildung, über Wege aus der Wirtschaftskrise.

»Ich freue mich für dich, Raffael«, sagte Isa, als sie einen Moment mit ihm allein in der Küche war und ihm half, Gläser zu füllen.

Er stellte seine Flasche ab und sah sie nachdenklich an. »Und doch siehst du nicht glücklich aus.«

»Hm. Zum einen werde ich dich schrecklich vermissen. Du bist über die Jahre ein guter Freund unserer Familie geworden, und denk nur mal daran, wie sehr Julius und Valentina an dir hängen.«

Er sah sie ernst an. »Isa, ich bin in Weimar und nicht aus der Welt. Ich werde sehr oft in Berlin sein, denn hier ist mein Wahlkreis. Und dann wird mich mein erster Weg zu euch führen, um von Henning zu erfahren, was die Basis bewegt. Und weil ihr meine besten Freunde seid. Du wirst mich also noch öfter sehen, als dir lieb ist.« Er blickte sie forschend an. »Aber da ist doch noch etwas anderes, oder?«

Isa zögerte mit der Antwort, dann nickte sie. »Ich mache mir Gedanken, seinetwegen.« Sie deutete mit dem Kopf hinüber ins Büro, wo Henning auf der Ecke des Schreibtischs saß, umringt von Frauen und Männern, mit denen er sich lebhaft unterhielt. »Denkst du nicht, er würde gern mit dir die Koffer packen und nach Weimar gehen?«

Raffael, der ihrem Blick gefolgt war, lachte. »Henning? Nein. Da musst du dir keine Sorgen machen. Der hat sich schon lange von dem Wunsch verabschiedet, Politiker zu werden.«

»Meinst du? Was macht dich da so sicher?«

»Er hat mir einmal erzählt, dass er an Männern wie Richard Hartmann und dessen Vorgesetztem, Fürst Lichnowsky, gesehen habe, wie schnell dieser Traum zum Albtraum werden kann.«

»Aber der Krieg ist doch vorbei. Es geht nun aufwärts, oder?«

Raffael schüttelte den Kopf. »Nein, Isa. So weit sind wir noch lange nicht. Dieser Krieg wirft lange Schatten, und uns stehen unruhige Zeiten bevor. Die Demokratie in Deutschland ist noch in den Kinderschuhen und hat viele Feinde. Es wird kein Zuckerschlecken in Weimar. Die SPD mag zwar stärkste Fraktion geworden sein, doch wir haben so viele Stimmen verloren, dass wir selbst durch eine Koalition mit den bürgerlichen Parteien nur auf eine knappe Mehrheit kommen.«

»Seid ihr dann überhaupt regierungsfähig?«

Raffael hob die Schultern. »Es wird nicht einfach werden. Ich sehe zermürbende Gespräche in Ausschüssen auf mich zukommen, durcharbeitete Nächte im Büro, Rededuelle im Reichstag – ich weiß nicht, ob Henning damit glücklich wäre.«

Seine Worte konnten Isa noch immer nicht überzeugen. Raffael sah es ihr an und hob ihr Kinn, sodass sie ihn direkt anschauen musste.

»Isa, Henning macht hier in Berlin Politik, jeden Tag, durch sein Engagement in seiner Firma, in eurer Stiftung und in der SPD. Außerdem – und das ist das Wichtigste – hat er etwas gefunden, wofür er jedes politische Mandat in den Wind schießen würde. Also mach dir keine unnötigen Gedanken; Henning ist glücklich da, wo er ist.«

Raffael zwinkerte ihr zu, nahm ein Tablett mit Gläsern und ging wieder zu seinen Gästen. »So, Leute, noch ein letztes Glas, dann verlegen wir unsere Siegesfeier in den Goldenen Hirsch.«

Henning lehnte das angebotene Glas dankend ab und legte seinen Arm um Isa. »Wir sollten langsam aufbrechen«, flüsterte er ihr zu.

Sie sah ihn überrascht an. »Du willst nicht mehr zu Raffaels Feier?«

Henning schüttelte den Kopf. »Nein. Wir sind jetzt am Ziel angekommen, den Rest schafft er auch allein. Komm, wir gehen nach Hause.«

Isa lächelte. Nach Hause. Ja, da wollte sie hingehen.

Als sie vor ihrem Haus in Mariendorf aus dem Auto stiegen, nahm Isa das Anwesen wahr, als sähe sie es zum ersten Mal. Das aus hellem Sandstein erbaute Landhaus mit der schattigen Veranda, den Garten mit der Schaukel, den sich anschließenden

Waldrand mit der kleinen Holzfällerhütte, von der Henning sich nicht trennen wollte. Sie hatte immer geglaubt, sie könne sich innerlich niemals vom Scheunenviertel lösen, doch hier, mit Henning, Julius und Valentina, Alice und Hans, war sie tatsächlich zu Hause.

Die Kinder, die mit Alice und Hans im Garten waren, sahen von ihrem Spiel auf und sprangen ihnen entgegen. Henning fing die kleine Valentina auf und wuschelte Julius übers Haar.

»Was haben wir doch für ein Glück«, sagte er und hob das Mädchen so hoch, dass es vor Freude lachte.

Isa biss sich auf die Unterlippe, dann stellte sie endlich die Frage, die ihr auf der Seele brannte. »Und du wärst nicht gern an Raffaels Stelle?«

Er wandte sich zu ihr um, setzte Valentina ab, und Erstaunen lag in seinen dunklen Augen. »Ich? Wie kommst du denn darauf?«

»Nun, ich könnte mir vorstellen, dass du auch gern nach Weimar gegangen wärst.«

»Was? Ohne euch? Warst du deshalb heute den ganzen Tag so still?«

Er hatte es gemerkt? »Ja, denn ich frage mich, ob du wegen mir etwas im Leben verpasst, das dir wichtig gewesen wäre.«

Er wurde ernst. »Nein, Isa. Ich möchte nicht nach Weimar. Und ich verpasse nichts, denn das Wichtigste in meinem Leben ist hier. Meine Kinder und du. Weißt du noch, wie lange ich dich gesucht habe?«

»Einen Herbst und einen Winter lang?«

Er schüttelte den Kopf, lächelte sie an und zog sie an sich. »Nein. Ein ganzes Leben lang.«

Quellenangaben

Aufruf des Parteivorstands der SPD, Kapitel 2:

Extraausgabe des »Vorwärts« vom 25. Juli 1914
Archiv der sozialen Demokratie der Friedrich-Ebert-Stiftung

Zitat des stellvertretenden Vorsitzenden des Vereins deutscher Eisen- und Stahlindustrieller Ewald Hilger, Kapitel 26:

Gerald D. Feldmann
Armee, Industrie und Arbeiterschaft in Deutschland 1914 bis 1918
J. H. W. Dietz Verlag Berlin/Bonn, 1985
S. 418 f.

Folge der Autorin auf Amazon

Wenn dir dieses Buch gefallen hat, folge Margit Steinborn auf Amazon. Dann erhältst du eine Benachrichtigung, wenn die Autorin ihr nächstes Buch veröffentlicht. Um der Autorin zu folgen, gehe bitte folgendermaßen vor:

Desktop:

1) Suche auf Amazon.de oder in der Amazon App nach dem Namen der Autorin.
2) Klicke auf den Namen der Autorin, um auf die Autorenseite zu gelangen.
3) Klicke auf den »Folgen«-Button.

Smartphone und Tablet:

1) Suche auf Amazon.de oder in der Amazon App nach dem Namen der Autorin.
2) Klicke auf einen Titel der Autorin.
3) Klicke auf den Namen der Autorin, um auf die Autorenseite zu gelangen.
4) Klicke auf den »Folgen«-Button.

Kindle eReader und Kindle App:

Wenn du dieses Buch auf einem Kindle eReader oder in der Kindle App liest, wird dir automatisch angeboten, der Autorin zu folgen, nachdem du die letzte Seite des Buches gelesen hast.

FSC
www.fsc.org
MIX
Papier | Fördert gute Waldnutzung
FSC® C083411

Zeitfracht Medien GmbH
Ferdinand-Jühlke Straße 7
99095 Erfurt, Deutschland
produktsicherheit@kolibri360.de

Druck:
CPI Druckdienstleistungen GmbH
im Auftrag der
Zeitfracht Medien GmbH
Ein Unternehmen der Zeitfracht - Gruppe
Ferdinand-Jühlke-Str. 7
99095 Erfurt